수호지
1

수호지

제1권
영웅들의 군웅 할거

시내암 지음/ 최송암 옮김

태을출판사

머리말

'수호지'는 중국 명나라 때 시내암이 쓴 장편소설로서, 주인공인 송강을 중심으로 108명의 협객들이 양산의 호숫가에 산채를 짓고 양산박(梁山泊)이라 일컬었으며, 조정의 부패를 통탄하고 관료의 비행에 반항하여 백성들의 갈채를 받는 이야기이다.

등장하는 인물들의 성격이 매우 다양하며, 노지심, 이규, 무송 등과 같은 신분이 낮은 정의한이나, 임충, 양지, 송강 등과 같은 지주 출신자 또는 봉건 정권을 섬긴 적이 있는 활발하고 용감한 사나이들이 중심 인물이다.

이 작품은 힘차고 발랄한 표현으로 계급과 유형이 상이한 인물을 그려내고, 이들 인물의 생활을 통하여 봉건 통치 집단의 암흑성과 서민의 어려운 생활, 용감한 투쟁 정신과 감정 등을 나타냈다.

이 작품의 탁월한 인물 묘사의 기술과 표현 예술은 중국 소설 중에서 단연 뛰어난 것이다.

'수호지'의 줄거리는 송나라와 원나라 때에 많은 사람들, 예능인, 문인 등의 손으로 창조되었던 것을 시내암이 정리한 것인데, 송대의 '선화유사'에서는 수호의 36명의 영웅 이야기가 있고, '계신잡지'에 의하면 송나라 말의 공성여가 36명의 화찬을 만들었다고 하며, '곡해총목제요'에 의하면 송나라의 화가 이숭이 화상을 그렸다고 한다.

또 '취옹담록'이나 원나라의 잡극(雜劇)에서도 수호의 인물들이 나오며, 명나라 고유의 '백천서지'에는 시내암이 쓴 '충의 수호지' 100권이 기록되어 있다.

그 일부를 제하고 편수한 것이 곽훈의 100회본이며, 이것이 조본(祖本)이 되어 여러 종류의 '수호지'가 출판되었는데, 그 중에서 양정견의 120회본 '충의수호지전'을 청나라 초에 김성탄이 다시 손질한 '제5재자서 수호지' 70회본이 유행하게 되었고, 이후로 '수호지'는 오랜 세월 동안 불후의 명작으로 전해졌고, 현대에 이르러 중국의 4대 기서(奇書) 중의 하나로서 유명하다.

수호지
제1권/ **영웅들의 군웅 할거**
차례

머리말/ 9

제1장
사진(史進)과 세 두목/ 11

제2장
출가(出家)한 노 제할/ 36

제3장
임충과 시진/ 100

제4장
동계촌의 조보정/ 164

제5장
황니강의 대추장사/ 194

제6장
양산박 입성/ 248

제1장
사진(史進)과 세 두목

송(宋)나라의 철종 황제 제위 때의 이야기다.
동경 개봉부에 한심하기 짝이 없는 팔난봉 사내가 하나 있었다.
이 사내는 고(高)씨 집안의 둘째 아들로 태어났는데, 어릴 때부터 집안 일에는 아랑곳하지 않고, 언제나 창을 찌르고 몽둥이를 휘두르는 짓에만 열중했으며, 특히 제기를 차는데 뛰어났기 때문에, 그 마을 사람들은 그를 고가집 둘째 아들이라고 부르지 않고 제기 잘 차는 고구라고 불렀다.
이 고구란 인물은 가무 음곡과 봉술에는 능통했지만, 인의 예지(仁義禮智)니 신행 충량(信行忠良)이니 하는 것은 알 까닭이 없었다. 하고많은 날 동경성 안팎으로 돌아다니며 난봉이나 부렸다.
한번은 왕원외(王員外)라는 부자집 아들을 살살 꾀어 가지고 돈을 쓰게 하며 유곽에나 드나들었는데, 그의 아버지가 그 꼴을 보다 못해서 친히 개봉부에다 고발을 했다.

　부윤(府尹)에게 곤장 이십 대를 맞고 외지로 추방령을 받게 된 고구는 임회주(臨淮州)에 살며 도박장을 차리고 있는 건달 유태랑(柳太郎)을 찾아갔다.

　그곳에서 삼 년을 지내고 났을 때, 철종 황제가 천하에 대사령을 내리게 되자, 유태랑은 고구에게 자기의 친척이 되는 동장사(董將仕)를 찾아가 보라고 소개장을 써 주었다.

　약방을 경영하고 있는 동장사는, 고구의 소행을 잘 알고 있었지만, 유태랑의 낯을 보아 거절하기도 힘들어, 생각한 끝에 소소학사(小蘇學士)란 사람을 찾아가 보라고, 또 소개의 편지 한 통을 써 주었다.

　동장사의 편지를 받아 본 소소학사 역시 이런 위험 인물을 집에 받아들이기를 꺼려하며 소왕도태위(小王都太尉)를 찾아가 보라고 편지 한 통을 써 주었다.

　소왕도태위란 천자의 사위로서 부마도위(駙馬都尉)의 벼슬도 지낸 인물이었다. 풍류를 좋아하는 사람은 누구를 막론하고 좋아해서, 소도태위는 편지를 보자 두 말 없이 고구를 맞아들였고, 자기 저택에서 가족이나 다름없이 편히 지내도록 해주었다.

　어느 날 소왕도태위는 자기 생일을 축하하려고 주안상을 마련해 놓고 처남뻘이 되는 단왕(端王)을 초청하게 되었다. 잔치에 초대를 받아서 나온 단왕은 우연히 태위의 서원에 들어가서 잠시 쉬게 되었는데, 책상 위에 놓인 진지사자(鎭紙獅子)를 발견하고 그 예쁘고 교묘한 품에 한 번 집어 보더니 다시 손에서 내려놓으려고 하지 않았다.

　이런 눈치를 알아챈 왕도태위는 바로 그것을 단왕에게 선사하겠다고 하며, 곧 사람을 시켜서 물건을 갖다 드리겠다고 했다.

　이튿날 왕도위는 옥서진과 필가를 조그만 금합에 담고 누런 보자기에 싼 후에 편지를 쓴 후, 고구를 시켜서 단왕궁에 보냈다. 고구는 즉시 궁으로 달려가서 궁문을 지키는 관원에게 단왕을 만나 뵙기를 청했다.
관원이 궁중으로 들어가더니 한참 후에 나와 물었다.
"그대는 어디서 온 사람이냐?"
"소인은 왕도위 부중에 있는 사람인데, 한 통의 글과 두 가지 보배를 가지고 왔습니다."
"그러면 나를 따라 오시오. 전하(殿下)께서는 지금 뜰에서 소황문과 제기를 차고 계시오."
고구는 관원을 따라서 궁중에 들어갔다.
이때 단왕이 연사당건을 쓰고 몸에는 용포를 입고 허리에는 문무 쌍용대를 띠고 발에는 비봉화를 신고 대여섯 명 호종하는 무리들과 용포 앞자락을 젖히고 제기를 차고 계시니, 고구는 감히 앞에 나가지 못하고 사람의 뒤에 서서 구경하고 있었다.
때마침 고구가 출세할 때가 되느라고 단왕이 찬 제기가 공교롭게도 바로 고구의 앞으로 날아와 떨어지려고 했다.
본래 고구는 제기라면 알아주는 사람이다. 서슴지 않고 자기가 아는 대로 재주를 나하여 원앙각이라는 기술로 제기를 차서 단왕 앞으로 보냈다.
단왕이 깜짝 놀라며 기뻐하여 물었다.
"너는 누구냐?"
고구는 나아가 무릎을 꿇고 말했다.
"소인은 왕도위 대인의 분부를 받들어 전하에게 편지와 필가를 바치러 온 사람입니다."
하고 품속에서 왕도위의 글을 내어 바치니 단왕이 편지와 금합을 손수 받아 본 후 주관에게 맡기고 고구에게 묻는다.
"네가 제기 차는 수단이 굉장하니, 나하고 한 번 시험하여 보는 게 어떠하냐? 그리고 네 이름은 무엇이냐?"
"고구라 하옵니다만, 소인이 어찌 감히 전하와 같이 제기를 차겠습니까."
 고구는 두 번 세 번 사양하다가 마지 못하는 척하고 뜰 아래로 내려갔다.
 고구가 제기를 차는데, 평생의 재주를 다하여 높게 혹은 낮게 혹은 가까이 차니, 제기는 이리 날고 저리 날며 모두가 법에 맞아서 보는 사람들의 마음을 황홀하게 했다.
 단왕은 크게 기뻐하여 고구를 돌려 보내지 않고 궁중에 두었다.
 이때 왕도위는 고구가 돌아오지 않는 것을 보고 심려하고 있는데, 단왕이 보낸 사람이 와서 왕도위를 불렀다. 왕도위가 즉시 단왕궁에 도착하니, 단왕이 맞이하여 두 가지 보내 준 것을 치하하고 잔치를 베풀어 즐겼다.
 단왕이 고구의 제기 잘 차는 것을 칭찬하시며 왕도위에게 그와 같이 있기를 청했다.
 왕도위가 대답했다.
 "대왕의 명대로 이 사람을 궁중에 두겠습니다."
 왕이 크게 기뻐하니, 왕도위는 함께 술을 마시며 즐기다가 돌아갔다.
 단왕은 고구를 자기 궁에 머무르게 한 후부터는 조금도 곁을 떠나지 못하게 하며 몹시 사랑했다.

 그로써 두 달이 못 되어 철종 황제가 승하하시고, 태자가 없으므로 군신들이 단왕을 받들어 즉위하여 대통을 잇게 하니, 그가 곧 옥청 교주도군 황제이고, 이르기를 휘종 황제라고 한다.
 등극하신 휘종은 고구를 아끼시는 나머지 추밀원에 내칙하시어 거동 때 임금을 모시게 하고, 계속해서 여러 차례 승진시키니 고구는 일 년이 못 가서 전수부 태위에 올랐다.
 고구가 태위에 임명되어 전수부에 처음으로 나간 날이었다.

공리, 아장, 도군, 감군, 금군, 마보 군인들에게 군례(軍禮)를 받을 때 먼저 명부를 갖다 놓고서 하나하나 대조하며 받았다.
고 태위가 낱낱이 검토하여 보니 그 가운데 꼭 한 사람이 빠졌는데, 금군 팔십만 교두 왕진이었다.
그것을 안 고 태위가 크게 노했다.
"여기 이름은 있으나, 보이지 않는 사람이 있으니, 이 어찌된 사연이냐?"
군정사가 아뢰었다.
"반 달 전에 병이 났다고 하여 병장을 내어놓고 아직도 쾌차하지 못하여 집에서 몸조리하고 있답니다."
이 말을 듣자 고 태위는 더욱 노했다.
"왕진이 그놈이 병들었다 하고 집에 있으면서 상관을 업신여겨도 분수가 있지, 어서 빨리 잡아들이도록 하여라."
원래 왕진은 부인이 없고 다만 늙은 어머니 한 분이 있어서 병을 조리하느라고 집에 있는데, 쾌두가 나와서 왕진에게 말했다.
"지금 새로 도임한 고 전수부 태위가 교두가 참여하지 않았다고 노하여 잡아오라 하오니, 만일 가지 않으면 우리마저 연루되어 하옥될까 합니다."
왕진이 할 수 없이 억지로 끌리어 패두들과 같이 전수부에 나왔다.
왕진이 태위에게 인사하고 네 번 절하고 물러서니 고구가 물었다.
"너의 아비가 바로 교두 왕승이 아니냐?"
"그렇습니다."
그 소리를 듣자 고구는 큰소리로 호령했다.
"네 이놈! 네 아비가 본래 길거리에서 막대 쓰고 약이나 팔아서 먹던 놈인데, 네가 무슨 무예가 있어서 교두 노릇을 할 수 있겠는가? 전관이 사람을 볼 줄 몰라 너 같은 놈을 교두로 삼았구나. 그런데 네가 누구의 힘을 믿고 나를 업신여겨 병이란 핑계로 안 나왔느냐?"

왕진이 허리를 굽히며 대답했다.

"소인이 감히 어디라고 거짓을 아뢰겠습니까."

고구가 또 소리 질렀다.

"네가 만일 병이 들었으면, 지금은 어떻게 왔느냐?"

하고 곧 좌우를 호령하여 끌어내어다 매질을 하라고 하니, 본시 이장들은 모두들 왕진과 친분이 있는 터라 군정사가 아뢰었다.

"오늘은 태위께서 처음으로 도임하시는 좋은 날이온데 죄를 다스리는 것은 아무래도 옳지 않을까 하오니, 접어 두시었다가 다음날 다스리는 것이 옳을까 하옵니다."

고 태위는 마지못해 그 뜻을 따랐다.

"오늘은 여러 사람의 낯을 보아 이대로 용서하는 것이나, 내일은 기어코 처단할 것이니 그리 알아라."

왕진은 태위의 너그러움에 대해 사례한 다음 머리를 들어 태위의 얼굴을 살펴보니 고구였다. 왕진은 아문으로 나오며 한탄했다.

'내가 목숨을 보존하기 어렵겠다! 고 전수라기에 누군가 하였더니 본래 동경성 밖 부랑자 고구로구나. 전일 창봉을 배우려고 할 때 아버지에게 한 번 맞고 석 달을 일어나지 못하였는데, 원수를 내게 갚으려고 하는구나! 불행히 내가 저놈의 부하가 되었으니, 내가 어떻게 무사하기를 바라겠는가.'

하고 집에 돌아가 자기 어머니께 이 일을 알리고, 모자 두 사람이 서로 붙잡고 걱정하니, 그 어머니가 말했다.

"삼십육계에 이르기를 도망가는 것이 상책이라고 하였으니, 우리가 달아날 곳이 혹시 어디 없을까?"

하자 왕진이 이 말을 듣고 꿈에서 깨어난 듯이 머리를 번쩍 들고 어머니를 보았다.
 "어머님 말씀이 옳습니다! 이대로 앉아서 죽음을 기다리느니 한시바삐 어디로든지 달아날 도리를 차리는 것이 상책일 것입니다. 전날 연안부 노충경략상공의 휘하 군관들이 동경에 왔을 때, 저를 극히 사랑하여 함께 가자고 하였으니, 그곳으로 가는 것이 좋을 듯합니다. 그곳은 사람을 쓸 줄 아는 사람들이라 충분히 몸을 피할 만 할 듯합니다."
 모자 두 사람이 의논하여 갈 곳을 정하니, 왕진의 어머니가 다시 말했다.
 "우리가 지금 달아나는데, 문 앞에 지키고 있는 두 사람의 패두는 전수부에서 나온 사람들이니, 그 사람들을 어떻게 해야겠느냐?"
 "그것은 염려 마십시오. 제가 처리하겠습니다."
하고 그날 늦게 왕진은 먼저 장 패두를 불러 분부했다.
 "전일 내가 병이 나서 문 밖 동악묘에 분향하고 발원하였는데, 오늘밤에 갈 터이니 너는 소·양·돼지·생고기 제물을 사 가지고 먼저 가 기다려라."
하고 보내 놓고 날이 저문 후에 이 패두를 불러 분부했다.
 "너는 장 패두와 같이 묘에 가서 기다려라."
하고 보낸 후, 밤이 되기를 기다려서 뒷문을 열고 보따리를 지고, 어머니를 말에 태워서 서화문을 나와 연안부로 향하여 달아났다.

 이때 장·이 패두는 동악묘에서 밤이 늦도록 기다리다 못하여 돌아와 보니, 왕진 모자가 벌써 달아나고 없었다. 급히 전수부에 알리니 고구가 크게 노했다.
 "제놈이 달아나면 어디로 가겠는가?"
하고 문서를 돌리어 각처에 보내고 왕진을 잡아들이라고 했다.

이때 왕진 모자는 동경을 떠나 거의 한 달이나 갖은 고생을 다하며 길을 걸었다.

왕진은 탄식하며 다짐했다.

"하늘이 좋은 때를 내리시면, 그때에는 우리가 오늘의 분함을 보복할 것이다."

하루는 연안부를 얼마 남겨 두지 않은 곳에서 길을 잘못 들었다. 왕진 모자가 날이 저물고 밤이 되도록 주막을 잡지 못하고 산길을 헤매다가 멀리 바라보이는 곳에 등불이 반짝이는 것을 보고 찾아 들어가니, 큰 장원이었다.

대문 앞은 바로 관도요, 집 뒤로는 맑은 시내가 흐르는데, 드높은 토담이 삥 둘러 있고, 토담 밖으로는 또 수백 주 수양버들이 빽빽이 서 있다.

이 동네에서는 가장 큰 장원이 분명하다. 왕진은 곧 나아가 대문을 두드리고 하룻밤 묵고 가기를 청했다.

왕진의 청을 들은 장객이 안으로 들어가더니, 한참만에 도로 나와서 왕진을 데리고 장원 주인 앞으로 인도했다. 왕진 모자는 따라 들어가 초당에 올라 태공을 만나 보니, 나이는 육십 가까이 되고 머리카락과 수염은 백발(白髮)이 다 되었다.

왕진이 즉시 절하니, 태공이 황망히 붙들어 앉혔다.

"손님들은 오는 도중에 신고와 풍상을 많이 겪으셨을 텐데 그리 앉으십시오. 그런데 어디서 오시는 길이시길래 이렇게 저물었습니까?"

"소인은 성은 장인데, 원래 동경 사람입니다. 장사를 하다가 밑천을 다 털어 먹고, 살 길이 없어서 연안부로 친척을 찾아가는 길에, 길을 잘못 들어 주막을 다 놓치고, 댁에서 오늘밤 폐를 끼치게 되었습니다. 내일 방세를 넉넉히 드리겠습니다."

"아니 무슨 말을 그리 하시오? 아마 아직 두 분 모자분이 저녁을 안 잡수신 것 같은데……."

하고 하인에게 분부하여 두 사람 분의 밥과 네 가지 채소와 고기 한 접시를 탁자에 벌여 놓았다.
 태공이 밥을 권했다.
 "촌구석이라 무슨 특별한 반찬이 없으니, 너무나 미안하오!"
 왕진이 몸을 일으켰다.
 "죄송합니다! 밤늦게 찾아 온 사람에게 방을 빌려 주시는 것만도 황공하온데 식사까지 대접을 받게 되오니, 이 은혜를 어찌 다 갚겠습니까?"
 태공이 몸을 일으켜 그만 안으로 들어가려고 하니, 왕진이 말했다.
 "소인이 가지고 온 말도 어디 재워 주실 수 있겠는지요?"
 태공이 장객을 시켜 마구간에 들여다 매게 하니, 왕진이 보따리를 갖고 객방(客房)으로 가서 잤다.
 이튿날 날이 밝은 뒤 태공이 나와 보니, 왕진은 나오지 않고 방 안에서 신음하는 소리가 나기에 태공이 불러서 물었다.
 "날이 밝았으니, 일어나시오."
 왕진이 황망히 나와 인사하고 말했다.
 "소인은 벌써 일어났으나, 어머님께서 한 달 동안 먼 길에 시달렸던 터라 기어이 노독으로 인하여 꼼짝 못하시어 일찍 일어나지 못하였습니다."
 "객지에서 대단히 고생하시겠소! 다른 생각은 말고 내 집에서 며칠 쉬어 몸조리나 하고 떠나도 좋으니, 너무 걱정 말고 쉬게 하시오. 내가 나가서 장객을 시켜 약을 사 보내 주리다."
 왕진은 깊이 사례했다. 왕진의 모친이 태공의 장원에서 칠팔 일 약을 먹고 조섭하니, 병도 낫고 몸도 쾌차했다. 왕진이 짐을 꾸리고 마구간에서 말을 끌어오다가 보니, 한 젊은이가 겉저고리를 벗었는데, 온몸에 용 문신을 새겼고 얼굴은 희고 나이는 십팔 세는 되었고, 손에 조봉을 들고 맨 땅에서 연습을 하고 있었다.
 왕진이 한참이나 보다가 말했다.
 "조봉을 쓰기는 잘 쓰나, 아직도 미숙한 곳이 있기에 능히 호걸이 되기는 멀었구나."
 젊은이가 왕진의 말을 듣고 크게 노하여 호령했다.
 "네가 어떤 놈인데, 감히 내 재주를 업신여긴단 말이냐? 네가 내 막대 맛을 한 번 보려고 하느냐?"
 말을 채 끝마치기 전에, 태공이 나오다가 이 말을 듣고는 젊은이를 꾸짖었다.
 "젊은 아이는 무례하게 굴지 말아라!"
 "저놈이 저의 조봉 쓰는 것을 업수이 여기고 있습니다! 그러니 어찌 분하지 않겠습니까?"
 태공이 젊은이의 말에는 대꾸도 않고 왕진을 보고 물었다.
 "그대도 창봉을 쓰실 줄 아시오?"
 "잘 쓰지는 못합니다만, 저 젊은이는 누구입니까?"
 "내 아들입니다."
 "그러시다면 소인이 한 가지만, 가르쳐 줄까 합니다. 허락하시겠습니까?"
 태공이 크게 기뻐하여 그 아들을 불러 왕진에게 절을 하라고 하니, 그 젊은이가 노하여 말했다.
 "아버지는 저놈의 말을 믿지 마십시오. 소자는 저놈과 겨루어서 만일 지거든 절하고 스승으로 삼겠습니다."
 왕진이 껄껄 웃었다.
 "젊은 주인이 만일 나와 비교하고 싶으면 먼저 나를 쳐 보시오."
 하자 젊은이가 조봉을 들고 나섰다.
 "빨리 나서거라! 너를 두려워하면 내가 호걸이 되지 못할 것이다!"

왕진이 웃기만 하고 움직이지 않으니, 태공이 말했다.

"그대가 가르치려고 한다면서, 어찌 가만히 계시오?"

왕진이 웃으며 말했다.

"귀한 아드님이 다치실까 두렵소이다."

태공이 말했다.

"무예를 겨루다가 다리나 팔이 부러진들 누구를 탓하겠소? 그것은 자업 자득일 뿐이오."

왕진이 그제야 막대를 들고 달려드니, 그 젊은이가 동시에 덤벼드니 왕진이 몸을 돌리며 조봉을 들어 치려 했다. 젊은이가 급히 막으려 했지만, 어느 사이에 왕진의 조봉이 젊은이의 품속으로 치고 들어갔다. 젊은이는 막대를 내어 던지며 땅에 자빠졌다.

왕진은 황망히 조봉을 버리고 젊은이를 붙들어 일으켰다. 젊은이는 급히 일어나서 의자를 갖다 놓고 왕진을 앉히고는 절하고 말했다.

"제가 눈이 있어도 태산을 몰라 뵈었습니다. 이제껏 배웠다는 것이 다 헛일이올시다. 앞으로는 사부께서 잘 좀 가르쳐 주십시오."

"우리 모자 두 사람이 그 동안 댁에서 여러 가지 폐를 많이 끼쳤으니, 그 은혜를 갚기 위해서 힘껏 가르쳐 보겠습니다."

젊은이는 옷을 갈아 입고 왕진 모자를 청하여 후당으로 갔다. 양과 거위를 잡고 과일 등 여러 가지를 차려 놓고 잔치를 벌였다. 태공이 왕진에게 손수 술을 권했다.

"봉술이 그처럼 능하신 것을 뵈오니, 도저히 장사하시는 분 같지는 않사옵고……, 혹시 깊은 연고라도 있으시어 그러시는 게 아니십니까?"

"주인장께서 잘 보셨습니다. 저는 동경 팔십만 금군교두 왕진이올시다. 고 태위와 원수가 졌기에, 저는 연안부 노충경략상공이 있는 곳으로 가는 길이온데, 마침 이곳에서 주인장께 여러 가지 은혜를 입게 되었던 것입니다. 이제 어머님의 병까지 나앗으니, 어찌 감격하지 않았겠습니까? 이미 자제분의 무예를 가르치게 되었사오니, 소인이 힘을 다하여 가르쳐 보겠습니다. 자제가 지금까지 배운 창봉 쓰는 법은 이름이 화봉입니다. 보기에는 참 좋으나, 적과 대진할 때나 도적과 싸울 적에는 제대로 쓰지 못합니다. 그래서 소인이 새삼 가르치려고 하는 것이올시다."

태공이 크게 기뻐했다.

"이 늙은 사람의 성은 사(史)입니다. 대대로 화음현에서 살고 있습니다. 이 앞산은 소화산이요 이 동네 이름은 사가촌입니다. 이 동네 사오백 호 되는 집이 다 사가(史哥)올시다. 이 늙은이의 아들이 어려서부터 농업에는 힘쓰지 않고 창봉 쓰기를 좋아하였기로, 이 늙은 것이 솜씨 좋은 장인을 불러다가 저 아이 몸에다 아홉 개 용을 새겼기 때문에 사람들이 부르기를 구문룡 사진이라고 부릅니다. 이미 교두께서 와 계시니 완전한 무예를 가르쳐 공을 이루시면 후하게 사례하겠습니다."

왕진과 어머니는 사진의 집에서 있으면서 날마다 무예를 가르치니, 십팔반 무예(十八般武藝)를 낱낱이 연습시켰다.

세월은 흐르는 물같이 빨라, 어느덧 일 년이 지났다. 사진은 십팔반 무예를 낱낱이 익혀, 이제는 팔십만 금군교두 왕진으로서도 더 가르쳐 줄 것이 없었다.

왕진은 혼자 생각했다.

'여기서는 더 오래 묵을 수도 없고 몸을 숨겨 있기도 편안치 못할 것이니 연안부로 가야겠다.'

하여 사진에게 심경을 자세히 이야기하고 떠나려 했다. 사진이 섭섭해하며 머물기를 권했다.

"사부님, 이곳에서 평생을 지내시어도 괜찮지 않겠습니까?"

"고마운 뜻은 십분 감사하지만, 내가 두려워하는 것은 고구가 필경 나를 잡으러 이곳까지 오고 말 것이오. 그렇게 되면 서로 편하지 못할 것이오. 연안부 노충경략상공이 있는 곳은 사람을 많이 쓰는 곳이라 아무도 알지 못할 것이오. 그러니 안심할 수 있는 곳이기에 그리 가려고 합니다."

태공이 말리다 못하여 이별의 잔치를 베풀었다. 태공은 왕진에게 술을 권하고 은전 일백 냥과 두 필 비단을 내어 여비에 보태 쓰라고 했다.

왕진은 짐을 수습하여 모친을 말에 태우고, 태공과 사진을 이별하고 연안부로 향하여 떠났다.

사진은 십 리 밖까지 따라 나와 눈물로 스승을 전송했다.

그 뒤 사진은 집에 있으면서 활쏘기와 말타기를 익히며 지냈는데, 반 년이 못 되어 태공이 병들어 죽었다. 사진은 예를 갖춰 선산에 안장하고, 집안 일을 사람을 시켜서 맡기고 자신은 오로지 창봉 쓰기와 무예에만 힘썼다.

때는 어느덧 유월 염천이 되어 날씨가 심히 더워 수양버들 그늘 아래 평상을 놓고 서늘한 바람을 쏘이고 있으려니까 한 사람이 담 밖의 나무 뒤에 몸을 감추고 엿보는 사람이 있었다.

사진이 꾸짖으며 말했다.

"어떤 놈이 감히 남의 집안을 엿보는가?"

하며 몸을 일으켜 뒤로 가보니 사냥꾼 이길(李吉)이라는 사람이었다.

"이 사람아, 들어오지 않고 무얼하고 있는가?"

이길이 공손히 절을 했다.

"소인이 댁의 구일랑을 찾아 한잔 하고자 왔더니, 나으리께서 계시기에 감히 들어가지 못하고 있는 것입니다."

"그는 그렇다 하고, 자네 그전에는 자주 들짐승을 잡아다 내 집에 와 팔더니, 요즈음에는 통 들리지 않으니, 내가 언제 고기 값을 주지 않던가?"

이길이 대답했다.

"나으리, 어디 그럴 리가 있겠습니까! 요즈음에는 통 짐승을 잡지 못하기 때문에 못 가지고 온 것입니다."

"이같이 큰 소화산에 어찌 짐승이 없겠는가?"

"나으리께서 아직 아무것도 모르십니다. 산 위에 한떼 도적 떼들이 큰 집을 세우고 육칠백 명 졸개를 수하에 거느렸는데, 전마가 수백 필입니다. 첫째 대왕은 신기 군사 주무(朱武)요, 둘째 대왕은 도간호 진달(陳達)이요, 셋째 대왕은 백화사 양춘(楊春)입니다. 이 세 사람이 집을 때려 부수고 아무거나 막 빼앗아 가기 때문에, 화음현에는 삼천 관 상금을 걸어 놓고 잡으라 하지만, 누가 감히 산에 올라가 잡으려고 하겠습니까?"

"나도 요즈음에 산 위에 도적 떼들이 있단 말은 들었네만, 그렇게 심한가? …그건 그렇고, 앞으로 혹시 짐승을 잡거든 내게로 가져 오도록 하게."

"예, 나으리."

이길이 하직하고 돌아가자 사진은 곧 집에 들어와 장객에게 시켜 소를 잡고 좋은 술을 두 독이나 거르고 하여 크게 잔치를 벌인 다음 수백 호 장호들을 모조리 불러 모았다.

사람들이 모여들자 사진은 그들을 초당으로 불러들여 나이를 따져 자리를 잡아 주고는 입을 열었다.

"모두들 소문을 들으셨겠지만, 소화산에 도적 떼가 육칠백 명이나 들어앉아 행세가 대단하군요. 그놈들이 언제고 한 번은 우리에게도 쳐들어 오고야 말 것입니다. 그래서 미리 의논을 해 두려고 이처럼 모이게 했습니다. 집마다 목탁을 하나씩 준비해 두었다가 도적들이 쳐들어 오거든 곧 그것을 두드려 서로 알리고 창이나 몽둥이나 함께 들고 나서서 막아 내기로 합시다. 도둑 중에서도 힘센 놈들은 내가 모조리 맡기로 할 터이니까요. 어떻습니까?"

"잘 알겠습니다. 그렇게 준비를 한다면 무슨 문제가 있겠습니까?"

대략 의논이 정하여지자 사람들은 취하도록 술을 마시고 밤이 늦어서야 각기 집으로 돌아갔다.

이때 소화산에서는 세 두령이 모여 앉으니, 제일 두령 주무는 정원 사람으로 쌍칼을 잘 쓰고 또한 진법에 능통하고 모략이 많고, 제이 두령은 진달인데, 업성 사람이고 점강창을 잘 쓰고, 제삼 두령은 양춘이며 해량현 사람인데, 큰칼을 잘 썼다.

주무가 말했다.

"요즈음 들으니, 화음현에서 삼천관 상금을 걸고 우리를 잡으려 한다 하니, 만일에 관군이 쳐들어 오면 산채에 전량이 부족한 것을 어떻게 보충하겠는가?"

진달이 대답했다.

"우리가 먼저 화음현에 가서 전량을 꾸어 달라고 하여, 어떻게 하는지 그 꼴을 보십시다."

양춘이 말했다.

"포성현이 사람이 적어 전량이 많지 않으니, 화음현을 치는 것이 낫지만, 사가촌을 지나가야 할 것이니 구문룡 사진(史進)이 우리를 그냥 지나가게 하지 않을까 걱정이오."

진달이 노하여 큰소리로 말했다.

"현제는 정말 약한 소리만 하는구려! 한낱 촌방을 지나가지 못한다면 어떻게 관군을 대적하겠소?"

양춘이 대꾸했다.

"형님은 저를 너무 우습게 보지 마십시오!"

주무가 또 말했다.

"나도 들으니, 사진이 무척 영용하다고들 하였소. 현제는 가지 않는 것이 좋을 것 같소."
 진달이 크게 소리 지르며 말했다.
 "어찌 남을 두려워하기만 하고 자기의 위엄을 죽이려고 하시오? 모두들 겁이 나거든 내가 혼자 가겠소."
하고 졸개들을 보고 명했다.
 "말을 데려 오너라!"
하여 화음현을 치러 갔다.
 주무와 양춘의 두 번 세 번 말렸으나, 진달은 듣지 않았다. 일백사오십 명 졸개를 거느리고 북 치고 나팔 불며 산에서 내려와 사가촌으로 향했다.
 이 일을 장객이 알고 사진에게 알리자, 사진이 사오백 명의 사람을 모으고 머리에 일자건을 쓰고 주홍갑을 입고 푸른 비단 전포를 껴입고 발에 말록화를 신고 허리에 활대를 차고 손에 삼첨양인 사규팔환도를 들고 불빛 같은 말을 타고 전면에 삼사십 장객을 거느리고 큰소리로 호령하며 나왔다.
 건너편에 소화산 진달이 졸개를 거느리고 나는 듯이 오고 있었다.
 사진이 눈을 들어 보니 진달이 머리에 사면건을 쓰고 금생철갑에 홍견 전포를 입고 백마를 타고 장팔점강창을 들었다. 졸개들이 소리 지르는데, 진달이 사진을 보고 말 등에서 허리 굽혀 예를 했다.
 사진이 꾸짖어 말했다.
 "너는 살인 방화하여 하늘에 가득한 죄를 지은 놈인데, 너도 귀가 있을 터인데, 어찌 감히 이 태세대왕을 속이려 하는가."
 "우리 산채에 전량이 모자라 화음현으로 가서 양식을 얻어 오려고 하오니, 귀한 곳에 길을 빌려 주시면 왕래하는데, 조그만 풀 한 포기 상하지 않을 것이오니, 우리 무리들을 지나가게 하여 주시면 돌아오는 길에 후히 사례하겠습니다."

그 소리를 듣자 사진이 꾸짖었다.
"우리 집은 이정의 집이거늘, 나라에서 너희들을 잡으려고 하는 것을 알면서 어찌 너희들을 놓아 보내겠는가!"
진달이 말했다.
"세상의 모두가 형제라 하였거늘, 이제 내가 한낱 길을 빌리는 것이 무엇이 어렵겠소?"
사진이 크게 소리 지르며 말했다.
"무슨 쓸데없는 말을 하는가? 내가 혹시 허락하더라도 어느 한 사람 그리하지 않을 것이다. 네가 저더러 물어 보아라."
진달이 물었다.
"호걸은 누구더러 물어 보라 하시오."
"내 손에 있는 칼에게 물어 보라고 했다."
"뭐라고!"
진달이 크게 노하여 사진과 싸워 십여 합에 이르렀을 때, 사진이 원숭이의 팔처럼 길고 힘이 있는 팔을 늘여 진달을 사로잡아 땅에 던지니 장객이 밧줄로 결박을 지었다.
졸개들은 진달이 사로잡히는 것을 보고 뿔뿔이 도망했다.
사진이 집으로 돌아와 진달을 들보에 매달아 두었다. 남은 도적을 마저 잡아 함께 관가에 바칠 작정이었다. 사진은 술을 내어가다 모든 사람들과 즐기니 여러 사람들이 손뼉 치며 말했다.
"사가촌에 호걸이 있다는 소문이 과연 헛되지 않소!"
이때 주무·양춘이 산중에 있었기에 소식을 알지 못하다가, 졸개들을 내려 보내어 소식을 알아 오라고 하였더니, 진달을 따라갔던 졸개들이 빈말을 끌고 돌아와 아뢰었다.
"진대왕이 두 분 대왕의 말을 듣지 않고 기어코 가시더니 큰 화를 당하였나이다!"
주무가 그 연고를 물으니, 졸개들이 사진의 영용한 것을 당하지 못하고 진달이 사로잡혀 간 곡절을 낱낱이 일러 주었다. 주무가 말했다.

"내 말을 듣지 않고 가더니 과연 화를 당하였구나!"

양춘이 불끈 일어나 소리쳤다.

"우리 무리 모두 가서 힘써 싸워 함께 죽는 것이 어떠하겠습니까?"

이때 주무가 말했다.

"우리가 머리를 짜내어 그를 구하여 봅시다."

양춘이 말했다.

"어떤 계교가 있습니까?"

주무가 양춘의 귀에다 입을 대고 속삭이니 양춘이 크게 기뻐하며 말했다.

"참으로 좋은 계교입니다! 빨리 가서 구해 냅시다!"

이때 사진이 장상에 앉아 있는데, 장객이 달려와 미처 숨돌릴 사이도 없이 말했다.

"산채의 주무, 양춘 두 두령이 스스로 찾아오고 있습니다!"

사진은 다시 칼을 잡고 말에 올라 문 밖으로 달려나갔다.

그러나 두 산적은 사진을 보자마자 그대로 두 무릎을 꿇고는 눈물을 비오듯 흘렸다.

사진은 뜻밖의 광경에 의아해하며 말에서 내려 물었다.

"너희들은 무엇 때문에 왔으며 울기는 왜 우는 거냐?"

주무는 더욱 슬프게 울며 아뢴다.

"저희들 세 사람은 본래 간악한 관가 무리들이 핍박하는 것을 견디다 못하여 부득이 산 속으로 들어와 발원하기를, 세 사람이 사생을 같이 하고자 맹세한 무리입니다. 비록 유비, 관우, 장비 세 분을 따르지 못하나마 그 마음만은 같습니다. 이제 우리 아우 진달이 우리가 말리는 말을 듣지 않고 대인의 위엄을 범했다가 이미 대인께 사로잡히었으니, 바라옵거니와 저희 두 사람을 한데 잡아 관가에 보내어 상을 청하시는 수밖에 없습니다. 맹세컨대 눈썹 하나 찡그리지 않고 대인의 손에 죽어도 원망하지 않겠습니다. 그래서 이처럼 와서 뵙는 것입니다."

사진이 이 말을 듣고 속으로 생각했다.

'저희들이 비록 도적의 무리들이나 의기를 저렇게 중히 여기니, 내가 만일 잡아 관가에다 바치고 상을 받는다면 천하의 호걸들이 반드시 비웃을 것이다. 자고로, 옛말에 범은 죽은 사람의 고기를 먹지 않는다 하지 않았다. 내가 어찌 저희들을 잡아 바치겠는가.'

하고 마음을 정하자 사진은 그들을 보고 말했다.

"너희들은 나를 따라 들어 오너라."

하고 후원으로 들어갔다. 주무와 양춘이 조금도 두려운 빛이 없이 사진을 따라 후원으로 들어가 다시 결박하기를 청하니, 사진이 말했다.

"대청으로 올라오시오."

하나 두 사람은 머뭇거리며 올라오지 않는다.

사진이 다시 말했다.

"그대들이 그렇게 의리를 중하게 여기는데, 내가 만약에 그대들을 잡아다 관가에 바치면 사내 대장부가 아니오. 진달까지 놓아 같이 보내 주리다."

주무가 다시 말했다.

"대인께 혹시 누를 끼치게 될까 걱정이 되오며, 일이 완전하지 못하오니, 대인께서 폐가 될까 합니다."

사진이 다시 말했다.

"사람이 한 번 말한 것은 어찌 어기겠소. 그대들은 내 술을 한잔 받을 수 있겠소?"

주무가 말했다.

"죽기도 사양하지 않는데, 하물며 주시는 음식을 어찌 사양하겠습니까!"

마침내 진달의 결박을 풀어 주고 사진이 그들을 술자리로 청하니, 세 두령들을 후히 대접했다.

얼마 후 주무 등 세 두령은 사진에게 은혜를 사례하고 산채로 돌아왔다.

산으로 돌아간 세 두령은 서로 생각하면 할수록 생명을 보전하여 돌아온 것이 대견했다. 또한 사진이 의기로 그들을 살려 보내 준 것이 고마웠다.

곰곰 생각한 세 두령은 조그마한 예물로나마 그 은혜의 만분지 일이라도 갚아 보려고 졸개를 시켜 삼십 냥 금을 싸 가지고 달빛을 쫓아 사가장에 보냈다.

졸개가 사가장에 당도하여 장문을 두드리니 장객이 나와 묻고 사진에게 알렸다. 사진이 듣고 깜짝 놀라 문에 나와서 졸개가 찾아온 사연을 물었다.

졸개가 아뢰었다.

"세 분 두령께서 이 예물을 보내시어, 대인이 죽은 목숨을 살려 주신 은혜에 사례하고자 글과 금을 보냈습니다."

사진이 처음에는 받지 않으려고 하다가 생각했다.

'그들이 호의로 보낸 것이니 받는 것이 마땅하다.'

하고 장객을 불러 거두라 하고 졸개에게는 밥과 술을 먹이고 돈 몇 푼을 상으로 주어 보냈다.

그 뒤 반 달이 지나서였다. 산채에서 주무들이 행인을 털었는데, 야광주 수십 개를 얻었다고 또 사진에게 보냈다.

사진이 받고 생각했다.

'저희들은 나를 이렇게 공경하는데, 나는 한 번도 답례를 못하니, 이것은 호걸의 도리가 아니라.'

하여 세 필 비단으로 전포를 짓고 또 양고기를 볶아 세 그릇을 담아 장객을 시켜 산채로 보냈다.
 장객 가운데 왕사는 구변이 능하여 사진이 골라 보낸 것이다.
 왕사가 예물을 갖고 채문 밖에 다다르니 졸개가 자세히 묻고 두령들에게 알리니, 주무·진달·양춘 세 사람이 크게 기뻐하여 세 벌 금포와 세 그릇의 음식을 받고 은전 열 냥을 상으로 주어 보냈다.
 그 뒤부터는 사진과 세 두령은 자주 왕래하여 서로 예물을 보냈다.
 세월은 빨라 어언간 중추 가절 팔월 추석을 당하여 사진이 왕사를 시켜 산채로 보내어 주무·진달·양춘 세 사람을 청했다. 왕사가 산채에 이르러 사진의 글을 드리고 청하니, 세 사람이 크게 기뻐하여 답장을 쓰고 은전 닷 냥을 상으로 주었다. 왕사가 하직하고 내려오다가 늘 예물을 가지고 드나들던 졸개를 만나 술집에 들어가 술을 여러 잔을 먹고 졸개와 작별하고 돌아오는데, 깜박 취하여 길거리에서 쓰러져 잠들어 버렸다.

 그때 마침 그 앞을 지나던 사냥꾼이 있었으니, 그는 이길이었다. 왕사와는 서로 아는 처지여서 깨워 일으키려고 가까이 와서 보니 허리에 찬 주머니 끈이 늘어져 속에 든 은전 닷 냥이 빤히 내다보인다.
 왕사는 세상 모르고 코만 골고 있다.
 이길이 그릇된 마음을 먹고 가만히 주머니를 뒤져보니 정말로 뜻밖이었다. 돈과 함께 소화산 두령들이 사진에게로 보내는 편지 한 통이다.
 이길이 혼자 생각했다.
 '내가 사냥질을 하여 어느 때에 출세할 것인가? 내 팔자가 금에 큰 재물을 얻으리라고 하더니, 정말 삼천 관 상금을 타게 되겠다.'

하고 돈과 편지를 가지고 화음현에 들어가 고발했다.
 왕사가 잔디밭에서 자다가 깨어 보니 달빛이 몸에 가득히 비치고 몸이 허술하여 깜짝 놀라 일어나 살펴보니 주머니에 들었던 편지와 돈이 없어졌다.
 '주머니 속에 돈은 없어져도 상관없지만, 산채에서 보내는 편지를 잃어버렸으니, 무엇이라 대답하겠는가?'
하고 주저하다가 생각했다.
 '에라, 모르겠다! 답장은 써 주지 않고 말로만 전하더라고 하면 되겠지.'
하고 급히 돌아오니, 사진이 어인 일로 늦었는가 물었다.
 "산채의 두령들이 놔 주지 않으며 술을 먹이는 고로, 이제야 오게 되었습니다."
 "그러면 답장은 어떻게 되었느냐?"
 "두령들이 말씀하기를 우리들이 곧 갈 터인데, 답장하여 무엇하겠는가 하기에 소인이 또 혹 실수할까 하여 그냥 돌아왔습니다."
 사진도 그렇게 생각되어 다시 묻지 않았다. 드디어 그날이 되어 장객들에게 양 잡고 돼지 잡고 하여 잔치를 했다.

 한편 주무, 진달, 양춘 세 두령은 졸개들을 불러 산채를 지키게 하고 대여섯 명의 졸개를 거느리고 요도를 차고 각각 박도를 끌고 걸어서 사진의 장상으로 왔다.
 사진이 맞아 후원에 들어가 세 두령을 청하여 맨 윗자리에 앉히고, 사진은 마주하여 앉은 후에 사람을 시켜서 앞뒤의 문을 엄하게 단속하게 하고, 마침 동산에 떠오르는 달을 쳐다보면서 네 사람이 한참 술을 마시고 있었는데, 별안간 담 밖에서 난데없는 함성이 일어나며 불빛이 가득했다.
 사진이 깜짝 놀라 몸을 일으켰다.

"세 분 두령들은 아직 가만히 계십시오. 내가 나가 보겠소."
하고 장객들에게 일렀다.
"아직 문들을 열지 말고 기다려라."
하고 사닥다리를 담에 기대어 놓고 올라가 보니 화음현 지현이 말을 타고 두 명 도두를 데리고 삼사백 토병을 거느리고 장원을 에워싸니 불빛 가운데에 장차와 박도며 오고차, 유객주가 삼대같이 벌려 세워져 있는데, 두 명 모두가 외쳤다.
"도적을 달아나지 못하게 하여라!"
한다. 사진이 담에서 내려와 근심 어린 목소리로 말했다.
"이 일을 어떻게 하면 좋을까?"
주무 등 세 사람이 무릎을 꿇고 말했다.
"형님은 청백하신 분이신데 어찌 우리 때문에 화를 당하게 하겠습니까? 우리 세 사람을 묶어 관가에 바치고 화를 면하십시오."
사진이 말했다.
"어찌 그럴 수가 있겠는가? 만일 그러하면 너희들을 속여서 잡으려고 한 것이니 천하에 웃음거리밖에 더 되겠소. 지금 이 일은 그대들과 사생을 함께 하여야 하오."
하고 다시 담에 올라가 물었다.
"너희들이 무슨 일로 깊은 밤중에 나의 집을 둘러싸고 겁주려 하느냐?"
도두가 대답했다.
"대랑아, 오히려 변명하려고 하느냐? 이길이 여기 있는데, 무슨 소리인가."
사진이 이것을 보고 물었다.
"이길아, 네가 나와 원수진 일이 없는데, 어찌 양민을 무고하는가?"
이길이 대답했다.

"나도 근본은 모르나, 왕사가 가지고 오던 편지를 고을 앞에서 열어 보다가 발각되었습니다."

사진이 왕사를 보고 말했다.

"일전에 네 말이 답장을 안 받았다고 하더니, 어찌 된 일이냐?"

왕사가 그제야 아뢰었다.

"일전에 소인이 술이 취하여 답장을 받아 오다가 잃어버렸습니다."

사진이 크게 노하여 꾸짖는데, 담장 밖의 두 도두는 사진의 용맹을 두려워하여 감히 나서지 못했다.

사진이 외쳤다.

"너희들은 너무 잘난 체 말아라! 우리는 스스로 묶여서 관가의 처분을 기다리겠다!"

하고 담에서 내려와 먼저 왕사를 불러 한칼에 베고 집안에 있는 금은 보배를 정리하여 장객들에게 맡기고 주무와 함께 갑옷을 입고 요도 차고 박도를 끌고 집에다가 불을 질렀다. 그리고 대문을 크게 열고 소리 지르며 나오는데, 사진이 앞에 서고 주무, 양춘은 가운데 서고 진달은 뒤에서 서서 나왔다. 사진이 원래 용맹이 뛰어나므로 누가 감히 당하겠는가? 두 도두와 이길이 달아났다. 사진이 이길을 보니 분한 마음이 더했다. 박도를 들고 따르니 이길이 어찌 도망가겠는가?

사진이 한칼에 이길을 죽였다.

두 도두들도 진달·양춘이 따라가 하나씩 베니 지현은 놀라 말을 재촉해 달아나고 토병들은 각각 목숨을 아까워하며 달아났다.

사진은 일행 세 사람을 이끌고 소화산에 이르니, 주무 등이 졸개를 시켜 소와 말을 잡아 잔치하기를 여러 날이 지났다.

사진이 홀로 생각했다.

'내가 한순간 저들을 구하려다가 집을 불살랐으니, 이제 어떻게 할까?'
하고 주무를 보고 말했다.
 "나의 사부가 관서 경략부에 계신다네. 이제 아버님은 돌아가시고 집을 불살라 버렸으니, 이제 사부 왕 교두를 찾아가겠소."
 주무, 진달, 양춘 세 사람이 말했다.
 "형님은 아직 가시지 말고 산채에 계시다가 좀더 상의하여서 가시면 될 것이 아닙니까? 만일 산채에 머무시기가 싫으시면 우리 무리가 형님을 위하여 집을 짓고 다시 양민이 되시게 하겠습니다."
 "그대들이 비록 좋은 뜻이나, 나는 사부를 찾아가 입신 출세하여 태평 세상을 꿈꾸어 보겠소."
 "형님이 여기에 계셔서 산채의 주인이 되시면 얼마나 기쁘겠습니까?"
 사진이 말했다.
 "가문이 있는 집안이니 어찌 부모의 가르침을 어겨 가며 산채에 들어가겠소?"
하고 떠나려 하니, 주무들이 사진이 머물지 않을 것을 알고 은전을 내어 보따리에 넣어 주었다.

제2장
출가(出家)한 노 제할

 사진은 보름 동안을 걸어서 위주(渭州)에 도착했다. 이곳에도 경략부가 있으니, 왕 교두를 찾아 보자는 생각으로 한 찻집에 들어가 깨끗한 자리를 가려서 앉으니, 주인이 묻는다.
 "손님께서는 차를 드시겠습니까?"
 "맛좋은 차를 가져오시오."
 주인이 한잔 차를 가져다 사진의 앞에 놓으니, 사진이 물어 보았다.
 "경략부가 어디 있소?"
 "바로 건너 맞은편에 있습니다."
 "그러면 혹시 동경에서 오신 왕 교두란 분이 있소?"
 "교두로 있는 분으로 왕가 성을 가진 분이 여러 분이 되기 때문에, 어느 분이 동경에서 오신 분이신지 모릅니다."
 이 말이 끝나자마자 큰 사나이 한 사람이 들어오는데, 사진이 보니 군관인 모양이다. 머리에 만자 두건을 쓰고 몸에는 전포를 입고 머리 위에 태원부수사금환을 붙이고 허리에 문무아청 띠를 두르고 발에는 사봉건황화를 신었는데, 얼굴이 둥글고 코가 우뚝하며 입이 모지고 뺨에 구렛나루가 많이 났으며 키는 여덟 자나 되고 허리통은 열 아름은 되는 것 같다.
　주인이 말했다.
　"왕 교두가 있고 없는 것을 알려고 하시면 저분에게 물어 보시면 알 수 있을 것입니다."
　사진이 몸을 일으켜 인사하고 공손히 말했다.
　"관인은 앉아 차를 드십시오."
　그 사람이 사진의 장대한 생김이 범상치 않은 것을 보고 호걸인 것을 짐작하고 황망히 답례한 후 자리를 정하자 관인이 말했다.
　"소인은 성은 노요 이름은 달이라 합니다. 그런데 그대는 누구십니까?"
　"소인은 화음현 사람으로 성명은 사진입니다. 소인의 사부는 동경 팔십만 금군교두 왕진이라 합니다. 경략부 중에 혹시 이분이 계십니까?"
　노 제할은 말을 듣고 있다가,
　"그러면 그대가 사가촌 구문룡 사 대랑이 아니오?"
　"소인이 그렇습니다."
　노 제할이 황망히 답례하고 말했다.
　"이름을 듣는 것이 얼굴 보는 것만 못하다 하였는데, 그대가 과연 사 대랑이오! 그대가 지금 찾는 사람이 왕 교두라 하니, 동경에 있을제 고구와 원수진 왕진이 아니오?"
　"바로 그 사람입니다."
　"나도 그 사람의 이름은 많이 들었는데, 보지는 못하였소. 들으니, 연안부 노충경략상공이 진수하고 있으니, 그런 사람은 없거니와, 그대가 사 대랑이라면 나와 함께 술을 먹읍시다."

하고 사진의 손을 이끌고 찻집을 나오며 주인을 보고 말했다.
"찻값은 내가 줄 것이니 그리 아시오."
노달이 사진과 함께 주점을 찾아 한 오십 보는 갔는데, 한떼 사람이 둘러서서 구경을 하고 있다. 사진이 말했다.
"우리도 잠깐 구경하고 가십시다."
여러 사람들을 헤치고 보니 한 사람이 십여 개 조봉을 땅에 놓고 그 옆에 수십 첩 고약을 쟁반에 담아 놓았는데, 원래 막대를 쓰며 고약을 파는 사람이다.
사진이 나아가 보니 처음에 자기를 가르치던 사부였던 타호장 이충이었다.
사진이 불렀다.
"오랜만에 사부를 뵙게 되는군요."
"현제는 어디서 이곳까지 오는 길이오?"
노 제할이 말했다.
"대랑의 사부면 함께 가서 술을 마십시다."
이충이 머뭇거리며 말했다.
"약값을 다 받은 뒤에 함께 가십시다."
노달이 재촉했다.
"언제까지 누가 기다리고 있겠소."
"이는 소인의 먹고사는 것이오니, 어떻게 버리고 가겠소? 제할은 먼저 가십시오. 소인이 뒤쫓아가겠습니다."
노달의 성미가 성급하여 모든 사람을 밀치며 꾸짖었다.
"너희들 무슨 엉터리 같은 구경을 하는가?"
모든 사람들이 노달의 성 내는 것을 보고 일시에 달아났다. 이충은 속으로는 괘씸하나 겉으로는 웃는 낯을 하고 말했다.
"참 성미도 급하십니다!"
세 사람이 함께 술집을 찾아갔다. 노달이 끌고 들어간 곳은 반가라는 다리 모퉁이 술집이었다.

안으로 들어가 큰 자리를 골라 앉으니, 주보가 노 제할을 보고 손을 모으고 물었다.
"제할님, 술은 얼마나 가져 올까요?"
"먼저 술 네 통을 가져오라."
"안주는 무슨 안주로 가져 올까요?"
"있는 것을 다 가져 올 것이지, 물어 무엇하나?"
 주보가 술을 거르며 온갖 안주를 탁자에다 벌여 놓았다. 한참 주흥이 바야흐로 무르익을 대로 익었을 때, 어찌된 일인지 한쪽 구석방에서 젊은 계집의 슬피 우는 소리가 들렸다.
 노달은 화가 치밀었다. 술잔을 들어 술상 위에 던지니 주보가 황망히 올라왔다. 노달이 화가 잔뜩 나 있으므로 주보가 손을 모으고 말했다.
"무슨 안주를 더 가져 올까요?"
"내가 너희집에 와서 술을 먹는데, 옆방에서 처량하게 우는 소리가 들리니, 우리 형제들이 기분이 나빠져서 술을 먹지 못하게 하는구나! 내가 너희들 집에 술값을 안 주느냐?"
"대관인은 노염을 푸십시오. 저희들이 어찌 감히 사람을 울게 하겠습니까. 저 우는 사람은 노래를 불러서 먹고사는 부녀 두 사람이온데 관인께서 계신 것을 모르고 저희 설움에 울었나 봅니다."
"그러면 너희는 두 사람을 불러 오너라."
 주보가 나가더니 오래지 않아 데리고 나오니, 젊은 여자는 나이 십팔구 세쯤 되고, 따라 온 사람은 한 오십여 세는 되었다.
 젊은 여자는 썩 미인은 못 되나, 과히 못생긴 편도 아니다. 세 사람 앞에 와 서 있는 것을 보고 노달이 물었다.
"그대들 두 사람은 어디서 살던 사람이오?"
 그 여자가 대답했다.
"대관인은 저희들의 슬픈 사정을 자세히 들으십시오. 저희는 본시 동경 사람입니다. 친척을 찾아 이곳에 왔더니, 친척은 남경으로 이사를 가고 제 어미는 병이 들어 죽고, 부녀 두 사람이 남아 있는데, 이곳 재주 진관서 정 대관인이 저를 보고 중매를 보내어 첩으로 들어갔는데, 삼천 관 돈을 준다고 하더니, 문서만 하여 주고 돈은 구경도 못하였습니다. 돈을 준다기에 들어가서 한 서너 달 살다가, 그 집 본 마누라의 질투가 어떻게 심하던지 저를 내어쫓고 주지도 않은 돈 삼천 관을 내라 하였습니다. 저 사람은 권세가 당당한 사람이라, 어찌 대항하겠습니까? 아무래도 길이 없어서 저희가 술집에 있으면서 노래를 팔아 조금씩 돈을 얻어 날마다 갚았는데, 요사이 며칠 동안 손님이 없어서 돈 품을 벌지 못하였으니, 만일 돈을 재촉하게 되면 또 곤혹을 당할 것이라, 이 일을 생각하고 제 슬픔을 참지 못하여 아비와 붙들고 운 것이 관인께 죄를 지었습니다. 바라옵건데 제발 용서하여 주십시오."

"그러면 그대 이름은 무엇인가? 그리고 어느 술집에 있으며 진관서 정 대관인이라는 사람은 어느 곳에 있는가?"

늙은 아비가 대답했다.

"소인의 성은 김가요 이름은 로입니다. 자식의 이름은 취련(翠蓮)입니다. 정 대관인은 장원교 아래 고기 파는 정도(鄭屠)이며, 그 사람의 별호가 진관서입니다."

노 제할이 말했다.

"정 대관이라기에 누군가 하였더니, 돼지 잡는 정도였던가? 그 더러운 놈이 상공의 덕음으로 고기 푸줏간을 하면서, 그 세력을 믿고 사람을 업신여기는가!"
하고 다시 술집 주인에게 물었다.

"저 김로의 말이 틀림이 없는가?"

"그러합니다."

제할이 사진과 이충에게 말했다.

"그대 두 사람은 여기서 좀 기다리시오. 내가 가서 그놈을 쳐 죽이고 오겠소."
하는 것을 사진이 말렸다.
"형장은 노염을 그치시고 내일 다시 의논하십시다."
노달이 김로에게 하는 말이,
"내가 그대의 노비를 얻어 줄 것이니, 다른 곳으로 가서 살 수 있겠소?"
"만일 다른 곳에 살게 하여 주시면 그 은덕은 부모나 다름이 없겠사오나, 주인이 저희들을 어찌 놓아 주시겠습니까."
"그까짓 것은 아무 걱정 없소! 나는 나대로 방법이 있으니까 말이오."
상 위에 은전 다섯 냥을 꺼내서 놓으면서 사진을 바라다보며 말했다.
"나는 오늘 몸에 지닌 돈이 많지 못하니, 동생이 돈이 있으면 좀 꾸어 주시오. 내 내일이면 곧 갚아드리리다."
사진은 이 말을 듣고 은전 열 냥을 꺼내서 상 위에 놓았다. 이충에게 돈이 있느냐고 물으니, 이충이 허리춤에서 두 냥의 은전을 내어 주니, 노달이 그 적은 것을 보고 말했다.
"그대는 그만 도로 집어 넣으시오."
하고 열닷 냥 돈만 김로에게 주며 말했다.
"그대는 짐을 꾸리고 내일 일찍이 떠나도록 하시오."
하고 두 냥 돈은 도로 이충에게 주고 세 사람이 술을 먹다가 각각 자기 숙소로 돌아갔다.

노달이 집에 돌아와서도 분한 것을 이기지 못하여 겨우 밤을 지냈다.
김로는 열닷 냥 돈을 얻어 가지고 성 밖에 나가서 수레를 하나 세를 내어 감추고 들어와 짐을 꾸리고 날이 밝기만 기다리는데, 날이 밝아 올 때에 벌써 노 제할이 주막에 찾아왔다. 주막에서 소리를 질러 물었다.

"주막에 아무도 없느냐? 김로가 묵고 있는 주막을 가르쳐 주게."

주막 주인이 말했다.

"김로는 빨리 나와 제할을 안내하시오."

김로는 방문을 열고 나오며 인사하고 말했다.

"관인은 방으로 들어오십시오."

제할이 말했다.

"방에 들어가 무엇하겠소? 딸을 데리고 어서 떠나시오!"

김로가 딸을 데리고 짐을 지고 문에 나오려 하니, 주막에 있는 소동이 앞을 막으며 소리쳤다.

"어디를 가려고 그러시오?"

노달이 말했다.

"저 사람이 방세를 덜 주었느냐?"

소동이 대답했다.

"방세는 다 받았습니다만, 정 대관인의 삼천 관 돈이 소인에게 책임이 있사오니, 어찌 놓아 보내겠습니까."

노 제할이 말했다.

"정도의 돈은 내가 갚을 터이니, 저 사람을 놓아 보내라." 하나 소동이 듣지 않고 있으니, 노달이 크게 노하여 다섯 손가락을 쫙 펴서 소동의 뺨을 치니 입으로 피를 토하는데, 또 한 번 치니 앞니 두 개가 부러졌다.

소동이 일어나 달아나니 어느 누가 감히 막을까?

김로의 부녀 두 사람은 급히 문을 나와 어제 세 얻어 놓은 수레를 타고 달아났다.

노달은 소동이 따라 갈까 염려하여 의자를 내다가 대문 앞에 앉았다가 두어 시간 후에 정도의 가게로 가니, 정도는 문앞 좌우 양쪽에 고기를 많이 걸어 놓고 문앞 궤 위에 앉았는데, 노달이 문 앞에 다가오며 정도를 불렀다.

　정도가 보니 노 제할이라 황망히 나와 몸을 굽혀 인사하고 안사람을 시켜 의자를 내다 놓으라 하여 제할더러 앉기를 권했다. 노달이 앉으며 말했다.

　"경략상공께서 말씀하여 왔는데, 살코기 열 근으로 회를 쳐 가져오라시는데, 만일 한 점 힘줄이 들어가면 쓰지 못할 것이오. 다른 놈의 손을 대지 말고 손수해 주게."

　"제할의 말씀이 옳으니, 제가 손수 썰겠습니다."
하고 궤 위에 올라 살코기 열 근을 가려 회를 치는데, 이때 주막 소동이 수건으로 얼굴을 싸매고 김로의 일을 말하러 왔다가 노 제할이 앉아 있는 것을 보고 멀리 서서 바라보고 있었다.

　정도가 회를 다 쳐서 싸 놓고 노달을 보고 물었다.
　"회를 다 쳤으니, 아이들을 시켜 보내 드릴까요?"
　노달이 말했다.
　"아직 끝나지 않았네. 거기 두고 다시 힘줄과 기름으로 골라서 열 근만 다시 회를 쳐주게. 만일 그 속에 살코기가 조금이라도 섞이면 안 되네."
　정도가 말했다.
　"이것은 쓰시기에 마땅치 않은가 합니다."
　노달이 눈을 부릅뜨고 말했다.
　"상공의 명을 누가 거역하려 하는가!"
　정도가 또 말했다.
　"제할의 말씀이 옳으니, 그대로 시행하겠습니다."
하고 다시 열 근 힘줄과 기름으로 가려 한나절 만에 다 쳐서 연 잎을 싸 놓고 또 물었다.
　"아이들을 시켜 상공의 부중으로 보내겠습니다."
하니, 노달이 또 말했다.

"고기와 힘줄을 빼고, 뼈만을 골라서 열 근만 회를 치게."
정도가 웃으며 말했다.
"제할이 심심하시어서 남을 조롱하시려고 이러십니까?"
노달이 의자에서 벌떡 일어나며 소리쳤다.
"내가 할 일이 없어 너 같은 놈을 조롱을 한단 말이냐?"
하고 소리를 버럭 지르며 연잎에 싸 놓은 고기 열 근과 기름기와 힘줄 열 근을 그대로 집어들고 정도의 면상에다 탁 던지니 정도의 뺨을 맞혔다.

정도는 발끈 성이 나서 비록 고깃간을 해먹을망정, 집안이 넉넉하여 남에게 '대관인' 소리를 듣고 있는 처지인데, 그까짓 제할 따위에게 이런 행패를 당하고 가만히 있을 까닭이 없는 일이었다.

가게 안으로 뛰어들어 가더니 소뼈 긁는 식칼을 들고 나왔다. 노달이 벌써 길거리로 뛰어나가 섰다.

정도가 칼을 들고 노 제할을 잡아 찌르려고 하니, 노달이 오른쪽 다리를 들어 정도의 아랫배를 한 번 차니 뒤로 자빠지는 것을 노달이 또 들어가며 정도를 가로 타고 꾸짖었다.

"내가 경략상공의 곳에 이르러 관서오로염방사를 지냈다면 진관서라고 할는지 모르지만, 너는 한낱 칼을 잡고 소 잡는 백정으로서 개와 돼지 같은 물건인데, 네가 감히 진관서라고 부르며 또 김취련을 억지로 작첩하고 헛문서 한 삼천 관 돈으로 사나운 계집을 시켜 수탈하니, 너 같은 놈을 어찌 용서하겠는가."

주먹으로 면상을 한 번 치니, 붉은 피가 솟아나오며 코가 한 편으로 삐뚤어졌다. 다시 한 번 두 눈 사이를 치니 눈망울이 둘 다 솟는다.

정도가 손에 든 것을 버리고 입 안의 소리로 신음하니, 양쪽에 서서 구경하는 사람들이 누가 감히 말리겠는가? 노달이 꾸짖었다.

"네가 어찌 말대답을 하는가?"
하고 주먹으로 가슴을 내리치며 호령했다.
"너는 망나니이니, 내가 너를 살려 두지 못하겠다!"
하고 또 한 주먹으로 가슴을 치고 보니 정도가 땅에 넘어지며 나오는 숨소리는 있으나, 들이쉬는 숨이 없으니, 노달이 가만히 생각했다.
'내가 만일 사람을 죽이고 옥에 갇히면 밥 갖다 줄 사람이 없으니, 일찍이 삼십육계 줄행랑이 상책이다.'
하고 몸을 일으켜 정도의 시신을 가르치며 꾸짖었다.
"이놈 거짓 죽은 체하지만, 내일 다시 만나자!"
하고 한편으로 꾸짖으며 돌아가니, 구경하던 사람은 많으나, 감히 앞으로 나서서 잡으려는 사람은 없다.
사저로 돌아온 노달은 급히 의복과 중요한 물건을 거두어 짐을 꾸려 헌옷 가지는 다 버리고 남문으로 달아났다.
이때 정도의 집사람들이 정도를 아무리 구하려고 하나 반나절이 되어도 살아날 가망이 없으니, 아주 죽었던 것이다. 그제서야 여러 사람들이 이웃 사람과 함께 관가에 고발하니, 부윤이 청상에 올라 고발장을 보고 말했다.
"노달은 경략부 제할이라 마음대로 잡아 놓을 수 없다."
하고 교자를 타고 경략부에 찾아가 군인이 경략에게 알리니, 경략이 부윤을 청하여 청상에 올라 예가 끝난 두 경략께 알렸다.
"부중 제할 노달이 무고하게 사람을 죽였기로, 마음대로 잡지 못하고 상승께 품하고 그를 잡으려 합니다."
경략이 그 말을 듣고 놀라며 생각했다.
'저 노달이 무예가 뛰어나나 정직하고 불의를 참지 못하더니, 과연 저런 일을 저질렀구나! 제가 사람을 죽였으니, 어떻게 두둔할 수 있을까?'
경략이 말했다.

"노달은 본시 우리 부친 노충경략상공의 곳에 군관인데, 내가 이곳에 출중한 삶이 없는 관계로 데려다가 제할을 삼았더니, 벌써 사람을 상한 죄를 범하였으니, 부윤은 명백히 초사를 받아 법대로 하는데, 우리 부친께 알리고 법을 시행하시오. 이후 변방에 일이 있을 때에 좋지 못할까 하오."

부윤이 말했다.

"하관이 이유 곡절을 들은 후 노충경략상공께 통지한 연후에 결단하겠습니다."

하고 나와 교자를 타고 부중에 돌아와 청상에 앉아, 갑자기 집포 사신을 불러 문서를 만들어, 흉한 노달을 잡으라 하여, 왕관찰이 공문을 가지고 토병을 이십여 명을 데리고 노 제할을 잡으러 사처로 갔다.

집주인이 말했다.

"아까 제할이 짐을 꾸리고는 조봉을 끌고 나가기에, 저희는 공사로 가는 줄 알았습니다."

왕관찰이 노달이 있던 방에 가서 보니 헤진 옷가지와 쓰지 못할 물건만 있는데, 집주인과 이웃집 사람을 잡아 가지고 돌아와 알렸다.

"노 제할이 죄를 두려워하여 달아나고 없기에 주인과 이웃집 사람을 잡아왔습니다."

부윤이 지방과 이정에게 시켜 죽은 것을 검시한 후에 장사지내게 하고, 각처에 문서를 돌려 살인범인 노달을 잡는 자에게는 일천 관의 상전을 주기로 하고, 다시 노달의 나이와 관적 모습을 자세히 적어 도처에다 붙여 놓게 했다.

이때 노달이 위주를 떠나 도망하여 여러 날 만에 한 곳에 이르니, 거리가 번화한 것으로 보아 큰 고을인 것을 짐작할 수 있었다.

노달이 앞만 보고 걷다가 한 곳에 사람이 둘러서서 붙여 놓은 방을 구경하는데, 뒤에서 한 사람이 노달의 허리를 잡으며 말했다.

"장대가(張大哥)는 이곳에 어찌 와서 계시오."

이때 노달이 돌아보니 그 사람은 다른 사람이 아니라, 위주에서 구하여 보낸 취련의 아비 김로였다.

"아니, 나으리 간 크신 것도 분수가 있으시지 그래, 그 방에 나으리를 잡으면 일천 관 상전이 붙어 있는데, 그렇게 태평스럽게 서 계신단 말씀입니까? 다행히 공인의 눈에 띄지 않은 것이 잘 되었습니다. 그런데 이곳에는 대체 무슨 일로 오셨습니까?"

노달이 말했다.

"내가 그날 영감을 보내고 헤어지자 그 길로 장원교 밑으로 가서 정도를 세 주먹으로 때려 죽이고 도망을 해 오는 길인데, 대체 영감은 어째 동경으로 간다던 사람이 여기를 왔소?"

김로가 말했다.

"처음에는 동경으로 돌아가려고 하였습죠. 그러나 다시 곰곰이 생각하여 보니 정가가 나중에 다시 알고 뒤라도 쫓는다면 큰일이라, 그래서 이리로 왔는데, 요행히 그 전에 이웃에 살던 사람을 만났습니다. 그 사람이 소개하여 딸년이 조원외(趙員外)라는 이곳 부잣집의 소실이 되었습니다. 저의 부녀가 지금은 아무 걱정 없이 잘 살고 있습니다만, 이것도 결국은 나으리 은덕이 아니겠습니까? 이 늙은 것과 딸년이 제 남편에게 나으리의 의기를 말하니, 조원외도 칭찬하며 한 번 만나 보기를 원합니다. 그 조원외도 창봉 쓰기를 좋아하는 고로, 나으리는 저와 함께 가십시다."

김로가 이끄는 대로 그 집으로 가 노달이 왔다고 이르자 취련은 황망히 안으로부터 달려나와 반가워하기를 마지 않으며 곧 다락 위로 안내하여 모셨다.

"나으리는 우리의 은인이신데 다락 위로 올라앉으십시오."
노달이 사양하여 말했다.
"내가 무슨 은인이라고 남의 집 다락 위에 올라가겠소? 나는 바로 가야겠소."
김로가 붙들고 하는 말이,
"나으리는 이미 이곳에 와서 계신데 우리 부녀가 어찌 그대로 돌아가시게 하겠습니까? 나으리의 은혜는 백골 난망입니다. 약주 한 잔 드리는 것을 무얼 그리 사양하십니까?"
한편으로 생선과 거위며 닭이며 온갖 과실과 과자 등속이 모두가 맛깔스럽고 풍성했다.
김로가 술을 부어 노달에게 권하면서 말했다.
"저의 부녀 두 사람이 나으리 위패를 만들어 분향을 피우고 절하며 위하였는데, 직접 몸소 오셨으니, 어찌 소홀히 하겠습니까."
노달이 마음이 흡족하여 연해 술잔을 기울이고 있을 때 뜻밖에도 갑자기 밖이 떠들썩하는 소리가 나니,
"붙잡아라!"
"잡아라!"
하고 떠드는 소리가 들린다.
노달이 놀라 창 틈으로 밖을 내어다 보니 장정들 삼사십 명이 각각 몽둥이를 들었는데, 말 탄 사람 하나가 그들을 지휘하고 있었다.
노달이 형세가 급하여진 것을 보고 의자를 들고 다락 위에서 내려 가려고 하니, 김로가 황망히 손을 들어 말렸다.
"나으리는 가만히 계십시오! 제 말을 들으십시오!"
하고 다락에서 내려가 말 탄 사람의 앞에 가까이 가서 무어라고 말을 하니, 그 사람이 젊은 장정들을 돌려 보내고 말에서 내려 다락 위로 올라오더니 노 제할을 앉게 한 후 그 사람이 절을 했

다. 노달이 김로를 보고 물었다.
"저분이 누구시기에 나는 잘 알지도 못하는데, 절을 하오?"
김로가 대답했다.
"저분은 지금 제가 말하던 조원외입니다. 아까 제가 웬 남자를 데리고 다락 위에 올라와 술을 먹는다고들 하니, 원외는 혹시 취련이 새서방을 불러들여 술을 먹는 줄 알고 젊은 장정들을 데리고 왔다가 제 말을 듣고 오해를 풀어 다 돌려 보내고 올라 왔습니다."
하니, 조원외가 술상을 다시 차려다 놓고 노달을 윗자리에 앉으라고 하니, 노달이 말했다.
"내가 어찌 윗자리에 앉겠소?"
조원외가 또 말했다.
"이것이 저의 공경하는 본심에서 제할의 호걸다운 것으로 하여 오늘 저의 집에 오셨으니, 어찌 다행이 아니겠습니까?"
노달이 말했다.
"저는 한낱 추하고 지저분한 필부인데다가 또 죽을 죄를 저질렀으니, 만일 버리지 않고 이 사람을 쓸 곳이 있으면 원외를 위하여 죽어도 아깝지 않을 것이오."
원외가 기뻐하며 정도를 죽이던 일을 듣고 칭찬하기를 그치지 않으며 밤을 지새며 원외가 말했다.
"이곳은 편하지 못한 일이 많을 것이니 우리 본집으로 가서 묵는 것이 좋을 것입니다."
"댁이 어디신데요?"
"여기서 한 십 리쯤 가면 칠보촌이 있는데, 그곳이 저의 집입니다."
"그러면 참 좋겠습니다."
이튿날 말을 타고 칠보촌에 가서 또 잔치를 하며 즐겼다.
그러기를 오륙일이 지나자 갑자기 김로가 찾아와 말한다.

"먼젓번 다락 위에서 그 소동이 있어 이웃 사람들이 다들 알았나 봅니다. 어제는 관가에서 나온 듯싶은 사람 서너 명이 이웃에 와서 수상하게 묻고 가니, 나으리께 이롭지 못할까 합니다. 만일 불미스런 일이 생기면 어떻게 할까요?"

노달이 말했다.

"그러면 내가 떠나는 것이 제일 편하겠소."

조원외가 말했다.

"만일 만류하여 여기 있다가 무슨 의외의 일이 생기면 구하기 어려울 것이오. 보내자니 우리가 바라던 정리가 몹시 슬프군요. 내가 한 가지 좋은 도리가 있는데, 제할이 안전하게 피난할 묘책이 있으나, 다만 제할이 꺼려서 따르지 않을까 합니다."

"내가 죄를 진 사람으로 아무 곳이나 편안히 피난할 곳이 제일인데, 무슨 꺼리고 말고가 있겠소."

"마침 잘 됐습니다. 여기서 30리쯤 가면 오대산이 있습니다. 그 산꼭대기에 있는 문수원(文殊院)이란 절간의 지진장로(智眞長老)는 나하고 막연한 사이입니다. 만약에 제할님께서 응낙만 하신다면 일체의 비용은 제가 부담할 것이니, 이 절간으로 몸을 피하시어 삭발하시고 정말 중이 되시는 게 어떻겠습니까?"

'내가 이제 갈 곳도 없으니, 당분간 중이 되어 피하여야겠다.'

노달이 잠시 생각한 후 말했다.

"모든 일을 원외가 주선하는 대로 하겠소."

조원외가 크게 기뻐하여 노달과 같이 교자를 타고 오대산으로 올라가는데, 장객을 먼저 보내어 통지했다. 도사, 감사, 직승이 산문까지 마중 나와 마저 정당에 올라가 자리를 잡고 지진장로가 시자를 데리고 나와 예를 마치고 말했다.

"시주께서 어인 일로 이리 먼 행차를 하시었습니까?"

조원외 대답했다.

"부탁할 일이 있어 왔습니다."

장도가 원외를 청하여 방장에 들어가 차를 마실 때, 원외가 노달의 귀에다 대고 두어 마디 이르니, 노달이 말했다.
"제가 미처 깨닫지 못하였소"
하고 몸을 일으켜 원외의 뒤에 서니 절 안의 많은 직사승 차례로 조원외가 예물을 드리니 장로가 합장하고 말했다.
"어찌 이렇게 많이 포시하십니까?"
원외가 몸을 일으켜 아뢰었다.
"제가 발원하여 중 하나를 천거하려고 도판을 얻어 두었더니 이제 표제한 사람이 있는데, 성명은 노달이라 하고 출가하기를 원하오니, 바라옵기는 장로는 대자 대비하시어 저의 낯을 보아 제자를 삼으시면 다행으로 생각할까 합니다."
장로가 말했다.
"이것은 산문에 유익한 일이니, 염려하시지 마시고 차나 마시십시오."
지진장로는 모든 직사승을 불러 상의를 했다.
모든 중들이 말했다.
"저 사람이 출가할 사람 같지가 않은 것이, 두 눈이 몹시 불량하니, 정말 중이 될 것 같지 않습니다. 그러니 뒷날 산문에 해가 될까 두렵습니다."
"조원외는 형제와 같으니, 저 사람의 낯을 보아서라도 받지 않을 수 없고, 또한 이 사람이 천강성에 응한 사람이라, 후에는 반드시 정과에 들 중이니, 너희들은 따라가지 못할 것이다."
하고 재를 올린 후에 조원외가 돈을 내어 승례며 가사 등물을 장만하여 길일을 가리어, 종과 북을 울리며 법당 안에 여러 무리들을 모을 때, 오륙백 승인이 다 가사를 입고 두 줄로 선 후, 조원외가 신향을 들고 부처님 앞에 나아가 배례한 후 노달을 인도하여 법당 아래에 이르러, 두건을 벗기고 머리를 아홉 가닥을 내어 제도로 깎고, 또 수염을 깎으려 하니, 노달이 말했다.

"수염은 깎지 말라."

여러 중들이 웃음을 참지 못하여 하는 것을 장로가 법당에 앉아서 내려다보시다가 말씀했다.

"조그마한 터럭을 남기지 않는 것은 몸을 맑고 깨끗하여 조금도 더럽거나 속될 것이 없도록 하는 것이니, 너는 수염을 아끼지 말라."

여러 중들이 일제히 염불을 하고 수염을 마저 깎은 후에 장로가 가까이 오라고 하여 법명을 지심(智深)이라고 지어 주셨다. 첨문에 이름을 메우고 장로가 다시 가사와 승모를 주었다.

지심이 입은 후에 장로 앞에 나아가자 장로가 말했다.

"출가하는데, 제1은 살생하지 말라 하며, 제2는 도적질을 하지 말며, 제3은 음란하지 말며, 제4는 술을 탐내지 말며, 제5는 거짓말을 하지 못하는 법이다."

노지심이 대답했다.

"모든 일을 그대로 행하겠습니다."

하니, 모든 중이 다 웃었다. 원외가 모든 중들을 청하여 선당에 앉아 재를 파한 후, 여러 화상들이 지심과 같이 후당에 가서 놀다가 밤을 지냈다.

이튿날 조원외가 하산하기에 앞서 장로와 모든 중들을 대하여 말했다.

"지심은 한낱 거칠고 데면데면한 자이니, 무슨 일에 규범을 어지럽히는 일을 저의 낯을 봐서라도 용서하십시오."

장로가 말했다.

"원외의 부탁하심을 노승이 다 가르치겠습니다."

원외는 사례하고 지심을 이끌고 소나무 밑에 가서 가만 분부했다.

"오늘부터는 지금까지와는 생활이 완전히 달라지시는 겁니다.

모든 일에 몸조심을 하시고 함부로 진노하시면 안 됩니다. 잘못하시면 다시 서로 만나 볼 수도 없게 될지 모르니 부디 자중 자애하시기 바랍니다."

"형님은 수고롭게 이르지 마소서. 잘못이 없게 하리이다."

원외가 크게 기뻐하며 장로를 하직하고 돌아갔다.

이때 지심이 곁에 돌아와 선상 위에서 낮잠을 자니 모든 중들이 깨워서 타일렀다.

"출가한 사람이 참선하는 것을 힘쓰지 않고, 잠만 자느냐?"

지심이 대답했다.

"내가 잠을 자기로서니 너희들에게 무슨 간섭할 일이 있단 말이냐?"

여러 중들이 그 말 같지 않은 것을 듣고 대답하지 않으니, 지심이 도로 가서 잤다.

이튿날 여러 중들이 장로를 보고 그 말씀을 아뢰니 장로가 말했다.

"지금은 비록 그러하나 후일에는 정과에 돌아갈 중이니 너희들과 나는 기기에 미치지 못할 것이다."

여러 중들이 아무 말 않고 물러들 갔다.

지심이 날마다 선상 위에서 잠자고 코고는 소리는 우레 같고 불전 뒤에 가서 똥과 오줌을 마음대로 누니 시자승이 장로에게 고했다.

"지심이 체면이 없어 출가한 사람 같지 않으니, 어찌합니까?"

"너희들은 무슨 여러 말을 하느냐? 오래되면 고쳐질 것이니 다시는 지심의 말을 하지 말아라."

하니, 여러 중들이 물러갔다.

노지심이 오대산에 들어온 지 이럭저럭 오륙 개월이 지나 시월달 어느 날이었다.

날이 하도 좋아 노지심은 마음이 뒤숭숭하니, 괴로워져서 오래간만에 산문을 나서 보았다.

어슬렁어슬렁 혼자서 산중턱까지 내려오니, 그곳에 정자가 하나 서 있다. 들어가 의자에 걸터앉아서 가만히 생각했다.

'내가 늘 술과 고기를 좋아하여 입에서 떠날 때가 없었는데, 이 못된 화상이 된 후로는 날마다 술과 고기를 주리고 또 고기 구경한 지가 언젠가? 이러다가는 내가 필경 말라죽기 십상이 아닌가?'

불현듯이 술 생각과 고기 생각이 간절하여 혼자 한탄을 하고 있으려니, 멀리 바라보이는 곳에 마침 한 사나이가 어깨에 통을 메고 올라오며 콧노래를 부른다.

"구리산 앞이 전에 전장터인데, 목동이 옛날 쓰던 칼과 창을 얻었도다. 순풍에 오강물이 불어 일어나니 족히 우미인이 패왕을 이별하는 눈물 같더라."

하는데, 노지심이 그 사나이가 통을 메고 올라오는 것을 보고 물었다.

"여보, 그 통 속에 뭐가 들었소?"

"술입니다."

"한 통에 값이 얼만가?"

"아니, 술값은 알아서 뭘 하시렵니까?"

"내 필요한 일이 있어 묻네."

"이 술은 절에 올라가 화공도인들에게 팔러 가는 것입니다. 지진장로님의 분부가 얼마나 엄하시다구요. 스님들에게 술을 팔았다가는 저희는 장사도 못하고 본전까지 빼앗겨 쫓겨납니다."

"그러면 정말 안 팔겠단 말인가?"

"죽이신다고 하신 대도 팔지 못합니다."

"내가 너를 죽인다는 거냐, 술을 팔라는 게지. 네가 파나 안 파나 두고 보자."

그 사나이는 노지심의 말을 듣고 통을 메고 달아난다.
노지심이 정자에서 내려와 두 손으로 통을 붙들고 한발로 차니 그 사나이는 땅에 쓰러져서 일어나지 못하는데, 지심이 얼른 술통을 빼앗았다.
노지심이 술통을 가지고 정자 위에 올라가 표주박으로 떠서 다 먹고 보니 감로수라도 이보다 더 달까? 그대로 안주도 없는 술을 눈깜짝할 사이에 한 통 술을 다 먹었다.
다 먹고 난 노지심은 그 사나이를 보고 말했다.
"술값은 내일 절로 와서 받아 가게."
말 한마디를 남겨 놓고 다시 정자로 돌아갔다.
그 사나이는 지진장로가 알까 두려워 아무 소리도 못하고 한 통에 남은 술을 두 통에 나누어 메고 내려갔다.
노지심이 정자에서 한나절이나 앉았으나, 술이 점점 취하여 오는지라, 웃옷을 벗어 등에 메고 드러내 놓고 돌아오는데, 한 발은 높고 또 한 발은 낮고, 한 번은 이리 비틀 한 번은 저리 비틀, 윗통을 홀떡 벗어 등의 문신을 드러내고 엎어질 듯 자빠질 듯 산으로 올라온다.
마침내 산문 앞에 다다르니 이 모양을 본 무명 문지기는 곧 대막대를 휘두르며 들어오지 못하게 안에서부터 막았다.
"노지심은 불가 제자로서 저렇게 술이 취하여 어찌 산문에 들어오려고 하느냐? 네가 눈이 있으면 어찌 승당에 붙인 방을 보지 못하느냐! 만일 중이 되어 술을 취하면 이 대막대로 사십장을 맞는다. 너도 빨리 달아나서 맞는 것을 면하여라!"
노지심은 첫째는 처음으로 중이 되었으니, 법규를 모르고, 둘째는 아직 옛날 습성이 아직 고쳐지지 못하였으니, 두 눈을 부릅뜨고 호령했다.
"이 어미를 팔아먹는 놈아! 네가 나를 치려고 하니, 내가 마땅히 너를 먼저 친다!"

두 명 문지기들은 형세가 좋지 않은 것을 보고 나는 듯이 절 안에 알리고, 한편으로는 대막대를 들이막는데, 노지심이 크게 노하여 문지기의 뺨을 때리니 그놈이 거꾸러졌다. 다시 한 주먹으로 또 치니 그 문지기도 또한 땅에 쓰러졌다.
"내가 너희들을 죽이지는 않을 것이다!"
하고 비틀 걸음으로 절에 들어갔다.

이때 감사승이 문지기의 알리는 것을 듣고 화공 도인과 직청 교부 이삼십 명을 모아 몽둥이들을 들고 쳐 나오니, 지심이 보고 크게 소리 지르며 걸어 들어 오는데, 여러 무리들이 처음으로 보니 저 사람이 군관 출신인 줄 어찌 알았겠는가!

모두들 치고 받고 하려다가 지심의 흉맹한 것을 보고 도로 들어와 문 안에 숨었다. 지심이 쫓아오며 손으로 치고 발로 차며 한바탕 소동을 일으켰다.

이때 감사승이 황망히 지진장로에게 알리니 장로가 듣고 사오 명 지자를 데리고 뜰 아래 쫓아오며 크게 호통쳤다.

"네 이놈! 이 무슨 무례한 짓이냐?"

노지심은 취중에서도 지진장로임을 알자 그대로 막대를 버리고 그 앞에 엎드렸다.

"지심이 두어 잔 술을 마셨습니다만, 제가 먼저 저들을 치지 않았는데, 저들이 무단히 사람을 몰고 와서 저를 칩니다."

"네가 취한 모양이니 어서 들어가 자거라. 잘잘못은 내일 가리기로 하자."

장로가 시자를 시켜 지심을 붙들어 선상에 가서 자게 하였으나, 노지심은 연방 투덜거리며 비틀비틀 선불장으로 들어가, 아주 제자리로 정하고 있는 선상 위에 가서 쓰러지더니 그대로 드르렁드르렁 코를 골아버린다.

직사승이 장로에게 간한다.

"전날에 저희들이 간하던 말이 오늘날 직접 보셨으니, 어떠하십니까? 우리 절에 저런 금수 같은 놈을 용납하셔서 법규를 어지럽게 하십니까?"
"오늘은 잘못하였으나, 뒷날에는 반드시 정과에 돌아갈 중이니 어찌 할 수 없고, 또 조원외의 낯을 봐서라도 한 번 용서해야겠다?"
모든 중들이 속으로 냉소하며 지꺼렸다.
'우리 장로는 정말로 주변이 없는 화상이다.'
하고 각각 흩어져 갔다.

이튿날 지진장로가 선당에 앉고 지심을 부르니, 그제야 일어나 나오며 선당 뒤에 가서 오줌 누고 들어오니, 지진장로가 타일렀다.
"지심아, 네 비록 무부 출신이나 이미 조원외의 청으로 화상이 되었고, 자신을 경계하여 먼저 술을 탐하지 말라고 하였는데, 어찌 술을 취하여 전상에 주홍 적자를 다 분지르고 또한 화공도인을 마구 치고 차고 하니, 그 무슨 도리냐?"
노지심이 꿇어앉아 잘못을 빌었다.
"차후는 다시 그런 일을 저지르지 않겠습니다."
"내가 만일 조원외의 낯을 아니 보면 절대로 너를 용서하지 않을 것이다. 그러나 조원외 낯을 보아 이번만은 용서하니, 앞으로 그러한 일이 없도록 각별 조심하여라."
노지심이 두 손을 합장하고 말했다.
"황감할 따름이옵니다."
지진장로는 좋은 말로 지심을 위로하고 한 벌 세포직황과 승혜 한 쌍을 주었다. 지심이 받아 가지고 돌아와 다시는 절문 밖에 나가지 않았다.

그 뒤 대여섯 달이 다시 지나 마침내 겨울은 가고 산속에도 봄이 찾아들었다.
 하루는 날씨가 하도 따뜻하고 좋은지라 우연히 한 발 한 발 걸어 산문 밖에 나왔는데, 오대산 경치가 하도 아름다워서 나온 다는 게 정자까지 나와, 다리를 쉬느라고 앉았으려니까 홀연 바람결에 쇠치는 소리가 은은히 들렸다. 지심이 선당에 돌아와 은전을 갖고 내려와 보니 인가가 오륙백 호나 되는 큰 마을이 있는데, 고깃간, 반찬가게, 술집, 국수집들이며 없는 것 없이 다 있다.
 '원, 여기 이런 데가 있는 줄 진작 알았다면 구태여 그때 그 사람에게 통술을 뺏아 먹을 것도 아닌 걸 그랬구먼!'
 혼자 중얼거리며 그는 우선 아까 들은 대장간부터 찾아갔다.
 "여기 좋은 쇠가 있소?"
 대장간 주인은 지심의 수염 깎은 것을 보고 좀 두려워하는 빛을 얼굴에 띠며 물었다.
 "사부는 무엇을 만들려고 하십니까?"
 "선장에 계도를 맞추고 싶은데?"
 "알겠습니다. 선장은 몇 근짜리나 하시렵니까?"
 "한 백 근짜리쯤 할까."
 "혹시 사부께서 쓰시기 불편할까 합니다. 옛날 관운장이 쓰시던 청룡도도 팔십 근밖에 안 되었습니다."
 노지심이 기분이 나빠 말했다.
 "내가 어찌 관운장만 못한 줄로만 아는가?"
 "저희들에 생각에는 한 사오십 근짜리로 만들면 합니다."
 "여러 소리 말고 팔십 근짜리 선장과 계도를 만들구려."
 대장간 주인이 응락하니, 지심이 말했다.
 "당신이 조심하여 잘 만들어 주면 물건값 외에 다시 웃돈을 얹어 줄 것이다. 그리고 내게 돈이 있으니, 술집에 가서 술 한 잔씩 먹는 것이 어떻소?"

"사부는 걱정 마십시오. 저희는 먹고 사는 데 바빠 어른을 모시고 술을 먹을 시간이 없으니, 대단히 죄송합니다."

지심이 대장간을 나와 술집을 찾아갔다. 들어가 자리를 잡고 앉아 탁자를 두드리며 술을 청했으나, 주인은 못내 민망해하며 말했다.

"사부는 저의 죄를 용서하십시오. 저의 집도 오대산 절에서 준 집이요 밑천도 절에서 대주신 것입니다. 또 지진장로께서 법지를 내려, 만일 오대산 절 중에게 술을 팔면 밑천 대준 것도 빼앗고 집도 내어쫓는다는 것입니다. 그래서 사부에게 술을 팔지 못합니다. 사부는 노여워하지 마십시오."

"조금만 팔면 되지 않나? 내가 먹고 가면 누가 알 것인가."

"그렇게 할 수 없으니, 용서하십시오."

"내가 다른 집에 가 먹고 다시 오거든 그때 보자. 술집이 여기뿐이냐!"

하고 밖으로 나와서 바라보니 다른 술집이 또 있어 찾아 들어갔으나, 몇 집을 또 들어가 보나 역시 마찬가지였다.

가만히 생각해 보니, 따로 꾀를 쓰지 않고는 어디 가서 술을 사 먹을 수가 없었다. 지심이 한참 가다가 보니 향화촌 어귀 으슥한 곳에 술집이 있었다.

지심은 그 술집으로 또 쓱 들어가서 들창가에 앉아 소리를 질렀다.

"주인, 지나가는 중이오! 술 한 잔 마시도록 해 주시오."

주인이 나와 지심을 자세히 살펴보더니 말했다.

"오대산에서 오신 스님이라면 술을 팔 수 없습니다."

"나는 오대산 중이 아니오. 빨리 술을 가져 오시오!"

술집 주인이 얼핏 보니 지심의 모습이나 몸차림이나 말투가 보통 중과는 달라서 별 의심 없이 술을 내놓고 말았다. 큰 잔으로 열 잔이나 꿀꺽꿀꺽 마시고 나서 지심은 주인에게 물었다.

"고기는 없소? 한 접시만 가져 오시오."
"아침결에는 쇠고기가 좀 있었지만, 다 팔리고 없습니다."
이때 지심은 어디선지 고기 냄새가 코를 찌르는 것을 깨닫고 냄새를 좇아 뛰어갔더니 담모퉁이에 가마솥을 걸고 개 한 마리를 삶고 있었다.
"당신 집에는 개고기가 있는데, 어째서 팔지 않는 거요?"
"출가하신 분께선 개고기를 잡숫지 않으시는 줄만 알고 여쭙지도 않았습니다."
"돈은 여기 얼마든지 있으니, 가져 오시오."
지심은 주머니를 뒤적뒤적하더니, 은전을 주인에게 꺼내 주고 개 한 마리를 절반만 내놓으라고 했다. 주인이 거절하지 못하고 잘 삶긴 개 반 마리와 마늘까지 곁들여서 내놓으니, 지심이 기뻐서 어쩔 줄 모르며 개고기를 찢어서 마늘 양념과 함께 또 술을 열 잔쯤 더 마셨다.
"스님은 술을 많이 잡수셨으니, 그만 잡수시오."
지심이 눈을 부릅뜨고 소리쳤다.
"내가 너의 술을 거저 먹지 않는데, 무슨 걱정이냐?"
하고 잠깐 동안에 두 통 술을 다 먹었다. 지심이 개 다리 한 짝 먹다 남은 것을 품속에 감추고 나오면서 말했다.
"거스름돈은 그냥 두소. 남은 건 내일 또 와서 먹을 테니까."
하고 자리를 일어서니 그제서야 비로소 그가 오대산 중인 것을 깨달은 술집 주인은 눈을 둥그렇게 뜨고 입을 딱 벌리고 어찌할 바를 모른다.
노지심은 산으로 올라오자 술이 점점 취했다.
정자까지 온 지심은 정자에 앉아서 한참 쉬려니까 몸이 몹시 무겁고 힘에 겨워서 꺾어 일어나며,
'내가 한참 동안 주먹을 쓰지 못하였으니, 오늘 한 번 시험하여 볼까?'

하고 두 소매를 거둬올리고 정자 기둥을 향하여 주먹으로 한 번 치니 단주먹에 기둥이 부러지며 정자가 그대로 와르르 소리를 내며 무너진다.
이 소리가 산이 무너지는 듯 소리가 요란하다.
이때 문을 지키고 있던 문지기는 정자 무너지는 소리에 깜짝 놀라 밖으로 나와 살펴보다가 문득 노지심이 자빠지며 엎어지며 곤드레만드레 하고 산으로 올라오고 있었다.
"이 개 같은 놈이 또 취하였구나!"
하고 문을 닫고 빗장을 지르고 문틈으로 내다보았다. 지심이 문 앞에 다다라 문이 닫혔음을 보고 문을 북 치듯 두드렸지만, 문지기가 문을 열어 주지 않았다.
지심이 한참을 두드리다가 몸을 돌려 서며 왼쪽 금강신장(金剛神將)을 보고 소리쳤다.
"너는 왜 나를 위하여 문을 열어 주지 않고 주먹을 불끈 쥐고 오히려 나를 칠 듯이 하고 있느냐? 나는 조금도 두려워하지 않는다!"
하고 문설수를 뽑아 금깅신의 다리를 한 번 치니, 흙으로 만든 체상이라, 다 무너져 버렸다.
문지기가 보다가 깜짝 놀라 지진장로에게 알렸다.
노지심이 섰다가 또 오른쪽 금강신장을 보고 꾸짖으며 주먹으로 내려치니 큰소리가 산천을 진동하며 금강신이 대상에서 떨어지니 지심이 크게 웃는다.
문지기가 또 지진장로에게 알리니 장로가 말했다.
"너희들은 취한 사람을 상대하지 말아라."
온 절 안 직사승이 방장으로 들어와 고했다.
"저 돼지 같은 놈이 오늘 또 대취하여 반산 정자와 산문에 금강신장을 다 헐어 버리니, 이것을 어찌하시렵니까?"
"자고로, 취한 자한테는 천자도 피한다 하는데, 하물며 이 늙은 중이 어떻게 하겠는가? 정자와 금강신장은 나중에 조원외가 와서 수리하여 줄 것이니 걱정 마라."

모든 중들이 말했다.

"금강신은 산문의 주인이시온데 어찌 마음대로 하겠습니까."

"금강신뿐 아니라 천상의 삼세 부처를 상한들 어찌하겠는가? 피하는 것이 상책이다. 너희들은 지난번 광경을 보지 못하였느냐?"

여러 중들이 나오며 서로 수군거렸다.

"쓸데없는 화상이로다!"

장로가 문지기들에게 분부했다.

"문을 열어 주지 말아라."

하니, 지심이 밖에서 크게 호령했다.

"이 머리 밀어 버린 나귀놈들아! 너희들이 문을 닫고 나를 들어가지 못하게 하느냐? 불을 질러버리겠다!"

여러 중들이 문지기보고 말했다.

"너는 나가서 문을 열어 주어라. 개 같은 놈이 들어와 어떻게 하는지 보자!"

문지기가 가만히 빗장을 빼놓고 안으로 들어와 숨어서 엿보고 있었다.

이때 지심이 문을 열어 주지 않으니, 노하여 힘을 써 문을 한 번 확 밀어보니 문이 홱 열리면서 지심은 나가떨어졌다.

지심이 다시 일어나 곧장 선당으로 향하여 들어오니, 공부하던 선화자들이 지심이 들어오는 것을 보고 저마다 머리를 숙이고 경문을 외웠다.

지심이 선상가에 이르러 트림을 한 번 하니, 그 내음새가 코를 찌르니 여러 중들이 말했다.

"선재 선재(善哉善哉)라!"

하고 입을 가리자 지심이 일어나며 옷을 벗으니, 품속에서 개고기가 떨어지자 모두들 놀라 달아난다.
 지심이 맨 위에 앉은 선화자에게 말했다.
 "너는 이 고기를 먹어 보아라."
 그 중이 두 손으로 입을 가리고 죽을 힘을 다하여 피하는데, 지심이 붙들고 말했다.
 "정말 안 먹겠는가?"
하고 입에다 문지르니 여러 중들이 와서 말렸다.
 지심이 노하여 주먹으로 여러 중들의 맨 머리를 북치듯 두드리니 한 방 가득한 중들이 크게 소리 지르며 각각 소지품을 챙겨 몸을 피하는데, 수좌중인들 어찌 말리겠는가. 급히 지진장로한테 가서 아뢰었다.

 한편 지심은 선당에서 사람을 잡아치는데, 화공, 도인, 직청, 교부의 무리 수백 명이 몽둥이를 들고 지심과 싸웠지만, 어찌 당하겠는가.
 이때에 지진장로가 나오며 소리를 가다듬어 꾸짖었다.
 "네 이놈! 여기가 어딘 줄 알고 이러느냐?"
 모든 다친 사람들이 한편으로 물러서는데, 이때 술이 거의 깬 노지심도 장로를 보자 황망히 엎드린다.
 장로는 다시 꾸짖는다.
 "지심은 이 늙은 사람을 구렁에 빠뜨리느냐? 먼젓번에도 술이 취하여 한바탕 수라장을 일으키고 조원외가 여러 사람들에게 사죄하여 겨우 안정되었는데, 이번에 또 술이 취하여 정자를 헐고 금강신을 쳐부수고 법규를 어지럽게 하여 모든 사람들이 흩어지려고 하니, 그 죄가 적지 않다! 여기 오대산 문수보살 도장은 천백 년 청정 양화를 만들어 온 곳이다. 너 같은 놈을 이대로 두어 둘 수는 없는 일이다. 불가 부득 다른 곳으로 보내야만 하겠다. 너는 나를 따라 방장으로 오너라."

노지심은 다시는 안 그러겠다고 빌었다. 그러나 이번만은 장로도 용서가 없었다.

한편으로 장로는 분부하여 선객은 선당으로 가서 공부하고 다친 중들은 각각 돌아가 조리하게 하고, 한편 조원외 집에 사람을 보내어 기별했다.

조원외는 글을 보고 미안한 마음이 커서 오지 않고 답장을 하였는데, 금강신과 정자는 자기가 책임지고 수리하게 하고 노지심의 거처는 장로의 마음대로 하라고 했다. 장로가 크게 기뻐하여 이에 한 벌 직철과 승혜를 내어 지심 앞에 놓고 말했다.

"네가 전일에 술이 취하여 벌써 규헌을 범하였고 이번에 또 산문 금강신장과 반산정자를 헐고 모든 중들을 쳐서 상하게 했다. 우리 이곳은 출가한 사람의 수도하는 곳이라 맑고 깨끗하여 조금도 더럽거나 속된 것이 없는 거처라, 어이 그러한 변괴가 있겠는가? 조원외의 낯을 보아 너를 다른 곳으로 보내어 몸을 편안히 하고 이름을 세우게 하겠다."

노지심이 물어 보았다.

"사부는 저를 어느 곳으로 보내려 하십니까?"

이때 지진장로가 노지심을 보고 말했다.

"네가 이곳에는 있지 못할 것이니, 내 사제 하나가 동경대상국사에 있는데, 법명은 지청선사이다. 내가 편지를 써 줄 터이니 그곳에 가서 의지하여 지내도록 하거라. 그리고 너에게 네 구절의 글을 줄 터이니, 네가 죽을 때까지 잊지 말도록 하여라."

그 지은 글귀를 보니,

숲을 만나서 일어나고
산을 만나서 부유해지고
고을을 만나서 옮기고
강을 만나서 멈추리라.

하고 적혀 있었다. 노지심은 지진장로께 아홉 번 절하고 하직한 다음 마침내 짐을 수습하여 산을 내려갔다.

　오대산에서 내려온 노지심은 대장간 옆집 여인숙에서 며칠을 지체하며 선장이 다 되기를 기다려 그것을 찾아 가지고 다시 길을 떠났다. 술 먹으며 고기 먹으며 걷기를 반 달, 그 동안 절간에는 한 번도 묵지 않고 밤이면 여인숙을 찾아 들고 낮이면 술집을 찾아 노상 마시면서 길을 걸었다.
　하루는 길을 가다가 산수의 경치가 너무나 아름다워서 그것만 구경하고 있다가 날이 저물어 잠잘 곳도 찾지 못하고 쩔쩔매기도 했다.
　다시 30리 길을 걸어서 어느 다리를 건너서니, 멀리 저녁놀이 비끼는 숲속으로 평화로운 마을이 보였다.
　노지심은 그 마을에서 그 중 큰 장원을 찾아가서 문을 두드리며 하룻밤 쉬고 가기를 청했다.
　그러나 장객 수십 명의 무리들이 뭐가를 가지고 동서로 분주한데, 그 중에 한 장객이 문에 나와서 말했다.
　"오늘은 이 댁에 일이 있어 주무시지 못할 것입니다."
　"그런 말씀 마시고 하룻밤만 재워 주시오. 내일 새벽 일찍 떠나리다."
　"스님은 빨리 다른 곳으로 가시오. 이곳에 있다가 화를 당하시지 마십시오."
　"이상도 하다. 하룻밤 자고 가는데, 왜 화를 당한다고 하오?"
　"그대가 만일 가지 않으면 그대를 묶어 나무에 달겠소."
　노지심이 크게 노하여 꾸짖었다.
　"촌놈이 괘씸하다! 내가 한마디라도 너한테 나쁜 말을 하였나 욕을 하였나? 그런데 어찌 나를 묶어 매달겠는가?"

장객들의 무리 중에 혹 꾸짖는 사람도 있고 권하는 사람도 있는데, 한 노인이 용두장을 짚고 나오며 불러 말했다.

"너희들이 무슨 일로 싸우는가?"

노지심이 그 사람을 보니 나이 육십 이상은 되었는데, 장객들이 말했다.

"이 화상이 우리를 때리려고 하니, 싸웁니다."

지심이 말했다.

"나는 오대산 승이온데 길을 걷다가 주막을 잃고 댁에 이르러 하룻밤 자고 가기를 청하였더니, 장객의 무리들이 나를 묶어 매달려고 하기에 다투었습니다."

"그대가 오대산에서 오시는 스님이시거든 나를 따라 들어 오시오."

노지심이 노인을 따라 중당에 들어가 자리를 잡은 후에 노인이 말했다.

"사부는 이상하게 여기지 마십시오. 자객의 무리들이 오대산의 사부를 활불임을 모르고 범상한 중으로만 여겨 무례하게 굴었습니다. 이 늙은 사람이 불법을 극히 공경하오니, 비록 내 집에 일이 있다고 어찌 사부를 대접하지 않겠소."

지심이 선장을 한편에 세우고 몸을 일으켜 사례했다.

"시주의 후덕에 감사합니다. 소승은 노지심입니다."

"사부는 저녁을 잡수셔야 하실 텐데 고기를 잡수십니까?"

"소승은 소고기나 개고기를 가리지 않고 다 먹습니다."

태공이 크게 기뻐하여 장객을 명하니, 술과 고기를 갖고 오라 하니, 장객이 한편으로 탁자 위에 한 쟁반 소고기와 네 가지 채소와 한 통의 술을 가져다 놓으니, 지심이 사양도 않고 순식간에 고기와 술을 다 먹었다.

태공이 보고 말했다.

"사부는 바깥 방에서 주무시다가 밖에서 떠드는 소리가 나더라도 행여 내다보지 마십시오."

"감히 묻습니다만 오늘밤에 무슨 일이 있습니까?"

"이것은 출가한 사람이 알 것이 아닙니다."

"태공께서 수심이 가득하니, 혹 소승이 머무는 것을 괴로워하시는 것입니까? 내일 방세를 후히 드리고 가겠습니다."

"이 늙은 사람이 평생에 중을 포시하고 재를 먹이기를 위주로 하는데, 어찌 사부 한 사람 머무는 것을 괴로워하겠습니까? 오늘밤에 작은딸의 사위를 보기로 상심하는 것입니다."

지심이 껄껄 웃으며 말했다.

"아들이 자라면 장가들이고 딸이 장성하면 시집 보내는 것이 인륜 대사요. 오상(五常)에 떳떳한 예인데, 무슨 연고로, 상심하십니까?"

"이 혼인은 이 늙은 사람의 집에서 원하지 않는 혼인이오."

지심이 더욱 웃으며 말했다.

"태공은 진실로 어리석은 사람이오. 서로 원하지 않을 것이면 어찌 사위를 삼겠소?"

"이 늙은 사람이 단지 딸 하나가 있는데, 나이가 열아홉 살이오. 이곳에 산이 하나 있는데, 이름은 도화산입니다. 산 위에 두 명이 두령이 있어 수하에 육칠백 명 졸개가 있습니다만, 청수관 군이 감히 어찌지 못하는 고로, 늙은 사람의 딸이 있는 것을 알고 이십 냥 은자와 한 필 붉은 비단을 예물로 보내고 오늘밤에 장가들려고 오니, 그것 때문에 상심하는 것이오. 사부를 괴로워하는 것이 아닙니다."

"아, 그러십니까? 내가 좋은 도리가 있으니, 저 사람의 마음을 돌리게 하여서 마님을 데려가지 않게 하면 어떠하겠습니까?"

"저 두령은 사람을 죽여도 눈 하나 깜짝이지 않는 악마올시다. 어찌 남의 말을 듣겠습니까."

"내가 오대산 지진장로에게 있으면서 부처의 묘한 법술로 철석 같은 심장이라도 이 사람 말 한마디면 마음을 돌리는 터이오니, 아무 염려 마시고 댁의 따님이나 깊은 곳에 감추고 내가 신방에 가서 있다가 잘 타일러 보내겠습니다."

"그러면 사부만 믿겠습니다. 혹시 말을 잘못하여 호랑이 수염을 건드리지 마십시오."

"나도 생명을 아끼는 사람인데, 어찌 함부로 하겠습니까."

"우리집이 복이 많아 활불이 강림하시었습니다!"

모든 장객들은 그 말을 듣고 놀라지 않는 사람이 없었다. 태공이 술과 고기를 내다가 마음대로 먹게 했다.

"댁의 따님을 깊은 곳에 숨기십시오."

"그렇게 하겠습니다."

"그러면 소승을 신방으로 인도하십시오."

태공이 지심을 데리고 신방에 이르니, 지심이 방에 들어와 계도를 상 밑에 놓고 선장은 벽에 세우고 금으로 비단 무늬를 그린 장막을 들고 들어가 벌거벗고 누웠다.

밤이 깊은 후에 산 위에서 나팔 소리가 진동하는데, 태공이 문을 열고 나와 바라보니 사오십 개 횃불이 밝혀진 가운데 두령이 말을 타고 오는 것이 보였다.

태공이 장객을 시켜 문을 열고 맞아들일 적에, 도창 검극(刀槍劍戟)이 서리 같은 가운데, 졸개 머리 위에 각각 꽃을 꽂고 두령의 말 앞에 이삼십 쌍 등롱을 세우고, 두령의 머리에는 건홍 면건(乾紅面巾)을 쓰고 살작가에 한 가지 꽃을 꽂고 몸에 융금 전포(絨金戰袍)를 입고, 허리에 띠를 두르고 말에 검은 소가죽 신발을 신고 한 필 백마를 타고 장문에 이르렀다.

태공이 엎드려 맞이하자 두령이 말에서 내려 황망히 일으키며 말했다.

"이렇게 너무 하례하지 마십시오. 이제 사위가 되었는데, 어찌 전과 같이 하시겠습니까?"

하고 함께 대청에 오르니 졸개가 말을 끌어 버들가지에 매었다.
 두령이 침상에 앉아 태공에게 물었다.
 "우리 부인이 어찌 나를 맞지 않습니까?"
 "부끄러워 나오지 못합니다."
 두령이 웃으며 말했다.
 "내가 부인과 대면하고 나와서 장인과 술 마시겠습니다."
 태공이 촛대를 들고 두령을 신방으로 인도했다.
 "두령은 들어가시어 편히 쉬십시오."
하고 촛대를 들고 문 밖으로 나와 버렸다.
 두령이 방문을 열고 보니 방 안은 지척을 분간하기 어렵게 캄캄했다.
 "허 참, 우리 장인은 참 인색하구나! 기름을 아껴 우리 부인에게 캄캄한 방에 있게 하는가? 내일 졸개를 시켜 기름 한 통을 가져다가 방을 밝히게 하겠다."
 노지심이 듣고 웃음을 참고 앉았는데, 두령이 어루만지며 불렀다.
 "낭자는 어찌 나와서 나를 맞아늘이시 않소? 니를 이렇게 부끄러워하지만, 내일은 산채에 올라가 압채 부인(壓寨婦人)이 될 것이오."
하며 더듬더듬 더듬으며 장막을 들고 손으로 노지심의 뱃가죽을 잡으니, 지심이 그 두령을 가로타고 주먹을 들어 빰을 치니 대왕이 소리 지르며 나가 떨어졌다.
 "어디 여자가 사나이를 치는가?"
 노지심이 웃으며 호령했다.
 "네가 주먹맛을 맛보아라!"
하고 북치듯하니, 두령이 소리 질렀다.
 "사람 살리슈우!"
하고 고함을 질렀다. 유 태공은 깜짝 놀라서 어리둥절했다. 오늘밤에 두령을 설득시켜 주겠다더니 안에서는 사람 살리라는 소리뿐이니 유 태공은 겁이 덜컥 났다.
황망히 촛불을 밝히고 하인을 거느리고 방문을 활짝 열고 여러 사람이 등불을 밝히고 살펴보니, 건장하게 생긴 화상이 몸에는 실오라기 하나 걸치지 않은 알몸뚱이로 침상 앞에 두령을 깔고 앉아서 마구 때리고 있었다. 선두에 선 부하 병졸이 소리를 질렀다.

"모두들 이리 와서 두령님을 구하라!"

여러 졸병들이 일제히 창이며 곤봉을 들고 덤벼들어 두령을 구하려고 했지만, 노지심의 무서운 기세에 놀라 소리를 지르며 도망쳐 버렸다.

두령도 이 소란을 틈타 방문 앞으로 엉금엉금 기어나와서 잽싸게 문 앞에 매어 두었던 빈 말로 뛰어올라 나는 듯이 산 위로 달아나 버렸다.

유 태공은 지심을 붙잡고 오히려 원망조로 말했다.

"주먹다짐을 하시리라고는 천만뜻밖이었습니다! 반드시 산채로 가서 보고를 하면 도둑놈들이 떼를 지어서 우리집으로 쳐들어 올 겁니다."

도화산 큰 두령은 산채에 남아 있으면서 사람을 시켜 둘째 두령의 장가 드는 소식을 알아보려고 하는데, 모든 졸개들이 산 위로 올라와서 아뢰었다.

"둘째 두령이 사람에게 맞고 있습니다!"

큰 두령이 놀라 연고를 물어 보려고 하는데, 또 알리는 말이 있었다.

"둘째 두령이 오십니다."

큰 두령이 바라보니 머리에 두건도 없고 몸에 전포도 갈가리 찢어져 있었다. 급히 말에서 내려 청상으로 올라오자 큰 두령이 연고를 물었다. 둘째 두령이 말했다.

"소인이 유 태공의 집에 갔더니, 태공 그놈이 딸을 숨기고 한 낱 화상을 방 안에 놔둔 것을 모르고 들어가다가 그놈에게 맞다가 여러 사람들의 도움을 받고 겨우 벗어 나왔습니다. 형님, 원수를 갚아 주십시오!"

큰 두령이 말했다.

"그러하였는가? 현제는 집에서 몸조리하게. 내가 그 머리 깎은 나귀놈을 잡아오리라!"

하고 좌우로 말을 가져 오라 하여 행장을 갖춰 입고 졸개들을 데리고 도화장으로 내달았다.

이때 도화산 큰 두령이 졸개들을 거느리고 도화장으로 향하자 장객들이 이것을 보고 황망히 아뢰었다.

"산 위에 큰 두령이 도적 떼를 전부 몰고 쳐들어 옵니다!"

하니, 노지심은 술을 먹다가 이 말을 듣고 말했다.

"너희들은 겁내지 말고 내 선장과 계도를 갖고 오고 밧줄을 많이 준비했다가, 내 선장에 맞아 나가떨어지는 놈을 낱낱이 묶어 관가에 보내어 상을 나도록 하여리."

하고 선장을 끌고 보리타작하는 마당으로 나아갔다.

도화산 큰 두령이 불빛에 창을 비껴 들고 크게 호통했다.

"머리 깎은 나귀놈아! 쾌히 나와 싸워 승부를 가리자!"

노지심이 크게 노하여 말했다.

"이 개 같은 놈아! 네가 나를 어떻게 보는가?"

하고 선장을 들고 달려드니 큰 두령이 창을 들어 선장을 막으며,

"화상은 아직 잠깐만 기다려라! 너의 음성이 귀에 익은 것 같다. 너는 먼저 성명을 말하라!"

"나는 연안부 노충경략상공 장전제할 노달이다! 지금은 출가하여 부르기를 노지심이라고 부른다!"

그러자 큰 두령이 껄껄 웃으며 말에서 내려 창을 버리고 몸을 숙여 절을 하니, 노지심은 혹시 간사한 꾀가 있나 하며 물러서며 눈을 들어 보니, 다른 사람이 아니라, 강호상에서 창봉을 쓰고 고약을 팔던 타오장 이충이니, 그가 절하기를 마치고 물었다.

"형님은 무슨 일로 화상이 되었소?"

노지심이 말했다.

"안에 들어가서 이야기하세."

하니, 태공이 보고 말했다.

"원래 저 화상도 같은 무리들이구나!"

노지심이 안에 들어와 옷입고 이충과 다시 예를 마친 후 각각 자리잡고 앉은 후에 이야기하는데, 태공이 감히 앞에 서지 못했다.

노지심이 태공을 보고 말했다.

"두려워 마십시오. 저 사람은 나하고 의형제입니다."

태공이 형제란 말을 듣고 더 겁내며 억지로 자리에 나아가 앉으니, 지심이 말했다.

"내가 위주 땅에서 세 주먹으로 진관서를 쳐 죽이고 도망하여 대주에 가서 김로를 만나고 그의 사위 조원외를 만나 오대산에 올라가 머리 깎고 중이 되었다가 지금은 동경 대상국사로 가는 길인데, 먼저 나에게 매맞고 달아나는 놈은 누구며 그대는 어찌하여 그곳에 가서 있는가?"

"소인은 그날 술집에서 헤어진 후에 들으니, 형님이 정도를 죽이고 도망했다 하기에 사진을 찾아갔더니, 그도 또 간 곳을 모르고 고을에서 잡는다 하기에 도망하였는데, 저 산에 이르러 형님에게 아까 맞은 그 사람을 만났더니, 세인을 청하여 산채의 주인을 삼기에 아직 이곳에 있습니다."

"현제가 이미 그렇다면 유 태공의 혼인을 파혼하고 다시 말하지 않게 하오. 유 태공이 단지 딸 하나뿐인데, 만일 너희들이 강제로 혼인하여 노인의 대가 끊어지면 어찌되겠는가?"
 태공이 그 말을 듣고 크게 기뻐하여 술과 음식을 내다가 대접하며 예물로 가져왔던 돈과 비단을 내어왔다.
 "그대는 저것을 받아 가지고 가서 뒷말이 없게 하게."
 "형님은 염려하지 마십시오. 산채에 올라가 며칠 쉬어 가십시오. 태공도 함께 가십시다."
 태공이 장객에게 분부하여 교자를 내어 노지심을 태우고, 이충은 말을 타고, 계도와 선장은 장객이 짊어지고, 태공도 적은 교자를 타고 산채로 올라갔다.
 이충이 노지심을 모셔와 취의청에 앉아 주통을 부르니 주통이 크게 노했다.
 "형님은 원수를 갚아 주지 않고 도리어 저 자를 청하여 놓고 어찌할 일이오?"
 이충이 말했다.
 "현제는 알지 못하고 하는 말이라. 저 화상은 전날 내가 너보고 말하는 세 주먹으로 진관서를 때려 죽이던 노 제할이 바로 이 분이다."
 이 말을 듣고 주통이 깜짝 놀라 황망히 절하니, 지심도 답례하고 말했다.
 "그대는 내가 몇 대 때린 것을 노하지 말아라."
하고 다시 유 태공을 가리키며 주통을 보고 말했다.
 "그대가 유 태공의 따님을 아내로 맞이해 오면 늙은 사람이 의탁할 곳이 끊어질 것이니, 나의 낯을 보아 돈과 비단을 도로 받고 다시는 그 일을 생각하지 말도록 하게."
 주통이 머리 조아리며 대답했다.
 "형님 이르시는 대로 하겠습니다."
 "대장부의 하는 일이니 다시 뉘우치지 않게 하게."

주통이 이에 화살을 꺾어 맹세하니, 태공이 크게 기뻐하여 사례하고 돌아갔다.

  이충과 주통이 소와 말을 잡아 잔치를 차리고 지심과 같이 산 위에 이르러 구경하는데, 경치가 훌륭한 도화산이더라.

  지심이 자세히 보니 사면이 다 어지러운 풀이 무성하였다.

  그러나 노지심은 이충과 주통이 인색하여 호걸이 아닌 것을 알고 미안하여 가려고 하니, 두 사람이 만류하여 쉬어가라고 했다. 지심이 말했다.

  "내가 이미 화상이 되었는데, 어찌 즐기기만 하겠소"

  "형님이 그리도 가시려고 하시면 내일 우리가 산에서 내려가 노략하는 금·은을 여비나 하시게 드리겠습니다."

하고 술을 먹고 있는데, 문득 졸개가 아뢰었다.

  "산 밑에 한떼 사람들이 수십 대의 수레를 몰고 옵니다."

하니, 이충과 주통이 크게 기뻐하며 졸개를 두어 사람을 남겨 대접하게 하고 산에서 내려갔다. 지심이 속으로 생각했다.

  '저 두 놈이 아주 인색한 놈이로다. 허다한 금·은을 두고 구태여 남의 것을 빼앗아 주려고 하니, 어찌 대접하는 도리인가.'

하고 주먹으로 졸개 두 놈을 쳐서 거꾸러뜨리고 삼씨와 복사씨로 입을 틀어막고 금은으로 만든 그릇을 짓밟아 바랑 속에 다 집어넣고 생각했다.

  '마을 앞으로 나가다가는 저놈이 돌아오다가 보면 말할 것이니 산 뒤로 가야겠다.'

하고 어지럽게 생긴 숲을 헤치고 풀이 많은 곳으로 계도와 선장과 바랑을 먼저 내려 던지고 몸을 날려 데굴데굴 굴러 내려가 일어나 보니 다친 곳이 없는지라. 이에 계도를 거두어 차고 선장과 바랑을 찾아 가지고 달아났다.

  이때 이충과 주통이 산에서 내려가니, 그 사람들이 다 각각 무기를 가진 고로, 이충과 주통이 크게 호령하여 꾸짖었다.
"너희들은 일을 알거든 통행료를 내고 지나가거라."
 그 사람들은 무기를 가지고 서로 싸우려고 하니, 주통이 크게 노하여 졸개들을 호령하여 일시에 쳐들어가니, 그 사람들이 어찌 당하겠는가? 그들이 수레를 버리고 달아났다.
 수레의 재물을 겁탈하여 가지고 두 사람이 산에 올라와 보니 금은으로 만든 그릇은 하나도 없고 졸개들은 입을 틀어막히고 묶어 매달려 있는 것을 풀어놓고 그 자초 지종을 물으니, 졸개가 그 자세한 곡절을 말했다.
 주통이 말했다.
"저 머리 깎은 나귀 같은 놈이 좋은 사람이 아니로구나!"
하고 두루 종적을 찾아 산 뒤에 이르러 보니, 일대 흐트러진 풀이 다 쓰러져 있다. 주통이 보고 말했다.
"그놈이 이리로 달아났구나."
"따라가서 잡는 게 어떠할까?"
"우리가 따라가 만일 이기지 못하면 어찌하겠소? 그냥 두었다가 뒷날 기약하여 두는 것이 좋을까 합니다."
하고 털어 온 재물을 세 몫으로 나누어 하나는 졸개들을 주고 한몫은 이충, 한몫은 주통이 나누어 갖고 이충이 말했다.
"내가 공연히 그놈을 산에 데리고 올라왔다가 허다한 물건을 잃었으니, 이번 나누는 물건은 현제가 다 가지구려."
"형님과 우리가 사생을 같이 할 것인데, 어찌 그만한 일을 나무라겠소?"
하고 도화산에서 노략질하기로 위업을 삼았다.

 이때 노지심이 오륙십 리를 달아나다 길에서 술과 밥을 얻어먹지 못하고 배가 고파 망설이고 있는데, 바람결에 종경(鐘磬) 소리가 들렸다.

지심이 숲을 헤치고 찾아 나가 보니 산문 위에 오래된 현판에 금자로 쓴 것이 다 지워졌다. 자세히 보니 와관사(瓦官寺)라고 쓰였다.

산문에 들어가 보니 노전방에 문이 다 없고 넓은 뜰에 제비똥이 가득하고, 중문을 잠갔으나, 자물쇠에 거미줄이 엉켜 있으니, 지심이 생각했다.

'이러한 큰 절이 어찌 이렇듯 거칠어지고 쓸쓸하게 되었는고?'

하며 방장 문 앞에 이르러 불렀다.

"지나가는 중이온데 한 끼 얻어먹고 가려고 하오!"

한참을 불러 보았으나, 대답하는 사람이 없다.

부엌을 찾아 가 보니 솥도 없고 부엌이 다 무너져 있었다. 바랑을 내려놓고 선장을 짚고 뒤로 돌아가 보니 그곳에 조그만 방에 몇 사람 늙은 중이 저마다 얼굴이 누렇게 뜬 채 전신이 파리해져 있었다.

지심이 꾸짖으며 호령했다.

"너희 무리들이 예의가 없다! 여러 번 불렀으나, 대답이 없으니, 대체 무슨 일인가?"

그 화상들이 손을 저어 말했다.

"소리를 크게 하지 마오. 조용조용히 하오……."

"나는 지나가는 중인데, 한 끼만 얻어먹고 가려고 하오."

"우리도 사흘을 굶었는데, 무엇이 있어 그대를 주겠소?"

"나는 오대산 중인데, 배가 고파서 그러니 만일 밥이 없거든 죽이라도 좀 주시오."

늙은 중이 말했다.

"사부가 활불인 줄 알지만, 우리도 굶었는데, 무얼로 사부를 구제하겠소?"

"거짓말 마시오. 이러한 큰 절에 쌀이나 좁쌀이 없겠소?"

"우리 절도 적지는 않았는데, 요즘 한 화상이 한 도인을 데리고 와서 온 절의 중을 모두 내치고 절에 있는 것을 차지하니, 우리는 달아나려고 하나 너무 늙어서 가지도 못하고 여기서 굶고 있소."

"그 화상의 성명은 무어라고 하던가?"

"그놈은 최도성(崔道成)인데, 법호를 생철불(生鐵佛)이라고 하고, 도인은 구소을(丘小乙)인데, 별호를 비천약차(飛天藥叉)라 하나, 우리 보기에는 출가한 사람 같지 않고 산중의 강도 같습디다."

하고 말하는데, 별안간 한 줄기 바람이 뒤에서 나왔다. 지심이 선장을 끌고 뒤로 돌아가 보니 질탕관에 죽을 끓여 더운 김이 무럭무럭 나고 있기에 지심이 꾸짖었다.

"이 화상은 제일 못된 화상이다! 사흘을 굶었다 하더니, 이제 죽을 한 솥 끓이면서 출가한 사람이 어찌 거짓말을 하는가?"

그 화상들이 노지심이 죽 쑤는 것을 찾아낸 것을 보고 일시에 그릇을 거두어 치우니 지심이 배는 고프나 그릇이 없으니, 일이 급함에 선장을 벽에 세우고 두 손으로 죽 솥을 들어서 마시려고 했다.

그러니 여러 화상들이 달려들어 죽 솥을 빼앗으려고 하는 것을 지심이 다리를 놀려 두어 사람을 차며 한편으로 두어 모금 마시었다.

그러니 여러 화상이 울면서 애걸했다.

"우리 모두들 사흘을 굶다가 겨우 쌀 한 줌을 얻어다가 죽을 쑤어 굶어 죽을 것을 면하려 하였더니, 이제 사부가 다 먹으면 우리는 다 굶어 죽습니다."

지심이 그 말을 듣고 죽 솥을 놓고 나오려고 하는데, 밖에 어떤 사람이 노래를 부르며 오는 것을 보았다.

지심이 벽 틈으로 내어다 보니, 한 도인이 머리에는 검은 건을 쓰고 몸에는 포삼(布衫)을 입고 허리에 잡색 띠를 띠고 삼신을 신고 대소쿠리를 어깨에 메었는데, 그 속에는 고기 꼬리가 삐죽 나왔고 연잎에 염소 고기 싼 것이 보였다.
 그 도인이 큰소리로 노래를 부르니,
 "너는 동쪽에 있고 나는 서쪽에 있도다. 너는 사나이 없고 나는 계집이 없도다. 네 사나이 없으면 가장 처량하려니와 나는 아내 없음으로 오히려 한가하도다."
 그 늙은 화상이 지심을 보고 가만가만 일러 주었다.
 "저것이 비천약차 구소을(飛天藥叉丘小乙)입니다."
 지심이 그 말을 듣고 선장을 끌고 뒤따라갔다. 도인은 지심이 따라가는 것을 모르고 방장 뒤로 들어갔다. 지심이 도인을 쫓아가 나무 아래 이르러 보니, 그곳에 탁자를 놓고 그 위에 가져온 것을 차려 놓고 세 벌 젓가락을 놓고 가운데 한 화상의 얼굴이 검은 옻칠한 듯하고 눈썹은 먹으로 단장한 것 같은 놈이 검은 배를 드러내놓고 앉았고 그 곁에 한 젊은 여자가 앉았다.
 그들은 노지심이 눈앞에 온 것을 보고 놀라서 뛰어 일어나며 말했다.
 "사형은 앉아서 차를 한잔 마십시오."
 지심이 선장을 짚고 서서 큰소리로 호령했다.
 "너희 두 화상이 어찌하여 이 큰 절을 폐사(廢寺)로 만들었는가?"
 그 화상이 공손히 대답했다.
 "사형은 소승의 말을 들으십시오. 이 절이 한때 흥하였는데, 몇몇 늙은 화상들이 몹쓸 일을 하고 계집을 기르니 장로가 말리다가 못하여 다른 곳으로 가고 이 절이 폐사가 되었은 고로, 소승이 저 도인과 같이 산문을 다시 세우려 하나이다."
 "그러면 저 부인은 어떤 사람인고?"
 "저 부인은 가까운 마을 왕유금의 여식이온데, 부친과 남편도 죽고 가산이 파하여 의지할 곳이 없는 고로, 이 절에 와서 쌀을 빌리기로, 저의 죽은 아버지의 낯을 보아 술을 가져다가 대접하는 길이오. 다른 뜻은 없사오니, 사형은 그 몇몇 늙은 중의 말을 듣지 마소서."

노지심이 그 화상의 공손한 것과 조리있는 말을 듣고 성 내며 말했다.

"저 늙은 중들이 나를 희롱하였구나!"

하고 선장을 끌고 부엌으로 나오니, 그 화상들이 죽을 먹다가 노지심이 황급히 나오는 것을 보고 어찌된 사정인가 물어 보려고 하자 노지심이 소리쳤다.

"너희들이 어찌 나를 속였느냐?"

그러자 모두들 꿇어앉아 말했다.

"사부께서 저놈에게 속았습니다! 저놈이 사부가 선장을 갖고 있는 것을 보고 감히 겨누지 못하여 속인 것입니다. 만약 믿지 못하겠거든 다시 가서 보소서. 사부가 보시는 것과 같이 저들은 고기와 술을 먹고 우리는 죽도 얻어먹지 못하니, 곰곰이 생각하시면 누구의 말이 옳겠습니까?"

"너희 말도 일리가 있다."

하고 다시 방장 뒤로 오니, 벌써 문이 잠겼다. 지심이 크게 노하여 한 다리로 문을 깨치고 들어가니, 생철불 최도성이 박도를 들고 나왔다.

지심이 크게 노하여 선장을 들고 십여 차례 싸우는데, 비천약차 구소을이 또 박도를 들고 뒤로 와서 소리치니 지심이 등뒤로 사람의 기척은 아나 감히 돌아보지 못하자 큰소리를 지르고 최도성을 엇찌르고 권자 밖에서 또 십여 합을 싸우는데, 지심의 단점은 배고프고 둘째는 돕는 사람이 없으니, 저 두 놈을 당하지 못하여 선장을 끌고 달아났다.

최도성과 구소을이 쫓아오지 않고 돌다리 위에 앉았더라. 지심이 비로소 숨을 진정하고 생각하니, 바랑을 부엌에 두고 와 노비가 없다.

　어찌할꼬 하는데, 홀연 옆을 보니 수풀 속에서 한 사람이 고개를 내밀어 보다가 침뱉고 도로 들어가는데, 지심이 생각했다.

　'저놈이 필경 강도질하는 놈인데, 내가 화상인 것을 보고 저희들에게 이롭지 못하여 침뱉고 들어가는 것이니 내가 저놈의 옷을 벗겨 술을 사 먹어야겠다.'

하고 선장을 들고 수풀 속으로 쫓아들어 갔다. 그 사람은 지심이 들어오는 것을 보고 크게 웃으며 말했다.

　"저놈이 도로 나를 치러 오는구나."

하고 박도를 들고 크게 호령했다.

　"이 머리 깎은 나귀 놈아 죽을 줄 모르느냐?"

　"너 같은 강적이 어찌 나를 알겠는가."

하고 선장을 춤추어 그 사나이를 취하니, 그 사나이가 생각했다.

　'저놈의 음성이 귀에 익은데.'

　"이 화상아, 네 음성이 귀에 익으니, 성명을 통하여라!"

　"너와 삼백 번 싸우고 이름을 가르쳐 주마!"

　그 사나이는 크게 노하여 지심과 십여 합을 싸우다가 박도를 헛찌르고 권자 밖으로 뛰어 나서며 소리쳤다.

　"너의 수단을 보니 산 속의 인물이 아니니 성명을 통하여라!"

　노지심이 이름을 가르쳐 주니 그 사나이 박도를 버리고 절하면서 묻는다.

　"사진을 아십니까?"

　지심이 웃으며 말했다.

　"원래 사 대랑이 아닌가?"

하며 함께 숲에 자리잡고 앉아 사진에게 물었다.

　"대랑아, 위주에서 이별한 후 그 동안 어디 있었는가?"

　"그날 술집에서 떠난 후 들으니, 형이 정도를 죽이고 도망한 뒤에 고을에서 잡는다고 하기에 소제 연안부로 가 사부 왕진을 찾으나, 찾지 못하고 북경으로 돌아갈제, 노비가 없어서 이곳에서 노비를 취할까 하였는데, 뜻밖에 형을 만나거니와 어찌하여 화상이 되었습니까?"
 지심이 그 동안 지난 일을 죽 이야기하니, 사진이 말했다.
 "형장이 배고프다고 하니, 내게 있는 고기와 구운 떡을 잡수시오."
하고 내놓으며 또 말했다.
 "바랑을 놔두고 왔다고 하니, 우리 함께 가서 찾아옵시다."
하고 지심이 배부르게 먹고 난 뒤에 각각 병기를 갖고 와관사로 오는데, 최도성과 구소을이 돌다리 위에 그때까지 있으니, 지심이 크게 소리쳐 호령했다.
 "이번에는 너희들과 싸워서 너희들을 죽이겠다."
 최도성이 웃으며 말했다.
 "너는 싸우다가 지고 간 놈이니, 어찌 또 나와 싸우겠는가?"
 노지심이 대노하여 서로 싸우는데, 노지심이 먼저와 달리 첫째는 사진의 도움이 있고 둘째는 배부르게 먹었으니, 정신과 기운이 배나 더하여 십여 합에 이르러 최도성이 점점 무서워하여 달아나려고 하는 것을 구소을이 보고 박도를 끌고 도우려고 했다.
 사진이 보고 소리를 크게 지르며 전립을 뒤로 제치고 구소을 맞아 싸우는데, 노지심이 선장을 들어 최도성을 쳐서 다리 밑으로 내려치니 구소을이 보고 달아나려고 했다. 사진이 크게 소리치며 박도를 들어 구소을을 베니 강도 두 놈을 한꺼번에 처치했다.
 지심과 사진이 절에 들어가 보니 몇 사람 늙은 중들은 지심이 패하여 달아나는 것을 보고 두 놈의 손에 죽을까 겁내어 스스로 목매어 죽었더라.

지심이 방장 뒤에 들어가 보니 그 젊은 부인은 우물에 빠져 죽어버렸더라.

그리고 그곳에 있는 금·은을 거두어 바랑에 넣고 그놈들이 장만한 술과 밥을 배부르게 먹고 불을 질러 와관사를 다 태워버렸다.

"양원이 비록 좋으나, 오래 머물 곳이 못되오."
하고 두 사람이 와관사를 떠났다.

한참 가다가 술집에 들어가 술과 밥을 배불리 사 먹고 지심이 사진을 보고 말했다.

"현제는 어디로 가려고 하오?"
"소화산 주무에게 가서 있을까 하오."

지심이 바랑을 열고 금은으로 만든 그릇을 꺼내어 나누어 사진을 주고 각각 바랑을 고쳐 지고 술집에서 나와 서로 이별했다.

사진은 지심을 이별하고 소화산으로 갔다.

지심은 칠팔일 만에 대상국사(大相國寺)에 이르렀다.

안에 들어서니 지객승이 나와 맞이하는데, 그는 지심이 선장을 지닌 꼴을 보고 대뜸 겁을 집어먹는 모양이었다.

"어디서 오시는 분이십니까?"
"오대산에서 왔습니다. 여기 스승 지진장로의 편지를 가지고 왔습니다. 이 절에 가서 청대사(淸大師) 장로님을 찾아 뵙고 직사승 자리라도 한 자리 청을 드려 보라고 하셨습니다."

지객승이 지심을 방장으로 안내해 가자 지심은 보따리를 풀어 편지를 꺼냈다.

"사형은 체면을 모르시나요? 장로가 곧 나오실 것이니 그대는 계도와 철선장을 버리고 신향을 들고 장로님을 뵈오십시오."

"그런 말이라면 일찍 일러주지 그랬소?"

하고 즉시 계도와 철선장을 끌러 놓고 향을 내어 손에 들고 가사를 입고 섰는데, 조금 있다 지청선사 나오니, 지객승이 지심을 가리켜 말했다.

"저 중은 오대산에서 선사의 서신을 갖고 왔다 합니다."
"사형은 법첩을 가지고 왔으면 빨리 내어놓아라."
지객승이 지심을 보고 말했다.
"그대는 절을 하고 뵈옵고 서신을 올리라."
지심이 절을 하려고 향을 놓을 곳이 없어 쩔쩔 매고 있으니, 지객승이 웃음을 참고 향을 받아 향로에 꽂으니, 그제서야 지심이 장로에게 네 번 절하고 서신을 바쳤다. 장로 글을 읽어 보니 지심의 출가한 사연과 이제 대찰에 의지하려는 것을 말했다.

서신 끝에, 자비심을 갖고 아무쪼록 직사승에 참례시키기를 천만 부탁하였으니, 장로가 보기를 다하고 말했다.
"새로 온 사람을 데리고 가 재하여 먹이라."
하고 허다한 중들을 모으고 의논했다.
"저 화상은 경략부 군관으로 있다가 살인을 하고 중이 되어 두 번이나 승당에서 법규를 어겨서 내게 보냈으니, 만일 받지 않으면 사형의 부탁을 저버리는 것이오. 저를 두자니 또다시 법규를 문란케 할 것이니, 어찌해야 좋겠는가."
"저희들의 무리가 보기에도 출가한 사람 같지 않으니, 어떻게 그를 용납하겠습니까?"
도사승이 아뢰었다.
"소승이 생각하기에는 산문 밖 해우청의 채원이 늘 영내에 군한과 문 밖에 있는 이십 개 망나니들이 장난하고 소와 염소를 채원에 놓으니, 그곳 늙은 화상이 감당하지 못하고 채원을 잘 지키지 못하니, 그 사람을 그곳에 보내어 지키게 하는 것이 좋지 않겠습니까?"
장로가 말했다.

"도사의 말이 옳다."
하고 사자로 하여금 지심을 불러 오라고 했다.
"우리 절 안의 소임은 부족한 것이 없으나, 다만 큰 채원이 산조문 밖에 있는데, 너는 그 채원을 맡아 가지고 날마다 종지도인에게 채소 열 짐을 받아 반은 절에 보내고 반은 네가 써라."
"본사 지진장로가 보내어 나를 대찰에 와서 직사승에 참여하라고 하시었는데, 어찌 감사나 도사를 시키지 않으시고 채원을 지키라 하시는 것은 무슨 일입니까?"
수좌승이 받아 말했다.
"사형은 알지 못합니다. 대개 직사승이 되는 것은 다 근본이 있는데, 사형은 처음으로 오셨으니, 먼저 채원을 맡아 돌보고, 일 년 후에 탑루란 소임을 하고, 또 이 년이 지난 후에 직사에 참례하는 것이니, 사형이 처음부터 어찌 직사승이 되겠습니까?"
"그렇다면 우선 채원에 가 있겠소."
모두들 지심의 승낙하는 것을 다행히 여겨 그날로 법첩을 써주고 채원에 방문을 붙여 효유했다.

이튿날 지심이 법첩을 가지고 장로께 하직하고 계도를 차고 선장을 수습하여 가지고 채원으로 갔다.
이때 채원 근처에 이삼십 명 퇴락한 양반 망나니들이 있는데, 늘 채원에 와서 채소를 도적하여 가는데, 그날은 대상 국사가 써 붙인 것을 보고 서로 의논했다.
"절에서 새로이 노지심이란 중을 보내어 채원을 지킨다 하니, 잡인은 드나들지를 못할 것이냐."
"노지심이 새로 오거든 우리가 한바탕 쳐주어 우리에게 항복을 하게 합시다."
그 중에 한 놈이 말했다.

"내게 한 계교가 있으니, 우리들이 그를 알지 못함에 어찌 무단히 치겠소. 저가 오거든 인사하는 체하고 유인하여 똥구덩에 가까이 가서 그놈을 쓸어넣고 한바탕 조롱하여 주어서 우리를 바로 보지 못하게 하십시다."

모든 이들이 옳다 하며 노지심이 오기를 기다렸다.

이때 노지심이 해우청에 이르러 계도를 벽에다 걸고 선장은 벽에 세우고 바랑을 제자리에 놓으니, 종지도인들이 와서 처음 뵙는 예를 끝마친 후에 전에 있던 화상이 모든 물건을 수습하여 맡기고 돌아갔다.

노지심이 채원에 나가 동서를 바라보니, 넓고 황무하여서 지심이 마음에 근심하는데, 별안간 보니 이삼십 명 무리들이 술과 과일을 가지고 희희 웃으며 다가왔다.

"물으니, 사부님께서 새로 이 채원을 지키러 오셨다 하기에 경하하러 왔습니다."

노지심이 그 계교를 모르고 기뻐했다.

이때 여러 무리들이 똥개천가에 엎드려 인사하며 일어나지 않으니, 지심이 그 곁에 내려가 모든 사람을 붙들어 일으키려고 하니, 여러 무리들이 일시에 달려들어 지심의 다리를 들어 똥구덩이에 넣으려 했으나, 지심이 왼쪽 다리를 날려 한 번 차니 이삼십 명 모두 쓸리어 똥구덩이에 빠졌다.

원래 그 똥구덩이가 깊고 넓어 마음대로 나올 수 없는데다, 서로 허위적거리며 온몸에 구더기가 가득했다. 지심을 보고 살려 달라고 하니, 지심이 꾸짖으며 호령했다.

"너희들 빨리 나와 보아라."

여러 명을 구하여 내니 그 냄새 코를 찔러 지심이 껄껄 웃으며 말했다.

"너희 어린 놈들은 빨리 연못에 가서 씻고 와서 말하라."

여러 놈들이 연못에 가서 씻고 옷갈아 입고 와서 사죄했다.
"너희들은 해우청으로 오라."
하고 지심은 먼저 돌아와 대청 위에 앉고 모든 이들을 가르쳐 꾸짖으며 호령했다.
"너희놈들이 근본이 어떠한 놈이기에 감히 나를 속여 희롱하려고 하느냐?"
그 중에 장삼과 이사라는 두 사람이 머리를 조아리고 다른 놈들은 함께 꿇어 아뢰었다.
"소인들은 이곳에서 살면서 채원의 나물을 얻어 도박장에 드나드는데, 대상국사께서 새로이 사부를 보냈다 하기에 우리 무리들이 일을 저질러 놓은 것이오니, 앞으로는 소인들이 사부를 모시겠습니다."
"나는 관서연안부 노충경략상공 장전제할로 있었는데, 사람을 죽이고 출가하였으니, 나의 속성은 노(魯)요 법명은 지심이다. 너희 이삼십 명은 말할 것도 없이 천군만마 시살하는 가운데에도 겁 하나 없이 출입한다."
모든 이들이 손을 모아 사죄했다.

이튿날 모든 무리들이 의논하여 주식을 차려 노지심을 청하여 대접했다.
"내가 어찌 너희들에게만 돈을 쓰게 하겠는가?"
"우리 무리들이 복이 많아 사부를 모시고 즐기니, 어찌 다른 의논이 있겠습니까?"
지심이 크게 기뻐하여 술을 마셨는데, 문 밖에 늙은 나무 위에서 까마귀가 지저귀는 것을 여러 사람들이 입을 모아 말했다.
"붉은 입은 하늘로 올라가고 흰 혀는 땅으로 들어가라."
하니, 지심이 의아해 물었다.
"너희들이 무슨 말을 하는가."

여러 무리들이 대답했다.
"까마귀가 지저귀기 때문에 그런 말을 합니다."
이때 종지도인이 말했다.
"담 밖에 녹양 버들이 있는데, 그 위에 까마귀가 새끼치고 지저귀니 듣기에 무척 시끄럽습니다."
"우리들이 사다리를 놓고 올라가 나뭇가지를 꺾어버립시다."
지심이 술기운이 나서 밖에 나와 보니 과연 녹양버들 위에 한떼 까마귀가 새끼를 쳤는데, 지심이 보고 직철을 벗고 왼손으로 나무를 붙들고 허리를 펴니 그 버들이 뿌리까지 빠져 올라오니, 여러 사람들이 절하며 말했다.
"사부는 보통 사람이 아니십니다. 천백 근 기력을 가진 나한이 아니면 어찌 그 나무가 뽑히리오."
"너희들은 내일 내가 쓰고 있는 병기를 보아라."
지심이 이튿날 도인을 시켜 느티나무 밑에 자리를 만들어 술을 먹는데, 모든 무리들이 청했다.
"사부의 병기를 구경시켜 주십시오."
지심이 안방으로 들어가 선장을 내어 오니, 모두들 보니 길이가 다섯 자는 되고 무게는 팔십 근이 되는지라 여러 사람들이 칭송하여 말했다.
"만일 두 팔에 물소의 힘을 갖지 못하였으면 어떻게 저 선장을 쓰겠습니까?"
지심이 받아 들고 한참 무예를 보여주는데, 담 밖에서 한 관인이 보고 손뼉을 치고 말했다.
"저 사부의 선장 쓰는 법이 좋은 수단이로다!"
지심이 그 말을 듣고 선장을 거둔 후에 눈을 들어 무너진 담 밖을 내다보니 한 관인이 서서 구경하며 계속하여 칭찬했다.
"저 사부의 선장 쓰는 법이 비범하오!"
모든 무리들이 말했다.

"저 사람이 칭찬하시니 정말 좋은 무예이다."
"저 관인은 누구신가?"
"저 관인은 팔십만 금군교두 임 무사이신데 휘자는 충(冲)이옵니다."
 임 교두가 담을 뛰어 안에 들어와 지심과 서로 예한 후 임 교두가 물었다.
"사부는 어느 곳에 계시며 고성 대명을 듣고저 합니다."
"나는 관서 사람으로 노달입니다. 사람을 죽이고 출가하였고 내가 어려서 동경에 왔을 때에, 영대인 임 제할께 뵈인 일이 있습니다."
 임종이 크게 기뻐하여 지심과 의형제를 맺었다.
"임 교두, 오늘 무슨 일이 있어 이곳에 오셨소?"
"처를 데리고 악묘(嶽廟)에 분향하러 왔다가 사부의 선장 쓰시는 것을 보고 처를 금아와 같이 보내고 이곳에서 있다 사부를 만났습니다."
"내 이곳에 이르러 친한 사람이 없더니 교두를 만나 의형제를 맺었으니, 어찌 기쁘지 않겠소!"
하고 도인을 시켜 술을 가져오라 하여 임충과 술을 한잔씩 마시는데, 별안간 금아가 황급히 얼굴이 벌개져 가지고 담 밖에 와서 소리쳤다.
"나으리, 술은 다음에 잡수시고 빨리 가서 보십시오. 묘안에서 시비가 벌어졌습니다."
 임충이 황망히 물었다.
"어떠한 사람과 시비하느냐?"
"낭자 오악묘 다락 밑에 서 있었는데, 어떠한 간사한 무리들이 낭자를 붙들고 놓지 않습니다."
 임충이 미안해하며 지심에게 말했다.
"다시 와서 뵈옵겠습니다. 사형은 섭섭히 여기지 마십시오."

하고 금아를 데리고 오악부에 이르러 보니 두어 사람이 난간가에 섰고 다락 위에 한 후생이 뒷짐지고 임충의 부인의 길을 막으며 희롱했다.

"낭자는 다락 위에 올라가서 말합시다."

임충의 낭자가 얼굴을 붉히며 꾸짖었다.

"대낮에 이것이 무슨 도리인고!"

임충이 크게 노하여 달려들어 가며 그 후생의 어깨를 잡고 꾸짖으며 호령했다.

"이런 발칙한 놈! 이 백주에 남의 유부녀를 희롱하다니!"

주먹을 들어 후려갈기려고 하다가 자세히 살펴보니 그것은 바로 자기 상관 고 태위(高太尉)의 양자 고아내(高衙內)였다.

고구는 본래 갑자기 벼슬자리에 앉은 몸으로 변변히 장가도 들지 못하여 종형제의 아들을 양자로 데려다 놓았더니, 이 젊은 녀석은 하고 한날 남의 유부녀나 집적대고 돌아다니는 난봉꾼이었다.

그러나 고 태위의 권세를 두려워하는 사람들은 아무도 감히 그를 건드리지 못했다.

임충이 높이 쳐들었던 주먹의 맥이 빠져서 도로 내리자, 고아내는 눈을 부라리며 도리어 소리를 질렀다.

"임충, 네놈이 무슨 상관이냐! 나서지 마라!"

고아내는 그 여자가 임충의 아내라는 것을 몰랐기 때문이었다.

임충의 얼굴이 변하는 것을 보자, 고아내를 따라 다니는 여러 건달 녀석들이 일제히 아뢰었다.

"교두님, 언짢게 생각지 마십시오. 우리 서방님께서 뉘댁 부인이신지 모르고 그러신 일이니……"

임충이 노기 충천한 눈을 흘기며 고아내를 보니 모든 사람이 고아내를 데리고 묘에서 나와 말 타고 돌아가니, 임충이 처자를 데리고 돌아오는데, 노지심이 철선장을 끌고 수삼십 명을 거느리고 악묘에 들어오는 게 아닌가.

"사형은 어디를 가려고 그러십니까?"

"내가 그대를 도와 간사한 무리를 치려고 왔소."

"원래 본관 고 태위의 아들이 내 처인줄 모르고 무례하였으니, 내가 치려고 했으나, 태위의 낯을 보아 용서하였소."

"그대는 본관 태위를 두려워하나 나야 무엇을 꺼리겠소 만일 만났으면 한바탕 버릇을 가르쳐 주었을 텐데."

임충이 노지심의 취하여 있는 것을 보고 말했다.

"사형의 말이 옳도다. 임충이 여러 사람의 권하는 것을 괄세 못하여 한 번 용서하였소."

무리들이 지심이 취한 것을 보고 붙들어 돌아갈제, 지심이 선장을 들고 임충의 낭자를 향하여 말했다.

"아수(阿嫂)는 안심하여 돌아가십시오. 내일 다시 뵙겠습니다."

하고 갔다. 임충이 낭자를 데리고 집으로 돌아와 화가 풀리지 않아 애를 썼다.

이때 고아내는 부하들을 데리고 돌아와 임충의 낭자를 생각하고 있는데, 별호가 간조두(幹鳥頭) 부안(富安)이라고 하는 자가 고아내의 심사를 충동하여 하루는 혼자 부중에 들어가니, 고아내 혼자 서당에 있었다. 부안이 나와 말했다.

"요사이 고아내의 얼굴이 여위었으니, 필연 심중에 잊지 못하는 일이 있습니까?"

"그러하거니와 무슨 일인지 아는가?"

"이는 반드시 악묘에서 만났던 사람을 잊지 못함이로다."

"과연 그 일이려니와 다른 도리가 없으니, 아마 나는 죽을게다."

"그것이 무엇이 어렵겠습니까? 임충은 태위의 아래에 있는데, 무엇이 그리 힘들겠습니까! 가볍게 하면 사문도로 보내고 중하면 결과할 것인데, 좋은 계교를 생각하십시오."
 고아내가 기뻐하여 그 계교를 물었다.
 부안의 계교는 임충과 교분이 가까운 우후 육겸(虞侯陸謙)이라는 사람을 시켜 먼저 임충을 밖으로 불러낸 다음에 그 부인을 꾀어내자는 것이다.
 본래 육겸은 의리보다도 명리를 중하게 여기는 무리였다. 본래 고 태위의 아들 고아내의 환심을 사려고 그는 오랫동안 친한 친구 임충을 팔기로 했다.
 이때 임충이 집에서 답답히 지내는데, 사시쯤 되어 한 사람이 문을 두드렸다.
 "교두 집에 계십니까?"
 임충이 나와 보니 육겸이었다.
 "육겸 형은 어디서 오는가?"
 "특별히 형님을 찾아왔는데, 어찌하여 요사이 통 보이지 않으십니까?"
 "마음이 괴로워져서 밖에는 통 나가지 않으니까 그렇지."
 "우리 밖에 나가서 술 한잔씩 먹으며 이야기합시다."
 임충이 육겸과 함께 나오는데, 부인이 말했다.
 "밖에 나시거든 약주를 조금 잡수시고 일찍이 돌아오십시오."
 임충이 그러마 대답하고 번루로 가서 깨끗한 자리를 가려 앉고 주인을 불러 술 두 병과 안주를 가져오라고 했다.
 한참 술을 먹으며 임충이 홀로 탄식하니, 육겸이 묻는다.
 "형님이 무슨 일로 그리 걱정하십니까?"
 "육겸이 알지 못하니, 그렇소 남자 대장부가 되어 일신의 재주를 품고 총명한 주인을 만나지 못하고 소인의 밑에 있어 더러운 욕을 당하니, 어찌 분하지 않겠소."

"금군교두 가운데에 누가 감히 형을 따르겠소?"

임충이 전날 당한 일을 자세히 이야기하니, 육겸이 말했다.

"그것은 고아내가 모르고 저지른 일이니 걱정할 것 있겠습니까?"

하고 여러 순배 술을 먹은 후에 임충이 밖에 나와 소변을 보는데, 금아가 부르는 소리가 있었다.

"나으리를 사방으로 찾아다니다가 이제야 만났습니다."

임충이 황망히 물었다.

"무슨 일이 생겼느냐?"

"아까 나으리께서 육겸과 나가신 뒤에 얼마 되지 않아서 한 사람이 오더니 '나으리께서 약주를 잡숫다가 혼절하였으니, 부인은 빨리 와서 구완하십시오' 하기에 부인께서 그 자세한 연고를 묻고 황급히 쫓아가니, 그놈이 태워 부중을 지나고 육겸의 집에 이르러 누상에 올라가 보니, 탁자에 술상을 벌이고 나으리는 안 계시어 부인께서 도로 나오려 하는데, 전날에 오각묘에서 장난하던 후생이 나와 부인을 앉아라 하기로, 쇤네가 급히 내려오다가 들으니, 부인께서 소리 지르기를 '사람을 살려라!' 하기로, 쇤네는 황망히 나으리를 찾아다니다가 약 파는 장 선생이 번루로 가서 찾으라 하기에 왔습니다."

임충이 이 말을 듣고 깜짝 놀라 급히 육겸의 집에 이르러 다락 위에 올라오며 물으니, 부인이 꾸짖는 소리가 들렸다.

"이 밝은 세상에 양민의 처자를 어찌 겁박하느냐!"

"낭자는 나의 생명을 불쌍히 여기시오."

이때 임충이 소리를 질러 문을 열라 하니, 그 부인이 자기의 남편의 음성을 듣고 황망히 문을 여니 고아내는 임충의 소리를 듣고 뒷문을 열고 담을 넘어 달아났다.

임충이 들어오며 황망히 물어 보았다.

"욕을 보지 않았는가?"

"다른 일은 없었습니다."
 임충이 육겸의 집을 부셔버리고 부인과 함께 나오니, 모든 사람들이 문을 닫고 내다보지도 않았다.
 임충이 집에 돌아와 자고 이튿날 작은 칼을 몸에 감추고 육겸을 찾아갔으나, 만나지 못하고 날이 저문 후에 돌아오니, 부인이 말했다.
 "나는 이미 욕은 면하였으니, 구태여 남과 원수가 되지 마십시오."
 "육겸 그놈이 나와 형이야 동생이야 하며 나를 속였으니, 제가 나를 한평생 만나지 않을까?"
하니, 부인이 어찌 다시 말리겠는가.

 한편 육겸은 태위 부중에 숨고 감히 집에 돌아오지 못하니, 임충이 사흘이나 기다려도 만나지 못하였으나, 모든 사람이 누가 감히 말리겠는가.
 나흘 되는 날 오시에 노지심이 찾아왔다.
 연일 육겸을 노리고 원수 갚을 기회를 엿보아도 만나지 못한 임충은 친구와 술잔이라도 기울여 마음속에 화기를 가라앉힐 수밖에 도리가 없었다.
 "교두는 요사이 한참 뵙지 못하였소."
 "소제 집에 조그마한 연고가 있어 형을 찾지 못하였습니다만, 이렇게 와 계시니 함께 가셔서 길거리나 구경하며 술 한잔 먹읍시다."
 "참 좋은 말이오."
하고 같이 나갔다.
 그는 그 뒤로 매일같이 노지심과 서로 만나 거리로 같이 나가서는 취하도록 술을 마시기로 일을 삼았다.
 한편 고아내는 그날 육겸의 집에서 도망하여 돌아와 감히 태위에게 알리지 못하고 침상에 누워 신음하고 있었다.
 육겸과 부안이 고아내의 형용이 초췌한 것을 보고 구할 도리가 없어 근심하는데, 부중에 늙은 도관이 나와서 고아내의 병을 물으니, 육겸과 부안이 의논했다.
 "고아내의 병은 도관더러 고쳐 줍시사고 합니다."
하고 이에 늙은 도관을 불러 조용한 곳으로 찾아가 의논했다.
 "만일 고아내의 병을 고치려고 하시면 여차여차 하여야만 고아내를 구할 수 있을 것입니다."
 "그 일은 용이하니, 오늘 저녁에 태위께 알리도록 하겠소."
하고 돌아와 날이 저문 후에 태위에게 고아내의 일을 알렸다.
 이 말을 들은 고구는 육겸과 부안을 불러들여 상의하는데, 육겸이 아뢰었다.
 "여차여차 하시면 가히 일을 이룰 것입니다."
 고구는 크게 기뻐하더라.

 한편 임충은 노지심과 술을 먹으므로 그 일을 잊었더니 하루는 길을 지나 가는데, 한 내한이 머리에 두건을 쓰고 몸에 낡은 전포를 입고 손에 칼을 들고 혼자 탄식했다.
 "알아보는 사람을 만나지 못하여 좋은 칼을 팔지 못하는구나!"
 임충이 못들은 척하였더니, 그 사람이 뒤를 쫓아오며 탄식했다.
 "이 넓은 천지에 보물 같은 칼을 아는 사람이 없으니, 가히 애석하다!"
 임충이 그 말을 듣고 머리를 돌이켜보니 그 사람이 칼을 빼니 칼날이 서릿발 같은데, 임충의 액운이 닿았으니, 어찌 면하겠는가!
 "참 좋은 보검(寶劍)이오. 이 칼을 팔려고 하는가……, 그러면 값은 얼마나 받으면 팔려나?"
"삼천 관을 받으려고 하나 더 기다릴 수 없어 이천 관이면 팔랍니다."
"이천 관이면 값은 적당하나 여기서는 살 사람이 없을게요. 만일 팔려면 일천 관이면 내가 사겠소."
"정히 그러시면 오백 관만 더 쓰십시오. 그리하여도 싸게 사시는 겁니다."
"내가 돈을 아끼는 것이 아니라 일천 관 외에는 더 줄래야 더 줄 돈이 없소. 그러니 일천 관이면 내 사겠단 말이오."
그 사람이 탄식하며 마지못하여 파는 척했다.
임충이 그 사람을 데리고 집에 돌아와 돈을 주고 칼을 샀다. 돈을 치르며 그 사나이에게 물었다.
"여보시오. 그대는 칼을 어디서 얻어 가지고 와서 파시오?"
"소인의 조상으로부터 전하여 내려온 것입니다. 마지못하여 파는 것입니다."
"그대의 조상은 어떠한 사람이오?"
그 사람이 탄식하며 말했다.
"말을 하려면 낯이 부끄럽습니다."
임충이 다시 묻지 않으니, 그 사람은 돈을 가지고 갔다.
임충이 그 칼을 다시 보고 좋아하면서 손뼉을 쳤다.
'참 좋은 칼이로다! 내가 들으니, 고 태위 부중에 보검이 있어 사람들에게 잘 보이지 않는다고 하던데 언제든지 틈을 봐서 한번 비교하여 보겠다.'
하고 벽에다 걸어 놓고 사랑하기를 마지않았다.

다음날 사시는 되어서 집에 들어오니, 두 사람 승국이 찾아와서 말했다.
"태위께서 그대가 어디서 보검을 구했다 하니, 곧 칼을 갖고 들어와 태위 것과 비교하여 보자 하시니 곧 칼을 갖고 가십시다."
한다. 임충이 듣고 생각했다.
'어떤 말 많은 사람이 이 말을 하였는고?'
하는데, 두 승국이 재촉했다.
"태위께서 기다리고 계시니 빨리 갑시다."
하니, 임충은 칼을 들고 승국을 따라가며 물었다.
"너희가 부중에 있다는데, 어찌 못 보던 얼굴이냐?"
"소인들은 며칠 전에 새로 들어왔기 때문에 아직 교두를 만나보지 못하였습니다."
임충이 그렇게 여기고 부문에 이르러 대청 앞에 이르러는 들어가지 않으려고 하니, 두 승국이 재촉했다.
"태위께서 분부하시기를 함께 들어오라 하시었습니다. 아무 염려 마십시오."
하고 임충을 인도하여 중중한 문을 들어가니, 곳곳이 주란 화각(朱欄畵閣)이다. 두 승국이 말했다.
"교두는 여기서 잠깐 기다리십시오. 우리는 들어가 태위께 말씀드리고 모시겠습니다."
하고 안으로 들어갔다.
임충이 칼을 들고 서서 한참을 기다려도 소식이 없어서 마음에 의심이 나 머리를 들어 살펴보니 처마 밑에 현판이 있고 푸른 글자로 백호 절당(白虎節堂)이라 하였는데, 임충이 황급히 깨달아,
'이 집은 군기 중사를 의논하는 집인데, 내가 어찌 무단히 들어왔나.'
급히 몸을 돌이켜 나오려고 하는데, 홀연 신 끄는 소리가 나며 한 사람이 밖에서 들어오는데, 임충이 눈을 들어 보니 이 사람은 다른 사람이 아니라 본관 고 태위였다.

임충이 급히 칼을 든 채 나아가 예를 하니, 태위가 말했다.

"너는 임충이 아니냐? 너를 부른 일이 없는데, 어찌 감히 백호 절당에 들어오는가! 너도 법도를 알거든 칼을 가지고 나를 죽이려고 들어왔느냐? 내가 소문을 들으니, 네가 칼을 품고 마을로 다닌다더니 반심(返心)이 있구나!"

임충이 몸을 굽혀 조아렸다.

"태위께서 승국을 보내시어 칼을 가지고 와서 비교하라 부르신다기에 왔습니다."

태위가 크게 소리쳐 말했다.

"무슨 잔말을 하느냐? 어떤 승국이더냐? 감히 이 안으로 들어가겠는가. 좌우는 나를 위하여 저놈을 잡아들여라."

양쪽에서 이삼십 명이 좇아 나와 임충을 잡아내리니 태위가 대노하여 꾸짖었다.

"네 이미 금군교두를 다니며 법도를 알지 않느냐? 손에 이 검을 들고 백호 절당에 들어오니, 이는 나를 죽이려고 하는 것이 아니냐."

하고 임충을 잡아 꿇어앉혔다.

고 태위는 임충을 베이려고 하니, 임충이 크게 억울하다 했다. 태위가 말했다.

"손에 시퍼런 칼을 들고 백호 절당에 뛰어들어 상관을 죽이려고 하였는데, 무엇이 억울하다 하는가?"

임충이 변명했다.

"만일 태위가 부르시지 않으셨다면 어찌 백호 절당에 들어오겠습니까?"

태위가 큰소리로 꾸짖었다.

"무슨 잡말이냐? 내 부중에 그러한 승국이 있는가 알아보아라. 저놈이 끝끝내 승복하지 않으니, 개봉부로 보내어서 처치해야겠다."

하고 칼을 봉하여 임충과 같이 보냈다. 개봉부 등부윤이 고 태위의 글을 보고 칼을 올려 본 후에 임충을 보고 물었다.
 "너는 금군교도이니 법을 알 수 있는 사람인데, 어찌 칼을 가지고 백호당에 들어갔느냐. 그것이 죽을 죄가 아니고 무엇이냐?"
 "상공은 밝게 살피십소서. 소인이 비록 군한이오나 자못 그런 법도는 아옵니다. 무슨 연고로, 칼을 들고 백호 절당에 들어 가겠습니까? 먼젓달 이십팔일에 제 처를 데리고 오악묘에 분향하러 갔었는데, 태위의 아들 고아내가 소인의 처를 보고 희롱하기로, 소인이 태위의 낯을 보아 꾸짖어 물리쳤는데, 그 후에 육겸이 와서 소인을 속여 술 먹으러 가자 하고 부안이 나타나 소인의 처를 소인이 술을 먹다가 혼절했다 하고 속여, 육겸의 집으로 데리고 가서 겁탈하려고 하는 것을, 소인이 쫓고 처를 데리고 왔습니다. 그러니 제마음대로 하지 못하였습니다. 그리고 어제 어떤 사나이가 칼을 가지고 와서 소인을 보고 사라고 하기에 무심코 샀는데, 오늘 두 명 승국이 찾아와서 태위의 분부로 칼을 가지고 와서 비교하여 보자 하기에, 소인이 승국을 따라갔더니, 태위께서 밖에서 들어오시어 소인을 잡으니, 이는 분명히 계교로 소인을 해하려고 하는 것이 너무나 명백하오니, 바라옵거니와 밝히 살피십소서."
 부윤이 임충의 자초 지종을 듣고 큰칼을 씌워 옥에 가두었다.
 임충의 집에서 밥을 갖다 먹이고 임충의 장인 장 교두는 밖에서 돈을 써 관절을 통하여 담당 공목에게 부탁했다.
 담당 공목의 성은 손(孫)이요 이름은 정(定)이었다. 위인이 강직하고 좋은 일을 힘쓰는 고로, 사람들이 손불(孫佛)이라고 불렀다.
 임충의 일이 억울한 것을 알고 이것을 부윤에게 고했다.
 "임충이 과연 억울한 일이오니, 상공은 가볍게 판결을 내리십시오."
　"태위가 죄명을 중하게 만들어 칼을 들고 백호 절당에 들어와 상관을 죽이려고 했다 하였으니, 내가 어떻게 감싸 주겠소?"
　손정이 정색을 하고 말했다.
　"이 개봉부가 고 태위의 집이 아니온데, 어찌하라고 하는 대로 하겠습니까."
　"어지러운 말을 마시오. 고 태위는 세력을 믿고 제 위에 사람이 없으니, 어떻게 따르지 않겠소."
　"상공의 말씀 같으시면 아무 사람이든지 조그마한 죄가 있다 하여도 개봉부에 보내어 죽이라고 하면 그대로 따르시면 이 개봉부는 나라에서 둔 것이 아니라 고 태위가 둔 것이 아니겠습니까?"
　"네 말이 정히 그렇다면 어떻게 처치하여야 옳겠는가?"
　손 목이 말했다.
　"임충의 말 같으면 정말 죄없는 것이 확실합니다. 다만 두 사람의 승국을 찾을 길이 없어서 그렇습니다. 이제 임충의 죄를 본다면 칼을 가지고 잘못 절당에 들어간 것밖에 없습니다. 그러하니, 등 이십을 쳐서 멀리 나쁜 데로 정배 보내는 수밖에 없을까 하나이다."
　부윤이 고 태위 부중에 들어가 두 번 세 번 청하니, 고 태위도 다시 할 말이 없는 고로, 부윤의 말을 응락했다.

제3장
임충과 시진

 부윤이 돌아와 임충을 등 이십을 쳐서 큰 칼 씌워 두 공인을 명하여 창주 뇌성(滄州牢城)으로 정배를 보내게 되었다.
 이때 두 공인은 동초(童超)와 설패(薛覇) 두 사람이었다.
 이 두 사람이 공문을 가지고 임충을 압령하여 가는데, 모든 이웃 사람들과 임충의 장인 장 교두가 임충을 데리고 술집에 들어가니, 임충이 말했다.
 "손 공목의 감싸 주는 힘을 입어 독한 매를 맞지 않았으니, 길 가기가 어렵지 않은가 합니다."
 장 교두 술을 부어 두 공인을 대접을 하고 은전을 내어 공인을 주니 임충이 장 교두에게 말했다.
 "임충이 액운이 중함으로 고구의 모함을 당하여 이제 멀리 가니, 장인에게 할 말씀이 있습니다. 임충이 영애에게 장가든지 삼년에 아직까지 부부간에 아이들이 하나도 없으니, 이제 창주로 가면 살지 죽을지 알지 못하니, 낭자가 임충을 생각하느라고 청춘을 허송하지 말라고 하십시오. 이것은 내가 스스로 하려고 하는 것이오. 남이 강제로 권함이 아니라 오늘날 모든 이웃이 다 있으니, 한 장 이혼 문서를 명백히 써서 마음대로 개가하여도 임충이 다시 다투지 않을 것이올시다. 그러하니, 이렇게 하고 가야만 임충의 마음이 편할 것 같습니다."

장 교두가 말했다.

"자네는 이것이 무슨 말인고? 오늘 창주로 가서 재앙을 피하고 길시를 기다려 돌아와 부부가 서로 다시 만나야 할 것이오. 내 집이 또한 집안이 어렵지 않으니, 여아와 금아를 염려 없이 기다릴 것이오. 의복과 서신은 자주 부칠 것이니 어지럽게 생각하지 말고 마음놓고 떠나거라."

"장인의 후의는 감사합니다만 임충이 마음을 놓지 못할 것이오니, 바라옵기는 장인은 응락하셔야 임충이 죽어도 눈을 감고 죽을 것입니다."

"이미 그러할 것이면 마음대로 하여라. 내가 여아를 개가시키지 않으면 될 것이니라."

임충이 술집 주인에게 종이와 붓을 빌려 문서를 써내려 갔다.

'동경 팔십만 금군교두 임충이 몸에 중죄를 짓고 창주로 귀양 가게 되어 앞으로 존망을 알지 못할 것이오니, 처 장씨가 나이가 젊기 때문에 문서를 만들어 마음대로 개가하여도 나중에 다툼이 없을 것이오. 이 일이 내 스스로 행하는 것이오. 남의 강제로 권함이 아니라 뒷날 증거 서류로 이 문서를 하여 주는 것이다.'

임충

장 교두 귀하

모든 사람들이 탄식하는데, 자기 아내 장씨가 금아를 데리고 의복 꾸러미를 갖고 울며 찾아 술집에 오니, 임충이 말했다.

"낭자야, 나의 뜻을 장인에게 다 말하였으니, 당신은 청춘을 허송하지 말고 임충의 말대로 하십시오."

낭자 울며 말했다.

"서방님, 내가 일찍이 조금도 잘못된 일이 없는데, 어찌 나를 버리려고 하시오. 나는 개가하지 않을 것이니 장부는 마음을 놓으시고 떠나소서."

하고 말을 마치고 혼절했다.

모든 사람들이 낭자를 붙들어 돌아갔다.

임충이 모든 사람과 하직하고 공인과 함께 갈 때 두 공인이 임충을 사신방에 가두고 각각 저의 집에 돌아가 행장을 수습하여 오는데, 한 사람이 따라오며 말했다.

"단공(端公), 한 관인이 술집에서 부르십니다."

원래 송나라 시절에는 공인을 단공이라고 불렀다. 동초가 그 사람과 같이 술집에 이르러 보니 한 사람이 만자 두건을 쓰고, 동초가 온 것을 보더니 몸을 일으켜 인사했다.

"동 단공(董端公)은 앉으시오."

동초가 놀라서 물었다.

"소인은 높으신 얼굴을 뵈옵지 못하였는데, 무슨 말씀이 있습니까?"

"설 단공(薛端公)은 어디 있소?"

"이 앞에 있습니다."

그 사람이 술집 주인을 불러 설 단공을 불러 오라 하니, 오래지 않아 왔다. 그 사람이 술을 가져오라 하고는 마시자 설패가 물었다.

"관인의 고성 대명을 알고자 합니다."

그 사람이 소매 안에서 열 냥 금전을 내어놓으며 말했다.

"두 분 단공은 이 금을 나누어 쓰십시오."
두 사람이 머리를 조아리며 말했다.
"소인들은 관인을 알지 못하니, 어떻게 받겠습니까?"
"나는 고 태위 부중의 심복인 육우후이오."
동초, 설패 두 사람이 놀라 이구 동성으로 말했다.
"소인의 무리가 감히 관인과 같이 자리를 하겠습니까?"
육겸이 말했다.
"그대 두 사람도 임충이 태위와 원수진 것을 알 것이니 이제 균지를 받아 금전 열 냥을 먼저 주는 것이니 너희들은 구태여 멀리 갈 것이 없고 조용한 곳에 가서 임충을 죽이고 돌아오면 뒷일은 태위가 다 책임질 것이다."
동초가 말했다.
"그것은 이행하기 어려울 것입니다. 저 사람이 나이가 많지 않고 개봉부 공문이 산 사람으로 발행하였으니, 만일 일이 탄로면 어떻게 하겠습니까?"
설패가 말했다.
"너는 참으로 답답하구나. 고 태위께서 너를 보고 죽이라고 하여도 안 죽일 수 없는 것인데, 우리가 가다가 저를 죽이고 뺨의 금인을 떼어다가 바치면 뒤에 다른 말이 있는 것은 태위께서 책임진다고 하시지 않느냐?"
육겸이 받아 말했다.
"설 단공은 정말 눈치 빠른 사람이오. 일을 이루고 돌아오면 다시 이십 냥 금전을 더 주겠다."
동초, 설패가 육겸을 작별하고 사신방에 이르러 임충을 데리고 떠났다.

이때에는 유월 염천이라 임충의 장창이 덧나서 세 걸음에 두 번씩 엎드러지며 가는데, 동초, 설패가 꾸짖으며 호령했다.

"여기서 창주가 이천여 리나 되는데, 저렇게 걸어서 어느 때
까지 갈 것인가!"
 임충이 말했다.
 "소인이 장독이 덧쳐서 걷기 어려워서 그렇지 않소."
 "그러면 천천히 오라."
 동초가 말하고 노상에서 원망했다.
 "우리들이 무슨 죄로 저놈을 맡아서 가게 되었는고."
하며 욕설을 퍼부었으나, 임충이 감히 말 한마디 못했다.
 날이 저물면 주막에 들어가서 잘 때, 임충은 보따리를 끌러
은전을 내어 주인을 불러 술을 가져다가 두 공인을 대접하고 밤
이 깊어 자려고 하는데, 동초가 끓는 물을 통에 담아 가지고 임
충을 불렀다.
 "발을 씻고 자오."
 임충이 불안한 것을 느끼면서 일어나려고 하나 칼을 썼음으
로 몸을 마음대로 일으키지 못하니, 동초가 말했다.
 "내가 당신을 위하여 씻어 주리다."
 "천만의 말씀입니다."
 "괜찮소이다. 발을 이리 뻗우."
하고는 임충의 발을 잡아 끓는 물 속에 담가버렸다.
 "악!"
하며 임충은 발을 쭉 뻗었다. 설패가 보고 꾸짖었다.
 "죄인이 하차를 모시는 것은 보았으나, 어디 공인이 죄인을
도리어 대접하더냐?"
하며 욕설을 마구 퍼부었다. 그러나 임충은 한마디 말도 하지
못했다.
 잠깐 자고 난 후에 새벽 일찍이 일어나 주막 사람들이 일어
나기도 전에 동초와 설패가 자기 손수 밥을 지어 먹고 임충을
재촉하여 떠났다.

동초가 새로 사온 새 신을 내어놓고 임충을 보고 신으라고 했다.

임충이 발과 다리를 보니 데인 곳에 물집이 생기어 퉁퉁 부었는데, 신던 신을 찾으나, 어디 가 찾으리오. 마지못하여 새 짚신을 신고 두 사람을 따라가니, 때는 오경이다. 이삼 리를 겨우 가니, 데인 발이 새 신에 벗겨져 유혈이 낭자하여 임충이 애원했다.

"소인이 정말 갈 수 없으니, 어찌하겠습니까?"

"우리가 그대를 붙들고 가겠다."

하고 재촉하여 가는데, 앞에 숲이 우거져 있는데, 골이 깊고 가장 험악했다. 이곳은 창주로 가는 길에서 제일 험악한 곳이었는데, 이름을 야자림이라 하며 귀양가는 사람 중에 만일 원수진 사람이면 이곳에서 많이 죽이는 곳이었다.

세 사람이 수풀 속에 들어가 두 공인이 말했다.

"우리 잠깐 이곳에서 자고 갑시다."

하고 잠깐 졸더니 두 놈이 말했다.

"우리가 네놈이 달아날까 두려워 편히 자지 못히겠다."

"나는 호걸이라 비록 관사에 죄를 지었으나, 달아나지 않을 것이니 염려하지 말고 편히들 쉬시오."

"어떻게 네 말을 믿겠는가? 너를 나무에 묶어 놓고 편히 자겠소."

"묶으려거든 마음대로 하시오. 소인은 달아나지 않을 것이오."

설패는 허리춤에 줄을 풀더니 임충의 손과 발을 큰 칼과 함께 꽁꽁 묶어서 나무에다 꼭꼭 매어버렸다. 그리고 나서는 동초와 같이 벌떡 뛰어 일어나서 몸을 돌이켜 수화곤을 움켜 잡더니 임충을 노려보며 소리쳤다.

"우리들이 네놈과 사심이 있어 처치해 버리려는 것은 아니다. 일전에 우리들이 떠나올 때 육우후님께서 고 태위님의 명령이라 하시며 도중에서 네놈을 죽여 버리고 그 증거품으로 금인을 떼어 오라고 하셨다. 설사 앞으로 며칠을 이대로 더 간다손 치더라도 네놈은 결국 죽어야만 될 신세니까 오늘 여기서 죽이고 우리들도 일찌감치 돌아가야겠다. 우리 두 사람을 원망하지는 말아라!"

설패가 수화곤을 선뜻 움켜쥐고 임충의 대갈통을 내리치려고 손을 번쩍 처들었다.

'오호! 원통하구나!'

임충은 내심으로 한탄했다.

가련하게도 호걸이 꼼짝 못하고 죽어야만 될 판이다.

바로 그 순간, 소나무 숲속으로부터 뇌성 벽력 같은 소리가 들리더니, 난데없이 철선장이 날아들어 몽둥이를 가로막아서는 몽둥이를 하늘 높이 날려버리고 투실투실 살이 찐 화상 하나가 불쑥 나타났다.

화상은 호통을 쳤다.

"아까부터 숲속에서 네놈들이 하는 소리를 다 듣고 있었다!"

두 공인이 놀라 그 화상을 보니, 검은 직철을 입고 계도 차고 선장을 들어 두 놈을 치려 하는데, 임충이 비로소 눈을 들어보니, 이 사람이 바로 노지심이었다.

"잠깐만!"

임충이 다급하게 부르며 말렸다.

"사형은 아직 성급히 하지 말고 내 말을 잠깐만 들으십시오."

노지심이 선장을 거두고 물었다.

"저놈들을 죽이지 않고 무엇에 쓰겠소?"

"그렇지 않습니다.!"

임충이 말했다.

"저놈들의 죄가 아니라 고 태위와 육겸이 나를 죽이라고 하였으니, 저들이 어떻게 거역하겠소? 만일 저놈들을 죽이면 정말 억울할 것입니다.”
 지심이 이 말에 계도를 빼서 묶인 것을 끊고 임충을 붙들어 일으켜 놓고 말했다.
 “그날 현제가 칼 사던 날 헤어져서 너의 일을 근심하던 차, 또 옥에 갇혀 내 힘으로는 구할 길이 없는데, 마침 창주로 귀양 간다고 하기에 내가 급히 개봉부 앞에 갔더니 마침 떠나고 없어 만나지 못하고 나오다가 아는 사람을 만났더니, 전하기를 어떤 관인이 공차 두 사람을 불러갔다고 하기로 내가 의심이 나서 가는 길에 무슨 변이 생기지 않을까 하여 뒤를 밟아 오다가 어젯밤에 술집에서 밤이 늦어 끓는 물에 너의 발을 잡아넣어 데이게 하는 것을 보니 기가 막혔다. 그래서 내가 저놈들의 뜻을 대강 짐작하고 방심할 수 없어 근심하다가 오늘 새벽 오경에 주막을 나오기로 내가 먼저 달려와 저 숲속에 숨어서 망을 보았다. 그러는데, 저놈이 과연 현제를 해하려고 하는 것을 보고야 어찌 저놈들을 살리겠는가.”
 임충이 말했다.
 “사형은 저들을 해치지 마소서!”
 노지심이 동초와 설패 두 놈을 보고 꾸짖었다.
 “너희들 두 놈은 들어라! 내 현제의 낯을 보지 않으면 너희들을 없앨 것이지만, 용서한다.”
하고 계도를 칼집에 꽂으며 일렀다.
 “너희들 세 사람은 나를 따라오너라.”
하고 노지심이 먼저 앞으로 나간다. 동초와 설패가 어이 감히 말대꾸를 할 수 있는가.
 설패와 동초는 바랑을 지고 오며 가만히 임충을 보고 말했다.
 “교두는 우리를 구하여 주십시오.”
하고 임충을 붙들고 또 임충의 바랑을 지고 함께 큰길로 나와 한참 오니, 작은 술집이 있다.

네 사람이 술집 안에 들어가 주인을 불러 두 통 술과 대여섯 근 고기며 떡과 면을 가지고 오라고 하여 먹었는데, 동초와 설패가 조심조심 물었다.
"사부는 어느 절에 계시온지 알고자 합니다?"
노지심이 웃으며 꾸짖었다.
"너희 두 놈이 내가 있는 곳을 묻는 것이, 돌아가서 고구한테 알리려고 그러느냐? 다른 사람은 고구를 두려워하여도 나는 그 놈을 두려워하지 않으니, 만일 그놈을 만나면 주먹으로 삼백 번을 치겠다."
두 공인이 감히 다시 묻지 못하고 술이 얼큰하게 취하여 짐을 꾸려 가지고 나올 때 임충이 물었다.
"사형은 어디 가시렵니까?"
"현제를 버리고 어디를 가겠나? 창주까지 같이 가야겠소."
두 공차가 듣고 속으로 놀랬다.

길에 나와 걸어갈 때 노지심이 가자면 가고 쉬자면 쉬었다. 며칠 가다가 수레 하나를 세내어 임충을 태우고 세 사람은 걸어서 갔다.
두 공인은 화상이 성 낼까 보아 겁이 나서 모든 일을 조심하며 목숨을 보존하기 위하여 따라가는데, 지심이 길에서 술과 고기를 사서 임충을 먹이며 주막을 만나면 일찍 쉬고 늦게 가는데, 두 공인은 밥지어 오고 물을 데어 오나 감히 잔말을 못하고 가만히 서로 의논했다.
"우리들이 저 화상 때문에 육겸의 부탁대로 못하였으니, 돌아가 무엇이라고 하겠는가."
설패가 말했다.
"내가 들으니, 대상국사 채원에 한 사람 화상이 새로 왔는데, 이름은 노지심이라고 하더니, 저 사람이 그 사람인가보다. 가서 빨리 알려야겠다."
하고 가는데, 십칠팔일 만에 창주 근처에 이르니, 앞길이 팔십 리쯤 남았는데, 인가가 연접하여 있으며 흉한 곳이 없는 것 같았다. 지심이 자세히 알고 소나무 밭에 앉아 임충을 마주 보고 말했다.

"현제는 이제 한 칠십 리쯤 남았으나, 집이 연달아 있으며 흉한 곳은 없는 것을 내가 벌써 자세히 알아봤으니, 오늘 서로 헤어지고 다음날 만나세."

"사형이 만일 동경으로 돌아가시면 우리 장인 장 교두를 보고 이제 말을 전하여 주십시오. 사형의 은혜는 죽으나 사나 잊지 못할 것입니다."

노지심이 이십 냥 은자를 내어 임충의 짐에 넣어 주고 서너 냥 은자를 내어 두 공인을 주며 말했다.

"너희들 죄는 머리를 베일 수 있으나, 현제가 말림으로 용서하여 살렸으니까 너희들의 머리가 보존된 것이 저 소나무와 어찌 다른가."

동초와 설패가 말했다.

"소인들의 머리는 부모가 주신 것인데, 어찌 저 소나무와 같겠습니까."

지심이 이 말을 듣고 선장을 들고 한 번 소나무를 내려치니 두어치 깊이나 들어갔다.

지심이 꾸짖었다.

"너희 두 놈이 반심을 먹어 만일 우리 현제를 해치면 저 소나무같이 만들 것이다!"

두 사람이 혀를 빼어 물고 온몸을 떨며 감히 대답하지 못하는 것을 보고 노지심이 선장을 끌고 임충을 이별하고 갔다.

두 공인이 비로소 말했다.

"가장 힘센 화상이올시다. 어찌 선장으로 쳐서 나무를 상하도록 합니까."

임충이 말했다.

"그것은 아무것도 아니다. 대상국사에서 버드나무를 뿌리까지 뽑았는데, 그걸 가지고 그러느냐."

두 공인이 비로소 그 사람이 노지심인줄 알고 솔밭을 떠나 반나절이나 가다가 바라보니 길가에 한 술집이 있어서 세 사람이 들어가 앉는데, 동초, 설패가 자리를 차지하고 임충이 그 아래 앉아 한참이 지나도록 주인이 술을 가져오지 않으니, 임충이 탁자를 두드리며 말했다.

"여보슈, 우리를 어찌 귀양가는 사람이라고 업수이 여기고 술을 가져오지 않는가?"

"우리는 좋은 뜻으로 그대들에게 술을 안 파는 것을 모르시오?"

"술을 팔지 않는 것이 무슨 좋은 뜻이오."

"이 마을 가운데 큰 재주를 가진 사람이 있는데, 성은 시(柴)요 이름은 진(進)입니다. 이곳 사람이 부르기를 시 대관인이라 합니다. 강호상에서 부르기를 소선풍 시진(小旋風柴進)이라고 합니다. 그 사람은 대주시세종의 자손이온대 그 조상이 있는 고로, 태조 무덕 황제 단서 철권을 하여 주시기 때문에 사람들이 감히 업수이 여기지 못합니다. 또 천하 호걸들을 사귀기를 즐기어 하는 고로, 항상 집에 있는 사람이 오륙십 명이 되고 또 시 대관인이 우리들에게 분부하시기를 언제든지 귀양가는 사람들 중에 호걸이 많으니, 만일 술 먹으러 오거든 내 집을 알려주고 보내면 대접하신다고 하시었으니, 이제 저의 술을 드시고 얼굴이 붉으면 노자 한 푼도 주지 않을 것이오."

임충이 듣고 공인을 보고 말했다.

"내가 전에 관군에 있을 적에 사람들이 전하기를 시 대관인이 천하에 호한이라는 말을 들었는데, 원래 이곳이었으니, 우리가 같이 가서 만나는 게 어떻겠소.”

동초와 설패도 또한 기뻐하며 바랑과 짐을 꾸려 가지고 나오는데, 임충이 술집 주인보고 물었다.

"시 대관인의 집이 어디 있소?"

"이 앞으로 이삼 리만 가면 큰 돌다리가 있는데, 거기서 바로 건너다보이는 집이 바로 그 집입니다."

임충들이 주막에서 나와 이삼 리는 가는데, 과연 큰 돌다리가 있고 수양버들 숲속에 장원이 보이고 집앞에 나무다리 위에 사오 명 장객이 앉아서 더위를 피하는데, 세 사람이 나아가 장객에게 예하고 물어 보았다.

"대가는 우리를 위하여 대관인에게 알리되 죄를 짓고 뇌성으로 정배가는 임가 성을 가진 사람이 뵈옵기를 청하더라고 전하여 주십시오."

장객이 대답했다.

"그대 참 복이 없도다. 대관인이 집에 계셨으면 주식과 전재를 보태어 줄 것인데, 오늘 아침에 사냥 나가셨습니다."

임충이 다시 물었다.

"그러시면 어느 때에 돌아오십니까?"

"때를 어떻게 정하겠습니까?"

"우리들이 복이 없어 만나지 못하였으니, 가야겠다."

하고 장객들이 이별하고 두 공인과 함께 먼저 길을 찾아 돌아올 제, 마음이 우울하여 사오 리를 나오는데, 건너다보니 숲속에서 인마가 나는 듯이 나왔다.

그 가운데 한 관인이 한 필 말을 타고 나오니, 그 위인을 살펴보니 용의 아미요, 봉의 눈을 하고 흰 이에 붉은 입술을 가지고 삼각 수염이 붙었는데, 삼십사오 세는 되었고 머리에 조사 족화건을 쓰고 몸에 자수단화포(紫綉團花袍) 입고 허리에 영롱보옥대(玲瓏寶玉帶)를 두르고 발에는 연록조혜(軟綠朝鞋)를 신고 활과 살을 차고 종인을 데리고 오는데, 임충이 생각했다.
'저기 오는 저 사람이 시 대관인(柴大官人)인가보다.'
하고 주저하며 감히 묻지를 못하는데, 말 위에 앉은 사람이 말을 몰아 앞으로 나오며 말했다.
"저기 칼을 쓰고 가는 사람은 어떠한 사람입니까?"
임충이 몸을 굽혀 말했다.
"소인은 동경 금군교두였는데, 성은 임이요 이름은 충입니다. 고 태위와 원수가 되어 창주로 귀양가는 길인데, 이 앞에 술집 주인이 가르쳐 주기를 이곳에 초현납사하는 대관인이 있다고 하기에 찾아왔다가 연분이 없어 만나지 못하고 돌아오는 길이오."
그 관인이 급히 말에서 내려 임충에게 절하며 예를 갖췄다.
"교두를 일찍이 만나지 못하였으니, 그 죄를 용서하여 주십시오."
하며 임충의 손을 이끌고 장상에 이르러 장객이 크게 장문을 열으니, 시진이 청하여 청상에 올라가 예하고 말했다.
"소인 오래 교두의 높은 성함을 들었는데, 오늘날 폐사에 강림하시니 평생에 갈망하는 원을 풀었습니다."
"대관인의 높은 성함은 천하에 가득하더니, 오늘에야 존안을 뵈오니, 숙세에 천만 다행입니다."
시진이 재삼 겸양하고 임충을 붙들어 주빈석에 앉히고 동초, 설패는 그 아래 앉힌 후 장객을 명하여 술과 밥을 가지고 오라 했다. 장객이 탁자에 술과 고기를 벌려 놓고 또 소반에 백미와 십관전을 내어다가 탁자 위에 놓았다.
시진이 보고 혀를 차며 말했다.
"촌부 높고 낮음을 알지 못하여 이리 소홀히 대접하는구나! 빨리 들어가서 과품과 술을 가져온 후, 양과 돼지를 잡아서 잔치를 하게 하여라!"
임충이 몸을 일으켜 말했다.

"대관인은 너무 지나치게 염려하지 마십시오. 이만하면 임충의 본의에 족합니다."

"어찌 그럴 수가 있겠습니까? 교두가 이곳에 오시는 것이 쉽지 못하니, 소홀히 대접하여서는 아니 됩니다."

하고 술을 내다가 고깃국을 가져오고 풍성한 안주로 여러 잔을 마셨다.

이때 장객이 알렸다.

"교사께서 오십니다."

하니, 시진이 장객을 명하여 교의를 가져다가 교사를 청했다.

"한 자리에서 술을 먹는 것이 좋겠습니다."

임충이 몸을 일으켜 보니 그 교사 머리에 두건을 비껴 쓰고 가슴을 드러내고 교의에 앉으니, 임충이 생각했다.

'장객들이 교사라고 하니, 이 사람은 대관인의 스승이로구나.'

하고 몸을 굽혀 절하며 말했다.

"임충은 삼가 뵈옵니다."

그 교사는 전혀 본 체도 않고 들은 체를 않는다. 임충이 미안하여 얼굴을 감히 들지 못했다. 시진이 임충을 가리키며 말했다.

"저 사람은 동경 팔십만 교두이십니다."

임충이 그 말을 듣고 다시 절하니, 홍 교두가 말했다.

"절하지 마시오."

하며 답례를 하지 않고 있으니, 시진이 보고 심중에 불쾌하게 생각하고 자리를 정하는데, 임충이 자리를 사양하며 홍 교두에게 앉기를 청하니, 교두는 조금도 사양하지 않고 앉았다.

시진이 보고 더욱 언짢아 했다.

임충은 그 아래 앉고 두 공인이 또한 그 아래 앉은 후 홍 교두가 말했다.

"대관인은 무슨 연고로, 귀양가는 무리에게 후한 대접을 행하시오."

시진이 말했다.

"저 임 교두는 다른 사람에게 비교하지 못합니다. 팔십만 금군교두이시니 사부는 가히 소홀히 대접하지 못하십니다."

홍 교두가 말했다.

"대관인이 창봉 쓰기를 좋아하시니 저런 귀양가는 무리들이 모두들 이르기를 창봉 교사라 하고 장상에 찾아와 주식을 얻어 먹고 돈과 쌀을 얻어 갑니다. 대관인은 항상 어이 속으십니까?"

임충이 듣고도 감히 입을 열지 못하니, 시진이 말했다.

"모든 사람을 우습게 여기지 못할 것입니다. 너무 교만한 태도로 남을 업수이 여기지 마시오."

홍 교두는 시진의 교만하지 말라는 말을 듣고 화를 내며 일어나 말했다.

"내가 저 사람을 믿지 아니하니, 만일 나와 싸워 한 합을 능히 견디면 그때는 정말 교두로 알겠소."

시진이 껄껄 웃으며 말했다.

"참 좋은 말씀입니다. 임 무사의 뜻은 어떠하십니까?"

임충이 겸손히 말했다.

"소인이 어찌 당하겠습니까."

홍 교두는 마음속으로 헤아리고 있었다.

'저놈이 원래 아무것도 모르니 겁을 내는구나!'

하고 더욱 잘난 체하니, 시진이 한편으로는 임충의 무예를 보고 싶은 마음도 있고, 한편으로는 임충으로 하여금 홍 교두를 물리쳐 예기를 꺾고 싶어서, 술을 갖고 오라고 하여 달이 뜨기를 기다리고 오륙 배를 먹고 있었다.

이때 달이 솟아 청상이 대낮 같았다. 시진이 몸을 일으켜 말했다.

"두 분 교두께서는 한 번 재주를 시험하여 보십시오."

임충이 곰곰이 생각했다.

'저 홍 교두는 시 대관인의 사부라고 하니, 만일 한 막대로 쳐서 물리치면 시 대관인이 허망할 것이 아닌가?'

시진이 임충의 주저하는 것을 보고 그 뜻을 짐작하고 임충을 대하여 말했다.

"저 홍 교두는 이곳에 온 지 오래되지 않았고 또 이곳에 적수가 없으니, 임 무사는 어려워 말고 시험하여 보십시오. 저는 두 분 사부들께서 어느 분이 높고 낮은 것을 보려고 합니다."

하니, 시진의 이 말은 임충이 얽매이지 말고 재주를 다하여 싸워 보라는 말이었다.

임충이 시진의 말을 듣고 비로소 마음을 놓고 맞아 겨루어 보려고 했다.

홍 교두가 몸을 먼저 일으켜 소리를 질렀다.

"내가 너와 한 번 재주를 겨루어 시험을 하여 보자!"

하고 소매를 걷고 막대를 들어 임충을 취하니, 임충이 시진을 향하여 말했다.

"대관인은 웃지 마십시오."

하고 막대를 들고 달 밝은 뜰에서 오륙 합을 싸우다가 임충이 밖으로 나오며 말했다.

"잠깐 쉬겠습니다."

시진이 의아해 여겨 물었다.

"교두는 어찌 힘을 다하지 않으십니까?"

"소인이 졌습니다."

"두 분이 미처 겨루어 보시지도 않고 어찌 지셨다고 하십니까?"

임충이 목에 있는 칼을 가리키며 말했다.

"이것으로 하여 지는 것이 당연합니다."

"제가 깜박 잊었습니다."

하고 장객을 불러 은자를 내어 오라고 하여 탁자에 놓고 공인을 대하여 말했다.

"두 분은 교두의 목에 칼을 벗겨 주오. 내일 뇌성영에 무슨 일이 있으면 내가 담당하겠소."

동초와 설패는 시진의 부탁을 어찌 거절하리오.

또 열 냥 은자가 있는 것을 보고 즉시 임충의 목에 칼을 벗기니 시진이 크게 기뻐하여 말했다.

"이제는 마음놓고 하겠습니까?"

홍 교두는 임충이 한 번 졌단 말을 듣고 업수이 여겨 마음놓고 다시 겨루어 보려고 하니, 시진이 장객을 명하여 이십오량 큰 두레에 은을 내어 오라고 하여 상에 올려놓고,

"두 분 사부께서 서로 겨루어 이기시는 분에게 이것을 상으로 드리겠습니다."

하니, 이것은 아무쪼록 임충더러 평생 재주를 다하여 이기도록 함이더라.

홍 교두가 임충을 업수이 여길 뿐 더 큰 은자를 보고 욕심이 생기는지라 막대로 쳐들어 오니, 임충이 생각했다.

'대관인이 나의 이기는 것을 보고저 하니, 어찌 죄를 돌보리오.'

하고 발초 심사 돌을 헤치고 뱀을 찾는 법을 행하여 겨룰제 임충이 뒤로 잠깐 물러나니 홍 교두가 따라 들어오며 막대로 치려고 했다.

임충이 그 막대 쓰는 법이 어지러운 것을 보고 문득 막대를 들어 내려치니, 홍 교두는 미처 손 쓸 사이 없이 임충의 막대에 벗어나지 못하고 뒤로 자빠졌다.

시진이 크게 기뻐하고 모든 장객들도 크게 웃었다.

홍 교두가 어찌 감히 다시 겨룰 엄두를 내리오. 장객의 손을 빌려 부축을 받아 일어나 부끄러운 빛이 가득하여 문 밖으로 나가 버렸다.

시진이 임충의 손을 잡아 이끌고 후당에 들어가 술을 마실제 장객을 명하여 은을 가져다가 임 무사께 드리라 하니, 임충이 어찌 받으리오. 임충이 시진의 장상에서 머문 지 일주일 만에 창주 뇌성영으로 갔다.

이때 시진이 술을 내다 대접하고 한 봉 서찰을 만들어 임충을 주며 일렀다.
"창주 부윤도 나와 친한 사이오. 뇌성영 차발도 나와 친하니, 이 봉서를 갖다가 주면 많이 도와줄 것입니다."
하고 이십오량 큰 두레 은자를 내어 임충을 주고 또 닷 냥 쇄은자를 두 공인에게 주어, 이튿날 날이 밝자 조반을 마친 후 장객 세 사람을 내어 행장을 지고 임충은 칼을 쓰고 시진을 하직하고 장문을 나올 때 시진이 말했다.
"며칠 후에 제가 마땅히 겨울 옷을 보내어 교두께서 입게 하겠습니다."
임충이 말했다.
"대관인의 은혜를 어떻게 다 갚겠습니까."
하고, 뇌성영으로 오는데, 한낮은 되어 창주성에 들어와 공인이 공문을 바치니 당안 공목이 임충을 인도하여 창주 부윤에게 뵈온 후, 뇌성영으로 보내고 두 공인은 문서를 받아 가지고 동경으로 돌아갔다.

이때 임충은 뇌성영에 이르러 단신 방에 앉아 점고하기를 기다리는데, 일반 죄수가 나타나 임충을 보고 말했다.
"그대가 모를 것이라 우리가 일러 드리겠습니다. 이곳에는 차발과 관영이 있는데, 사람이 뇌물을 좋아합니다. 만일 뇌물이 없으면 옥 속에 갇히어 살려고 하여도 살지 못하고 죽으려고 하여도 죽지 못합니다. 또 첫 번 점고시에 뇌물이 없는 사람은 일백

대를 맞습니다. 이 매를 맞으면 열에 일곱 여덟은 죽고 뇌물을 곧 주게 되면 길에서 병들었다고 하여 때리지 않습니다."
 "그대들이 일러주는 것은 감사합니다만, 뇌물은 얼마나 줍니까?"
 여러 사람들이 이르기를,
 "은자 댓 냥을 주면 충분할 것입니다."
하고 말을 하는데, 차발이 이르러 물었다.
 "어느 사람이 새로 들어온 정배군이오?"
 임충이 나와 절하며 말했다.
 "소인이올시다."
 차발이 제게 줄 돈을 안 가져온 줄 알고 낯빛이 변하여 임충을 가리키며 호령했다.
 "저놈이 나에게 거만하니, 동경에 있으며 일을 저질렀지. 네가 나를 업수이 여기거니와 너는 나의 손 안에 쥔 물건과 다를 바 없으니, 있다가 보면 알 것이다."
 모든 죄수들이 차발의 노하는 것을 보고 흩어져 가는데, 임충이 허리에서 닷 냥 은자를 내어 들고 웃는 낯으로 일렀다.
 "차발 형님은 노여운 것을 그치시오. 은자가 닷 냥이 비록 적으나, 소인이 성의를 표하는 것입니다."
 차발이 그제야 얼굴을 펴고 말했다.
 "네가 이것을 관영께 갖다 드리라는 것이냐?"
 "관영 상공께 드리는 것은 따로 열 냥 은자가 있습니다."
 차발이 그제야 웃으며 말했다.
 "내가 임 교두의 좋은 이름을 들은 지 오래 되었더니, 이제 보니 정말로 호남자입니다. 생각하기에 고 태위가 그대는 아무 죄도 없는데, 남을 모함에 빠지게 한 것이니 괴로움은 잠시고 나중에는 큰 이름과 그만한 외표로 어찌 대관이 되지 못하겠소."

임충이 웃으며 말했다.
"어찌 그러하기를 바라겠습니까?"
하며 시진의 서신을 내어 열 냥 은자와 함께 차발을 주며 말했다.
"형님은 나를 위하여 관영에게 드리십시오."
차발이 말했다.
"시 대관인의 서신이 있으면 내가 갖다드려 주겠으나, 있다가 그대를 점시할 때에 만일 일백 살위봉을 치려고 하거든 그대는 길에서 다만 병들었다고 하면 내가 뒷일은 적당히 하겠소."
임충이 고맙다고 인사하고 차발이 서신과 은자를 가지고 가는데, 임충이 단신방에 돌아와 홀로 탄식했다.
'돈이 있으면 가히 귀신도 부린다 하더니, 그 말이 잘못된 말이 아니로다.'
원래 차발이 반을 떼고 닷 냥 은자와 서신을 가지고 가서 관영을 주고 임충의 좋은 말을 일러 주었다.
"이 사람은 호걸일 뿐더러 본시 고 태위의 모함을 입음이니 큰 죄가 없습니다. 그리고 시 대관인의 서신도 필경 저 사람을 돌보라는 부탁인가 합니다."
관영이 점두하고 임충을 불러들였다.

이때 임충은 단신방에 있었는데, 패두가 와서 부르니 임충이 점시청 앞에 이르렀다. 관영이 임충보고 말했다.
"너는 태조 무덕 황제가 지으신 법에 새로 귀양온 정배군을 일백 살위봉을 치라고 하셨으니, 맞아라."
하고 좌우를 호령하여 빨리 치라 하니, 임충이 고했다.
"소인이 길에서 병이 들어 아직 낫지 못하였습니다."
차발이 얼른 말했다.
"저 사람의 얼굴에 병색이 아직 낫지 못하였으니, 두었다가 후일에 치는 것이 좋을까 합니다."

관영이 허락하니, 차발이 말했다.

"저 천왕당을 지키던 사람이 기한이 찼으니, 임충을 대신 보게 하십시오."

관영이 그 말을 쫓아 임충을 천왕당을 지키라 하니, 임충이 짐을 꾸려 가지고 옮겨 천왕당으로 올제, 차발이 말했다.

"내가 교두의 일을 주선하여 이 소임을 시켰습니다. 다른 죄수들은 일찍이 일어나 늦게까지 잠시도 쉬지 못하고, 그 중에도 인정을 쓰지 않은 사람은 옥에 갇히어 살아나기 힘들 것입니다."

임충이 사례하고 또 삼사 냥 은자를 내어 차발을 주며 말했다.

"형님은 윗분께 주선하여 나의 칼을 좀 벗겨 주십시오."

"그렇게 해봅시다."

차발이 대답하고 은자를 가지고 관영에게 가서 두어 말 하더니, 내려와 임충의 칼을 벗기었다.

임충이 이날부터 천왕당에 있으며 한가하게 지내더니, 세월은 흐르는 물 같아 한 오십일이 되었다.

이때부터 서로 정이 들고 친하여져서 지키는 바도 없고 또 서 대관인이 겨울옷을 보내어 입게 했다.

때는 겨울철이라 임충이 영에 나와 한가하게 지내는데, 등뒤에서 어떤 사람이 부르는 소리가 있었다.

"임 교두는 이곳에 어찌하여 와 계십니까?"

이때 임충이 돌아보니 이 사람은 술 파는 이소이(李小二)였다.

원래 동경에 있을 때, 임충에게 은혜를 많이 입었는데, 주인집 돈을 훔치다가 들켜서 관사에 붙잡힌 것을 임충이 힘을 많이 써 석방되어 나왔으나, 동경에서 있지 못하게 되어 임충이 또 노자를 주어 다른 곳으로 가서 살게 했다.
 그런데 생각밖에 만났으니, 이소이는 허리를 굽혀 절했다.
 "은인이 구제하여 주신 덕택으로 창주에 와서 자본주를 만났는데, 성은 왕가(王哥)입니다. 소인은 그 가게에서 음식을 만들게 되었는데, 모든 손님들이 소인이 만든 것을 맛있게 잘한다고 하여 유명하여졌으므로 손님들이 많이 오게 되어 장사가 전에 비하여 몇 배나 잘 되어 주인이 소인을 사위로 삼았습니다. 그 후 장인, 장모가 돌아가시고 나니 다만 소인 부부만 남아 술 팔고 있는데, 오늘 조그만 일이 있어서 이곳에 왔습니다. 은인은 무슨 일로 이곳에 오셨습니까?"
 임충이 얼굴에 새겨진 것을 가리키며 말했다.
 "내가 고 태위와 원수를 지어 그놈의 모함을 입어 이리로 귀양왔는데, 지금은 천왕당을 지키고 있네. 뒷일은 어찌 되었든 오늘은 그대를 만나 보니 반갑네."
 이소이가 임충을 청하여 제집에 이르러 제 처를 불러 나의 은인이니 뵈오라고 하며 부부 두 사람이 기뻐하며 말했다.
 "소인이 가까운 친척이 없는데, 오늘 은인을 만난 이깃은 하늘이 가르치는 것입니다."
 "나는 죄수가 되어 귀양온 사람이니 그대에게 누가 될까하오."
 이소이가 대답했다.
 "은인의 높으신 존함을 누가 모르겠습니까? 그런 말씀은 마시고 낡은 의복을 갖다가 소인의 집에서 빨래하여 고치게 하여 주십시오."
하고 술과 밥을 내다가 환대하여 밤이 된 후에 돌아가게 하고 이튿날 또 청하여 극진히 대접하니, 임충이 저희들 부부가 진심으로 대접하는 것을 보고 돈을 조금 보태 주어 본전을 삼게 했다.

세월이 흐르는 물같이 빨라 첫겨울을 맞아 이소이는 솜옷을 고쳐서 임충을 입게 했다.
하루는 문 앞에서 안주를 장만하는데, 한 사람이 가게 안으로 들어오더니 또 한 사람이 뒤쫓아 들어와 앉는데, 먼저 들어온 사람은 심부름하는 사람의 맵시를 했다.
이소이가 들어와 물었다.
"손님은 약주를 잡수려 하십니까?"
그 사람이 서너 냥 은자를 주면서 말했다.
"좋은 술 세 병만 가져오고 손님이 또 오실 것이니, 오시거든 과일과 안주를 많이 들여오더라도 많고 적은 것을 묻지 마시오."
이소이가 재차 물었다.
"손님이 또 오십니까?"
하니, 그 사람이 말했다.
"그러한데 주인은 나를 위하여 심부름을 하여 주실 수 없소?"
"네, 하여 드리지요."
"그러면 영내에 가서 관영과 차발을 불러 주시겠소?"
이소이가 응락하고 급히 뇌성영에 찾아가서 차발을 부르고 관영은 집에 가고 없어서 집으로 가서 불러왔다.
두 사람이 찾아와 만나 보니 초면인가 서로들 인사를 하는데, 성명을 물으니, 그 사람이 대답했다.
"글이 여기 있으니, 보십시오."
하고 이소이를 보고 말했다.
"밖에 있다가 부르기 전에는 들어오지 마시오."
이소이가 나와서 아내를 보고 말했다.
"그 손님이 수상하다."
"무엇이 수상하단 말이오?"

"그 손님 목소리가 동경 사람이오. 입속으로 어렴풋이 고 태위라고 말을 하는 것이 아무래도 임 교두의 몸에 무슨 해로운 일이 일어날는지 궁금하니, 당신은 안에 들어가서 무엇이라고 하나 들어보오. 나는 앞에 가서 일을 보살펴야겠소."
아내가 말했다.
"그럴 것이 없이 교두를 불러다가 어떤 사람인지 직접 보시게 하지요."
"교두는 성질이 급한 분이라 사람을 죽여도 눈 하나 깜짝 않는 사람이라 만일 전에 이야기하던 육겸 같으면 어찌 그냥 두겠소? 필경은 우리에게도 연루가 될 것이니 당신이 다시 가서 자세히 듣고 오구려."
아내가 들어가더니 한 시각은 뒤에 다시 나와서 말했다.
"세 사람이 머리와 귀를 대고 무슨 말을 귓속말로 하다가 군관 모양을 한 사람이 품속에서 무엇을 꺼내 관영과 차발에게 주는 것을 보았습니다. 필경은 금이나 은일 것입니다. 차발이 이르기를 무엇이든 하는 것이 내 수중에 있는 일이라 하니, 아무래도 수상쩍습니다."
하는데, 밖에서 부르는 소리가 들렸다.
"여보슈! 더운 국을 좀 갖다 주시오."
하니, 소이가 나와 보니 관영이 손에 한 봉의 서류를 들었더라. 그리고 한참 있다가 헤어져 가고 난 뒤에 얼마 후 임충이 들어오며 물었다.
"그대들은 요사이 장사 잘 되나?"
이소이가 황망히 맞이하여 좌정한 후에, 소이가 말했다.
"은인을 뵈오러 가려고 하였습니다."
"무슨 긴요하게 할 말이라도 있는가?"
이소이 부부가 임충을 안으로 청하여 일렀다.
"아까 어떤 수상한 사람이 내 집에 와서 술을 먹고 차발과 관영을 불러들여 무슨 일을 은근히 의논하는 중에 그 사람의 목소리가 동경 사람이기에 안식구보고 가만히 엿듣게 하였습니다. 그러나 무슨 말인지 내용은 자세히 듣지 못하였으나, 차발이 말하기를 그가 죽고사는 것이 자기의 수단에 달려 있다고 하고 갔습니다. 혹시 은인의 신상에 무슨 해로운 일이 생기지 않을까 하여 염려가 됩니다."

"그 사람의 모양이 어떠하더냐?"

"키는 다섯 자가 넘고 얼굴이 희고 수염은 별로 없으나, 나이는 한 삼십 가량 되고 한 사람의 모양은 몸이 크지 못하고 얼굴은 아가위빛 같습니다."

임충이 깜짝 놀라며 말했다.

"삼십된 듯한 사람은 육겸인데, 저놈이 이곳에 와서 나를 해하려고 왔구나. 만일 만나기만 하면 못 쓰게 만들어 나의 한을 풀어야겠다."

이소이가 권했다.

"다만 방비하는 것이 우선일 듯하옵니다. 옛날 사람이 이르기를 급히 먹는 밥에 목 메이는 것을 생각하라고 하신 것을 듣지 못하셨습니까? 교두는 급히 굴지 마십시오."

임충이 크게 분노하여 이소이 집을 나와 거리에서 한 자루 해완첨도(解腕尖刀)를 사서 몸에 감추고 앞뒷길로 두루 돌아다니니, 소이 부부는 은근히 걱정이 되어 땀을 흘렸다.

그날을 무사히 지내고 이튿날 임충이 일찍이 일어나 아무리 살펴 보아도 아무도 보이지 않으니, 이소이가 권했다.

"은인은 마음을 놓으십시오."

하니, 임충이 마지못하여 천왕당으로 돌아와 자고 이튿날 또 살폈으나, 찾고자 하는 인물을 찾지 못했다. 사오일을 지내니 임충도 마음이 놓였으나, 엿새 만에 임충을 불러 점시청에 이르니,

관영이 말했다.

"임충아, 네가 이곳에 온 지 여러 달이 되었으나, 시 대관인의 부탁한 것을 아직도 들어 드리지 못하였더니, 이제 너를 바꿔 준다. 동문 밖 십여 리 밖에 대군 초료장이 있는데, 다달이 초료를 바치는 수효가 있고 그곳에 상례전이 있으니, 그곳을 지키는 사람과 교체하여 너로 하여 초료장을 보게 했다."

"소인이 가겠습니다."

하고 영중을 떠나 이소이 집에 찾아와 부부 두 사람을 대하여 이별을 고했다.

"오늘 관영이 나를 대군 초료장을 보라고 하니, 무슨 뜻인지 궁금하오."

이소이가 대답했다.

"천왕당 지키는 것보다 더 좋은 곳이니 인정을 쓰지 않으면 어떻게 이런 곳으로 되겠습니까? 초료를 거둘 때 상례전이라는 것이 있습니다."

"어찌하여 나를 해치지 않고 도리어 좋은 곳으로 보내는가?"

"은인은 의심하지 마십시오. 아무 일 없는 것이 제일입니다. 그러하나 소인의 집이 머니 찾아갈 틈이 없을 것입니다. 오늘은 소인의 집에서 술을 잡숫고 가십시오."

하고 술을 내다가 임충에게 권하며 이별했다.

천왕당으로 돌아온 임충은 보따리를 메고 단도를 허리에 차고 한 사람의 간수를 따라 초료장으로 향했다.

그날 따라 험상궂은 겨울 날씨에 북풍이 사납게 일고 눈이 지독하게 퍼부어 지척을 분별할 수 없게 쌓였다. 임충과 간수가 초료장에 다다라 주위를 둘러보니 황토담이 둘러쳐져 있었고 두 짝의 큰 대문이 있었다. 그것을 밀고 안을 들여다보니 말 먹이 풀이 산더미처럼 쌓여 있으며 그 중간 두 군데에 초청이 있었다. 그 초청 안에서 늙은 죄수가 불을 쬐고 앉아 있었다.

"당신과 나는 일자리를 바꾸게 됐으니, 이제 천왕당에 가서 지키시오."

임충이 이렇게 말하자 늙은 죄수는 열쇠를 가지고 사방 안내를 해주며 풀더미 수효를 확인시키었다. 그는 보따리를 짊어지고 떠나면서 이런 말을 했다.

"창고에 쌓인 것과 허다한 마초가 다 수효가 있는데, 낱낱이 맡고 또 화로와 냄비 식기들은 그냥 두고 갈 것이니 당신이 쓰시오."

"나도 쓰던 것이 다 그냥 천왕당에 있으니, 당신이 쓰시오."

그 늙은 죄수가 응락하고 벽에 걸린 호로를 가리키며 말했다.

"당신이 만약 술이 먹고 싶거든 저 호로를 가지고 동쪽으로 이삼 리만 가면 그곳에 마을이 있어 그곳에는 술집이 있소. 그러면 편안히 계시오."

늙은 죄수와 차발이 돌아간 뒤에 임충이 혼자 남아서 불을 쬐고 있었으나, 말이 집이지 사면 벽이 모두 헐어서 바람이 그대로 들어와 밖이나 다름이 없다.

임충이 짐을 풀고 이불을 내어 깔고 호로에 불이 신통치 않아 불을 피우려고 뒤쪽에서 숯을 가져오다가 머리를 들어 보니 집이 다 기울어지고 또 삭풍에 지붕이 다 벗겨져서 형편이 없었다.

임충이 생각하기를,

'이 집이 이렇게 헐었으니, 눈이 그치면 우선 미장이를 불러다가 집을 고쳐야겠다.'

추위를 견디지 못하여 늙은 죄수가 일러 주는 말을 생각하고 짐 속에 돈을 조금 꺼내 가지고 호로를 화창에다 달아매고 화로에 불을 덮고 전립 쓰고 방문을 잠그고 열쇠를 몸에 지닌 후에 대문을 지치고 동쪽으로 가는데, 눈을 밟고 한참 가다보니 한 고묘(古廟)가 있었다.

임충이 속으로 가만히 빌었다.

'다음날 와서 지전을 사르겠습니다.'

하고 한참 가다 마을이 나오고 거기서 걸음을 멈추고 찾아보니 한 집에 주기를 꽂아 놓았다. 임충이 들어가니, 술집 주인이 나왔다.

"손님은 약주 잡수시렵니까?"

묻는데, 임충이 호로를 가리키며 말했다.

"그대는 이 호로를 알아보겠나?"

술집 주인이 보다가 말했다.

"저 호로는 초료장 늙은 죄수의 것입니다."

"그대 말이 옳소."

"초료장에 새로 오셨으면 제가 한잔 대접하겠습니다."

하고 삶은 고기 한 소반과 더운 술 한 병을 내어 임충을 권하니, 임충이 스스로 술과 고기를 더 사서 먹고 두 근 고기와 술 한 병을 화창에 매어 달고 주인을 작별하고 눈보라를 안고 초료장으로 돌아왔다.

그러나 문을 열고 안으로 들어가 서자 그는 지신 모르게,

"어?"

하고 소리를 쳤다. 종일 퍼붓는 눈에 가뜩이나 헐어 빠진 집이라 그대로 쓰러져 버렸던 것이다.

불은 어찌 되었나 하고 살펴보니 눈에 덮히어 불씨도 죽은 지 오래였다. 불날 염려는 없지만, 당장 오늘밤이나마 어디서 지내나 하고 생각하니, 난감했다.

그러나 임충은 고묘가 생각났다.

'오늘밤에는 고묘에 가 밤을 지내고 날이 밝거든 다시 와서 무슨 도리를 해보도록 해야지.'

하고 임충은 이불과 호로를 가지고 고묘에 들어가 돌을 굴려 문을 누르고 전상에 올라가 보니, 금갑산신(金甲山神)을 모시었고

한편에는 판관(判官)이 있고, 또 한편에는 조그마한 귀사(鬼使)가 늘어서 있는데, 이웃에 집도 없으며 따로 묘 주인도 없는 모양이다.

임충이 술과 화창을 한편에 놓고 전립을 벗어 벽에 걸고 포삼을 벗어 눈을 터니 거의가 젖었다. 이불을 펴고 몸을 기대어 찬술과 쇠고기를 먹는데, 갑자기 밖에서 무엇인지 타는 소리가 들렸다. 이상도 하다 하고 일어나서 뚫어진 벽틈으로 바라보니 초료장 안에서 불길이 활활 일어나고 있었다.

'저게 웬일인가?'

한편으로 이상도 하고 한편으로 의아함도 생겼으나, 곧 일어나 화창을 찾아 들고 불을 끄러 나오려 하는데, 문 밖에서 사람 소리가 나기에 가만히 들으니, 세 사람이 묘 문을 열려고 했다. 돌로 막아놓았으니, 어떻게 열리겠는가? 처마 안에 서서 일어나는 것을 보더니 그 중에 한 놈이 말했다.

"저의 계교가 어떠하오?"

또 한 놈이 대답했다.

"전부가 관영과 차발의 힘써 주신 덕이오니, 우리들이 동경에 가서 태위께 고하면 그대들 두 사람은 반드시 대관을 봉할 것입니다."

또 한 놈이 웃으며 대답했다.

"이번에는 장 교두가 믿을 수가 없을 것입니다."

또 한 놈이 말했다.

"고아내의 병이 이제는 나았을 것입니다."

또 한 놈이 말했다.

"내가 수십 군데에 불을 질렀으니, 제가 어디로 도망히겠습니까?"

"제가 비록 목숨을 보전한다 하여도 대군 초료를 다 태웠으니, 죽기를 어떻게 면하겠습니까?"

"우리 그만 돌아갑시다."
한 놈이 말했다.
"저놈의 탄 두골(頭骨) 한 덩이 가져다가 태위에게 드려 우리들의 진실함을 표하는 것이 좋겠소."
임충이 듣기를 다하고 자세히 보니 한 놈은 육겸이요, 한 놈은 부안이요, 한 놈은 차발이었다. 임충이 혼자서 생각했다.
'하늘이 도우셔서 집을 무너뜨린 고로, 내가 살았다. 그렇지 않았으면 저놈들의 솜씨에 타 죽기를 면하지 못하였을 것이다.'
하고 가만히 돌을 치우고 화창을 들고 문을 열어젖히며 크게 호통했다.
"간적들은 어디로 달아나려고 하느냐?"
세 놈이 깜짝 놀라 움직이지 못하는데, 임충이 창을 들어 먼저 차발을 찔러 넘겨치니 육겸이 살려줍소 하고 비는 것을 왼발로 차니 떨어졌다. 부안은 엉겁결에 달아나는 것을 임충이 따라 한 창으로 후심을 찌르니 부안이 넘어졌다.
다시 몸을 돌려 보니 육겸이 기어 달아난다. 임충이 크게 소리치며 달려들었다.
"이놈 육겸아! 내가 너와 원수진 일이 없는데, 어찌 나를 해하려고 하느냐? 내 너를 어찌 살리리오!"
육겸이 손이 발이 되도록 빌었다.
"이 일은 소인이 하고 싶어 하는 것이 아니고 태위께서 시키는 일이니 감히 거역하지 못하여서 그런 것이옵니다. 살려 주시면 다시는 그러지 않겠습니다."
임충이 또 꾸짖으며 호령했다.
"이놈, 간적아! 내가 너와 같이 어려서부터 이웃에 자라났는데, 나를 죽이러 와서 감히 모른다고 하느냐? 오늘 나의 칼맛을 좀 보아라."
하고는 칼을 들어 내리쳤다. 임충이 머리를 돌려 보니 차발이 일어나 달아나려고 하자 꾸짖었다.
 "네놈이 본시 불량하여 못된 놈이니 살려 두지 못하겠다!"
하고 칼을 들어 머리를 베고 또 부안의 머리를 베어 머리털을 한데 묶어 산신의 앞에 포삼을 찾아 뵙고 전립을 쓰고 호로에 남은 술을 마저 마시고 화창을 들고 동쪽으로 향하여 달아났다.
 삼사 리를 못 가서 가까운 마을에서 백성들이 물통을 메고 불을 끄러 오는 것을 보고 임충이 말했다.
 "그대들은 빨리 가서 불을 끄시오. 나는 관가에 알리러 가오."
하고 달아나니 눈보라가 더욱 심했다.
 초료장을 떠나 멀리 가니, 앞쪽 숲속에 인가가 있고 불빛이 새어나오는 것을 보고 임충이 찾아가 문을 밀치고 들어가 보니 가운데에 늙은 장객이 앉고 사오 명 젊은 장객들은 불을 쪼이고 가운데 화로가 놓여 있었다.
 임충이 앞서 나아가 절하고 말했다.
 "소인이 뇌성영 군인인데, 공사로 갔다가 눈에 옷이 젖었는지라, 미안합니다만 좀 말려 입고 가려고 하니, 허락하여 주십시오."
 늙은 장객이 대답했다.
 "좋소. 이 앞에 와서 말려 입도록 하시오."
 임충이 젖은 옷을 말리는데, 화롯가에 술병이 놓였는데, 냄새가 비위를 동하므로 임충이 말했다.
 "소인이 은자가 조금 있는데, 술 두어 잔만 나누어 주십시오."
 그러자 무리들이 말했다.
 "우리는 쌀 쌓은 노적을 지키고 있소. 밤마다 야경을 도는데, 날씨가 이렇게 추워서 우리들도 나누어 먹기가 부족한 것을 어찌 그대에게까지 나누어 줄 것이 있겠소."
 임충이 술병을 앞에 놓고 술 냄새를 맡으니, 비위가 동하여 어찌 참겠소. 이에 간청했다.

"조그만치만 주시면 감사합니다. 조그만치 주시기로 무슨 관계있겠습니까."
 장객이 노하여 말했다.
 "우리들이 좋은 뜻으로 옷을 말려 입고 가시라고 하였는데, 어찌 도리어 보챈단 말이오. 만일 가지 않으면 그대를 묶어 내다가 매어 달겠소."
 임충이 노하여 말했다.
 "네놈들이 무례하구나!"
하고 손에 들었던 창으로 화로의 불을 떠 던지니 불이 흩어지며 늙은 장객들이 막대를 가져다가 임충을 쳤다.
 임충이 화창을 들어 대적하니, 모든 장객들이 어찌 당할 것이오. 모두들 달아나 버렸다.
 "참 좋다!"
 임충이 술을 따라 마음껏 먹고 창을 끌고 대문을 나와서 달아났다.
 그러나 술이 취하여 한 발은 높고 한 발은 낮아 다리를 헛놓으며 두어 마장을 다 못 갔을 때 북쪽에서 불어오는 찬바람이 낯을 스치니 술이 더욱 취하여 견디지 못하여 눈 쌓인 시냇가에서 쓰러지고 말았다. 취한 사람이 어찌 일어날 수 있겠소. 정신을 차리지 못하고 그냥 잠이 들어버렸다.

 임충에게 얻어맞고 달아났던 장객들이 이십여 명의 무리들을 모아 가지고 쫓아오니, 이 꼴이었다. 그들은 힘 안 들이고 임충을 단단히 결박하여 어깨에 떠메고 돌아갔다.
 이때 여러 장객들이 표자두 임충(豹子頭林冲)을 잡아 어느 큰 장원(莊園)에 도착하니, 사람이 나와 맞이하여 말했다.
 "대관인이 아직 일어나지 아니 하셨으니, 저놈을 문 위에 높이 달아 두어라."

날이 훤히 밝을 무렵이나 되어 임충이 술이 깨어 눈을 떠보니 뜻밖에도 몸은 꽁꽁 묶이어 크나큰 장원에 매달려 있으니, 크게 호통을 치며 소리 질렀다.

"무슨 일로 나를 이렇게 이곳에 매달았느냐?"

하니, 마침 어제 저녁에 수염을 태운 늙은 장객을 위시하여 이십여 명 장객들이 몽둥이를 들고 나와 꾸짖었다.

"네가 어디서 감히 억울하다고 하는가?"

그 중에 간밤에 수염을 태운 늙은 장객이 몽둥이를 들고 나와 꾸짖었다.

"저놈과 말하여 무엇하겠는가? 우리 마음껏 치다가 대관인이 일어나시거든 관가에 보내어 죄를 다스립시다."

하고 일시에 몽둥이를 들어 치니 임충이 말했다.

"너희들이 나를 치는데, 나도 할 말이 있다."

하는데, 한 장객이 이르는 말이 있었다.

"대관인께서 나오십니다."

하니, 임충이 몽롱한 중에 자세히 보니 한 관인이 뒷짐을 지고 나오며 물었다.

"웬 사람을 그리들 치느냐?"

"예. 간밤에 쌀 도적하러 들어온 놈을 잡았습니다."

그 관인이 기뻐하여 가까이 나와 보니 이 사람이 곧 임충이었다. 급히 장객을 꾸짖어 물리치고 묶인 것을 끌러 주고 물었다.

"임 교두께서 대체 무슨 연고로, 이 욕을 보십니까?"

임충이 자세히 보니 소선풍 시진(小旋風柴進)으로 이곳은 그의 동장이었던 것이다.

"어찌 한 말로 다 하겠소!"

하고 안으로 들어와 간밤에 지난 일을 자세히 다 이야기하자, 시진은 저도 모르게 한숨을 휘 쉬고 말했다.

"형장의 운명도 참 기구하십니다. 그래도 이렇듯 제 집으로 오시게 된 것이 불행중 다행입니다. 이곳은 소제의 동장이오니, 앞으로 몇 날 머무르시면서 다시 의논하십시다."
하고 한편 장객을 명하여 새 옷을 가져오라 하여 임충을 입히고 한편 술과 밥을 내다가 대접했다.
　임충은 시진의 두터운 정의에 깊이 사례하며 동장에서 머물러 있은 지 오륙일이 지냈다.
　그러나 살인범을 그냥 내버려둘 리 없었다.

　이때 창주 뇌성현 관영이 창주부에 알리니 임충이 차발과 육겸, 부안 세 사람을 죽이고 대군 초료장을 불태웠다는데, 부윤이 깜짝 놀라 급히 이를 공문첩에 올린 다음 관아에서 파견하는 관원 및 사자를 보내어 임충의 형상을 그리게 하여 삼천 관 상금을 부쳐 정범 임충을 잡으라고 하여 각처 촌락까지 떠들썩했다.
　이때 임충이 시 대관인의 동장에 있으면서 이 소식을 전하여 듣고 바늘방석에 앉은 듯 불안해하더니, 시진이 나타난 것을 보고 말했다.
　"대관인이 나를 머물지 못하게 하는 것이 아니라 관사에서 나를 잡으려고 저렇게 하니, 만일 제가 이곳에 있는 것을 들키게 된다면 대관인에게까지 연루되지 않겠습니까? 염치없는 말씀이오나 은혜의 만분지 일이라도 잊지 않고 힘을 다하겠습니다."
　시진이 말했다.
　"형장이 딴 곳으로 가시려고 하시면 가실 곳이 있는데, 한 봉 서찰을 드릴 테니 형장이 지니고 가심이 어떠하십니까?"
　"만일 대관인께서 소제가 몸을 의지할 곳을 지시하시면 이것은 더욱 죽을 때까지 잊지 못하는 것이옵니다만, 어느 곳인지요?"
　"이곳이 산동 제주 관하에 섬인 양산박이라는 곳인데, 주위가 팔백 리요. 중간에 완자성과 료아애(蓼兒洼)라는 땅이 있고 이제 세 명 호걸이 있어 채책을 세워 군무를 이루고 있으니, 제일 두령은 백의수사 왕륜(白義秀士王倫)이요, 제이 두령은 모착천 두천(模着天杜遷)이요, 제삼 두령은 운리금강 송만(雲利金剛末萬)인데, 그 수하에는 졸개들이 칠팔백 명이나 있어 집을 쳐부수고 촌방을 노략하니, 천하에 죽을 죄를 저지른 사람이 다 그곳으로 들어가 화를 피하고 있습니다. 세 사람 호걸과 가까운 사이니 형장이 그곳에 의지하시는 것이 어떠하옵니까?"

"만일 그곳에 가서 있게 되면 얼마나 좋겠습니까!"

"이제 관가에서 방을 붙이고 관군 두 사람이 길 어구에서 지킨다 하니, 형장이 그곳을 지나가야 하는데, 어떻게 하나?"

하고 머리를 숙이고 곰곰이 생각하다가 말을 했다.

"아하! 좋은 길이 있습니다. 형장을 지나가게 할 수 있습니다."

"그렇게만 하여 주신다면 죽어도 잊지 못할 것입니다."

시진은 임충의 행장을 꾸려 가지고 장객 한 명에게 지워서 관 밖에 나가서 기다리게 하라 하고, 시진이 이삼십 필 말을 준비하여 활과 칼과 창과 탄자와 매와 사냥개를 앞세우고 일행 인마가 사냥하는 몸맵시로 일시에 창주길 어구로 향하여 나갔다.

이때 길 어구를 지키던 군관이 장 앞에 지키고 있다가 시진 일행이 나오는 것을 보자 두 명 군관이 말했다.

"대관인 사냥 나가십니까?"

하고 알은 체를 한다. 원래 그들은 벼슬하기 전에 시진의 장상에 와서 놀고 또한 시진이 주선하여 잘 아는 터이다.

시진이 말에서 내려서 시치미를 뚝 떼고 물었다.

"두 분 관인은 무슨 일로 이곳에 와서 있습니까?"

"부윤 상공이 문서와 도본을 보내고 범인 임충을 잡으라고 하기에 우리가 이곳에 지키며 왕래하는 객상을 낱낱이 살피고 있습니다."

시진이 웃으며 말했다.

"우리 일행에 임충이 있는데, 어찌 알지 못하시오."

군관이 웃으며 대꾸했다.

"대관인은 법도를 아시는 사람이온데 죄 지은 사람을 데리고 다닐 수 있겠습니까?"

시진이 껄껄 웃으며 말에 올라 모두들 말 타고 장 밖에 나가 십사오 리를 가니, 먼저 내보낸 사람이 기다리고 있었다.

시진이 임충을 부르니 말에서 내려 사냥꾼 옷을 벗고 전립을 쓰고 박도를 가지고 시진과 이별하고 떠났다.

시진의 일행은 종일 사냥하다가 저문 뒤에 돌아올제, 산돼지와 사슴 등속을 관문 지키던 군관들에게 보내 주고 집으로 돌아왔다.

이때 임충이 길에 올라 십수일을 걷는데, 이때는 섣달인데, 붉은 빛깔의 구름이 잔뜩 깔려 있고 기득한 하늘에 큰 눈이 분분이 내렸다.

눈을 밟아 가다가 보니 술집 하나가 있어 들어가 옷에 눈을 털고 좋은 자리를 가리어 박도를 세우고 행장을 풀어놓고 전립 벗고 요도를 한편 벽에 거니 주인이 물었다.

"손님은 술을 얼마나 드시렵니까?"

임충이 말했다.

"먼저 두 통 술을 가져오시오."

주인이 탁자에 술통을 가져다가 거르고 있는데, 임충이 물었다.

"안주는 무엇이 있소?"

"쇠고기와 고기 연계가 있습니다."

"그러면 먼저 두 근 쇠고기를 가져 오시오."

주인이 가더니 이윽고 쇠고기 한 접시와 큰 사발을 앞에 놓고 술을 걸으니, 임충이 서너 잔을 먹는데, 술집 안에서 한 사람이 뒷짐지고 나와 눈 오는 구경을 하며 주인더러 물었다.

"어떠한 사람이 술을 먹는가?"

하는데, 임충이 그 사람을 보니 머리에 난모 쓰고 몸에 양피 갑옷 입고 발에 장피화 신고 섰는데, 몸이 크고 골격이 장대했다.

임충이 알은 체 않고 술을 먹으며 주인보고 말했다.

"당신도 술 한 사발 드시오."

주인이 한 잔을 먹었다.

"양산박은 어디로 올라갑니까?"

"양산박이 이 앞에 있습니다만 모두 물을 건너야만 되고, 길이 없어서 가시려고 하시면 배를 타고 가면 갈 수 있지만, 눈이 이렇게 퍼붓는데, 어디 가서 배를 얻겠습니까?"

"그러면 돈을 좀 많이 드릴 것이니 어떻게 건너가게 해주실 수 없겠습니까?"

"날씨가 이럴 때에는 배를 얻을래야 얻을 수 없습니다."

임충이 곰곰이 생각했다.

'어떻게 하면 좋겠는가? 경사(京師)가 있을 때 교두 노릇하며 날마다 주점으로 다니며 술 먹고 즐기었는데, 고 태위가 모함하여 이제는 나라가 있어도 돌아갈 수 없고 집이 있으나, 몸 붙일 곳이 없어 이런 적막한 일을 당하는구나.'

하고 주인에게 붓과 벼루를 빌려 분벽상(粉壁上)에 글을 썼으니, 그 글에 이르기를,

의를 가진 나 임충은
위인이 가장 순박하고 충성하도다.
강호에 기리는 물망이 달리고

경국에 영웅을 나타내도다.
허수아비 같은 신세를 슬퍼하고
공명은 마른 쑥 같도다.
후일 만일 뜻을 얻을진대
위엄이 태산 동쪽에 진동하리라.

쓰기를 마치고 붓을 던지며 술을 나와 먹는데, 그 갑옷 입은 호걸이 들어오며 임충을 붙들고 말했다.
"참 담도 크구나! 창주에서 하늘에 가득한 죄를 짓고 이곳에 앉았는데, 지금 관가에서 삼천 관 상금을 내어 그대를 잡으려고 하는데, 어찌 이리 태평한가?"
"그대는 내가 누군 줄 알고 그런 말을 하시오?"
"표자두 임충이 당신이 아니오?"
임충이 껄껄 크게 웃었다.
"내 성은 장가인데, 어째서 나를 보고 임가라 하시오."
그 호한이 웃으며 말했다.
"그대가 제 이름을 벽에다 써 놓고 또 그대 뺨에 새겨진 금인이 있는데, 왜 거짓말을 하오?"
"그러면 당신이 나를 잡으려고 하시오?"
그 호걸이 웃으며 말했다.
"내가 그대를 잡아다가 뭐하겠소?"
하고 후면 정자에 들어가 등촉을 밝히고 예를 베푼 뒤 물었다.
"아까 형장이 양산박으로 가는 길을 물었는데, 저곳은 산적들이 있는 산채인데, 가서 무엇하시려오?"
"제가 사실을 말하겠습니다. 지금 관가에서는 뒤를 쫓고 있기를 급히 하니, 몸을 둘 곳 없는 고로, 산에 가서 의지하려고 합니다."
"그렇지만, 산채에 의지하시려고 하시면 천거하는 사람이 없으면 저곳에서 받지 않을 것입니다."

"시 대관인의 글을 가지고 있습니다."

"시 대관인이라니 소선풍 시진 말씀이오?"

"그대는 그분을 어찌 아십니까?"

"시 대관인은 산채의 두령들과 정의가 각별하고 두천, 송만 두 사람도 시 대관인의 천거로 들어왔습니다."

임충이 듣고 절하며 말했다.

"제가 비록 눈이 있으나, 태산을 몰라보았습니다. 원하옵거니와 높으신 존함을 듣고저 합니다."

그 사람이 황망히 답례하며 말했다.

"소인은 왕 두령의 수하이온데 성은 주(朱)가요 이름은 귀할 귀(貴)자 입니다. 기주 기수현 사람이온데 강호상에서 부르기를 한지홀률(旱地忽律)이라고 합니다. 소제는 이곳에서 주점을 열고 지나다니는 사람의 재물을 가진 것을 산채에 알리고, 홀로 지나가는 사람은 재물이 있으면 몽한 약을 먹여 재물을 뺏은 후에 살찐 사람은 염소고기로 팔고 여위었으면 기름을 내어 등잔 기름으로 쓰고 아무것도 없으면 그냥 놓아 보내는데, 아까 형장께서 양산박 가는 길을 묻기에 약을 쓰지 않았습니다. 그리고 또 높으신 존함을 벽에 쓰신 고로, 일찍이 들은 높으신 이름과 같은 것을 기뻐하였는데, 이제 시 대관인의 천거하는 글을 가지고 오셨으면 형장의 위력이 있는 이름을 누가 업수이 여기겠습니까? 왕 두령이 반드시 중하게 대접할 것입니다."

하고 어육과 과실을 내어 서로 권하며 밤이 으슥하도록 술을 먹고, 오경이 되어 주귀가 임충과 함께 정자문을 열고 작화궁(鵲畵弓)에 한 가치 화살을 먹여 갈대숲을 향하여 쏘니 임충이 물었다.

"그게 무슨 뜻이오?"

"이것이 산채의 군호입니다. 오래지 않아 소식이 있을 것이오니, 기다려 보십시오."

 미처 말이 끝나기 전에 갈대 숲속에서 너더댓 명의 졸개가 한 척 쾌선을 저어 나오니, 주귀는 임충과 함께 칼과 행장을 수습하여 가지고 배에 올라 양산박을 향하여 갈 때, 금사탄을 건너 배를 언덕에 대고 주귀, 임충과 같이 물에 내리니 졸개가 행장을 받아 지고 두 사람이 취의청에 올라갈 때, 양편 아람드리 나무가 총총한 속에 단금정자를 지나서 좌우에 창(槍), 도(刀), 검(劍), 극(戟), 궁(弓), 노(弩), 모(矛) 등 병장기가 숲풀같이 서 있고, 사면으로 도시 뇌목 포석(擂木砲石)이 쌓여 있다.
 양쪽 협도에 깃발을 세웠고 두 개 관문을 지나니 비로소 채문이 있었다.
 사면이 높은 산이요, 골짜기가 웅장하여 중간이 평평하여 넓이가 수십 리나 되는데, 큰 채책과 방옥을 지어 있는 것을 보고 임충은 속으로 기뻐했다.
 주귀가 임충을 인도하여 취의청에 올라가니, 가운데 호랑이 가죽의자에 앉아 있는 이가 백의수사 왕륜이요, 오른편에 앉아 있는 이가 운리금강 송만이었다.
 주귀가 임충을 안내하여 세 두령에게 보인 후 주귀 곁에 섰으니, 주귀가 아뢰었다.
 "이분이 동경 팔십만 금군교두 임충이옵니다. 작호를 표자두라 합니다. 고 태위와 사사로운 혐의가 있어 모함을 입어 창주로 귀양왔다가 또 대군 초료장을 불태우고 육겸, 부안, 차발 세 사람을 죽이고 시 대관인의 장상에 있다가 혹시 누를 끼칠까 하여 시 대관인의 친필 글을 갖고 산채에 의지하기를 간청합니다."
하니, 임충이 품속에서 시 대관인의 글을 내어 주었다.
 왕륜이 시 대관인의 글을 받아 보고 임충을 명하여 넷째 교의에 앉히고 주귀는 다섯째 교의에 앉혔다.

곧 이어서 손을 대접하는 잔치는 벌어졌다.
왕륜이 술을 마시며 시 대관인의 요즈음 안부를 물었다.
임충이 대꾸했다.
"대관인이 요사이 사냥으로 소일하시며 즐기십니다."
왕륜은 곰곰이 생각했다.
'나는 급제 못하고 낙방한 수제요 두천, 송만은 나중에 얻었으나, 나의 심복이라. 다만 내가 본새 없고 저놈은 금군교두이라 하니, 필연 무예가 상당히 셀 것이니 수단이 못 쫓을 것을 알면서 내가 어찌 휘어 부릴 수 있을 것인가? 일찌감치 다른 곳으로 쫓아버리는 것만 못하다. 시 대관인의 천거를 저버리는 것 같으나, 이제 돌려 보내야겠다.'
하고 졸개를 명하여 다시 술과 안주를 내다가 잔치를 벌였다.
그리고 졸개를 명하여 일렀다.
"오십 냥 백은과 저사 두 필을 내오너라."
하여 임충의 앞에 놓고 왕륜이 몸을 일으켜 말했다.
"시 대관인이 천거하시었기 때문에 교두가 여기까지 오셨는데, 산채가 적고 방이 부족하니, 저희들의 정성이 부족하여 예의에 거슬리게 대접하여서 죄송합니다. 이 예물이 변변하지 못하오나 받으시고 다른 곳으로 대채를 찾으시어 몸을 편하게 하시고 나를 이상하게 여기지 마십시오."
임충이 이 말을 듣고 기가 막혀 세 두령에게 애원을 한다.
"소인이 천 리 길을 멀다 않고 시 대관인의 천거함을 힘입어 대채에 의지하려고 왔습니다. 임충이 비록 재주는 없으나, 한 번 죽기로서 은혜를 갚을 것입니다. 그리고 간사한 일은 조금도 하지 않겠습니다. 이것이 평생 원이오며 은냥을 얻으러 온 것이 아니옵니다."
"교두의 말씀이 옳으나, 정말 이런 적은 곳에서 어떻게 머무르시겠습니까?"

주귀가 간했다.

"산채에 비록 양식은 적으나, 가까운 촌과 먼 곳에 가서 얻어 올 수 있는 것이오. 산채에 나무와 돌이 많으니, 천만간 방이나 집을 지을 것이오. 시 대관인이 천거하시어 왔으니, 어찌 다른 곳으로 보내겠습니까? 시 대관인은 여태까지 산채의 은인이온데, 만일 뒷날에 사람을 받지 않은 줄 아시면 서로 좋은 낯으로 대하기가 어려울 것입니다."

두천이 말했다.

"우리 산채 안에서 저분 한 분을 더 둔다고 무엇이 좁으며 뒷날 시 대관인이 물으시면 무엇이라고 대답하겠습니까? 배은 망덕하다고 하지 않겠습니까?"

송만이 역시 권했다.

"저분이 같이 있어 두령을 삼지 않는다면, 우리 무리들의 의기가 없다 하고 강호상에 호걸들이 웃을 것입니다. 그러니 어떻게 하겠습니까?"

왕륜이 웃으며 말했다.

"현제의 무리들은 아무것도 모르는 소리오. 저분이 비록 창주에서 큰 죄를 지었으나, 오늘은 산에 올라오는데, 그 마음을 모르니까 그것이 걱정이 아니오."

임충이 말했다.

"소인이 한 몸에 큰 죄를 짓고 대채에 의지하고저 왔는데, 어찌 의심하십니까?"

왕륜이 다시 물었다.

"그대가 진심으로 우리 형제 틈에 끼고 싶다면 투명장(投名狀)을 쓰겠소?"

임충은 선뜻 대답했다.

"글씨쯤은 쓸 줄 아니 지필을 주시면 지금 이 자리에서 쓰겠습니다."

그러자 주귀가 웃으면서 말했다.
"교두님, 그런 게 아닙니다. 호걸들의 틈에 낄 때 필요한 투명장이란 산 아래로 내려가서 사람을 하나 죽여 그 목을 바치는 것입니다. 그래야만 의심이 풀린다는 것이고 이것을 투명장이라고 부르는 것입니다."
"사흘의 말미를 주겠소. 만일 사흘 동안에 투명장이 들어오면 우리들 틈에 끼도록 승낙하겠소. 그것이 들어오지 못한다면 어찌할 도리가 없으니, 그때에는 섭섭히 생각지 마시오."
임충은 그렇게 하기로 쾌히 약속했다. 그날 밤 주석에서 헤어진 다음 주귀는 두령들과 작별하고 산을 내려와 자기 술집을 평소와 같이 지키고 있었다. 임충은 밤이 되자 칼과 보따리를 가지고 졸개의 안내를 받아 객방에서 하룻밤을 쉬었다.

이튿날 아침 밥을 먹고 나자 요도를 허리에 차고 임충은 졸개의 길 안내를 받으며 산을 내려와 배를 타고 강을 건넜다. 산기슭 으슥하고 조용한 길가에 앉아 객인이 지나가기만을 기다리고 있는데, 날이 저물도록 사람 하나 만나지 못하였기 때문에 빈손으로 돌아오니, 왕륜이 물었다.
"투명장을 얻었소?"
"오늘은 사람을 하나도 만나지 못하여 그냥 돌아왔습니다."
"내일도 얻지 못하면 이곳에 있기가 어렵습니다."
임충이 대답하지 못하고 자기 방으로 돌아와 쉬고 이튿날 일찍 일어나 졸개를 시켜 밥을 지어 먹고 박도를 가지고 산에서 내려오니, 졸개가 말했다.
"오늘은 남산 근처로 가십시오."
하니, 숲속에 엎드려 사람의 기척을 살피었다.
한낮까지는 아무 기척이 없더니 한떼 장사꾼이 한 삼백 명이나 모여 지나갔다. 감히 나가서 싸우지 못하고 있었는데, 다시는 지나가는 사람이 없어서 늦은 후에 돌아가는데, 졸개를 보고 한탄했다.

"내 이렇듯 명이 기구하여 이틀씩이나 기다려도 사람 하나 만나지 못하여 빈손으로 돌아오니, 왕 두령이 물으면 무엇이라 대답하겠는가?"

"교두님은 마음 놓으십시오. 내일이 또 있으니, 우리 돌아가서 다시 의논하십시다."

하고 산채에 다다르니 왕륜이 물었다.

"오늘은 투명장이 어떻게 되었소?"

임충은 대답하지 못하고 길게 탄식하니, 왕륜이 웃으며 말했다.

"오늘도 얻지 못하였으니, 내일도 얻지 못하면 돌아올 생각도 하지 말고 그 길로 바로 다른 곳으로 찾아가시오."

임충은 방에 들어와 하늘을 우러러 탄식했다.

'내가 오늘 고구 역적의 모함을 당하니, 이것은 하늘이 나를 죽게 하심이다.'

하고 밤을 새우고 이튿날 행장을 수습하여 놓은 후 요도 차고 박도를 끌고 졸개를 데리고 산에서 내려와 동산으로 오며 졸개를 보고 말했다.

"오늘도 또 투명장을 얻지 못하면 다른 곳으로 가서 몸을 피할 수밖에 없구나!"

하고 동산에 이르러 숲속에 엎드려 기다렸지만, 한낮이 되어도 사람 하나 기척이 없고 때는 늦은지라 임충이 졸개를 보고 한탄했다.

"오늘도 성사하지 못하였으니, 일찍이 다른 곳으로 가는 것이 옳을까 한다."

졸개가 손을 들어 가리키며 말했다.

"저기 오는 사람이 혼자 같습니다."

임충이 보고 크게 기뻐하여 마주 나오니, 사람이 등에 큰 짐을 지고 오는데, 임충이 이렇다 저렇다 말도 없이 박도를 들어서 치니 그 사람이 깜짝 놀라 소리를 지르고 짐을 벗어버리고 나는 듯이 달아나니 임충이 따라 쫓지 못하고 탄식했다.

"내가 어찌 이다지도 운이 나빠 사흘을 기다려서 겨우 한 사람을 만났으나, 또 잡지 못하였으니, 어떻게 하면 좋을까?"

졸개가 말했다.

"비록 사람은 잡지 못하였어도 짐 하나 큰 재물을 취하였으니, 이 물건은 먼저 산으로 올려 보내고 다시 기다리는 것이 좋을까 합니다."

임충이 응락하고 졸개를 먼저 산으로 보내고 기다리는데, 산판 아래서 한 사람이 뛰어오는데, 임충이 보니 먼저 그 사람이 박도를 끌고 소리를 벽력같이 지르며 온다.

"이 죽지 못하여 하는 강도놈아! 감히 네가 내 짐을 어디로 가져갔느냐? 이놈아, 범의 수염을 건드리면 죽는다는 것을 모르느냐?"

하고 나는 듯이 왔다.

이때 임충이 그 사람을 자세히 보니, 범양전립(范陽氈笠)을 등에 지고 백단자정삼(白緞子征衫)을 몸에 입었고, 다리에는 청백간도행전(靑白間道行纏)을 쳤고, 발에는 장피발에 대모우방화(帶毛牛膀靴)를 신었으며, 키는 일곱 자 대여섯 치 가량 되는 큰 키에, 얼굴에는 큰 점이 있고, 귀밑에는 붉은 수염이 나서 얼굴이 괴상 망측하게 생긴 사람이, 박도를 꼬나잡고 꾸짖으며 호령했다.

"내 짐을 어디로 가져갔느냐? 빨리 내어놓지 않으면 너를 죽일 뿐 아니라 너의 소굴을 다 무찌를 것이다."

임충이 그 사이 분한 것을 풀 곳이 없던 차에 무수히 욕하는 것을 듣고 크게 노하여 대답하지 않고 눈을 부릅뜨고 달려들어

삼십 합에 이르는데, 산·위에서 큰소리가 났다.
"두 분 호걸들은 싸움을 그치시고 내 말을 들으시오."
두 사람이 병기를 멈추고 권자 밖에 뛰어나오며 보니 백의수사 왕륜이 두천, 송만과 여러 졸개를 데리고 배타고 건너와 말했다.
"두 분 호걸들은 정말 좋은 수단입니다. 박도 쓰는 법이 신출귀몰하오니, 제가 탄복하기를 참지 못하여 그치시라고 하였습니다. 이분은 표자두 임충입니다만 저 얼굴이 푸른 호걸은 누구신지 높은 존함을 듣고자 합니다."
그 사람이 대답했다.
"저는 삼대장문의 후예요 오후양령공의 손자입니다. 성명은 양지(楊志)라고 합니다만 유락하여 관서부에 있어서 전사제관을 하다가 도군황제 탄시에 아홉 사람 등관과 함께 태호가에서 화석강을 날라 오는데, 제 시운이 불길하여 황하수 물에서 풍랑을 만나 배가 전복되었습니다. 화석강을 잃고 그대로 돌아갈 수가 없어 도망하여 몸을 피했다가 그 사이 풍문에 들으니, 조정에서 우리들의 죄를 사하신다 하기에 지금 돈을 한짐 지고 동경으로 가서 다시 예전 벼슬을 해볼까 하는 터입니다. 그런데 이곳을 지나다가 졸개들의 무리한테 돈을 빼앗겼습니다. 바라기는 저한테 빼앗긴 짐을 찾아 주면 감사하겠습니다."
왕륜이 말했다.
"그러면 그대는 청명수 양지가 아니십니까?"
"그렇습니다."
왕륜이 말했다.
"양 제사(楊制使)이시면 잠깐 산채에 올라가 술 한잔 자신 뒤에 짐을 찾아드리겠습니다."
"그대가 나를 잘 안아서 짐을 돌려주면 술을 먹겠습니다."
왕륜이 또 말했다.

"제가 연전에 동경으로 과거보러 갔을 때에 제사의 높으신 존함을 들었는데, 다행히 오늘에야 만났으니, 어찌 그냥 돌아가시게 하겠습니까? 우선 산에 올라가 회포를 풀려고 하는 것이지 다른 뜻은 없습니다."

양지가 왕륜의 간청하는 것을 보고 일행을 따라 금사탄을 건너 취의청에 이르러 왼쪽으로는 쭉 네 교의에 왕륜, 두천, 송만, 주귀가 앉고 오른편에 두 교의에는 양지를 윗교에 앉게 하고 임충을 아래 머리에 앉힌 후, 왕륜이 사람을 불러 잔치를 배설하고 양지를 대접할 때 왕륜이 속으로 생각했다.

'임충의 형용을 보면 같이 있으면 틀림없이 우리를 업수이 여길 것이니, 인정을 써 양지를 함께 있게 하여 임충을 제어하는 것이 마땅할 것이다.'

하고 양지를 대하여 임충을 가리키며 말했다.

"저 현사제는 동경 팔십만 금군교두였는데, 표자두 임충이라 합니다. 일찍이 고 태위와 원수가 져서 그놈이 일을 빚어내어 창주에서도 또 큰 죄를 짓고 이곳에 새로 왔는데, 왕륜이 제사를 달래는 말이 아니라 저도 글을 버리고 무사를 위하여 이곳에 은둔하였고 제사도 비록 사를 입어 먼저 죄를 감한다고 하나 어찌 지난 벼슬을 회복하는 것이 쉽겠습니까? 고구 그놈이 병권을 가졌다 하니, 더욱 용납하기 쉽지 않을 것이니 우리 산채에 호걸이 되는 것이 좋으니, 제사의 뜻이 어떠하십니까?"

양지가 말했다.

"두령들의 후한 뜻은 감사합니다만 제 일가가 동경에서 살고 있는데, 전일에 저의 일로 많이 피해를 입었으나, 일찍이 갚지 못하였습니다. 제가 그리로 가서 사죄하려고 합니다. 어떻게 이곳에 머물러 있겠습니까? 만일 내 행장을 주지 않는다면 양지는 빈손으로 돌아가겠소"

왕륜이 웃으며 말했다.

"벌써 제사가 즐기어 산에 들어오시지 않으시면 어떻게 억지로 행장을 돌려 보내지 않겠습니까? 마음 놓으십시오. 오늘밤을 지내시면 내일은 일찍이 가시게 하겠습니다."

양지가 크게 기뻐하여 당일에 마음껏 술을 먹고 놀다가 각각 돌아가 자고 이튿날 일찍이 일어나 양지를 전별하여 보낼제 졸개를 시켜 행장을 지어 보내고 일행은 산채로 돌아와 임충을 넷째 교의에 앉게 했다. 세 호걸들이 양산박 하에 있어 집을 치고 촌을 겁략했다.

한편 양지는 큰길로 나와 졸개의 진 것을 받아지고 졸개를 도로 돌려 보낸 후, 수일을 걸어 동경 성중에 들어와 주막에 들어가 쉬었다.

이튿날 주인을 불러 술과 고기를 사다가 배부르게 먹고 가져 온 금과 은으로 추밀원에 인정을 쓰고 상하에 극진히 주선하여 문서를 만들어 전수부에 올렸다.

고구는 그의 문서를 다 보고 크게 노했다.

"열 사람 제사들을 태호로 화석강을 실어 보냈는데, 아홉 제사는 아무 탈 없이 실어다 바쳤는데, 양지란 놈만 혼자서 화석강을 잃고 달아나서 그때 잡지 못하였는데, 이제 비록 사면령이 내렸으나, 저놈을 어떻게 다시 쓰겠는가?"

하고 문서를 다 씻어버리고 좌우에 명하여 문 밖으로 내쳤다.

양지의 울적한 심사에 일러 무엇하리오. 주막에 돌아와 생각했다.

'이럴 줄 알았으면 차라리 왕륜이 권하는 대로 그냥 있었더라면······. 나는 청백한 사람이오. 조상의 끼침 몸을 더럽히지 말고 일신의 배운 재주가 있으니, 후방에 나가 한 자루 칼과 창으로 군공을 세워 승진함을 얻어서 조상에게 영광을 뵈이려고 하였는데, 고 태위의 각박함으로 앞으로 희망이 없으니, 어떻게 할까?'

하여 마음속으로 번뇌를 하며 며칠을 지냈다.

그러나 벼슬자리 얻으려고 하여 있는 돈은 다 쓰고 몸에 푼전을 지니지 못하였으니, 당장 주막에서 밥값 치를 것도 없었다.

양지 혼자서 생각했다.

'우리집 선조 때부터 전하여 내려오는 보검이 있는데, 이것을 거리에 가지고 나가 팔면 수천 관 돈을 받을 수 있을 것이다. 받으면 다른 곳으로 찾아가 몸을 피하여야겠다.'

하고 그는 행장 속에서 보검을 꺼내 가지고 거리에 나가 팔려고 하였으나, 한낮이 지나도록 사려고 드는 사람은 하나도 없었다.

천한주교가에 이르러서 보니 양편에 섰던 사람들이 모두들 피하여 다리 아래 깊은 골로 들어가면서 말했다.

"대충(大蟲)이오니, 빨리 숨으시오!"

대명 천지 밝은 낮에 범이 온다니 무슨 말인가 하고 양지가 이상하게 생각하며 그대로 서서 주위를 살피고 있으려니까, 저쪽에서 한 시커먼 사나이가 술이 잔뜩 취하여 이리 비틀 저리 비틀 하면서 이쪽으로 오고 있다.

양지가 자세히 살펴보니, 이 사나이는 원래 경사에서 유명한 파락호(破落戶)로 세인들이 부르기를 몰모대충(沒毛大蟲)이라고 하고 이름은 우이(牛二)라는 사람이다.

이 사람이 거리에 나와서는 날이면 날마다 갖은 행패를 다 부리며 몹쓸 짓을 하기 때문에 관가에서도 여러 번 잡아 가두고 하였으나, 듣지 않기 때문에 다스리다 못하여 할 수 없어 그냥 두었다.

그렇기 때문에 누구나 두려워하지 않는 사람이 없었다.

이날 우이가 양지의 앞에 이르러 양지의 칼을 뺏어들고 물었다.

"여보, 이 칼 팔 것이오? 얼마짜리나 되는지요?"

"네, 이 칼은 세상에 드문 보검인데, 당신이 사신다면 삼천 관만 주시고 사십시오."
 우이가 소리를 버럭 지르며 말했다.
 "무슨 칼 값이 그렇게 많소! 삼십 푼 주고 산 칼이 두부도 잘 썰어지고 고기도 잘 썰어지는데, 이 칼은 무슨 유명한 것이 있기에 보검이라 한단 말이오?"
 "이 칼은 보통 가게에서 만든 칼이 아니라 빈철로 만든 것이라 보통 칼에 비하지 못합니다."
 "어째서 보검인지 알려주시오 그러면 삼천 관 주고 사겠소."
 "첫째는 강철을 베어도 칼날이 말리지 않고, 둘째는 머리털을 칼날에 놓고 불면 다 잘라지고, 셋째는 사람을 죽여도 칼날에 피가 묻지 않습니다."
 "그러면 동전을 자를 수 있단 말이지?"
 "가져만 오면 잘라 보여 드리겠소."
 우이가 다리 아래로 가서 향 파는 가게에 가더니, 이십 냥 돈을 가지고 와서 다리 위에 놓고 양지를 보고 말했다.
 "이 동전을 자르면 삼천 관 칼 값을 주고 사겠소."
하니, 이때 구경하는 사람들이 비록 가까이는 오지 못하나 멀리서 구경을 하고 있었다.
 양지가 소매를 걷고 돈 쌓인 뭉치를 한 번 치니 두 조각이 났다.
 구경하던 사람들이 손뼉을 치는데, 우이가 화를 내며 말했다.
 "무슨 너희들이 손뼉칠 것이 있겠느냐! 그러면 두 번째는 무엇이 있다 하였소?"
 "머리털을 칼날에 놓고 불면 산산이 잘라집니다."
 우이가 또 제 머리카락을 한 줌 뜯어 내어 양지를 주었다.
 "이번에 이것을 시험하여 보오."
 양지가 받아 가지고 칼날 위에 힘을 조금 들여 한 번 불었다. 그러니 머리털이 분분이 떨어지는 것을 보고 구경하는 사람들이 또 손뼉을 치고 하니, 우이가 또 물었다.
"셋째는 무엇이라고 하였소?"
"사람을 죽여도 칼에 피가 묻지 않습니다."
"그러면 사람을 죽여 시험하시오."
"이 밝은 천지에 어떻게 사람을 죽이겠습니까? 만일 믿지 못하시거든 개나 한 마리 얻어 오시면 시험하여 드리지요."
"여보, 당신이 사람을 죽여 시험한다 하였지 언제 개를 죽여서 시험한다 하였소?"
"여보, 당신이 칼을 안 사면 그만이지 왜 사람을 못살게 구시오."
우이가 웃으며 말했다.
"내가 그대 칼을 갖고 싶으니, 그 칼을 나한테 주구려."
"그대가 돈이 없으면 칼을 사지 못하는 것이오. 내가 그대에게 잘못한 일이 없는데, 나를 업수이 여기어 그러하십니까?"
"네가 나를 죽이겠단 말인가?"
"내가 그대와 원수진 일이 없는데, 무슨 일로 그대를 죽이겠소?"
우이가 양지를 붙드니 양지가 뿌리치며 말했다.
"그대가 나를 잡는 것은 무슨 일이오?"
"네 보검을 갖고 싶어서 그런다!"
"돈을 가지고 오면 칼을 주겠소."
"돈은 없다."
"그대가 돈 없이 남의 물건을 달라 하고 붙들면 어떻게 하려는 거요?"
"네 칼을 너에게 주어 내가 갖게 하여라."
이제 양지도 화가 났다.
"내가 너한테 안 주면 어떻게 할 것인가?"
"네가 칼을 순순히 주든지 그렇지 않으면 죽어라."

양지가 화가 머리까지 치밀어 홱 밀어뜨리니 우이가 나가 떨어졌다. 우이가 일어나며 양지를 잡자 뿌리치며 말했다.
"거리에 계신 이웃 분들이 모두 구경하신 증인들이지요! 이 양지는 노자돈이 없어서 칼을 팔러 나온 것뿐인데, 이 못된 놈이 억지를 쓰고 강제로 내 칼을 뺏으려는 거요!"
구경꾼들은 우이가 두려워서 어느 한 사람도 나서서 싸움을 말리지 못했다. 우이가 또 호통을 쳤다.
"내가 너를 때렸다구? 그래 또 네놈을 때려 죽이면 어떻단 말이냐?"
하고 주먹으로 양지를 치니 양지가 참을 만큼 참고 참았으나, 어찌 더 참겠소 왼손으로 칼을 들어 우이의 목을 한 번 치니 머리는 땅에 떨어지며 피는 흘러 내가 되었다. 양지가 구경하던 사람들을 불러 말했다.
"내가 이미 나쁜놈을 죽였으니, 어찌 그대들에게 누를 끼치겠소? 그러나 관가에 가서 내가 자수할 터이오니, 같이 좀 가 주십시다."
구경하던 사람이 양지를 앞세우고 같이 개봉부에 들어가 고발할 때 마침 부윤이 청상에 있었다. 양지가 우이를 죽인 칼을 갖고 여러 사람들과 같이 아뢰었다.
"소인은 본시 전수부 제사였습니다. 화석강을 잃은 죄로 본직을 그만 두고 돈이 없는 고로, 이 칼을 팔려고 하는데, 파락호 우이가 소인의 칼을 뺏으려고 하며 소인을 치는 고로, 일시 분을 참지 못하여 죽였습니다. 그러나 모든 여기 오신 분들이 자초 지종을 보셨기에 증인으로서 같이 왔습니다."
여러 사람들이 양지를 위하여 명백히 본대로 고하여 한가지로 말하니, 부윤이 말했다.
"저 사람이 일읍의 못된 놈을 없애고 스스로 죄를 청하여 들어왔으니, 아직 치지 말고 칼씌워 가두어 두어라."

하고 관원 하나를 데리고 천한교에 가 죽은 자의 시체를 검시하라 하고 결정 내어 마치니 양지는 옥에 갇히었다. 모든 금자와 절급들이 저희들이 머리를 앓던 몰모대충 우이를 죽여 거리의 골칫덩어리를 없앤 것을 고마워하며, 양지가 인정 한 푼 쓰지 않아도 갇히는 것을 불쌍히 여겨서 특별 두호하여 주었다.

천한교 양편에 사는 백성들은 양지가 자기들의 골칫덩이를 없애 준 것으로 고맙게 여겨 서로 돈들을 걷어 양지의 조석을 넣어 주며, 상하에 인정을 써서 양지를 구하려 했다.

또 우이의 가까운 친척들이 없어서 자연히 죄를 가볍게 하여 육십일 한이 차니, 당청공목이 양지를 데리고 나와 부윤에게 품하고, 큰칼을 벗기고 이십 근 작은 칼을 씌우고, 등 이십을 처 장인을 불러 얼굴에 글을 새기고, 북경대명부 유수사로 보충하는 군인으로 보내고, 한편으로 사람을 죽인 보도는 관고에 봉하여 넣어 두고 문첩을 만들어 공차 두 사람을 정하여 보냈다.

이 공차 두 사람의 성명은 장룡(張龍)과 조호(趙虎)라는 사람들이다. 양지를 칼씌워 길에 나서니 천한교 근방에 좀 큰 집들에서는 돈을 거두어 공인 두 사람에게 주며 부탁했다.

"양지는 사람이 호걸이어서 우리를 위하여 해를 덜고 북경에 충군하게 되었으니, 그대들 두 사람은 길에서 저분을 극진히 대접하여 주시오."

하고 술과 고기를 대접하니, 장룡과 조호가 말했다.

"우리들도 저 양반이 호걸인 걸 압니다. 그러하니, 어찌 여러분들의 부탁을 저버리겠습니까? 마음들을 놓으십시오."

모든 사람들이 양지에게 돈을 주어 중간에서 노자에 보태 쓰라고 하여 그것으로 노비 삼아 떠났다.

이때 공인 두 사람은 양지와 같이 천한교 주막에 와서 방세를 주고 몇 장 고약을 사서 상처에 붙이고 길에 올라 북경대명부로 갈제, 여러 날 만에 북경에 다다랐다.

　원래 북경대명부 유수는 말을 타면 군사들의 움직이는 것을 알고 말에서 내리면 백성을 다스릴 줄 아니 극히 권세가 대단했다.
　대명부 유수사는 양중서인데, 그 휘는 세걸(世傑)이요 동경당 조태사 채경의 사위이다.
　이 날은 이월초 구일이라 양중서 청상에 올라 공사를 다 마치지 못하여서 공인 두 사람이 개봉부 공문을 올렸다.
　양중서가 자세히 보고, 동경에 있을 적에 일찍이 양지의 이름을 들은 기억이 남아 있어 뜰아래 양지를 불러 보시고, 동경으로 복직하러 갔다가 고 태위가 복직을 시켜 주지 않아 있는 돈을 다 허비하고 칼을 팔아서 쓰려고 하다가 파락호 우이가 달려들어 빼앗아 가려고 하여 부득이 죽였으나, 또한 백성들의 큰 해를 덜은 것을 자세히 듣고, 한편으로 불쌍히 여기고 한편으로는 기뻐 양지의 칼을 벗겨 청 앞에 두어 사후하게 하고 공인 두 사람에게는 공문하여 주어 즉시 돌려 보냈다.
　이때 양지가 부중에 있어서 당분간 사환을 시켜 보니, 양지가 근실한 것을 보고 속으로 양지를 빼내어 쓰려고 하여 군중 부패군을 시켜 다달이 후한 록을 받게 하려고 하나, 여러 사람들의 말이 있을까 하여 마침내 영을 내려 군정사로 하여금 방을 써서 대소 제장들에게 분분하기를 고시하여 널리 알렸다.
　"내일 동곽문 밖 교장에서 모여 무예를 시험한다."
하고 그날 저녁에 양지를 가만히 불러 일렀다.
　"내가 너를 높은 벼슬로 옮기려고 하니, 너는 무예를 잘 알고 있는가?"
　"소인은 무관 출신으로 일찍이 전수부 제사를 다녔으니, 어찌 모르겠습니까. 과연 십팔반 무예를 모를 것이 없으니, 오늘 은상의 내거(來擧)하신 것을 입으려면 검은 구름을 헤쳐 밝은 날을 만난 것 같습니다."

양중서는 크게 기뻐하여 한 벌의 의갑을 주었다.

이튿날은 이월 중순인데, 천기가 십분 화창했다.

양중서가 양지를 데리고 말에 올라 전차 후응하여 동곽분 밖에 교장에 이르니, 대소장관이며 지휘사, 단련사(團練使), 정제사(正制使), 통령사(統領使), 아장(牙將), 교위(校尉), 정패군(正牌軍), 부패군(副牌軍)이 맞아 연무청에 오르니 정면에 호피 교의를 놓았는데, 양중서가 좌정한 후 도감 두 사람이 대소감군을 거느리고 두 줄로 벌려 섰으니, 지휘사, 단련사, 정제사, 통령사, 아장, 교위, 정패권, 부패군이 앞뒤로 옹위하였는데, 백원전장의 위의가 상설 같았다.

양중서가 전령하여 부패군 주근(副牌軍周謹)을 불러서 분부를 들으라 하니, 영이 내리며 왼쪽 진중에 주근(周謹)이 말을 뛰어 청전에 이르러 창을 꽂고 소리를 우레같이 질렀다.

"주근이 대령하였습니다!"

"무예가 있거든 재주를 보여라."

주근이 영을 듣고 청을 비끼고 말을 달려 예무청 앞에 왕래 치빙(往來馳騁)하여 재주를 비양하니, 삼군이 갈채했다.

양중서가 전령하여 동경서 새로 온 군건 양지(軍健楊志)를 부르라 하니, 양지가 연무청 가에서 쫓아나와 청 앞에 이르러 머리를 굽혀 절했다.

양중서가 말했다.

"양지야, 네가 본시 동경 전수부 군관으로 죄를 범하고 이곳에 귀양왔는데, 이제 이곳에 도적이 창궐하여 국가에서 사람을 쓸 때라, 네가 감히 주근과 무예를 겨루어 이긴다면 고하를 보아 너를 그 벼슬을 시키리라."

양지가 아뢰었다.
"은상의 영을 어찌 감히 어기겠습니까?"
양중서는 한편으로 전마를 갖다주라 하고 또 군기 창고의 병기를 내어주라 하니, 양지가 답례하고 연무청 뒤로 들어가 갑옷 입고 봉시투구 쓰고 결속을 단단히 하고 후궁전과 요도를 차고 장창을 들고 말에 올라 연무청 뒤로 재차 나오니, 위풍이 만군 중에 뛰어나더라.
주근이 보고 크게 노하여 말했다.
"적배군이 어찌 감히 나와 겨루려 하리오!"
하고 둘이 서로 싸우려고 했다.
주근과 양지 두 사람이 말을 기 아래 세우고 정히 싸우려고 하는데, 병마도감 문달이 외치며 나왔다.
"아직 잠깐만 기다려라!"
하고 청상에 올라 양중서께 품했다.
"은상께 감히 고합니다. 저 두 사람이 무예로 겨루는데, 재주의 고하는 아지 못하거니와 병기는 본시 무정 지물인데, 마땅히 도적을 질 때에 죽이는 것을 마음내로 하겠지만, 오늘 군중에서 서로 고하를 시험하는데, 반드시 몸이 상할까 합니다. 가벼우면 병신될 것이요 중하면 목숨을 잃을까 하오니, 이것은 군중에 좋지 못한 일이오니, 각각 창날을 빼고 창대 끝에 천을 싸고 다시 회를 물에 풀어 창 끝에 묻혀 가지고 검은 전포를 입고 싸워 흰 점을 많이 맞은 자로 고하를 알게 하는 것이 좋을까 합니다."
"그 말이 좋으니, 그렇게 하도록 하라."
하고 문달의 말대로 한 후 주근이 먼저 양지를 취하니, 양지 맞아 싸워 진 앞에서, 한데 뭉쳐 사십여 합을 싸우나, 주근의 몸에는 사오십 군데나 흰 점이 있고, 양지의 몸에는 다만 한 점만 있었다. 양중서가 크게 기뻐하여 주근을 불러 청 앞에 이르니, 꾸짖었다.

"전관이 너를 군중 부패군을 시켰거니와 네 무예가 저렇듯 용렬하니, 어찌 남정 북벌을 하리오. 너의 벼슬을 양지로 하여금 대신케 하리라."

병마도감 이성이 품했다.

"주근이 창 쓰는 법은 비록 서투르나 말 달리며 활 쏘는 것은 능숙하오니, 만일 저의 간언을 물리치시면 군정이 편하지 못할 것입니다! 그러하오니, 활 쏘기를 시험하시옵소서!"

양중서는 그 말을 쫓아 전령하여 다시 궁전을 겨루라 하니, 두 사람이 청령하고 각각 궁시를 차고 겨루려 할 때 양지가 말을 뛰어 대상에 올라 품했다.

"궁전(弓箭)은 더욱이 무정 지물이온데, 만일 인명이 위태하기에 이르면 어찌하면 되겠습니까?"

"무부로서 재주를 겨루어 재주없어 맞아죽는 것을 누구를 한 하리오."

양지 말을 듣고 대하로 말을 몰아오니, 이성이 명하여 둘이 각각 방패를 가지고 서로 싸울 때 양지가 말했다.

"네가 먼저 나를 쏘아라."

주근이 한 살에 양지를 죽이지 못하는 것을 알며 양지는 군관(軍官) 출신이라 저의 수단이 낮은 것을 업수이 여겨 두려워할 것이 없는데, 대당에서 청기를 두르는 것을 보고 말을 달려 남쪽으로 향하여 달아나니 주근이 말을 재차 따라오며 왼손에 활을 쥐고 오른손으로 살을 뽑아 만지작거리며 양지의 후심을 바라고 쏘았다.

양지는 등 뒤에서 시위 소리가 나는 것을 듣고 몸을 기울여 피하니, 살이 헛곳에 떨어졌다.

주근이 한 살에 맞히지 못한 것을 한하며, 마음이 먼저 급하여 급히 또 살을 뽑아 활에 먹여 양지의 후심을 겨누어 쏘니, 양지는 시위 소리를 듣고 몸을 기울여 등자 사이에서 피했다.

화살이 바람에 쫓겨 가는데, 양지가 활을 들어 살을 치니 살이 땅에 떨어졌다.
 주근이 두 번째에 또 양지를 맞추지 못한 것을 보고 더욱 당황할 지음에 양지의 말이 벌써 교장 밖에 나갔다.
 양지가 다시 말을 돌려 장대 앞으로 오는데, 푸른 잔디 위에 말발굽이 도화송이 구르듯 했다.
 주근이 세 번째 다시 시위에 활을 달고 평생 힘을 다하여 양지의 가슴을 향하여 쏘니, 양지 몸을 좁혀 등자 사이에 피하여 승세하여 살을 받아 손에 쥐고 말을 달려 연무청 앞에 이르렀다.
 양중서가 크게 기뻐하여 호령을 내려 양지로 하여 주근을 쏘라 하고 청기를 두르니, 주근이 궁전을 버리고 방패를 들고 말을 재촉하여 남쪽으로 닫는데, 양지 두 발로 등자를 한 번 구르니 말이 살같이 닫는데, 양지 거짓 활을 쏘는 체하니, 주근이 시위 소리는 들었으나, 살이 없는 것을 보고 생각하기를 저놈이 활은 과연 모르는구나 하고 교장 머리까지 다다라서는 다시 말을 돌리어 오는데, 양지 살을 뽑아 활에 먹여 쏘는데, 생각하기를, 내가 저와 원수 없으니, 죽지 않을 곳을 쏘겠다 하고 활을 당겨 쏘니 살이 별 흐르는 듯하여 주근의 왼쪽 어깨를 맞히고 주근이 말에서 떨어지니 빈 말만 연무청 뒤로 달아났다.
 모든 군졸이 주근을 구하여 돌아가니, 양중서는 크게 기뻐하여 양지를 불러 앞에 이르니, 군정사로 주근의 직책을 양지에게 대신시키라 하니, 양지가 말에서 내려 청 앞에 이르러 사례하고 나오는데, 왼쪽 장 뒤에서 한 사람이 뛰어나오며 소리질러 말했다.
 "너는 아직 사례하지 말고 나와 무예를 겨루어보자!"
 양지가 그 사람을 보니 그 사람의 신장은 일곱 자가 넘고 얼굴이 둥글며 귀가 크고 입이 모질고 뺨가에 한 떼 수염이 났는데, 위풍이 늠름하고 상모가 당당했다.
 그가 양중서의 앞에 나아가 품했다.
 "주근은 병들어 누웠다가 일어난 지 불과 며칠이 못 됩니다. 그리하여 정신이 부족하여졌거니와 소장은 재주 없사오나 양지와 무예를 겨루어 조금이라도 그른 곳이 있으면 소장의 직역을 대신시키셔도 한이 없고 비록 죽어도 원망하지 않겠습니다."
 양중서가 보니 이 사람은 다른 사람이 아니라 대명부 유수사 정패군 삭초였다. 사람된 것이 성품이 급하여 마치 소금을 불에 흩어놓은 것같이 국가를 위하여 도적을 만나면 앞서서 시살하는 고로, 사람들이 부르기를 급선봉이라 했다.
 이성이 대상에 올라와 품했다.
 "양지는 이미 전수부 제사를 지냈으면 필연 무예에 능할 것이오니, 주근은 적수가 되지 못합니다. 정패군과 우열을 시험하는 것이 좋을까 합니다."
 양중서가 속으로 생각했다.
 '내가 힘써 양지를 쓰려고 하나 제장들이 항복하지 않으니, 모두 겨루어 이기게 하고 삭초도 역시 죽여서 원이 없게 하여야겠다.'
하고 양지를 불러 분부했다.
 "네가 삭초와 무예를 겨루려고 하느냐?"
 "장령을 어찌 감히 따르지 않겠습니까?"
 "이미 그러하면 청 뒤에 들어가 결속을 고치고 나오너라."
하고 갑장 고수 행군 사마에게 전령하여 양지의 힘에 맞는 병기를 골라 주게 하고 자기가 탔던 말을 주어서 타게 하고 당부했다.
 "너는 조심하여라. 등한히 여기지 말아라."
 양지가 사은하고 연무청 뒤로 갔다. 이성이 삭초에게 분부했다.

"너는 다른 사람과 다르니 또 주근은 너의 제자인데 졌으니, 너도 또 소우한 것이 있으면, 대명부 모든 장사들이 사람의 치소를 면하지 못할 것이다. 나에게 한 필 전마가 있는데, 싸움에 익은 말이라 빌려 줄 것이니, 십분 생각하여 예기를 잃지 말라."

삭초는 사례하고 스스로 결속을 단단히 하더라.

양중서 교의를 옮겨 월대 앞에 내어놓고 좌정하니, 좌우 추종이 우산을 가져다가 양중서의 등 뒤에 섰더라.

대상에서 호령이 내리며 홍기를 두르고 양편의 금고를 일시에 울리니 말을 뛰어 진안으로 들어가 문기 아래 말을 세우고 장대 위에서 황기를 두르고 전고를 울리니, 양군이 한 소리 지른 후에 누가 감히 소리내어 떠드리오. 다시 소라를 불고 백기를 두르니 사면에 중장이 하나도 움직이지도 못하고 소리도 크게 못하고 섰더라.

장대 위에서 청기를 두르고 북소리 세 번 나더니 좌군 중문이 열리며 말방울 소리 나는 곳에 정패군 삭초가 진전에 나와 말을 비끼고 머리에 숙강사자 투구(熟鋼獅子鬪具)를 쓰고 몸에 철엽갑(鐵葉甲) 입고 허리에 도금수면대(鍍金獸面帶)를 두르고 화단전포(花團戰袍)를 껴입고 궁전(弓箭) 차고 손에 금초부(金蕉斧)를 들고 흰 백마를 타고 진전에 나섰다.

또 우군이 문이 열리는 곳에 양지가 말을 비끼고 서니 극히 용맹했다. 머리에 빈철개(鑌鐵蓋) 쓰고 몸에는 매화유엽갑(梅花揄葉甲) 입고 백라생화전포(白羅生花戰袍)를 입고 손에 점강창을 들고 양중서가 빌려 주신 천리시풍마(千里嘶風馬)를 탔으니, 양편은 군장들이 암암 갈채(暗暗喝采)하여 무예에 누가 낫고 못한 것을 모르니 우선 위풍 출중한 것을 탄복했다.

정남상의 기패관이 신전을 손에 들고 내려오며 말했다.

"상공의 균지가 있으니, 너희들은 용심하여 만일 지면 벌이 있을 것이요 이기면 큰 상이 있을 것이다!"

하니, 두 사람이 명을 듣고 말을 놓아 교장에 이르러 서로 싸울 제, 평생 재주를 다하여 오십여 합에 이르도록 승부를 판단하지 못하니, 월대 위에서 양중서가 보다가 정신이 현황하고 양쪽 중군이 면면이 상고했다.

"우리 허다한 전장에 나가 시살하려는 것을 보았으나, 저 같은 시살은 처음 보는도다!"

했다. 이성이 장막 옆에 서서 구경하며 갈채하는데, 오십 합 이전에는 창법에 차이가 없더니, 오십 합 이후에는 실격하는 것이 있어 삭초 그릇할까 하여 영기를 두르고 금고를 치나 양지와 삭초 서로 공을 다투는데, 어찌 놓으리오. 기패관이 말을 달려 나는 듯이 오며 크게 소리쳤다.

"두 호걸들은 싸움을 그치라! 상공이 영을 내리시었다!"

양지와 삭초는 비로소 군기를 거두고 전마를 비껴 각각 본진으로 돌아와 문기 아래 말을 세우고 장령을 기다리더라.

이성과 문달이 장대에 올라와 양중서께 품했다.

"저 두 사람은 가히 중히 쓸만 합니다."

양중서가 크게 기뻐하여 전령하여 양지와 삭초를 이르라 하니, 두 사람이 말에서 내리며 군교병기를 받는데, 양중서 백은 이정과 비단 두 필을 내어 상급하고 군정사를 명하여 두 사람은 다 관군 제할을 삼으라 하고 문적을 성첩하여 주라 하니, 양지와 삭초 배사하고 청에 내려 궁철을 끌르고 갑옷을 벗고 금의를 바꾸어 입고 다시 청상에 올라 재배 사은했다.

양중서는 연무청에서 잔치하여 날이 저물어서야 돌아올 때, 모든 관원이 절하고 하직하는데, 양중서는 새로 시킨 두 제할을 앞에 세우고 동곽 문으로 들어올제, 길가에 백성들이 기뻐하며 분향하고 맞는 것을 양중서는 속으로 크게 기뻐하여 물었다.

"너희들 백성들은 무엇을 기뻐하는가?"

모든 부로들이 말했다.
"이 늙은이들이 북경에서 생장하였으나, 일찍이 무예 높은 장군을 뵙지 못하였는데, 오늘 두 호걸들의 높고 장한 적수를 뵈오니, 어찌 기쁘지 않겠습니까?"
양중서가 크게 기뻐하여 부중으로 돌아오고 중관들은 각각 헤어져 갈제, 삭초는 아는 사람이 많은 고로, 청하여 가고 양지는 새로 왔기에 아는 사람이 없어서 부중에 있어 웃어른의 명령을 기다리더라.
삭초가 또한 양지의 수단이 높고 강한 것을 흠복하여 서로 찾았다.

세월이 흐르는 물같이 봄이 지나고 단오절을 맞이하여 양중서는 채 부인과 더불어 후당에서 잔치하여 술을 먹다가 부인이 말했다.
"상공이 발신하여 음으로부터 몸이 귀히 되어 국가에 중임을 맡아 대명부방지임을 가졌으니, 그 부귀가 누구의 덕으로 출세하였소?"
"세걸이 자초 독서하여 경사를 많이 보았고, 사람이 토목이 아니면 어찌 장인의 은덕을 모르겠소."
"상공이 이미 우리 부친의 은공을 알 것 같으면 생신이 유월 십오일인 것을 모르십니까?"
"어찌 잊어버리겠소. 이미 사람을 시켜 십만 관을 주어 금주보배를 사들여 경사에 보내어 경하하려고 하는데, 한 달 전부터 마음에 유념하고 있어 오래지 않아 보낼 것이나, 마음에 주저하는 것은 다른 일이 아니라 전년에도 허다한 보배를 보냈다가 중로에서 잃고 지금까지 도적을 잡지 못하였으니, 금년은 또 어떤 사람을 보내야 되는지 몰라 이렇게 하고 있소."
부인이 말했다.

"장전에 허다한 군교가 많으니, 그 중에 어찌 심복 지인이 없겠소."

"아직도 날짜가 멀었으니, 예물을 다 완비한 후에 사람을 보낼 것이니 부인은 마음놓으시오. 세걸이 스스로 조처할 것이오."

하고 잔치하여 이경까지 즐겼다.

이때 산동 제주 운성현에 새로이 지현이 도입했다. 성명은 시문빈(時文彬)인데, 청상에 앉아 공사할 때 관하에 도두(都頭)가 두 사람이 있는데, 하나는 마병도두(馬兵都頭)요 하나는 보병도두(步兵都頭)였다. 그런데 마병도두는 수하에 이십 명 마군을 거느렸고 보병도두는 창수를 이십 명 거느리고 각각 삼십 명씩 토병을 거느리고 있다.

마병도두의 성명은 주동(朱仝)인데, 신장이 팔 척이요 세 가닥 수염의 길이가 한 자 반이나 되고 얼굴은 대추빛 같고 눈은 밝은 별 같아 관운장의 모양이 같다고 하여 남들이 부르기를 미염공이라 한다.

원래 운성현서 부잣집 자손이라 의를 중하게 여기고 재물을 가볍게 알아 강호상에서 호걸들을 사귀고 일신에 무예가 출중했다.

한편 보병도두의 성명은 뇌횡(雷橫)이었다. 신장이 일곱 자나 되고 얼굴은 아가위빛 같고 다박 수염의 여력이 보통 사람에 지나 두세 간 되는 넓은 물을 능히 뛰어 건드리니 모든 사람이 삽시호(揷翅虎)라고 하는데, 원래 이곳 철장 출신으로 본현에서 고기 포주를 열고 소와 돼지를 잡아 성대하니, 비록 의를 중하게 알아 재물은 가볍게 여기나 심지가 편협했다. 그러나 일신에 가진 무예를 배워 도두를 다니니 주동과 뇌횡은 도적 잡기를 위주했다.

그날 지현이 불러 뜰 아래 이르러 분부를 했다.

"내가 도임한 이후 들으니, 제주 관하에 양산박이라는 섬이 있어 도적이 웅거하여 백성들을 침노하고 관군을 항거한다 하니, 각 촌방에 응당 도적이 있을 것이니 너희는 수고로운 것을 잊고 나를 위하여 수하군을 거느리고 하나는 서문으로 나가고 하나는 동문으로 나가 도적을 잡되 백성들한테 누가 되지 않게 하라. 동계촌 산상 홍엽수가 있으니, 너희 무리들이 돌아올제, 붉은 나뭇잎을 따 가지고 오면 너희들이 진정으로 다녀오는 것을 알 수 있다. 만일에 헛되게 한다면 두 사람은 중벌을 내릴 터이다."

도두 두 사람은 이 태지를 듣고 수하 토병들을 거느리고 길을 나누어 나아갔다.

이때 뇌횡이 이십 명 토병을 거느리고 동문을 나와 동계촌에 이르러 산 위에 올라가 나뭇잎을 따 가지고 이삼 리를 행하여 오는데, 영관묘(靈官廟) 앞에 다다라 보니 문이 열려 있어 뇌횡이 말했다.

"이 묘에 사람이 없는데, 어찌하여 문이 열렸느냐? 혹시 도적이 안에 숨었는지 우리 들어가 보자."

하고 불을 들고 들어가 보니, 과연 탁자 위에 한 검고 큰 놈이 벌거벗고 누웠으니, 이때 날씨가 심히 더웠다.

그 사나이는 낡은 의복은 벗어놓고 코를 우레같이 골고 잠이 들었는데, 뇌횡이 보고 일렀다.

"아 참 이상도 하다! 지현 상공이 귀신같이 알고 있구나. 저 놈이 도적이 아니면 무엇이겠소?"

하고 소리를 질러 잡으라 하니, 그 사나이가 잠을 깨어 다투려고 하거늘 토병이 달려들어 결박을 지어 묶어 놓았다. 뇌횡은 토병을 보고 말했다.

"우리 저놈을 데리고 조보정의 집에 가서 쉬었다 가자."

토병들은 뇌횡의 말에 조보정의 집으로 향했다.

제4장
동계촌의 조보정

　원래 이 동계촌의 조보정의 성은 조(晁)요 이름은 개(蓋)인데, 이 고을에서 부호였다.
　평생에 의를 중하게 여기고 재물을 소홀히 여겨 천하의 호걸 사귀기를 생업 삼다시피 하여 아무 사람이나 찾아오면 장상에 머물고 갈 때에는 노자를 보태 주게 했다.
　그리고 창봉 쓰기를 좋아하여 기력이 강장하나 장가를 들지 아니하고 기운을 가다듬고 있는지라, 동계촌과 서계촌이 한 내를 사이에 두고 있고 서계촌에는 귀신이 있어서 백주에 사람을 속여 물 속으로 끌고 들어가나 이를 막을 법이 없어 근심하던 차에 중 한 사람이 지나다가 마을 사람들로부터 자세한 말을 듣고 중이 말해 주었다.
　"청석(靑石)으로 탑을 만들어 진압하면 무사할 것이오."
　이곳 사람들이 그대로 하였더니, 서계촌 귀신들이 동계촌에 와서 장난한다 하니, 조개가 듣고 크게 노하여 서계촌에 있는

탑을 혼자서 옮기어 동계촌에 갖다 놓았다. 이러므로 사람들이 이르기를 탁탑천왕(托塔天王)이라 했다.
 뇌횡이 토벌을 거느리고 장문을 열라 하니, 장객이 보정에게 알렸다. 조개가 듣고 기뻐하여 나아가 맞으니, 토병이 잡아온 놈을 방 안에 높이 달고 뇌횡이 두목들과 같이 토병을 거느리고 초당에 올라 서로 인사를 마친 후 조개가 물었다.
 "도두는 무슨 일로 이곳에 오셨습니까?"
 "지현상공이 주동과 나를 분부하시어 향촌에 가 도적을 잡아오라고 하기에 순포하다가 잠깐 쉬려고 왔습니다. 보정의 단잠을 깨워서 심히 죄송합니다."
 "별 말씀 다하십니다."
하고 장객을 명하여 주식을 장만하라 하고 먼저 국과 술을 내다가 먹을 때 조개가 물었다.
 "이 고장에 정말 도적이 있습니까?"
 "과연 영관묘에서 한 큰 사나이가 자는 것을, 확실한 것을 모르나 군자 같지 않기로, 우리가 잡아 가지고 오다가, 첫째는 날이 밝아지지 않았고, 두 번째는 뒷날 관장이 물으실 것을 구하기 위하여 지금 댁에 와서 바깥 방에 달아매어 놓았습니다."
 "그랬군요!"
 조개가 유의하여 듣고 칭찬했다.
 "도두의 말이 옳습니다!"
하는데, 장객이 주식을 가지고 내다가 탁자에 벌여 놓자 조개가 말했다.
 "안으로 들어가십시다."
하고 뇌횡을 청하여 안으로 들어가 등불을 밝히고 술을 먹을제, 장객은 토병을 데리고 낭하로 내려가 대접했다.
 조개가 뇌횡을 대접하여 몇 순배에 지난 뒤, 조개가 생각하기를 '우리 고장에 무슨 도적이 있겠는가? 내가 나가서 좀 봐야겠다' 하고 주관을 불러 명했다.

"도두를 대접하라. 내가 잠깐 화장실에 다녀오겠소"
하고 등롱을 들고 문루에 이르니, 모든 토병들은 술 먹으러 가고 하나도 없는지라 문지기 장객보고 물으니, 문간방에 달아 두었다 하기에 조개가 문을 열고 들어가 보았다.

높이 매어 달린 큰 사나이 아래로는 검은 살이 드러나고 다리에는 검은 털이 거스려 났는데, 조개가 등불을 들어 비쳐보니 낯이 붉고 검으며 뺨이 얽고 수염이 주사빛 같고 얼굴이 다 검고 누런 털뿐이었다. 조개가 물어 보았다.

"여보시오. 그대는 어디서 온 사람이오? 이 마을에서는 보지 못하던 분이로군요."

그 사나이가 대답했다.

"소인은 먼 곳 사람인데, 한 사람을 찾아왔다가 저들이 나를 도적으로 몰아 잡아왔거니와 나도 할 말이 있습니다."

"그럼 그대는 이 마을에 어떤 사람을 찾아오셨소?"

"한 사람 호걸입니다."

조개가 궁금하여 물었다.

"어떠한 호걸이오?"

"조보정이올시다."

조개는 놀라서 거듭 물었다.

"그대가 그 사람을 찾아서 무엇하려고 그러시오?"

"그 사람이 천하의 이름난 의사 호걸이기에 큰 돈벌이할 것이 있어서 만나보고 의논하려고 왔습니다."

"조보정은 난데 내가 그대를 구하여 줄 것이니, 나를 보고 외삼촌이라고 부르시오. 오래지 않아 뇌 도두를 전송하러 나올 것이니 나를 외삼촌이라고 부르면 그대를 조카라고 하여서 구할 터이니 그리 아시오."

그 사나이가 말했다.

"저를 구해 주신다면 그 은혜는 백골 난망이로소이다!"
조개가 등롱을 가지고 안에 들어가 뇌횡에게 늦었음을 사과하니, 뇌횡이 말했다.
"오히려 죄송합니다."
하고 두어 잔 술을 먹는데, 날이 밝았다. 뇌횡이 아뢰었다.
"이제 날이 밝았으니, 물러가겠습니다. 여러 가지 죄송한 일이 많습니다."
하고 일어섰다. 조개도 일어나 배웅하러 나섰다.
"정 그러시다면 다음에 다시 또 오시기를 기다리겠습니다."
서로 손을 잡고 대문간까지 나왔을 때 토병들이 취하도록 먹고 각각 창봉을 들고 문간방에 들어가 매어 달았던 사나이를 풀어 뒤로 결박지어 문에 나오는데, 조개가 보고 말했다.
"정말 참 큰 사나이입니다."
"저놈이 영관묘에서 잡은 도적이올시다."
이 말이 채 끝나지 않아 그 사나이 소리질러 말했다.
"외삼촌! 외삼촌은 저를 구하여 주십시오!"
조개가 거듭 한참 보다가 소리질러 꾸짖으며 호령했다.
"네놈이 왕소삼이 아니냐?"
"네 그렇습니다. 외삼촌은 저를 살려 주십시오."
하니, 모든 사람은 다들 놀래고 뇌횡이 조개더러 물었다.
"저 사람이 어떠한 사람입니까?"
"저 사람은 나의 조카 왕소삼이올시다. 어찌 묘 안에 있었던고? 본시 나의 누님이 남경으로 떠나셨는데, 십삼 년 전에 장사꾼을 따라 이곳에 다녀간 후에 다시 보지 못하였는데, 사람이 전하는 말을 들으니, 조카 아이놈이 파락호로 다닌다 하더니, 어찌 저곳에 있을 줄 알았으리오. 조카를 내가 잘 모를 것인데, 저의 턱에 붉은 털이 있어 자세히 보니 어렴풋이 짐작이 됩니다."
하고 그 사나이에게 꾸짖었다.

"소삼아, 네가 이곳에 왔으면 내게로 올 것이지, 마을로 가서 돌아다니다가 도적질을 하고 다니느냐?"

그 사나이가 극구 변명했다.

"제가 어찌 도적질을 합니까?"

"아니 네가 만일 도적이 아니면 어찌하여 잡혀왔느냐?"

하고 토병의 곤장을 빼앗아 가지고 그 사나이의 머리통을 갈기려고 하니, 뇌횡과 모인 사람들이 다 말리며 치지 말라 하는데, 그 사나이 큰소리로 말했다.

"외삼촌은 노를 거두시고 제 말을 들으십시오. 열세 살 때에 다녀간 후 이제야 비로소 올제, 어제 길에서 술을 조금 먹고 취하였기에 감히 와서 뵙지 못하고 묘 안에서 술을 깨어 가지고 와서 뵈오려고 하였더니, 저 사람들이 불문 곡직하고 나를 도적으로 지목하고 잡아왔으나, 내 오늘날까지 도적질한 것은 한 번도 없습니다."

조개는 화가 난 체하고 곤장을 들어 가르치며 또 꾸짖었다.

"이축이 나를 보기 전에 길에서 술을 탐하여 먹고 도적으로 몰리도록 하였으니, 어찌 집안을 망하게 하는 것이 아니냐?"

뇌횡이 말리며 말했다.

"보정은 고정하십시오. 저 사람이 사실 도적질한 것은 보지 못하였으나, 생김생김이 험상궂고 묘 안에서 자기 때문에 행색도 괴이하며 또한 얼굴도 못 보던 얼굴이므로 잡아왔습니다만, 만일 보정의 생질인 줄 알았으면 어찌 잡아올 리 있겠습니까."

하고 토병을 명하여 결박지은 것을 풀어놓게 하고 다시 조개에게 사과했다.

"보정은 이상하게 여기지 마십시오. 일찍이 보정의 생질인 줄 알았으면 이렇게까지 않았을 것을 소인이 죄를 진 것이 적지 않습니다. 소인들은 돌아가렵니다."

그러자 조개가 만류했다.

"모두들 잠깐 장상에 올라가십시다."

뇌횡이 조개를 따라 안으로 들어가 앉은 후 조개가 열 냥 은 자를 내어 뇌횡 앞에 내어놓으며 말했다.

"만일 도두가 물리치면 소인의 낯이 없을 것입니다."

"보정의 후의를 저버리지 못하여 지금 받고 뒷날 갚을 것입니다."

조개 왕소삼을 불러 뇌 도두께 사죄하라 하고 쇄은자를 내어 모든 군사들을 상 주고 문에 나와 서로 이별하고 돌아갔다.

조개가 그 사나이를 데리고 들어와 새 옷을 내어 입히고 다시 물었다.

"그대는 어느 곳에서 온 사람이시오?"

"소인의 성명은 유당(劉唐)이온데, 동로주 사람입니다. 턱에 붉은 수염이 있기 때문에 남들이 부르기를 적발귀라고 합니다. 큰 돈벌이 할 일이 있는 고로, 보정께 찾아오다가 취하여 영관묘에서 자다가 저놈들에게 잡히어 오늘 다행히 형님께서 구하여 주셨으니, 소제의 절을 네 번 받으십시오."

하고 공손히 절했다. 조개가 말했다.

"그대가 큰 돈벌이가 있다고 했는데, 어느 곳에 있는가?"

"소제가 강호상에 호걸을 찾아다니며 사결제 형님의 높은 존함을 들은 지 오래이옵니다만, 그냥 찾아올 수 없어 다른 사람이 있으면 말씀을 드릴 수 없습니다."

"이곳 사람은 다 심복 지인들이니 말하여도 아무 일이 없으니, 말하시오."

"북경대명부 유수 양중서가 십만 관을 내어 금주 보배를 사서 동경에 보내어 양중서의 장인 채경의 생신에 예물을 보낸다 하니, 지난 해에도 중간에서 강도들에게 겁탈을 당하여 지금까지 찾지 못하였기에 채경의 생신이 유월 십오일이오니, 취한들 무슨 관계되겠습니까? 중로에서 기다리다가 빼앗은들 하늘이 아실지라도 큰 죄 될 것이 아니오. 형님의 높은 이름을 들으니, 정말 호걸이신데다 무예가 보통이 아니시라고 하니, 소제가 비록 재주가 없사오나 웬만한 창봉 쓰는 법을 아오니, 일이천 군병이라도 두려워하지 않을 것이오니, 만일 형님이 버리지 않으신다면 조그마한 힘이라도 돕겠습니다."

"참 장하시오! 호걸다운 말이오. 다시 의논합시다. 그대는 방에 들어가서 쉬시오. 내가 좋은 계교를 생각하겠소."

하고 유당을 객실로 보냈다. 유당이 돌아와 가만히 생각했다.

'내가 공연히 하룻밤 고생하고 조개의 힘을 빌려서 무사하기는 하였거니와 뇌횡 그놈이 공연히 나를 도적이라고 하룻밤을 묶어 매어달았고 또 은자를 가져갔으니, 심히 원통하니, 내가 또 따라 가서 이놈을 잡아서 분을 풀고 은자를 도로 빼앗아 조개를 주어야 나의 분한 것이 풀릴 것이다.'

하고 방에서 나와 보니 시렁 위에 박도가 있었다. 박도를 집어 들고 대문을 나와서 쫓아가니, 이때에 날이 채 밝지 않았더라. 뇌횡이 토병을 거느리고 천천히 가는데, 유당이 큰소리로 꾸짖었다.

"이 도적 도두는 달아나지 말라!"

뇌횡이 놀라 돌아보니 왕소삼이 박도를 들고 쫓아오는 것을 보고 뇌횡이 급히 토병이 가지고 있는 박도를 빼앗아 들고 꾸짖었다.

"이놈이 네가 나를 따라와 무얼하려느냐?"

"내가 잘못한 것을 알거든 은자 열 냥을 도로 내어라."

"은자를 네 외숙이 주신 것인데, 네가 무슨 간섭이며, 너희 외삼촌의 낯을 보지 않았으면 너 같은 놈의 생명은 없어졌을 것인데, 도리어 은자를 달라고 하느냐?"

"내가 언제 도적질을 했다고 나를 도적이라고 하고 하룻밤을 공연히 결박지어 매달고 우리 외삼촌의 은자를 빼앗아가니, 너 같은 강도 놈이 또 어디 있겠는가? 네가 만일 순순히 내어놓으면 무사하려니와 그렇지 않으면 눈앞에서 피가 흐르리라."
뇌횡이 더욱 노하여 소리쳤다.
"네놈이 적두 적검 적골이다! 반드시 조개에게 연루하여야겠다."
유당이 크게 노하여 박도를 들고 달려드니 뇌횡이 껄껄 크게 웃으며 또한 박도를 들고 큰길가에서 오십여 합을 싸웠으나, 승부가 나지 않아 모든 토병이 싸움을 도우려고 하는데, 길가 울타리 안에서 두 자루 동련(銅練)을 들고 나오며 소리쳤다.
"너희 호걸들은 싸움을 잠깐 쉬시오. 내가 할말이 있소."
하고 동련을 들어 사이를 막으니, 두 사람이 칼들을 거두고 권자 밖으로 뛰어나오며 보니, 그 사람이 머리에 토자 양미건을 쓰고 검은선 두른 도복 입고 허리에 혁대 띠고 발에 생피화를 신었으니, 눈과 이마가 청수하고 낯이 희며 수염이 기니 이 사람은 지다성 오용(智多星吳用)이요 자(字)는 학구(學究)요 별호는 가량선생(加亮先生)인데, 본 고을 사람이었다. 동련을 들고 유당을 가리키며 물었다.
"그대는 무슨 일로 모두와 싸우고 있소?"
유당이 눈을 부릅뜨고 소리쳤다.
"수재는 간섭할 일이 아닌데 알아서 무엇하겠소?"
뇌횡이 말했다.
"교수는 아시지 못하는 일입니다. 저놈이 간밤에 영관묘 안에서 벌거벗고 자기에 우리가 저놈을 잡아 가지고 조보정의 장방에 갔더니 원래 저놈이 보정의 생질이라기에 풀어 주고 조보정이 우리를 청하여 술 먹이고 예물을 주기에 받아 가지고 오는데, 저놈이 도로 달라고 하니, 저놈의 담이 크지 않습니까?"
오용이 가만히 생각했다.
'조개와 사귄 지가 오래되었으나, 생질이 있단 말을 듣지 못하였는데, 나이까지 많으니, 이것은 반드시 다른 연유가 있을 것이다. 내가 저 사람을 말려 싸움을 말릴 수밖에 없다.'

오용이 말했다.

"그대는 고집 부리지 마시오. 이미 외숙이 준 것이오. 또 도두와 친한 사이니 이미 주신 인정을 도로 내라고 하면 그대의 외숙도 고개를 들 수 없을 것이니 소생의 낯을 보아 그만들 가시오."

"수재는 아시지 못하는 말 마시오. 우리 외숙이 주려고 한 것이 아니라 저놈이 억지로 빼앗아 가져온 것이라 내가 돌아가지 않겠습니다."

"너의 외숙이 달라고 하면 돌려 줄 수 있지만, 너한테는 주지 않겠다."

"네가 주지 않으면, 내 손에 있는 박도에게 물어 보아라!"

오용이 말했다.

"그대들은 한나절을 싸웠으나, 승부가 없었는데, 또 싸우려면 어느 때까지 싸우려고 하시오?"

"저놈이 은자를 내어놓을 때까지 싸우고, 내어놓지 않으면 저놈과 싸워 저놈 죽고 나는 산 후에야 안 싸우겠소."

"내가 토병을 보고 도우라고 하면 내가 호걸이 되지 못할 것이니, 내가 혼자서 싸워 너를 베겠다."

유당이 가슴을 치며 분해했다.

"너를 두려워하지 않는다."

하고 박도를 들고 싸우려고 하니, 오용이 몸으로 가로막고 말리나 어찌 듣겠소 다시 싸움을 시작하려고 하는데, 토병이 손짓하며 말했다.

"이 축생은 무례하게 굴지 말아라!"

오용이 껄껄 웃으며 말했다.

"반드시 보정이 와야 싸움을 말릴 것이다."

조개가 숨이 차서 헐떡거리며 말했다.
"이 축생아, 무슨 일로 따라오며 박도는 어디서 얻어 가지고 왔는가?"
뇌횡이 자초 지종을 말했다.
"저놈이 박도를 들고 따라와 은자를 도로 내라 하기에 소인이 주지 않으니까 소인과 싸워서 서로 오십여 합을 싸웠으나, 승부가 없는데, 교수가 나와서 말리기 때문에 싸움을 잠시 멈추고 있습니다."
조개가 사과했다.
"저놈이 저 모르게 와서 무례하게 굴었으니, 소인의 낯을 보아 용서하시고 돌아가시면 다른 날 문하에 나아가 사죄하겠습니다."
"소인이 어찌 소견이 제자와 같겠습니까."
하고 서로 작별하고 헤어졌다.
이때 오용이 조개를 보고 말했다.
"만일 보정이 친히 오시지 않으셨으면 한바탕 큰 일이 날 뻔하였습니다. 영생질(슈甥姪)은 실로 비범한 무예입니다. 소생이 울타리 안에서 보니 뇌횡이 능히 마주 싸워 견디기 어려워 만일 몇 합만 더 싸웠더라면 뇌횡이 반드시 실수하여 다치기 쉬웠습니다. 이러기 때문에 소생이 나와서 말리었습니다만 영생질이 어디서 왔는지 일찍이 듣지도 보지도 못하였습니다."
"선생을 청하여 의논할 일이 있는 고로, 사람을 보내려고 하는데, 시렁 위에 있는 박도가 없고 저 사람이 없기에 의심이 나서 밖에 나와 찾고 있자니 목동이 전하기를 한 큰 사나이가 박도를 끌고 큰길로 가더라고 하기에 왔습니다만 선생은 잠깐 저희 집으로 가십시다."
오용이 서재에 들어가 문을 잠그고 주인에게 부탁하여 함께 장상에 이르러 좌정한 뒤 오용이 물었다.

"보정, 아니 저 사람은 정말 누구입니까?"

"이 사람은 동로주 사람으로 성명은 유당이요 작호는 적발귀라고 부릅니다. 그리고 이 사람이 큰 돈벌이를 할 일이 있어서 나의 집에 오다가 묘 안에서 잠시 잠이 들어 뇌횡에게 잡히어 내 집으로 왔기에 내 생질이라 하고 구하였습니다. 그런데 저의 말이 북경대명부 유수 양중서가 십만 관 금주 보배를 사들여 저의 장인 채경의 생신날 예물로 보낸다는데, 조만간에 이곳을 지나간다고 하니, 이것은 불의 지물이니 뺏는다 하여도 무엇에 얽매이겠습니까? 그런데 저 사람이 올 것을 내 꿈에 나타났습니다. 내가 간밤에 꿈을 꾸었는데, 북두칠성이 내 집 대청 위에 떨어지며 그 곁에 작은 별이 화하여 흰빛이 되어 달아나는데, 길흉이 어떠합니까? 선생을 청하여 물으려고 하였는데, 이 일이 생겼으니, 선생은 어떻게 생각하십니까?"

"소생이 유형의 모양을 보고 이미 거의 짐작하였는데, 이 일은 사람이 많아서도 안 되고 적어서는 능히 행하지 못할 것이오. 보정의 장상에는 사람이 많이 있으나, 하나도 쓸 만한 이가 없으니, 보정과 유형과 소생 세 사람만 알고 행할 것이나 칠팔 명 호걸들이나 하여야 될 것입니다."

"내 꿈은 맞히지 못하였습니까?"

"형장의 꿈은 심상하지 않으니, 다시 생각하여 봅시다."

하고 한참을 생각하더니, 무릎을 치며 말했다.

"과연 의논할 사람이 있습니다."

"선생이 이미 믿을 수 있는 호걸들이 있으면 불러다가 이 일을 의논하는 것이 어떠합니까?"

이때 오용이 말했다.

"내가 친한 사람이 셋이 있는데, 의기와 담이 온 몸에 싸였고 무예가 출중하여 물이라고도 뛰어들고 불이라고도 피하지 아니하여 사생을 함께 할 수 있는데, 저 세 사람 그 일을 행하면 가히 일을 이룰 것입니다."
　"그 사람의 성명이 무엇이라고 하며 어느 곳에 있습니까?"
　"저 세 사람은 친형제인데, 재주 양산박 석갈촌에 살며 고기 잡아 살아가고 있습니다. 세 사람의 성은 완(阮)인데, 첫째는 입지태세 완소이(立地太歲阮小二)요, 둘째는 단명이랑 완소오(短命二郎阮小五)요, 셋째는 활염라 완소칠(活閻羅阮小七)인데, 저 친형제 세 사람이 소생과 가까운데, 수년 전부터 저곳에서 사귀어 뜻에 맞는 사이에 긴밀한 정분이며 생각이 깊고 정밀하니, 그 사람이 비록 한묵(翰墨)은 통하지 못하였으나, 의기가 보통 사람에 지나고 정말 호걸들입니다. 만일 이 세 사람을 얻으면 대사는 가히 이룰 것입니다."
　"나도 그 이름은 많이 들었으나, 서로 사귀지는 못하였으니, 석갈촌이 여기서 불과 백여 리밖에 안 되니 사람을 보내어 모셔 오는 것이 좋겠습니다."
　"사람을 보내어 부르면 그들이 어찌 기꺼이 오겠습니까? 소생이 친히 가서 세 치 혀를 놀려 우리 무리에 들게 하겠습니다."
　"선생의 말씀이 옳으니, 길을 빨리 서둘러 주십시오."
　"오늘밤 삼경에 떠나면 내일 오시에 저곳에 닿을 것입니다."
　조개가 크게 기뻐하여 장객을 명하여 주식을 내다가 먹을제 오용이 말했다.
　"생신 선물이니 떠나는 것이 어느 때며 가는 길은 어디로 가는지 유형이 다시 가서 알아 오시오."
　유당이 말했다.
　"소생도 오늘밤 삼경에 떠나겠습니다."
　오용이 만류하며 말했다.
　"생신이 유월 십오일이라 하니, 지금이 오월 초순이니 아직도 삼사십 일이나 남았으니, 소생이 완씨 삼형제를 데리고 온 후에 유형이 가도 늦지 않을 것입니다."

"선생의 말씀이 옳으니, 유형은 그냥 내 집에 계시오."
하고 그날 밤 삼경쯤 되어 오용이 세수하고 밥 먹고는 노자를 지니고 초혜 신고 떠날 때, 조개와 유당이 문 밖까지 나와 공손히 작별했다.

오용이 길을 떠나 오시가 되어 석갈촌에 다다랐으니, 일찍이 아는 곳이라 묻지 않고 완소이 집 앞에 와서 보니 마른나무에 두어 척 배가 매어 있고 밖에는 헤어진 어망을 걸어서 말리고 산을 의지하고 물을 격하여 수십 간 초가가 있었다.

"이가 집에 있소?"

말이 끝나자 완소이가 나오는데, 머리에 헤진 두건을 쓰고 몸에는 낡은 의복을 입고 두 다리를 벌겋게 드러내고 나오다가 오용을 보고 황망히 절하며 맞아들였다.

"선생은 무슨 좋은 바람이 불어 저의 집에 다 오십니까?"

"조그만 일이 있어서 왔소."

"무슨 일이십니까?"

"소생이 이곳을 떠난 지 벌써 삼 년인데, 이제 큰 재수의 집에 있는데, 한 십오 근이 되는 금색 잉어 수십 마리를 필요하기에 특별히 그대를 찾아왔소."

"이것은 쉬운 일이오니, 선생과 술 한잔 드신 뒤에 다시 의논하십시다."

"내 생각에도 그렇소."

하고 완소이와 같이 배에 올라 술집으로 가는데, 다시 물었다.

"오랑은 집에 있는가?"

"나가서 찾으십시다."

언덕의 나무에 배를 매고 오용을 붙들어 내리려고 하는데, 완소이가 소리쳐 말했다.

"너 소칠이냐! 오늘 네 작은 형을 보지 못하였느냐?"

오용이 눈을 들어보니 갈대 숲속에서 한 척 조그마한 배가 나오며 배 위에 완소칠이 머리에 흑야림을 쓰고 몸에 생포 옷 입고 배를 저어 나오며 대꾸했다.
"형님은 작은 형님을 찾아 무엇하시려우?"
오용이 소리쳐 불렀다.
"이 사람이 특별히 보려고 하오."
완소칠이 말했다.
"선생은 소인의 무례함을 용서하십시오. 우리들이 서로 여러 해 만나 보지 못하였습니다."
오용이 말했다.
"우리 같이 가서 술 한잔 하십시다."
"참 좋은 말씀입니다."
하고 언덕에 올라 술집을 찾아가는 도중 칠팔 간 초가에 이르니, 완소이가 물었다.
"어머니, 소오 집에 있습니까?"
하자 집 안에서 할미의 말이 들린다.
"그 녀석이 웬걸 집에 붙어 있겠니? 요사이는 고기 잡으러 나가지 않고 놀음판에만 찾아가니, 큰 걱정이다. 조금 아까도 들어와서 내 비녀를 빼 가지고 나갔다."
"하하하! 그 애가 요사이 몸이 잔뜩 달은 모양입니다. 이따가라도 들어오거든 술집으로 오라고 하셔요. 오 선생이 한잔 하자구요."
오용이 가만히 생각하니, 말하기가 참 좋은 기회였다.
석갈촌 진상의 술집을 찾아오는데, 한 사나이가 두 꾸러미 동전을 들고 독목교 다리가로 쫓아내려와 언덕에 매인 배를 끌르는 것을 보고 완소이가 소리쳤다.
"소오가 옵니다."
오용이 보니 완소오가 머리에 헤진 두건 쓰고 살짝 옆에 석유화 한 가지를 꽂고 몸에 낡은 옷을 입고 가슴에 푸른 표자 놓은 것을 드러내고 오는 것을 오용이 불렀다.
"소오는 나를 보오."
"오래간만입니다. 선생을 두 해나 만나뵙지 못하였더니, 다리에 서서 한참 보았습니다만 잘 알아뵙지 못하였습니다."
완소이가 말했다.
"내가 선생과 같이 너를 찾아갔었는데, 우리와 같이 가서 술잔 하지 않겠느냐?"
"참 좋은 말입니다. 가십시다."
하고 배를 연꽃 핀 속에 매고 오학구와 같이 술집으로 들어가 깨끗한 자리를 가리어 오용을 앉게 하고 말했다.
"선생은 우리 세 사람의 초라한 꼴을 보시고 비웃지 마십시오."
"그러한 말을 할 리 있겠소"
완소칠이 재촉했다.
"형님은 빨리 선생을 저 반석에 앉게 하십시오. 그리고 형님도 앉으셔야 저희들도 앉을 게 아닙니까?"
"소칠은 성질이 급한 사람이다!"
하고 네 사람이 한자리를 정하고 주인을 불렀다.
"술 한 통만 주시오."
주인이 먼저 젓가락을 가져오는 것을 보고 소칠이 물었다.
"안주는 무엇이 있소?"
하니, 주인이 말했다.
"오늘 소 한 마리와 살찐 양을 잡았네."
완소이가 주문했다.
"우선 고기 열 근만 가져오구려."
소오가 말하고 나자 소이가 오용이 온 자초 지종을 얘기하니, 소오가 말했다.
"선생께서 멀리서 오셨는데, 대여섯 근 되는 것을 보내면 어떻겠습니까?"

오용은 얼른 대꾸했다.

"돈은 넉넉히 가졌으니, 돈을 아끼지 말고 아무쪼록 열대여섯 근 되는 고기를 주는 것이 좋을 것이오."

소칠이 난감해하며 말했다.

"정말 얻을 데가 없습니다. 제 배 안에 산 것이 두어 마리가 있으니, 갖다가 국끓여 선생께 안주 삼아 잡숫게 하겠습니다."

하고 술집 사람을 불러 잉어를 갖다 주며 선어탕을 네 그릇을 끓여다가 술을 먹는데, 날이 점점 저물어갔다.

오용이 가만히 생각했다.

'오늘밤에 저의 집에 가서 자며 서서히 말해야겠다.'

하고 이어 말했다.

"내가 여기 오기가 어려운데 현제의 무리들이 다 모였으니, 가만히 보아 한즉 이 술값은 내가 지불하지 못하게 할 테니 이것은 그대로 두고 밤에는 이랑의 집에 가서 잘 것이니 내게 은전이 두어 냥 있으니, 이것으로 이 술집에서 술과 고기를 사고 마을에 가서 닭을 사다가 안주를 만들어 밤새 취하도록 먹고 즐깁시다."

소이가 말했다.

"어떻게 선생께 은자를 허비하게 하겠습니까? 우리가 대접하겠습니다. 선생은 심려하시지 마십시오."

오용이 섭섭해하며 말했다.

"소칠의 하는 일이 정말 호쾌한 사람이다."

하고 두 냥 은자를 내어서 소칠을 주었다. 소칠이 받아 가지고 이십 근 쇠고기를 생것과 닭 네 마리와 술 네 통을 사 가지고 술집 주인보고 말했다.

"우리 먹은 술값은 내일 드리겠소."

"네, 좋습니다. 염려하지 마십시오."

네 사람이 술집을 떠나 술과 고기를 배에 싣고 노를 저어 완소이 집에 이르러 배를 언덕에 대고 안으로 들어와 등불을 밝히니, 원래 완가 삼형제 중 소이는 장가를 들고 소오, 소칠 두 사람은 아직 미혼이었다.
 네 사람이 완소이 집 뒤 수각에 앉아 소칠이 닭을 잡아 가지고 형수에게 맡겨 술안주를 만드는데, 술과 고기, 채소를 탁자에 벌려 놓고 술을 먹으며 오용이 다시 잉어 얘기를 시작한다.
 "그대들은 저렇게 넓은 물에서 어찌 고기가 없다고 하는가?"
 완소이가 말했다.
 "정말로 선생님께서 모르시는 말씀입니다. 그런 큰 고기는 양산박 속에 있고 우리 석갈호에는 좁아서 그런 큰 고기는 나지 않습니다."
 "그러면 양산박이 멀지 않으니, 그곳에 가서 고기를 잡아 오면 되지 않는가?"
 완소이가 한숨을 지으며 탄식했다.
 "어찌 한 마디로 말씀을 다 하겠습니까?"
 오용이 또 물었다.
 "그대는 어찌 탄식하는가?"
 완소이가 미리 대답하기 전에 완소오가 대답한다.
 "선생께서는 모르시니까 그러하십니다. 전에는 양산박이 우리 반찬거리 창고였는데, 지금은 가지를 못합니다."
 오용이 말했다.
 "이렇게 큰물의 고기 잡는 것을 관가에서 못하게 하는가?"
 완소이가 대답했다.
 "관가에서 못 잡게 할 리가 있겠습니까? 사실 염라대왕이 금한다 하여도 우리들은 겁내지 않습니다."
 "그러하다면 왜 가지 못하는가?"
 완소이가 말했다.

"선생께서 잘 모르시니 그 내력을 말씀드려야겠습니다."
"나는 잘 모르겠으니, 가르쳐 주면 좋겠네."
"대저 양산박에 한떼 도적들이 모여 있어서 사람들의 고기 잡는 것을 못 잡게 합니다."
"전부터 그랬었나? 나는 그런 말을 듣지 못하였는데,?"
"그 도적떼들이 과거에 떨어진 선비님인데, 첫째 두령은 백의수사 왕륜이요, 둘째 두령은 모착천 두천이요, 셋째는 운리금강 송만이요, 넷째는 한지홀률 주귀라고 하는 사람이 있어서, 마을 입구에 술집을 내고 왕래하는 사람의 사정을 탐색하여 알리니, 그것은 그렇게 두렵지 않으나, 이제 새로 들어온 한 사람 호걸이 낙초하였는데, 그 사람은 동경금군교두 임충이라는 자인데, 무예가 십분 출중하여서 칠팔백 졸개를 모아 집을 겁박하고 집물을 노략하니, 어찌 그곳에 가서 고기를 잡겠습니까?"
"그렇다면 관가에서 어찌 잡지 않소?"
소칠이 팔을 내어 휘두르며 정색을 하고 말했다.
"요즘 관사의 지현이라는 것들이 주야로 생각하는 것이 백성들의 재물 빼앗기에나 골몰하고 혹시 도적을 잡으라고 하면 관인이라고 하는 것은 들길에 나오면 먼저 백성들의 재물을 노략하고 촌에서 기르는 돼지와 닭과 양을 잡아먹고 술집에서는 노자를 징수하여 갈 뿐이지, 어디 가서 감히 눈을 바로 떠 볼 수 있으며, 만일 윗사람이 도적을 잡으라 하면 오줌과 똥을 쌀 뿐이지, 어찌 저의 털끝이나 거둘 길이 있겠습니까! 그러니 참으로 죽을 지경입니다."
"그러면 그놈들의 무리들이 아쉬울 게 없겠소!"
그때 완소오는 한숨을 길게 쉬며 말했다.
"그렇게 생각하면 도리어 양산박 무리들의 신세가 부러울 때가 많지요. 도무지 그들은 천하에 두려울 게 없습니다. 하늘이 무섭습니까? 땅이 무섭습니까? 관가가 무섭습니까? 아무렇기로 지금 우리들의 이 생활에 비하겠습니까? 큰 저울로 금은을 달아서 나누고 좋은 비단옷에다가 술과 고기를 물리도록 먹으며 지내니 두려울 것이 무엇입니까? 우리 삼형제는 일신에 재주를 가졌으나, 어찌 그들을 따르겠습니까?"

오용이 곰곰이 가만히 생각하니, 정말 이때 계교를 행하기 가장 좋겠다.

"인생이 한 세상을 지내는 것이 풀잎의 이슬 같은데 다만 고기잡아 생활하니, 저 사람들처럼 하루라도 지냈으면 한이 없겠습니다."

오용이 말했다.

"저 사람들의 무리를 부러워하겠소? 일신의 좋은 무예를 가지고 저 사람과 같이 하다가 만일 관가에 잡히면 이것은 스스로 저지른 죄라 어찌하겠소!"

완소이가 웃으며 말했다.

"이제 관가에서 무슨 분간이 있겠습니까? 하늘에 가득한 죄를 짓고도 무사한데 우리도 만일 갈 수 있으면 가겠습니다."

완소오가 말했다.

"우리 세 사람의 무사가 있는 줄 누가 알겠습니까?"

오용이 말했다.

"만일 알아주는 사람이 있으면 어떻게 하겠소?"

완소칠이 말했다.

"만일 지기 지인(知己知人)이 있으면 물불을 가리지 않을 것이오. 비록 죽는다 하여도 눈을 감겠습니다."

"그렇다면 너희들이 양산박에 가서 저 도적의 무리들을 잡을 수 있는가?"

소칠이 대답했다.

"가령 잡는다고 하여도 어디 가서 상을 받겠습니까? 강호상 호걸들에게 웃음이나 받을 따름이지오."

오용이 말했다.

"소생이 소견이 부족한 말을 하였소. 그대들 무리 고기잡기를 마음대로 못할 것이면 차라리 그곳에 가서 한무리에 들면 되지 않겠소?"

"선생이 모르는 소리입니다. 우리가 몇 번이나 가려고 말하였습니다만 왕륜이 속이 좁아서 저보다 나은 사람을 받아들이지 않는 고로, 전날에 임충이 산에 올라갈제, 여러 가지 곤욕을 겪었다 하므로 우리 마음이 풀어져 그만 두었습니다. 만일 선생과 같이 왕륜이 호걸이라면 우리 형제들이 벌써 갔을 것입니다."

완소이가 말했다.

"왕륜이 만일 선생과 같이 친근하다면 어찌 오늘날까지 있겠습니까?"

"소생 같은 인물이야 어찌 이르겠소만 가까이 있는 운성현 동계촌에 조보정 역시 호걸일 것이오."

완소이가 말했다.

"이 아니 탁탑천왕 조개 말씀입니까?"

"그렇소! 그 사람 말이오!"

완소칠이 말했다.

"비록 우리와 백여 리 밖에 있지만, 이름은 들었으나, 서로 보지는 못하였습니다."

"저 사람은 의리를 중하게 여기고 재물은 우습게 여기어 정말 호걸이오. 어찌 서로 만나 보질 못하였소?"

완소이가 말했다.

"우리들이 길이 없어 모이지 못하였습니다."

"소생이 있는 집이 거기서 멀지 않아 보정과 만나기를 자주 하였는데, 이제 큰 돈 벌 것이 있기 때문에 당신들과 의논하는 것인데, 중로에서 우리가 가로챈들 무슨 관계가 있겠소?"

완소이가 만류했다.

"그 일이 안 될 것입니다. 조개는 의를 중히 하는 호걸인데, 어찌 그 일을 행하여 위험한 일을 저지르려고 하겠습니까?"

"그대들의 형제 심지가 굳지 못한 줄 알았더니 과연 의를 좋아하고 사람을 아끼는구려. 내가 이제 사실을 그대들에게 이야기하겠소. 조보정이 당신들 세 사람의 이름을 듣고 나를 보고 청하여 오라 하여 왔소."

"우리 삼형제는 진실로 조금도 간사함이 없으나, 선생께서 너무 사설이 길었습니다. 만일 우리를 쓰시려고 하실 것이면 우리가 죽어도 어찌 사양하겠습니까?"

완소오, 완소칠이 가슴을 치며 재촉했다.

"선생은 숨기지 마시고, 빨리 자세한 말씀을 하여 주십시오."

"이제 당조태사 채경의 생신이 유월 십오일인데, 그 사위 대명부 유수 양중서가 금주 보배를 십만 관어치를 보내는 것을 한 호걸이 알고 보정에게 말하는데, 그 호걸의 이름은 유당이라 합니다. 우리들이 중로 산골짜기에 숨었다가 뺏어서 서로 나누어 세상을 편안히 지내는 것이 어떠하겠소?"

완소오가 뛰어 일어나며 기뻐했다.

"소칠아, 너는 어떻게 하려는가?"

완소칠이 만족해하면서 말했다.

"평생에 원하는 일을 오늘에야 이루게 되었으니, 이것은 가려운 데를 긁는 것과 같으니, 다시 물어 무엇하오? 우리 어느 때 가려오?"

"오경에 떠나 내일 미시(未時)에 보정 장원에 닿으면 될 것이오."

완가 삼형제는 크게 기뻐하여 그날밤에 주식을 배불리 먹고 오용과 함께 석갈촌을 떠나 동계촌으로 올제, 반일 만에 보정의 집에 닿았다. 멀리 바라보니 녹양수 밑에 보정과 유당이 앉아 기다리는데, 오용이 서로 만나본 후 조개가 말했다.

"완씨 세 분 영웅의 예가 헛되게 퍼진 것이 아니라, 마땅히 전하여 질 만한 실상이 있어서 전하여졌소이다."
하고 함께 후당에 들어가 주인과 손님이 자리를 잡고 앉은 후 오용이 지낸 일을 한마디로 말하니, 조개가 크게 기뻐하여 장객을 명하여 돼지와 양을 잡고 잔치하여 즐길제, 완씨 삼형제 조개의 인물이 훤하고 말씨가 명쾌한 것을 보고 말했다.
"우리 무리들이 천하에 호걸들을 사랑하더니, 오늘 이 일을 보니 선생께서 이끌어 주신 덕이 적지 않습니다."
하고 저녁을 먹은 뒤에 밤이 이슥하도록 술을 먹었다.

이튿날 후당에 모여 금전 지마(金錢紙馬) 향촉 등화(香燭燈火)를 갖추고 밤에 장만한 돼지와 양을 벌여 놓고 지촉(紙燭)을 사르고 금전(金錢)을 던져 길흉을 점치니, 여러 사람이 조개의 이러한 정성을 보고 탄복하여 각각 맹세했다.
"양중서가 북경에 있으면서 백성을 보채고 재물을 빼앗아 저의 장인 채경의 생신 선물을 보내니, 이것은 불의의 재물이라 우리가 뺏어다 쓴다 하여도 닐곱 사람 중에 만일 간사한 마음을 갖고 배신한다면 하늘이 베고 땅이 벌하여 신명이 중참하소서."
지마를 사른 후에 후당에서 음복하는데, 장객이 알리는 말이 있었다.
"문 앞에 한 선생이 오셔서 보정을 만나보고 가려고 합니다."
조개가 말했다.
"너희들은 참 미련도 하다. 내가 지금 손님을 대접하고 있는데, 어느 사이에 나가겠는가? 쌀이 적다고 그러는 것 같으니, 좀 더 주어 보내면 될 것이 아닌가?"
"소인이 쌀을 주었으나, 받지 아니하고 보정의 얼굴을 한번 본 후에 간다고 합니다."
"그것은 모자라니까 그렇겠지. 두 말 줘서 이렇게 말하라. 오늘은 주인이 손님이 있어 만날 틈이 없다고."

하인이 나갔으나, 한참만에 되돌아와,

"쌀을 서 말 주었으나, 뭐라 해도 안 갑니다. 자기는 일청도인(一淸道人)이라 하는 사람인데, 시주를 얻으러 온 게 아니고 보정님을 만나러 왔다고 하면서."

"이놈! 좀더 눈치 빠른 응대를 하면 어떠냐? 오늘은 틈이 없으니, 정말 다음날 만나겠다고 하여라."

"저도 그렇게 말했는데, 그 도사는 시주를 받으러 오지 않았다고 하며 보정님이 의에 두터운 분이라고 듣고 일부러 뵈러 왔다고 합니다."

"너도 말썽을 부리는 놈이구나. 조금은 내 입장이 되어 봐라. 아직 부족할 것 같으면 또 서너 말 주어라. 손님이 없으면 나도 나가서 만나는 것이 어려울 것도 없지만, 어떻게든 잘 구슬려 보내도록 하여라."

하인이 나간 후 얼마 안 되어 갑자기 문 쪽에서 왁자지껄 시끄러운 소리가 들리더니 또 한 사람의 하인이 뛰어들어와 알렸다.

"그 도사가 화를 내어 10명 하인을 때려 눕혀 버렸습니다."

조개는 깜짝 놀라 황급히 일어서며,

"여러분들은 잠깐 기다리십시오. 이 사람이 나가보고 오겠습니다."

하고 대문 밖에 나와 보니, 그 선생이 키가 여덟 자요 용모 당당한데 대문 밖 수양버들 밑에서 한편으로 장객을 치며 한편으로 꾸짖으며 호통쳤다.

"너희들이 좋은 사람을 알지 못하고 다만 걸객으로 대접하니, 어찌 분하지 않겠느냐!"

조개가 보고 소리 지르며 만류했다.

"선생은 노기를 거두십시오. 대부분 조개를 보러 온 것은 쌀이나 얻어 가려고 하는 것인데, 이미 쌀을 주었는데, 무슨 일로 화를 내시오?"

그 선생이 껄껄껄 크게 웃으며 말했다.

"빈도(貧道)가 어찌 주식 전미를 위하여 왔겠소? 내가 십만 관 보배를 등한히 하는데, 내가 오늘 만나보고 의논할 일이 있어 왔는데, 촌놈들이 무례하기를 조금 치고 노하였소."

"선생이 일찍부터 보정과 친하십니까?"

"명자는 일찍 들었으나, 만나 보지 못하였소."

"내가 조보정입니다. 선생은 무슨 하실 말씀이 있거든 빨리 하십시오."

그 선생이 조개를 보며 말했다.

"보정은 괴이하게 여기지 마시오. 빈도계수(貧道稽首)합니다."

"선생은 잠시 들어와 차를 마시는 것이 어떠하십니까?"

"후의 감사합니다."

하고 두 사람이 들어오니, 오용이 유당과 세 사람 완씨를 피하게 했다.

이때 조개가 그 선생을 맞아 후당에 이르러 차를 마신 후 선생이 말했다.

"이곳은 말할 곳이 못 되니, 조용한 딴 방이 없습니까?"

조개가 그 선생을 데리고 내당에 들어가 좌정할 때 선생이 눈을 들어보니 빛난 자리에 비단 요로 포진을 찬란히 하였으니, 정말 돈 있는 사람의 거처하는 곳 같더라. 조개가 물었다.

"선생의 고성 대명은 누구시며 어디서 오셨습니까?"

"빈도는 복성 공손(覆姓公孫)이요 이름은 승(勝)이며 도호는 일청 선생이라 합니다. 계주 사람인데, 어려서부터 창봉 쓰기를 좋게 여겨 온갖 무예를 다 배웠습니다. 남이 부르기를 공손대랑(公孫大郎)이라고도 합니다. 두 이인(異人)을 만나 도술을 배워 입으로 진언하여 바람을 일으키고 비를 오게 하고 구름을 헤치며 안개를 피우는 법을 통한 고로, 강호상에서 부르기를 입운룡(入雲龍)이라 합니다. 전부터 들으니, 운성현 동계촌 조보정이 영웅 호걸이라 하나 만날 기회가 없더니, 이제 십만 관 금주 보배가 있기에 보정에게 뵈는 예를 삼아 왔으니, 모르겠습니다만은 보정은 쾌히 승낙하십시오."

조개가 껄껄 웃으며 말했다.

"선생의 말씀하시는 것은 생신 예물이 아니십니까?"

선생이 깜짝 놀라며 물었다.

"아니, 어떻게 아십니까?"

"짐작하고 한 말입니다."

"이러한 큰돈을 놓치기가 애석합니다. 고인이 이르기를 마땅히 취할 것을 취하지 않으면 후회 막급이라 하였으니, 보정의 뜻에 어떠하옵신지요?"

말이 끝나기도 전에 병풍 뒤로 한 사람이 나와 공손승을 붙들고 말했다.

"그대가 마음이 검습니다. 밝은 세상에는 왕법이 뚜렷하고 어두운 데에는 신명(神明)이 뚜렷한데, 그대가 어찌 이런 일을 하려고 하는가? 내가 아까부터 듣고 있었습니다."

공손승이 깜짝 놀라 얼굴빛이 흙빛이 되었다.

이때 공손승이 얼굴빛이 변하는 것을 보고 조개가 웃으며 말했다.

"선생은 농담 마시고 서로 인사하십시오."

하니, 이 사람은 오학구(吳學究)였다.

마루 아래에서 오용이 공손승과 예를 마친 후, 오용이 말했다.

"오래 전부터 강호상에서 높은 존함을 들었습니다만 오늘 이곳에서 만날 줄 어찌 알았겠습니까?"

공손승이 대답했다.

"가량 선생(加亮先生)의 높으신 존함은 들었더니 문득 보정의 장상에서 만났습니다. 이것은 보정이 의를 중히 함으로 천하 호걸이 모두 문하에 모이기 때문입니다."
 보정이 말했다.
 "다시 몇 사람이 안에 있으니, 서로 만나게 합시다."
하고 유당과 완씨 삼형제를 일일이 서로 인사할 때 여러 사람이 말했다.
 "오늘 모임이 우연한 일이 아니오니, 보정 형님은 위에 앉으십시오."
 조개가 사양하며 말했다.
 "소인은 한낱 궁한 주인인데, 어찌 윗자리에 앉겠소?"
 오용이 채자 권했다.
 "보정이 먼저 앉은 뒤에 소생이 차례로 자리를 정하겠습니다."
 조개가 마지못하여 맨 위에 앉고, 오용은 둘째에 앉고, 유당은 넷째에 앉고, 완소이는 다섯째, 완소오는 여섯째, 완소칠은 일곱째에 앉힌 후 다시 배반을 정돈하여 술 먹고 즐겼다.
 오용이 말했다.
 "보정의 꿈에 북두칠성이 집에 떨어졌다고 하더니, 오늘 우리들 일곱 사람이 만나 거사하는 것이 어찌 하늘의 뜻인 것을 알지 못하겠습니까? 이번에 재물은 손에 침뱉고 취하려니와 전일에 말하던 바 길을 안 후에 행할 것이니, 유형은 수고를 아끼지 말고 한번 다녀오시오."
 공손승이 말했다.
 "빈도가 벌써 알고 왔으니, 또 갈 것 없습니다. 황니강 큰길로 온다고 합니다."
 조개가 말했다.
 "황니강 동쪽으로 십 리 밖에 한 촌락이 있는데, 지명은 안락촌인데, 그 촌에 한 사람이 있어 성명은 백승이요 부르기를 백일서라고 하니, 일찍이 내 집에 왔기에 저에게 노자를 후히 주었기 때문에 그가 나를 고맙게 여기어 늘 찾아오옵니다."

오용이 말했다.

"보정의 꿈에 북두칠성 외에 흰빛이 있더라고 하시더니 이 사람을 일컬음이올시다. 가히 씀직합니다."

"황니강이 넓으니, 어느 곳에 숨을는지 알지 못하겠습니다. 그 사람이 왔으면 가히 알기 쉬울 것입니다."

조개가 말했다.

"선생의 뜻은 계교로 취함입니까, 힘으로 함입니까? 자세히 일러주십시오."

오용이 웃으며 말했다.

"우리가 계교를 정한 후에, 오는 것을 보아서 힘으로 취하든지 계교로 취하든지 내가 꾀를 쓸 것이니, 그대들의 마음에 드는지 모르겠소? 여차여차 하였으면 좋을 것입니다."

조개가 듣고 손뼉을 치며 말했다.

"가장 좋은 계교입니다. 지다성(智多星)이라고 일컬음이 부끄럽지 아니하고 제갈공명만 못하지 않소! 좋소!"

오용이 말했다.

"옛 속담에 낮 말은 새가 듣고 밤 말은 쥐가 듣는다 하였으니, 다시 여러 말 맙시다."

조개가 말했다.

"완씨 세 분 호걸들은 잠깐 집으로 돌아갔다가 오고, 선생도 돌아가 글 가르치고 공손 선생과 유당은 내 집에 있게 하십시오."

하고 이튿날 오경에 주식을 장만하여 배부르게 먹은 후, 조개가 삼십 냥 은자를 내어다가 완씨 삼형제를 주며 말했다.

"이것으로 정을 고합니다."

완씨 삼형제들이 어찌 쾌히 받겠소. 오용이 말했다.

"붕우의 정을 막지 못할 것이오."
하니, 삼완이 비로소 받고 장문 밖으로 나갈제, 오용이 귀에 대고 가만히 이르는 말이 있었다.
"이리이리하여 기약에 이르되 그릇하지 말라."
하니, 세 호걸이 응락하고 석갈촌으로 돌아가고 공손승과 유당은 조개의 장상에 있고 오학구는 집으로 돌아갔다.
이때 북경대명부 양중서는 생신 예물을 다 준비하고 사람을 보내려 하는데, 채 부인이 물었다.
"상공은 생신 예물을 어느 때에 보내려 합니까?"
양중서 말했다.
"예물은 다 되었으나, 다만 한 가지 일로 주저하오."
"무슨 일로 망설이십니까?"
"작년에도 사람을 잘못 보내어 중로에서 잃고 찾지 못하였는데, 금년에도 장전에 허다한 사람이 많으나, 보낼 사람이 없어 주저하오."
채 부인이 한 사람을 가리키며 말했다.
"좋은 사람을 얻었다고 하더니, 어째서 저 사람은 보내지 않습니까?"
양중서가 보니 뜰 아래 청면수 양지가 섰는데, 양중서 즉시 양지를 불러 청상에 이르니, 양중서가 말했다.
"내가 깜박 잊었다. 그대는 나를 위하여 생신 예물을 거느리고 동경에 갔다 오면 너를 중하게 쓸 것이다."
양지가 대답했다.
"은상께서 부리시는데, 어찌 싫다고 하겠습니까만, 어떻게 보내려고 하시는지요?"
"태평거자 열 수레를 싣고 수레 앞에 열 명의 군인으로 몰아가게 하고 수레 위에 기를 꽂고 기에 쓰기를 태사에 생신에 보내는 생신강이라 하고 군건으로 옹위하여 삼일 안에 떠나게 하여라."
 양지가 웃으며 말했다.
 "소인 안 가려고 피하는 것이 아니라 정말 갈 수 없습니다. 다른 영웅을 골라서 보내소서."
 "나는 너를 마음먹고 너를 천거하려고 하여 편지에 따로이 너를 부탁하였는데, 또 다녀온 후에 좋은 일이 있을 것인데, 너는 무슨 연고로 마다하느냐?"
 "소인이 들으니, 전년에 보낸 예물을 잃고 지금까지 찾지 못하였답니다. 금년에는 도적이 더욱 심하고 또한 수로는 없고 육로뿐이라, 가는 길이 자금산, 이룡산, 도화산, 산개산, 황니강, 백사장, 야운도, 적송림인데, 저 몇 곳이 다 도적들이 출몰하는 곳입니다. 혼자 몸으로도 감히 올라가지도 못하는데, 만일 금은 보배를 가지고 가는 줄만 알면 어찌 뺏으려고 않겠습니까? 공연히 잘못 걸리면 목숨만 뺏길 것이니 가지 못하겠습니다."
 "그러면 군교를 많이 데리고 가면 안 되겠는가?"
 "은상께서는 알지 못하시는 말씀입니다. 일만 명 군교를 보내신다고 하여도 쓸데없는 것이, 만일 도적들이 온다 하면 먼저 달아날 것이니 어디다 쓰겠습니까?"
 "그러면 네 말 같으면 생신강을 보내지 못하겠구나?"
 "만일 은상께서 소인 뜻대로 하시겠다면 가겠습니다."
 "이미 너에게 맡겨 보내려고 하였는데, 어찌 네 말을 안 듣겠는가?"
 "만일 소인의 마음대로 할 수 있다면 수레를 쓰지 말고 예물을 열 짐에 나누어 장인의 짐같이 하여 열 사람 장정 군한을 뽑아 각부의 행색을 하고 예물을 지고 가는데, 소인이 압령(押領)한다면 가겠습니다."
 "네 말이 옳다! 내가 편지에 네 말을 극진히 부탁하였으니, 칙명이 내리시면 너를 중하게 쓸 것이다."

양지가 사은하고 각부들을 단속하고 청 앞에 서서 웃어른의 명령을 기다리니 양중서가 물었다.
"너는 어느 때에 떠나려고 하느냐?"
양지가 허리를 굽히며 대답했다.
"내일 아침에 떠나려고 합니다."
"우리집 부인이 따로 보내는 예물이 한 짐 따로 있는데, 네가 길이 익지 못할까 하여 부중에 도관과 우후(虞侯) 두 사람을 같이 가게 한다."
"그렇다면 소인 가지 않으렵니다."
양중서가 깜짝 놀라 말했다.
"어찌하여 딴 소리를 하느냐?"
양지가 말했다.
"저 열 짐 재물이 소인의 한 몸에 달렸습니다. 모든 각부를 소인이 총괄하여 길에서 일찍 가려면 일찍 가고 늦게 가려면 늦게 가고 하여야만 마음대로 갈 것인데, 이제 도관과 같이 가라고 하시니 저 도관은 대사부 문하내공인데, 어찌 소인의 말을 듣겠습니까? 만일 대사를 그르치면 그 죄는 소인이 혼자서 당할 것이므로 못 가겠습니다."
양중서 크게 기뻐하여 말했다.
"네 말이 옳구나! 내가 너를 대거하려고 하는 것이 그르지 아니하고 너의 식견이 과연 옳다!"
하고 도관과 우후 두 사람을 불러 청 앞에 서 있음에 양중서가 분부했다.
"이제 양지가 다짐을 두고 예물 열 짐을 거느려 가는데, 화복이 양지의 한 몸에 있는 고로, 노상에서 가고 머무는 것을 양지에게 있으니, 저의 말대로 하고 길에서 다투지 말고 고집 부리지 말아라."
이 말을 듣고 도관이 응낙했다.

제5장
황니강의 대추장사

이튿날 오경에 열한 짐 금주 보배를 각부에게 지게 하고 양지는 전립 쓰고 청사옷 입고 전대 띠고 삼신 신고 요도 차고 박도 끌고 객상의 행색으로 갖추고, 도관도 양지와 같이 차리고 우후 두 사람은 반당의 모양을 하고 양중서를 하직하고 동경을 향하여 떠났다.

양중서가 보고 마음속으로 크게 기뻐했다. 일행 열다섯 명이 북경을 떠나 동경으로 가는데, 이때는 오월 하순이라 날씨는 몹시 덥고, 양지는 유월 십오일 안으로 동경까지 도착하려고 하느라 길을 재촉하여 한 일주일쯤 가니, 점점 길가에 민가는 적어지고 행인도 없으며, 길이 산 속으로 가는지라, 양지가 진시에 길을 떠나고 신시에 주막에 드니, 짐 진 군건 각부들이 무겁고 날씨는 더우니까, 각부들이 더위를 이기지 못하여, 길에서 숲을 만나면 쉬려고 하나, 양지는 등재를 들고 재촉하여 쉬지 못하게 하며, 가벼우면 꾸짖고 중하며 때리고 하여 길을 가니, 우후 두 사람도 감히 말을 대답하지 못하고, 등에 짐을 지고 숨을 헐떡이며 따라오니, 양지가 꾸짖어 말했다.

"그대들이 사리를 분별 못하는구려! 우리를 위하여 너희들이 재촉하지 않고 도리어 천천히 오니, 그 무슨 도리요?"

우후 두 사람이 말했다.

"우리들이 게을러 그런 것이 아니라 정말로 날씨는 덥고 하여 뒤떨어지는 것인데, 내일은 오경에 떠나 서늘할 때를 이용하여 갈 수밖에 없소."

양지가 말했다.

"개방구 같은 소리를 마시오! 이런 험한 산중을 누가 감히 오경에 길을 가겠는가?"

우후 두 사람이 속으로 생각했다.

'저놈이 어찌 우리까지 꾸짖느냐? 정말 너무하다!'

양지가 반도를 끌고 짐꾼을 독촉하면서 걷는데, 우후 두 사람이 나무 밑에 앉아 도관이 오기를 기다려 잡고 말했다.

"양시 저놈이 불과 싱공 문하의 힌낱 제할에 불과한데, 제 위에는 사람이 없는 것처럼 구니, 어찌 분하지 않겠습니까?"

"상공이 직접 분부하시기를 저 사람과 다투지 말라고 하셨으니, 다투지 마시오."

"상공이라도 어찌하여 인정이 없겠습니까?"

도관이 또 조용히 일렀다.

"아직 참고 아무 말도 하지 말고 그냥 가는 것이 좋겠소."

그날은 신시에 주막에 들어가 자고, 이튿날 미명에 모든 사람이 낯 씻고 서늘한 때에 길을 가려고 하니, 양지가 놀라 일어나며 말했다.

"어디를 가는 거요? 아직 더 자다가 가시오."

모든 군한들이 말했다.

"새벽에 일찍이 가지 않고 늦게는 날이 더운데 무슨 일로 늦게 가려고 하시오!"

양지가 크게 꾸짖으며 호통을 했다.

"너희들이 무엇을 안다고 떠드느냐?"

하고 등채로 치니 여러 사람이 감히 다투지 못하여 자고 진시나 되어 서서히 일어나 걷기 시작할 때, 길에서 군인들이 원망하며 불평하기를 마지않더라. 우후 두 사람도 가만히 불평하기를 마지않으니, 늙은 도관이 듣고 또한 마음에 불평을 안고 있었다.

주막에 들어가 쉬고 이튿날 길 떠날 때, 이때는 유월 초 사일인데, 사시나 되어 해는 하늘 복판에 있는데, 구름 한 점이 없다. 날은 찌는 듯이 무더울 뿐더러 길이 또한 험한 산벽 소로인데, 한 이십 리를 가니, 땀이 비 쏟아지듯 흐르니 나무 그늘을 만나면서 좀 쉬려고 하면 양지가 등채로 치며 꾸짖으며 호령했다.

"빨리 가거라!"

군한들이 하늘을 우러러보니 사면에 구름 한 점이 없는데다, 더운 기운을 당할 길이 없는데, 양지는 자꾸 재촉하여 걸어가니, 한낮이 되고 다리도 아파 죽기를 감수하고 고개 위에 올라 와서는 일행 열다섯 명이 소나무 아래 짐을 벗어놓고 드러누워 자려고 하는 것을 양지가 말했다.

"이곳이 어딘데 여기서 쉬려고 하느냐? 빨리 일어나서 이곳을 지나야 한다!"

군한들이 말했다.

"우리를 열 조각 백 조각을 낸다 하여도 가지 못하겠습니다."

양지는 채찍을 휘두르며 하나하나 끌어 일으켰으나, 이쪽을 일으키면 저쪽이 나자빠져서 양지도 어쩔 수가 없었다. 그때 늙은 도관과 두 사람의 우후가 헐떡이며 간신히 올라와 소나무 그늘에 쉬면서,

"제할님, 정말 더워서 걷지 못하겠소! 그들이 게으른 것이 아니오!"

"도관님, 당신은 모르실 테지만, 여기는 황니강이라 하여 강도가 출몰하는 곳입니다. 태평 성대에도 대낮부터 나와서 약탈을 한다는데, 요즘 같은 때 이런 데서 쉬다간 큰일납니다."

"당신의 그 말은 이미 귀에 딱지가 지도록 들었소. 언제나 협박만 하시니."

두 사람의 우후가 그렇게 말하자 늙은 도관도 거들었다.

"자, 여러분들에게 잠깐 쉬도록 해줍시다. 한낮이 지나서 떠나도록 하면 어떻소?"

"당신까지도 그렇게 알지 못하는 소리를 하는 거요? 그렇게 할 수는 없습니다. 이곳은 내려가도 7, 80리 사이에는 마을 하나 없습니다. 도대체 여기가 어디라고 유유히 땀을 식히고 계십니까?"

"나는 잠깐 쉬고 가겠으니, 당신은 일행을 휘몰아 먼저 가면 좋지 않소."

양지는 채찍을 쥐며 소리쳤다.

"일어서지 않는 놈은 누구건 스무 번 친다!"

군졸들은 일제히 투덜투덜하기 시작하였으나, 그 중의 한 사람이 반항하여 말했다.

"제할님 보십시오! 우리들이 백여 근 되는 짐을 지고 그대들은 빈 몸으로 가는데, 사람이 인정이 다 있으니, 유수 상공이 친히 오신다 하여도 우리 모두 할말이 있습니다. 제할은 사람의 사정을 도무지 알지 못합니다!"

양지가 크게 노하여 소리쳤다.

"이 축생이 맞아죽고 싶어 그러느냐?"

하고 등채를 들어 치려고 하는데, 늙은 도관이 소리질러 말렸다.

"그대는 내 말을 들으라! 내가 동경 태사부 문하에 있을 때문하 군관들이 천 명 만 명인데도 나를 보면 굴하지 않는 자가 없었다. 내가 자랑하는 말이 아니라 너는 불과 귀양 온 한낱 정배군이며 상공이 불쌍히 여겨 제할을 시켰는데, 조그마한 적은 벼슬을 하고 어찌 이다지도 잘난 체하느냐? 내가 상공부중의 도관이 아니라 한낱 촌 늙은이라도 이처럼 괄세를 못할 터인데, 군인의 무리를 그다지 치니, 그게 무슨 일이오!"

"도관이 모르시는 말씀입니다. 그대는 상공의 부중에 있으며 바깥일을 어찌 알겠습니까?"

"내가 일찍이 사천량 관동지에 아니 본 곳이 없으니, 너같이 지독한 인물은 보지 못하였소."

양지가 말했다.

"지금은 그때 같은 태평 시절에 비하지 못합니다."

"그대의 혀를 가만 놔둘까 보냐! 오늘 같은 천하에 어찌 태평하지 않다 하느냐?"

양지가 대답하려고 하는데, 앞 솔밭 속에서 사람이 머리를 내밀며 탐망하는 것을 양지가 보고 소리쳤다.

"내 말이 어떠하오? 저것이 반적이오!"

하고 등채를 버리고 박도 끌고 솔밭 속으로 쫓아들어가며 소리질렀다.

"네가 가장 담이 큰 도적이로구나! 어찌 감히 우리들의 행중을 엿보느냐?"

하고 건너다보니 솔밭 속에 수레를 일곱 채를 죽 벌려 세우고 일곱 사람이 벌거벗고 그곳에서 더위를 피하다가 양지가 쫓아오는 것을 보더니 일곱 사람이 일시에 '야아!' 소리를 지르고 뛰어나오니, 양지가 불러서 말했다.

"너는 어떠한 사람인가?"

"너희들은 반적이 아닌가?"

일곱 사람이 모두 소리쳤다.

"네가 도리어 우리를 보고 반적이라고 하느냐? 우리들은 다 조그만 가게를 가지고 장사하는 장사꾼인데, 무슨 돈이 있어서 어떻게 너를 주겠는가?"

양지가 말했다.

"너희들은 소자본 밑천 장수라고 하면 나는 큰 밑천이라 하는가?"

"그러하면 그대는 정말 어떤 사람인가?"

"그대들은 나를 보고 묻지 말고 그대들은 어디서 오는 사람인가? 자세히 알려주오."

그 일곱 사람 중에 하나가 나서서 말했다.

"우리 형제들은 호주 사람으로 대추를 팔러 동경으로 가다가 이 길을 지나가다 소문을 들으니, 황니강 위에 도적이 있어서 객인의 재물을 겁탈하여 간다고 하나 우리 가진 것은 대추뿐이오. 다른 재물은 없는 고로, 고개를 넘다가 날이 어둡기로 잠깐 쉬고 가려고 하더니, 너희 무리 떠드는 소리를 듣고 도적들인가 의심하여 보았더니 원래 객인이었구려. 우리 대추가 있으니, 그대는 먹고 가시오."

"그대들은 염려하지 마시오."

하고 박도를 끌고 도로 나오니, 도관이 말했다.

"만일 도적이었으면 우리들은 달아나려고 하였소."

"도적이 아니라 대추 팔러 가는 장사꾼이랍니다."

도관과 우후가 낯빛이 변하고 군한들을 대하여 냉소하며 말했다.

"아까 말을 들으니, 우리가 다 죽을 줄로만 알았었소"

"그런 말 마시오. 아무 일이 없으면 얼마나 좋겠소 정히 그렇다면 좀 쉬고 갑시다."

하니, 군인들이 껄껄 웃고 양지도 또한 박도를 한 옆에 세우고 더위를 피했다.

오래되지 않아서 멀리 바라보니 한 사나이가 한 짐 통을 메고 산으로 올라오며 노래를 부른다.

 붉은 날이 불같이 뜨거워 들을 태우니
 논에 벼 반이나 마르는도다.
 농부의 마음은 끓는 물 같고
 공자 왕손은 부채를 가져 흔드는도다.

 그 사나이 노래를 부르며 고개로 올라오더니 통을 내려놓고 솔 그늘 밑에서 쉬는데, 모든 군인들은 보고 물었다.
 "여보시오. 그 통 속에 무슨 물건이 들었소?"
 그 사나이 대답했다.
 "좋은 술이오."
 "어디로 가지고 가는 것이오?"
 "촌으로 팔러 가는 길이오."
 "그 한 통에 값이 얼마나 하오?"
 "오관 전이면 족합니다."
 모든 군인들이 서로 의논했다.
 "날씨도 덥고 또 갈증이 심하니, 저 술을 사서 먹어 해갈이나 하는 것이 어떠하오?"
 그러자 모두들 좋아하며 승낙했다.
 "좋소."
 하고 돈을 모아 오관 전을 수효를 맞추어 보는데, 양지가 이것을 보고 물었다.
 "너희들 무엇을 하는가?"
 모든 군인들이 대답했다.
 "저 사람의 술을 사 먹으려고 합니다."
 양지가 박도를 손에 들고 꾸짖었다.

"너희들이 나한테 물어 보지도 않고 감히 술을 사서 먹으려고 하니, 정말 담이 큰 놈이다!"
 모든 군인들이 언짢아하며 말했다.
 "우리가 돈을 모아 술을 사서 먹으려고 하는데, 제할께서 무슨 이유로 치려고 하시오?"
 양지가 꾸짖었다.
 "너희들이 어찌 길에서 어려운 것을 알 것인가? 다소의 행인들이 사람에게 속아서 몽한 약을 먹고 실수하는 사람이 많은데 어찌하여 그 술을 사 먹으려고 하는가?"
 술 메고 오던 그 사나이가 냉소하며 말한다.
 "저 양반이 세상사를 모르고 말하는구려. 당신이 술을 안 사 먹으면 그만이지, 무슨 일로 남을 몹쓸 말로 욕을 하시오."
 양지가 다시 대답하려고 하는데, 솔밭 속에서 대추 장수들이 박도를 끌고 나와 물었다.
 "너희들은 무슨 일로 떠드는가?"
 술을 메고 오던 사나이가 하소연을 한다.
 "제가 술 두 통을 지고 촌으로 팔러 가다가 하도 더움기에 소나무 밑에서 쉬는데, 저기 장인들이 술을 팔라고 하기에 팔지 않겠다고 하였더니, 저 양반이 내 술에 몽한 약을 탔으니, 사 먹지 말라고 하니, 여러분들 생각에는 어떠하십니까?"
 대추 장수들이 말했다.
 "우리는 이곳에서 듣기에 혹시 도적이 나왔나 하여서 쫓아왔는데, 그런 일이었구먼. 그 어찌 억울하지 않겠소? 그러면 우리들도 목이 말라서 술이 먹고 싶던 차이니, 그 술 한 통을 우리한테 팔아서, 목이나 축이게 하시오."
 그 사나이는 퉁명스럽게 대답했다.
 "팔지 못하겠습니다. 내 술에는 몽한 약이 들었다는데, 어떻게 잡수시겠소?"

대추장수들이 말했다.

"그 사람 참 미련하시구려! 우리가 언제 그대보고 나쁜 말을 합디까? 촌에 가서 팔 것이라면 우리에게 돈 받고 파는 것이 당신한테 무엇이 해롭겠소? 그대가 만일 술을 팔지 않으려면, 차거나 물이거나 무엇이든 가져다가, 우리들 목을 축이게 하여 주구려."

"내가 술을 팔지 않으려고 하는 것은 몽한 약이 들었다고 하기에 그러는 것입니다. 그리고 또한 안주도 없고 술을 떠서 먹을 그릇까지 없으니, 어떻게 팝니까?"

"그것은 상관없소. 우리에게 그릇과 안주가 있으니, 염려없소."

하고 두 사람이 들어가더니 한 사람은 국자를 가지고 나오고 한 사람은 대추를 가지고 뚜껑을 열고 국자로 술을 떠서 먹으며 대추로 안주를 하여 술 한 통을 잠깐 동안에 다 먹고 그 중에 한 사람이 말했다.

"우리가 먹기가 바빠서 값을 작정도 하지 않고 먹었소."

"나는 값을 두 번 말하지 않습니다. 한 통 값이 오관 전이오. 두 통에 십관 전입니다."

일곱 사람들이 말했다.

"당신 말대로 오관 전을 다 줄 터이니 술 한 두어 잔을 덤으로 더 주구려."

하고 오관 전을 준 다음에 그 중 한 사람이 통 뚜껑을 열고 국자로 떠서 먹으려고 하니, 그 사나이가 뺏으려 하자 그 사람이 빨리 솔밭으로 달아남으로 그 사나이는 쫓아가는데, 또 한 사람이 이 틈을 타서 나와 한 국자를 벌써 떠서 먹는 것을 그 사나이 솔밭 속으로 쫓아가 술을 뺏아 가지고 나오다가 이것을 보고 노하여 말했다.

"보기에 점잖은 분들이 이게 무슨 짓입니까? 남의 술을 돈도 안 내고 거저 더 먹으려고 하시오?"
하고 국자의 술을 뺏아 통을 열고 부은 뒤에 국자를 땅에 버리고 가려고 하니, 양지의 일행 군한들이 바라보고 술이 먹고 싶어 좀이 쑤셔 늙은 도관을 보고 애걸했다.
 "도관님도 보시지만, 대추 장수들이 한 통을 다 사 먹어도 아무 일이 없는 것을 또 새 통에서 한 국자를 퍼먹었으나, 아무 일 없으니 염려 없을 것입니다. 날씨가 이렇게 더운데 고개 위에 우물도 없고 하여 물을 얻어 먹을 수도 없으니, 양 제할에게 말씀하여 저 술을 사 먹게 하여 주십시오."
 늙은 도관이 또한 자기가 직접 눈앞에서 보고 있는 일이라 이것을 양지에게 말했다.
 "저 대추 장수 객인들이 술 한 통을 다 먹고 한 통이 남았는데, 고개 위에 물을 얻어 먹을 곳이 없으니, 저들에게 술을 사 먹도록 허락하는 것이 어떻겠소?"
 양지가 가만히 생각했다.
 '멀리서 보았으나, 대추 장수들이 한 통 술을 다 먹고 남은 통의 술을 두어 국자를 떠 먹었으나, 아무 일이 없으니, 좋은 술인가?'
싶어서 허락하기로 했다.
 "그렇다면 이미 늙으신 도관께서 말씀하시니 의향대로 하시오."
 모든 군한이 양지가 승낙하는 것을 보고 기뻐들 하며 한꺼번에 돈을 모아 오관 전을 만들어 술을 팔라고 하니, 그 사나이 성을 벌컥 내며 말했다.
 "당신들한테는 팔지 않겠소! 이 술에 몽한 약이 들었는데, 어떻게 자시려고들 하십니까?"
 모든 군한들이 사정사정하여 애걸했다.
 "여보시오 아까 우리말을 고깝게 여겨 노여워 말고 그 술을 팔고 가시오."

"여보시오. 당신들은 사람을 못살게 굴지 마시오. 당신들에게는 팔지 않겠습니다."

대추 장수들이 또 권했다.

"여보시오, 당신 말이 잘못이오. 무슨 일로 저 양반의 말을 고깝게 듣고 여러 사람에게 폐를 끼치게 하지 말고 가시구려."

그 사나이가 대답했다.

"여러분들은 권하지 마십시오. 저 사람들에게는 팔지 않으렵니다."

대추 장수들이 그 사나이가 팔지 않으려는 것을 보고 여러 사람들이 무작정 억지로 뺏다시피 하여 뚜껑을 열고 군한들보고 먹으라고 했다.

군한들이 대추 장수를 보고 국자를 빌리려고 하니, 그 사람들이 국자를 빌려주고 대추를 안주하라고 주었다.

"이렇게 도와 주셔서 감사합니다."

하니, 그 사람들이 말했다.

"피차 객지에서 무슨 감사할 것이 있겠소."

모든 군한들이 먼저 술을 떠서 늙은 도관과 양 제할에게 권하니, 도관은 먹고 양지는 먹지 않더라.

도관과 우후는 모든 군한들과 두어 국자씩 먹었으나, 양지가 보아도 아무 일이 없으며 여러 사람들이 자꾸 권하는 것을 물리치기 어렵고 또 날씨는 찌는 듯하여 목은 마르고 하여 반 국자 마셨다. 그러니 군한이 대추 몇 개를 주기에 안주를 했다.

그 사나이는 통을 거두어 가지고 돈을 받은 후에 먼저와 같이 노래를 부르며 산 아래로 내려갔다.

일곱 사람 대추 장수들이 소나무 아래 서서, 양지 일행 열다섯 명에게 손가락질하며 소리쳤다.

"거꾸러지거라!"

하는데, 말이 끝나기도 전에 모든 사람들이 머리가 무겁고 팔다리가 맥이 없어 노곤하여지며 모두들 쓰러지고 말았다.
 대추 장수 일곱 사람들은 솔밭 속에서 나와 수레의 대추를 쏟아버리고 열한 짐 금주 보배를 수레에 싣고 황니강 아래로 내려갔다.
 양지가 바라보니, 다리에 힘이 없고 몸을 움직이지 못하고 모든 군한들도 눈을 벌겋게 뜨고 볼 뿐이다.
 그런데 이 일곱 사람이란 다름아닌 조개, 오용, 공손승, 유당, 완씨 삼형제의 7명이었다. 그 술장수는 안락촌의 백이서 백승으로 어떻게 하여 약을 먹였느냐 하면 처음 언덕에 짊어지고 갔을 때는 두 통 모두 틀림없는 상급의 술이었는데, 대추 장수들이 한 통을 비운 다음, 유당이 다른 통의 뚜껑을 열고 거기에서 반 잔만 퍼내서 마시는 시늉을 한 것은 실은 그들에게 보여서 의심을 없애기 위해서였다. 그 뒤에 오용이 송림에 가서 약을 꺼내 국자에다 넣고 뛰쳐나와 덤으로 먹는 것처럼 하여 국자로 술을 뜨는 척 약을 부으니, 그때에 약은 술 속에 섞여버리고 말았던 것이다. 더욱이 오용이 일부러 그것을 반 잔 떠서 마시는 척한 것을 백승이 빼앗아 통 속에 부어버렸으니, 이것이 오용의 계략이었다.
 이때 양지는 몽한 약을 적게 먹어서 정신을 차리고 일어섰으나, 다리가 후들거려 마음대로 걷지 못하고 그 나머지는 입에서 침을 흘리며 움직이지 못하는데, 양지가 분한 것을 이기지 못하고 소리쳤다.
 "생신강을 잃었으니, 돌아가 양중서를 볼 낯이 없고, 군령을 어기었으니, 죽기를 면하지 못할 것이니, 이제 집이 있으나, 돌아가지 못할 것이니 내 손으로 죽는 것이 마땅하다."
하고 옷을 거두고 걸음을 빨리 하여 고개 밑으로 떨어져 죽으려고 하다가 다시 생각했다.

'내 부모의 골육으로 당당한 한 사람 남자로 태어나 자고로, 재주를 배워 십팔반 무예를 배웠으니, 어찌 무모하게 죽겠는가? 뒷날을 보아 다시 생각하리라.'
하고 도관, 우후 등을 보고 꾸짖었다.
"이 축생들의 무리! 내 말을 듣지 아니하고 이렇듯 낭패를 당하였구나!"
하고 박도를 차고 한소리 탄식하며 황니강 아래로 달아나고 늙은 도관들 십사 인이 사경 후에 비로소 정신을 차려 서로 괴로워하니, 늙은 도관이 말했다.
"너희들이 양지의 말을 듣지 아니하고 이렇게 되었으니, 어떻게 할 것인가?"
"일이 그릇되었으니, 좋은 계교를 의논합시다."
늙은 도관이 물어 보았다.
"너희들은 무슨 계교가 있는가?"
"옛말에 이르기를 내 발 등에 불을 먼저 구하라고 하였고 벌이 품속에 들어갔을 때는 옷을 벗어 헤치라고 하였으니, 만일 양 제할이 있으면 변명하지 못할 것이나, 이제 달아났으니, 모든 일을 양 제할의 신상에 미루고 우리는 아무 죄가 없는 것으로 변명하는 것이 좋지 않겠습니까."
늙은 도관이 말했다.
"그대의 말이 그럴 듯하구나."
하고 날이 밝기를 기다려 제주부에 정하여 문서를 만들어 대명부에 알리고 도적 양지를 쫓아가 포박하게 했다.

이때에 양지가 황니강을 떠나 박도를 끌고 남쪽으로 걷다가 그날 밤은 한데서 자고, 이튿날 다시 길을 가기 이십여 리를 가다가 몸이 곤하여 사면을 둘러보아도 아는 이는 한 사람도 없는 고장에서 또한 노자조차 한 푼도 몸에 지닌 것이 없었다.

그러나 굶어죽지 않으려면 우선 먹어야 살 것 같았다.
양지는 마침 한 술집을 만났다. 안으로 들어가 한편 자리를 잡고 앉아 박도를 벽에 세우니 안에서 한 부인이 나와 물었다.
"손님은 무엇을 드릴까요?"
"먼저 술을 좀 주시고, 그 동안 밥을 지어서 고기를 많이 장만하여 오시오. 값은 얼마든지 드릴 테니."
부인이 응낙하고 부엌에 들어가며 먼저 밥을 지으라고 하고 두 통 술과 고기 한 쟁반을 가져왔다.
양지는 술과 고기와 밥을 배부르게 먹은 후 박도를 들고 나오며 말했다.
"내가 지금 돈이 없으니, 돌아오는 길에 갚으리다."
하고 달아나는데, 밥 짓던 사람이 쫓아나와 잡으려고 했다. 양지가 한 주먹으로 쳐 때려눕히고 달아나는데, 뒤에서 한 사람이 따라오며 큰 소리로 호통했다.
"이 도적은 달아나지 말아라!"
양지가 돌아보며 마주 소리쳤다.
"저놈이 죽으려고 나를 겨루느냐!"
하고 걸음을 멈추고 기다리는데, 술집에 있는 사람이 손에 강차를 들고 삼사 명 젊은이를 거느리고 각각 창과 몽둥이를 들고 또 나오는 것을 양지가 박도를 들고 그 사람과 삼십여 합을 싸웠으나, 승부가 없는데, 그 사람이 강차를 멈추고 물었다.
"박도 쓰는 사람아! 성명이나 통합시다."
"나는 길가며 성을 고치지 아니하고 앉으면 이름을 고치지 않소. 내가 곧 청면수 양지요."
"그러면 동경 전사부 양 제사요?"
"그렇소. 그런데 어떻게 나를 아시오?"
그 사나이는 강차를 땅에 버리고 절하며 말했다.
"눈이 있어도 태산을 몰라 뵈었습니다!"

양지가 문득 붙들어 물어 보았다.
"젊은이는 어떠한 사람이오? 원하건데 성명을 알고 싶소."
"소인은 근본이 개봉부 사람으로 동경 팔십만 금군교두 임충의 제자이온데 성은 조(曺)이며 이름은 정(正)입니다. 근본이 도호 출신으로 소인의 수단이 용하여 소를 잡으면 뼈와 힘줄을 잘 고르기 때문에 남이 부르기를 조도귀(操刀鬼)라고 합니다. 이곳에 한 자본주가 있어 오백 관을 소인에게 주고서 산동에 장사를 갔다가 밑천을 다 잃어버리고 고향에 돌아가지 못하고 이곳에 있는데, 이곳 사람이 소인을 사위를 삼아 이 사람은 농가 사람이라 아까 부엌에 있던 사람이 소인의 아내요, 먼저 강차를 들고 오던 사람은 소인의 처남입니다. 소인이 아까 제사와 싸워보니 수단이 우리 사부와 같기에 소인이 능히 당하지 못할 것입니다."
"그대가 임 교두의 제자라면 그대의 사부 임 교두는 고 태위의 모함을 입어 낙초하여 양산박에 있습니다."
"소인도 그 말을 들었으나, 사실은 자세히 모릅니다. 그건 그렇고 제사는 안으로 들어가십시다."
양지가 조정을 따라 안으로 들어가니, 조정이 자기 처를 불러 양 제할께 인사하라 하고 다시 술상을 내다가 서로 권하며 조정이 물었다.
"제사는 무슨 연고로, 여기까지 오셨습니까?"
양지가 생신강의 자초 지종을 말했다.
"사정이 그러하시면 소인의 집에 몇 날을 머무시며 다시 의논하십시다."
"그렇다면 그대의 은혜는 감사하오만, 다만 두려운 것은 관가에서 죄인을 수탐하여 쫓아가서 잡으러 올까 하여 여기서 오래 머물지 못할 것 같소."
"제사의 사정이 그러하시니, 앞으로 어디로 가시려고 하십니까?"

"우선 양산박으로 가서 그대의 사부를 찾을까 하오. 먼젓번에 양산박을 지날제, 임 교두가 산에서 내려와 나와 싸우다가 왕륜이 우리 두 사람의 수단이 우열을 가리기 힘든 것을 보고 모두 머물러 산채를 지키자고 하는 것을 그때 내가 사양했었는데, 그대 사부 나를 보고 낙초하라던 것이니 이제 내 뺨에 새겨진 금인이 있기에 어디로 갈 수 있겠소? 지금 이러지도저러지도 못하고 있소."

조정이 대꾸했다.

"제사의 말씀이 옳습니다. 소인이 사람의 전하는 말을 들으니, 왕륜이 심지가 편협하다고 하오니, 어찌 그곳에 가셔서 몸을 편하게 하겠습니까? 들으니, 우리 사부도 산에 올라 갈 때에 무수한 곤경을 당했다 하는데, 거기보다도 이곳에서 멀지 않은 곳이 있습니다. 지명은 청주 이룡산이온데, 산 위에 한 절이 있는데, 부르기를 보주사(寶珠寺)라고 합니다. 그 절이 가장 험준하여 다만 올라가는 적은 길만 있고 다른 길이 없습니다. 이제 그 절 주지 승이 퇴속하여 머리를 기르고 모든 중들이 쫓아 일당이 사오백 명인데, 집을 취하고 사람을 겁박합니다. 그놈의 이름은 금안호 등룡(金眼虎鄧龍)인데, 제사께서 만일 머무르실 의향이 계시면 그곳에 계시는 것이 어떠하십니까?"

"이미 그런 곳이 있으면 어찌 나쁘다 하겠소."

우선 조정의 집에서 쉬고 이튿날 노자를 얻어 가지고 박도를 끌고 조정을 이별하고 이룡산을 향하여 가는데, 날이 점점 저물어 오며 앞에 큰 숲이 있고 높은 산이 가로놓여져 있는데, 양지가 생각했다.

'이 산에서 하루 자고 가야겠다.'

하고 숲속으로 들어가다 보니 한낱 살찐 큰 화상이 벌거벗고 소나무 밑에 앉아 더위를 피하다가 그 화상이 양지가 들어오는 것을 보고 철선장을 들고 뛰어 나오더니 크게 소리치며 호통했다.
 "어떤 놈이 어느 곳으로 오느냐?"
 양지가 일찍이 관서 지방에 화상 노지심의 이름을 들었기에 노지심의 모양을 보고 소리질러 대꾸했다.
 "저 화상이 어디서 오는 중인가?"
 화상이 대답하지 않고 철선장을 두르고 짓쳐들어 오는 것을 양지가 꾸짖었다.
 "이 머리 깎은 나귀 같은 놈이 어찌 이다지 무례하겠는가? 내가 이놈을 쳐서 내 분기를 풀리라!"
 하고 박도를 휘두르고 달려들어 서로 싸우는데, 두 사람이 정말로 적수여서 사오십 합에 승부를 결정짓지 못하는데, 그 화상이 양지의 무예 높은 것을 보고 마음속으로 칭찬하기를 마지않으며 소리질러 말했다.
 "여보, 조금 쉬었다가 싸웁시다."
 양지도 또한 속으로 가만히 칭찬하기를 마지않으며,
 "어디서 온 화상인지 모르거니와 정말로 높은 수단이다!"
 하는데, 그 화상이 말했다.
 "이 얼굴 푸른 사람은 어떤 사람인가?"
 "나는 동경 제사 양지요."
 "그러면 그대가 동경성에서 칼 팔다가 파락호 우이를 죽이지 않았는가?"
 양지가 뺨의 자자한 금인을 가리키며 대답했다.
 "그대 이것을 보라."
 "원래 그대가 양지였던가?"
 "감히 묻는데, 사형(師兄)은 누구십니까?"
 "나는 연안부 노충경략상공의 장전제할 노달인데, 세 주먹으로 진관서 정도를 쳐죽이고 도망하여 오대산에 올라가 탁발위승이 되었더니, 사람들이 내 등의 수놓은 것을 보고 부르기를 화

화상 노지심이라 하오."

양지가 웃으며 말했다.

"원래 한 집안 사람이구려. 나는 강호상에 많이 다녀 사형의 높은 이름을 들었으니, 사형이 대상국사에 있다 하시더니 무슨 연고로, 이곳에 있습니까?"

노지심이 말했다.

"잠깐 동안 말하기가 어렵소. 내가 대상국사에 있으면서 채원을 관리하다 마침 표자두 임충을 만나니, 고 태위의 모함하는 것을 입어 저의 생명을 해하려고 하기에 내가 울화통이 터지는 것을 참지 못하여 창주까지 따라가며 길에서 저의 위태한 것을 구하여 주었더니, 그 공인 두 사람이 돌아가서 고구에게, 내가 야자림에서 임충을 구하는 말을 고하여, 고구란 놈이 나를 가리켜 절에 분부하기를 두지 마라 하고, 또 사람을 놓아 나를 잡으려 하는데, 한 사람 발피(潑皮)가 먼저 와서 소식을 전하기로, 그놈의 손아귀로부터 벗어나고 채원을 불사르고 강호상에 도망하여 다니다가, 맹주성 십자파 주점에서 장청(張靑)의 부인이 몽한 약을 먹여 거꾸러졌는데, 하마터면 생명을 상할 뻔했다가, 그의 남편이 돌아와, 나의 모양을 보고 계도와 선장을 보더니 깜짝 놀라, 급히 해독약을 써서 생명을 구하고, 내가 머물러 있자, 나와 형제가 되어서, 저의 부부가 다 또한 강호상에 유명한 호걸이라 장부의 성명은 채원자 장청(菜園子張靑)이었소. 아내는 모야차 손이랑(母野叉孫二郎)이오. 두 내외가 모두 의기를 좋게 여기는 사람들이었소. 거기서 사오일을 머물다가 사람들이 전하는 말을 들으니, 이룡사 보주사가 안심할 만한 곳이라기에 이곳으로 의지하러 왔더니 등룡이 그놈이 나를 용납하지 않기에 그놈과 서로 싸워서 나를 대적하지 못하니, 그놈이 굳게 지키고 있기 때문에 범하기가 어려워서, 다른 길은 없고 쳐들어갈 길이 없으니, 이곳에 있으며 생각하고 있다가 그대를 만났소."

양지가 크게 기뻐하며 숲속에 들어가 다시 예를 갖춘 후에 양지는 자신이 우이를 죽이고 생신강을 거느리고 가다가 잃은 사연을 자세히 하며 조정이 가르쳐 이곳에 왔는데, 저놈이 관액을 굳게 닫고 나오지 않으니, 시살할 길이 없는 것을 이곳에 있으면 무엇에 쓰겠소 하며 이제 조정의 집에 가서 상의하여 가지고 다시 옵시다. 하니, 두 사람은 숲을 나와 조정의 술집으로 돌아와 양지가 노지심을 인도하여 조정과 서로 인사하고 조정이 황망히 술을 내다가 대접하고 이룡산 취할 일을 의논했다.

"만일 관액을 닫았으면 두 분 호걸뿐 아니라 일이만 군마를 이끌고 있어도 가히 취하지 못할 것이니, 그것은 지혜로 취할 것이지 힘으로 취하지 못할 것입니다."

노지심이 말했다.

"그놈이 나와 싸우는데, 내가 선장으로 한 번 그놈의 배를 치니 그놈이 자빠지는 것을 내가 죽이려고 하는데, 그놈의 수하가 많은 고로, 그를 구하여 산으로 올라가고 관문을 닫았으니, 아래서 아무리 욕을 해도 문을 열어주지 않으니, 어떻게 하겠소!"

양지가 입을 열어 말했다.

"이미 그러하온데 어찌 힘으로 얻으려 하십니까?"

노지심이 말했다.

"그대의 말이 옳거니와 취할 도리가 없으니, 어떻게 하겠소?"
"제게 한 가지 계교가 있으니, 두 분의 뜻이 어떠하신지요?"

양지가 말했다.

"청컨대 계교를 듣고저 하오."

조정이 말했다.

"제사는 소인의 집 반당처럼 꾸미고 사부는 선장과 계도를 가지고, 소인은 처자와 가계에 있는 화반을 데리고 사부를 밧줄로 동이 되풀기 좋게 헛동여서, 밧줄 끝을 소인이 붙들고 산 밑에 이르러 말하기를, 우리는 근촌에 있으면서 주점을 벌리고 술을 파는데, 이 화상 놈이 와서 술을 거저 먹고 욕설을 퍼부으며 '어디 가서 군마를 빌려 이 산채를 치고 원수를 갚으리라!' 하기에, 술에 취한 후 의자에서 잠든 것을 보고 의자와 한데 동여, 대왕께 바치면 주점이 편할까 하여 잡아왔습니다, 하면 그놈이 반드시 불러올릴 것이니, 산채에 들어 등룡을 볼 때에, 소인이 밧줄을 풀어놓고 사부는 계도와 선장을 주어 두 분 호걸이 일시에 쳐들어가 등룡을 죽여버리면, 그 아랫놈은 걱정할 것이 없을 것이니, 이 계교가 어떠합니까?"

노지심과 양지가 말했다.

"묘하고 묘하다!"

밤이 된 후에 주식을 배부르게 먹고 오경에 일어나 노지심의 행장을 조정의 집에 두고, 노지심을 동여 모든 화반이 메고, 양지는 화반 모양을 하고 계도와 선장을 들고 범양백전립을 뒤로 제치고 백포 적삼을 풀어 헤치고, 조정은 밧줄 끝을 붙들고 모든 화반들은 곤장과 몽둥이를 들고 앞서거니 뒤서거니 하여 산 밑에 이르러 보니, 산 위에서 순행하다가 화상을 묶어 오는 것을 보고 나는 듯이 알리니, 오래지 않아 두목 두 사람이 나와 물었다.

"너희 무리는 어느 곳 백성인데, 무슨 일로 화상을 잡아 와서 무슨 일을 하려고 하는가?"

조정이 대답했다.

"소인은 저 산 밑에서 조그마한 술집을 열고 살아오는데, 저 살찐 큰 화상이 오더니 가게 안에 들어와 술을 먹고 돈도 내지 않으며 욕설을 퍼부으며, 양산박에 들어가 수만 군마를 불러와서 이룡산을 무찌르고 우리 촌방을 소탕하겠다 하며 떠들기에, 소인이 좋은 낯으로 달래고 술을 먹여 취한 후에 의자까지 묶어 가지고 와서 대왕께 바치고, 우리의 효순함을 표하고 촌중에 후환을 덜려고 합니다."

소두목이 이 말을 듣고 얼굴에 희색이 만면하여 말했다.
 "좋은 일이로다! 너희들 여러 사람은 여기서 기다리라."
하고 나는 듯이 산 위로 올라가서 등룡에게 자세한 말을 고하니, 등룡이 듣고 크게 기뻐하여 분부했다.
 "저놈을 잡아다가 간을 내어 술 안주하며 무궁한 원한을 풀겠다!"
하니, 졸개들이 영을 듣고 나와 관문을 크게 열고 들어오라 하니, 양지와 조정이 노지심을 꽁꽁 묶어 올라가며 삼관을 살펴보니 정말 험준한 산이었다. 사면이 높고 험하여 발붙이기 어려운 곳에 절을 중간에 짓고 높은 산이 뒤로 들었는데, 앞으로 적은 길이 가장 험준했다.
 세 층 관을 지나 절 앞에 이르니, 삼좌 전각(三坐殿閣)을 짓고 사면에 목책(木柵)을 두르고 절 앞에 칠팔 명 졸개가 섰다가 노지심을 묶어오는 것을 보고 손을 들어 가리키며 꾸짖었다.
 "이 머리 민 나귀놈아! 잡혀 오니, 이제 서서히 죽여 간을 내어 성주탕(醒酒湯)을 만들리라!"
 노지심이 아무 말 대답도 않고 불전에 이르러 보니, 전상에 부처를 다 치우고 한가운데 교의를 놓았다.
 이윽고 모든 졸개들이 창창을 들고 가운데 서너 명 두목이 등룡을 부축하여 나와 교의 위에 앉는데, 조정과 양지가 노지심을 끌고 계단 아래에 이르니, 등룡이 꾸짖었다.
 "이 머리 민 나귀놈아! 전날에 나를 상하게 하였으니, 내 배가 아직도 부르고 아픈데 너도 잡힐 때가 있느냐?"
 노지심이 괴안(怪眼)을 부릅뜨고 소리질러 꾸짖었다.
 "너 같은 중놈이 무슨 큰소리를 하느냐! 내 손에 죽기를 면하지 못하리라!"
 말이 끝나기도 전에 두 사람이 헛잡아 채니, 노지심이 몸을 일으켜 세우고, 조정이 선장과 계도를 주고, 양지는 전립을 벗어

버리고 조정은 몽둥이를 휘둘러 일시에 쳐들어가니, 등룡이 불의에 당한 변이라 급히 달아나려고 하는데, 노지심이 큰소리로 한 번 외치니, 철선장을 들어 대갈통을 치자, 등룡이 깨어져 죽고 수하 졸개 오륙 명은 양지와 조정 손에 죽었다.
 조정이 큰소리로 꾸짖었다.
 "너희들은 모두 항복하여라! 만일 한 사람이라도 따르지 않으면 모두 무찌르겠다!"
 앞뒤에 있던 모든 두목들과 육칠백 졸개들이 눈이 휘둥그래지고 입이 뻣뻣하여 일시에 머리를 조아리며 항복했다.
 그 즉시 등룡의 시신을 메여다가 산 뒤에 가 불사르고, 일면으로 창고와 방사를 수리하고 허다한 물건을 다 차지한 뒤에, 주식을 차려놓고 노지심과 양지를 산채의 주인을 삼고 잔치를 베풀어 경하할 때, 졸개 중에 영리한 자를 소두목으로 삼고 산채의 규모를 정한 후에 조정이 두 분 두령을 하직하고 저의 술집으로 돌아갔다.

 한편으론 생신강을 거느리고 가던 늙은 도관이 모든 군한과 함께 다시 되돌아 북경에 이르러 양중서 부중에 들어가 청 밑에 다다라 모두들 땅에 엎드려 머리를 조아려 죄를 청하니, 양중서가 말했다.
 "너희들이 길에서 고생하고 돌아왔는데, 양 제할은 어찌 보이지 않느냐?"
 여러 사람이 머리를 조아리며 말했다.
 "놀라지 마십시오! 그런 담 큰 놈이 어디 있겠습니까? 그놈이 상공의 대은을 잊고 이곳을 떠나 육칠일을 걸어가다가, 황니강에 이르러 날씨가 심히 찌는 듯하게 더웁기에 나무 그늘 밑에 앉아서 쉬는데, 그놈이 먼저 도적들과 공모하여, 거짓 대추장수 하고 수레 일곱 채를 몰아다가 먼저 황니강 뒤에다 숨겨 두고 있다가, 또 한 놈이 술장사 모양을 하고 술통을 메고 고개 위에 올라온 것을, 그 술을 안 사 먹으려는데, 양지가 권하기에 사서 마셨더니, 원래 술에 몽한 약을 탔기 때문에 여러 사람이 잔뜩 취하여 거꾸러지니, 양지와 일곱 사람의 대추장수들이 대추를 쏟아버리고 보물을 실어 가지고 달아났으니, 어디로 가 종적을 찾겠습니까? 소인들은 즉시 제주부에 고하여 도적을 근포하게 하고, 우후 두 사람을 그곳에 머물게 하여 도적을 잡기를 기다리라 하고, 소인들은 밤을 새워 돌아와 상공께 고합니다. 소인들의 죄가 아니오니, 용서하십시오!"

양중서 깜짝 놀라며 꾸짖었다.

"이 적배군이 죄를 짓고 갇힌 놈을 내가 힘써 구하여 사람을 만들려고 하였는데, 어찌 저렇게 배은 망덕을 할 줄이야 누가 알았겠소! 만일 저놈을 잡기만 하면 만단(萬端)을 내어 죽여도 분한 것을 다 못 풀겠다!"

하고 즉시 문서를 꾸며 제주부에 보내고, 또한 문서는 동경에 보내어 태사에게 알렸다. 차인(差人)이 밤을 새워 동경에 이르러 태사부를 찾아 문서를 드리니, 채 태사가 보고 깜짝 놀라며 말했다.

"저 도적놈 무리들이 담이 크구나! 작년에도 나에게 오는 예물을 가져갔는데, 지금껏 찾지 못했는데, 금년에도 또 이렇게 무례하게 했구나."

하고 즉시 공문 한 장을 만들어 본부 간판(幹辦) 한 명을 시켜 제주 부윤에 전하며, '그곳에 있어서 도적을 잡되 열흘 기한을 주고 잡지 못하면, 부윤도 큰 책임을 면하지 못할 것이다!' 하고 이르고, '너도 나를 다시 볼 생각을 하지 말아라!' 명했다.

간판이 즉시 하직하고 밤을 새워가며 걸어갔다.

이때 제주 부윤이 북경대명부 유수사 양중서의 공문 밀서를 보고 날마다 도적 잡기를 독촉하여 이것을 근심하는데, 홀연 문리가 알렸다.
"동경 태사부에서 본부 간판을 보내어 청 앞에 이르러 긴급한 공문이 있으니, 상공께 뵈옵기를 청합니다."
하는데, 부윤이 깜짝 놀라 말했다.
"이는 반드시 생신강 일이다!"
하고 청상에 올라 간판을 청하여 서로 인사하고 부윤이 말했다.
"그 일은 하관이 벌써 대명부 공문을 받아 집포 사신으로 도적을 근포하라 했으나, 종적을 찾지 못하기로 집포 사신을 엄칙하여 다시 기한을 주고, 만일 무슨 동정이 있으면 하관이 친히 대명부로 가서 회기하려고 하오."
간판이 말했다.
"소인은 태사부 심복인인데, 이제 태사 균지를 받아왔는데, 모든 도적을 십 일 안에 잡되, 만일 잡지 못하고 십 일이 지나면, 소인도 돌아가지 못할 뿐더러, 귀향을 가게 될 것입니다. 상공이 만일 믿지 못하시면, 여기 태사의 균첩을 보십시오."
부윤이 깜짝 놀라 즉시 집포 사신을 부르니, 한 사람이 계하에 대령했다. 부윤이 물었다.
"너는 어떤 사람인가?"
"소인은 삼도 집포 사신 하도입니다."
부윤이 물었다.
"지난번 황니강에서 생신강을 도적하여 간 강도를 그 사이 어찌하였느냐?"
하도가 대답했다.
"소인이 그 공사를 맡은 후로부터 주야로 잠을 자지 못하고 눈밝고 손빠른 공인을 황니강 근처로 보내 아무리 종적을 찾으나, 잡지 못한 고로, 여러 번 기한을 어기어 잔책을 무수히 입었으나, 소인이 태만한 것이 아니라 실로 잡을 길이 없습니다."

부윤이 꾸짖었다.

"무슨 일이냐? 자고로, 위에서 서두르지 않으면 아래에서 게으르다 하였으니, 내 진사 출신으로 몇 번 천직하여 이 고을을 얻었으니, 용이한 일이 아니라, 금일 동경 태사부에서 간판 한 사람을 보내어 이곳에 이르렀으니, 태사의 균지에 모든 도적을 열흘 안으로 잡아 동경으로 보내되, 만일 날짜를 어기게 되면 내가 이 자리를 잃고 사문도로 갈 것이니, 너 역시 죽기를 면하지·못할 것이다! 이 일이 모두들 너희들이 노력하지 않은 죄로 화가 먼저 내게 미치니, 내가 먼저 너희 뺨에 자자하여 고을 이름만 새겼다가, 만일 기한을 어기면 그날로 귀양을 보내겠다!"

하도(河道)는 태수의 균지를 듣고 사신방에 내려와 모든 공인을 기밀방으로 모으고 상의하는데, 모두들 얼굴만 마주 보고 아무 말도 못하기에 하도가 말했다.

"너희들이 평소에는 도적 잡는 수단이 뛰어나다 하더니, 어찌하여 황니강 도적을 여태까지 잡지 못하였는가?"

모두들 대답을 하지 못하니, 하도가 다시 질책했다.

"너희들 여러 사람들은 내 얼굴에 글씨를 새기게 되는 것을 보고 불쌍히 여기시오."

공인이 말했다.

"관찰은 살피소서! 소인들도 초목이 아니면 어찌 모르겠습니까만, 이 도적들이 심산 궁곡에 숨었다가 넓은 들 무인 지경에 겁탈하여 산채로 올라가서 뱃속 편히 있으니, 비록 안다 하여도 잡을 길이 없습니다. 하물며 종적을 모르니 어찌하겠습니까?"

하도가 쉽게 생각하고 조금 걱정하였는데, 모든 공인의 말을 듣고 근심이 더욱 심하여, 사신방에서 나와 말 타고 바로 집으로 돌아와 말을 뒤꼍으로 매고 홀로 앉아 사정이 매우 딱한 것을 걱정하기를 마지않으니, 그 아내가 물었다.

"여보, 오늘은 무슨 일이 있었기에 그토록 근심을 하고 계시나요?"
 "당신은 알지 못하는 것이오. 태수가 나에게 한 장 공문을 주었는데, 황니강 뒤에 도적들이 양중서가 그의 장인 채 태사에게 생신강을 보내는데, 금주 보배를 열한 짐이나 갖고 동경으로 가다가, 길에서 어떤 도적놈들이 겁탈하여 가져간 것을 나보고 잡으라고 하니, 내가 그 균지를 받아 가지고 잡으려고 했으나, 아직까지 잡지 못하였는데, 생각지 않은 태사부에서 심복 간판을 보내어 그 도적을 잡아 동경으로 보내라 하니, 부윤이 나보고 묻기에 '잡지 못하였습니다' 하였더니, 부윤이 노하여 먼저 내 뺨에 글씨를 새겨 읍호(邑號)만 띠우고, 만일 도적을 잡지 못하면 먼 곳으로 귀양을 보내려고 하며 글자를 메우지 아니하였으니, 나의 목숨이 어찌 될 줄 모르니, 이 일이 어찌 근심이 안 되겠소!"
하고 말하는데, 그 아우 하청이 저의 형을 보려고 들어오자 하도가 말했다.
 "너는 또 어디 가서 놀음하여 돈을 잃고 와서 나를 보고 돈을 달라고 보채려고 하느냐?"
 하도의 아내는 눈치 빠른 사람이니 약삭 빨리 손짓을 하여 불러 가지고 말했다.
 "도련님은 그대 형님의 말을 섭섭하게 생각하지 말고, 나와 같이 부엌에 가서 이야기합시다."
 하청이 그 형수를 따라 부엌으로 쫓아갔다.
 형수가 채소와 과일을 차려 놓고 술을 잔에 부어 하청에게 권했다.
 하청이 잔을 받아들고 말했다.
 "형님은 너무 사람을 업수이 여깁니다. 한 어머니 소생 친형제 사이인데, 나를 불러서 한 자리에서 같이 앉아 술을 먹으며 서로 얘기하시면 무슨 문제가 있겠습니까? 사람을 꾸짖고 야단만 치니 말입니다."

"도련님은 형님이 지금 근심하시는 일이 있어 그러시는 것을 모르시고 하는 말입니다."

"형님은 날마다 큰 전주가 있어서 술 먹고 놀기를 즐기시니, 무엇이 만족하지 못한 일이 있겠어요?"

"도련님은 그것을 모릅니다. 전일에 황니강 위에서 한떼 대추 장수들이 북경 양중서가 저의 장인 채 태사에 보내는 생신강을 도적하여 간 것을, 이제 제주 부윤이 채 태사의 균지를 받아 열흘 안에 도적들을 잡아서 동경으로 보내되, 만일 잡지 못하면 부윤상공이 사문도로 귀양가는 것을 면하지 못하게 되었기 때문에, 도련님의 형님이 뺨에 자자하여 읍호만 띠었는데, 만일 정한 날짜가 지나면 즉시 글자를 메워 먼 데로 귀양을 보낸다고 하니, 마음이 불안하여 어찌 도련님과 술 먹을 마음이 생기겠습니까? 그러니 제가 주식을 차려서 도련님을 대접하는 것입니다."

"나도 잘 모르지만, 사람들이 전하는 말을 들으니, 도적들이 생신강을 탈취했다는데, 어느 곳에서 일어났습니까?"

"황니강에서 일어났다고 합니다."

"어떤 사람들이 겁탈하였습니까?"

"도련님이 취하지 않았으면 지금 내가 말하는 것을 듣지 못하였소? 일곱 사람 대추장수들이 겁박하여 갔다고 하지 않습니까."

하청이 껄껄껄 웃으며 말했다.

"형수는 근심하시지만, 형님은 아무 근심이 없을 것입니다. 늘 보통 때에 일반 친구와 좋은 술과 좋은 고기로 친형제보다 더 친절하고 가깝게 위하며 지냈는데, 어찌 그까짓 것쯤 못 잡을까 걱정하겠소? 오늘에 어려운 일을 당하여 찾을 곳이 없으니까, 평상시에 이런 동생을 본척만척하지 않았으면 오늘 같은 날은 조그만 도적을 잡으려면 혹시 동생과도 의논하여 볼 수도 있었을 것이 아니오?"
 "도련님은 그 도적들에 대해 뭔가를 알고 계십니까?"
 "형님이 혹시 직접 물으시면 어찌할는지 모르나, 정말 위태할 때에 있으면 혹 구할 수 있을는지 모르겠소."
 하청이 말을 끝마치고 몸을 일으켜서 가려고 하니, 형수가 말리며 술을 권하며 생각했다.
 '도련님의 이 말이 확실히 무슨 눈치를 챘는가보다.'
하고 부리나케 안으로 들어와 자기 남편을 보고 하청의 말을 자세히 하니, 하도가 하청을 불러 앞에 오니, 하도는 웃는 얼굴을 하고 말했다.
 "하청아, 네가 이미 이 도적들의 간 곳을 알고 있으면 어찌하여 어리석은 형을 도와 주지 않는가?"
 하청이 배짱이 틀어져 냉소하여 말했다.
 "저는 아무것도 알지 못하나, 형수가 하도 묻기에 한 말이지, 내가 어떻게 형님을 구하겠습니까?"
 하도는 연실 싱글벙글하며 말했다.
 "여보게, 동생은 너무 야박하게 굴지 말게! 내가 전에 잘못한 것을 용서하고 형의 목숨을 살려 주게!"
 "형님은 그 밑에 눈이 밝고 손이 빠른 공인들이 삼사백 명이나 있는데, 어떻게 형님은 그 힘을 활용하지 못하시고, 아무 짝에도 쓸 곳이 없는 동생을 보고 구하여 달라고 하십니까?"
 "우리 동생은 호걸이라! 형의 잘못한 것을 용서하면 뒷날에 그것을 갚을 때가 있을 것이 아니겠는가?"
 "이 못 쓸 동생은 그런 말을 듣기 원하지 않습니다."
 "동생은 형제간의 정의를 생각하여 옛일을 다시 생각하지 말고, 어머니의 얼굴을 보더라도 생각 좀 다시 하여 주어 보게."
 "형님은 급히 굴지 마시고, 정 급할 때에 이르거든 제가 좀 힘써 보겠습니다."

형수가 또 말했다.

"도련님은 형님을 구해 주시는 것이 형제 지간에 할 일이 아니겠습니까? 지금 태사부에서 균지가 내려서 곧 회보하라고 하고 있으니, 지금 일은 급하기가 불 같은데, 무엇이 급하지 않다고 하시오?"

"형수는 모르시는 말씀입니다. 내가 전에 놀음에 잃고 돈을 갚지 못하고 유치장에 들어갔을 때, 형님한테 경을 몇 번이나 당한 줄 아십니까? 형님은 친형제는 원수로 알고 남들은 친형제보다 더 위하는데, 어떻게 오늘날 나 같은 동생을 쓸 곳이 있을 줄 알았겠습니까?"

하도가 제 동생이 무엇인가 단서를 아는 것 같은 눈치를 알아차리고 황망히 은자를 내어다가 상 위에 놓으며 말했다.

"하청아, 우선 이것을 받아라! 그러면 도적을 잡은 후에 금은을 주겠다!"

"형님의 일이 평상시에는 향을 피우지 않고, 급해야만 부처의 다리를 긁는 셈이올시다. 형님은 저 은자를 치우시고 나를 어린애로 취급하시지 마십시오. 만일 은을 가지고 어린애처럼 사탕 먹이고 달래는 식을 하시면 나는 아무것도 이야기하지 않겠습니다."

"동생은 그런 말 말게! 저 은자는 관가에서 상으로 주는 것이니 사양하지 마라! 정말 그 도적이 어디서 무엇을 하는 놈이냐?"

하청이 가슴을 치며 어깨를 으쓱하며 말했다.

"그까짓 도적들은 다 나의 손 안에 들어 있는 것이니 무엇이 어렵겠습니까! 형님은 은자를 치우시면 내가 순순히 말씀하여 알려드리겠습니다."

하고 황니강 위에서 생신강을 도적하여 간 일곱 대추장수들과 술 팔러 오던 사나이의 내력과 그들이 있는 곳을 말했다.

이때 하청이 품속에서 접은 책을 내어놓으며 말했다.
"형님은 그리 근심하지 마십시오. 그 도적들이 그 속에 전부 적혀 있습니다."
"그게 무슨 말인가?"
"형님은 제가 속이는 줄 아시지만, 그렇지 않습니다. 제가 노름판에서 돈을 잃고 돈을 돌릴 것이 없기 때문에 일을 봐주는 곳이 있습니다. 북문 밖 시오리쯤 되는 곳에 촌 하나가 있는데, 이곳 안락촌입니다. 그곳에 술집이 있는데, 성이 왕가라는 사람이 술 팔며 노름을 붙이는 고로, 관가에서 벽보를 붙이고 노름을 엄금하기 때문에 감히 이것을 못하는데, 술집에 드나들며 장사하는 사람들이, 지나는 사람마다 그 거주 성명을 물어 장부에 기입하여 보관하는데, 거기에 무슨 일로 어디를 가며 무슨 물건을 가지고 다니는 것과 거취를 낱낱이 알게 하라고 하였습니다. 그런데 그 술집 주인이 무식하기 때문에 저를 보고 그것을 좀 거들어 달라고 하여 제가 그 일을 하여 주는데, 그날은 대추장수 일곱 사람이 수레 일곱 채를 몰고 가다가 술집 앞에서 쉬는 것을 자세히 보니, 그 가운데 한 사람은 운성현 동계촌 조보정입디다. 내 전에 어떤 사람을 따라 그 집에서 돈 내기를 한 일이 있기 때문에 그 사람을 잘 알므로 장부에 기입하려고 물으니, 옆에서 콧수염과 턱수염을 기른 얼굴이 흰 사내가 나서서 우리는 이가 라는 사람으로 호주에서 대추를 팔러 동경에 간다고 하지 않겠어요. 나는 그대로 적어 두었으나, 좀 수상하다고 생각했지요. 그리고 나서 다음날 술집 주인이 나를 마을의 도박장에 데리고 가는데, 도중에 세 갈래 길에서 통을 두 개 짊어진 사내를 만났어요. 나는 알지 못하는 사낸데 주인이 백태랑 어디로 가는가 하고 말을 건넸어요. 그러자 그놈은 촌장 어른에게 초를 팔러 간다고 대답했어요. 주인이 나에게 저것은 백일서의 백승이라 하여 역시 노름꾼이라고 가르쳐 주어서 기억하고 있었는데, 그러는 중에 황니강에서 한떼의 대추장수들이 몽한 약을 먹여 생신강을 약탈했다는 굉장한 소문이 들렸죠. 나는 이것은 절대로 조보정이 틀림없다고 생각합니다. 백승을 잡아 취조해 보면 금방 알 수 있지요. 이 쪽지는 내가 쓴 장부의 사본입니다."

하도가 크게 기뻐하여 하청을 데리고 즉시 고을에 들어가 부윤을 만나 보니 부윤이 물었다.

"그대가 맡은 일에 무슨 좋은 일이라도 있는가?"

"좋은 소식을 들었습니다."

부윤이 즉시 후당으로 들어오라 하여 자세한 내력을 묻자 낱낱이 고했다. 부윤이 크게 기뻐하여 즉시 여덟 사람 공차를 골라, 하도와 하청과 같이 밤을 틈타 안락촌에 가 백승을 잡고 술집 주인을 대동하여 가라고 하니, 하도가 태수의 밀지를 받아 모든 사람을 데리고 백승의 집에 이르러 불을 끄고 문을 가만히 열고 방 앞에 가까이 가서 들으니, 백승이 상 위에 누워 신음하는데, 그 아내의 목소리가 들렸다.

"여보, 당신이 앓고 누운 지가 여러 날에 취한(取汗)을 못하였으니, 어찌 쉽게 낫겠습니까?"

하는 것을 하청이 공차를 지휘하여 백승을 끌어내니 백승이 낯빛이 붉으락푸르락 하는 것을 밧줄로 묶으며 꾸짖었다.

"이놈이 황니강 위에서 좋은 일 하는 놈이오!"

또 그 처를 잡아 묶으며 강물을 찾아 집 뒤곁에 이르러 보니 마당이 평평하지 못하고 울퉁불퉁하여 석 자쯤 파고 보니 허다한 금은 패물을 묻은 것이 쏟아져 나오니, 백승이 이것을 보고 낯빛이 흙빛이 되었다. 여자와 장물을 싣고 밤을 도와 제주성에 돌아와 보니 때는 오경이었다.

백승을 묶어 가지고 고을에 돌아와 형구를 갖추고 심문하여 자백을 받으니, 백승이 죽을 각오를 하고 조개 등 일곱 사람을 말하지 않아, 세 번 네 번 고문에 살이 떨어지고 뼈가 부러졌다.
　부윤이 꾸짖으며 호령했다.
　"너희들의 괴수는 동계촌에 사는 조보정인 것을 벌써 알고 있는데, 네가 어찌 변명을 하며, 심문하는데, 항복하려고 않으며, 또 여섯 놈의 성명은 무엇이냐?"
　백승이 모른다고 잡아떼니 부윤이 말했다.
　"모든 것이 어렵지 않은 일이다. 조개를 잡으면 여섯 사람의 일을 알 것이다."
하고 한편으로 이십오 근이나 되는 큰칼을 백승에게 씌워서 하옥하고 여자는 다른 옥에 가두고, 한 장의 공문을 만들어 하도를 시켜 눈 밝고 손이 빠른 토병을 거느리고 운성현에 가서 조개를 잡아오는데, 다른 여섯 놈들의 얼굴을 모르니 생신강을 호위하여 가지고 가던 우후를 데리고 같이 가게 했다.
　하 관찰 분부를 듣고 같이 가는 사람들이 가만히 가는데, 혹시 누설될까 밤을 새워 가며 운성현에 가서 우후와 토병들을 술집에 숨겨 두고, 반당 두 사람만 데리고 공문을 가지고 운성현 고을 앞으로 갔다.

　때마침 사시쯤 되었는데, 지현이 막 아침 공사를 끝마치고 내아에 들어가고 없기 때문에 아문 앞에는 개미 새끼 하나 없이 조용했다.
　하도는 맞은편 다방으로 들어가 차를 청하고 주인을 불러 물었다.
　"오늘 아문 앞이 무슨 일로 이렇게 조용하오?"
　"지금 막 아침 공사가 끝나서 모두들 밥 먹으러 가서 그렇습니다."
　"그러면 오늘 당번한 압사가 누군지 아시겠소?"
　주인이 손을 들어 가리키며 말했다.

"저기 오시는 분이 오늘 당번 압사이십니다."

하도가 주인이 가리키는 곳을 쳐다보니 아문 앞에서 한 사람이 나온다.

눈은 단봉(丹鳳)같고 눈썹은 흡사 누운 누에와 같고 입은 크고 수염은 지각(地閣)을 덮었다.

의지와 기개가 풍채가 좋고 의기가 당당하고 가슴속이 화려한 이 압사의 성은 송(宋)이요 이름은 강(江)이요 자(字)는 공명(公明)인데, 조상 때부터 운성현 송가촌에서 살고 있는 사람인데, 그 얼굴이 검고 키가 작은 고로, 남들이 흑송강이라고 불렀다.

평생에 재물을 우습게 알고 오직 의리를 중하게 여기며, 부모 섬기기를 극진히 하여 큰 효자라고 이름이 나고, 사람을 대하기를 지성으로 했다.

그 어머니는 일찍이 돌아가시고 집안에 다만 아버지만 계시며 형제는 남동생 하나뿐인데, 별호는 철선자(鐵扇子)요 이름은 청(淸)이라고 한다. 집안에서 아버지를 모시고 농사에 힘쓰고 살았다.

송강은 혼자서 현리에서 압사 노릇을 하며 도필에 정통하고 아전 구실하는 것에 손이 익고 창봉 쓰기를 좋아하여 십팔반 무예도 모르는 것이 없으며, 강호상에서 호걸들을 사귀기를 좋아했다.

또한 어느 사람을 막론하고 자기 집에 오면 후하게 대접하고 하루 종일 같이 앉아서 잡담을 하여도 조금도 싫어하는 기색이 없고, 또 가려고 하면 돈냥을 주어서 노자에 보태 쓰라고 하여 돈을 물 쓰듯 했다.

사람을 위하여서는 물불 가리지 아니하고, 다만 남의 어려운 일을 돌봐 주는데, 목숨을 아끼지 않고, 초상이 나서 비용이 없어 장사를 지내지 못하는 사람이 있으면 마련해 주고, 병이 들어 약을 쓰지 못하고 고생하는 사람이 있으면 의원을 불러 보여 주며, 약을 쓰도록 하여 주며, 남의 급한 일을 보면 구하여 주는 고로, 산동 하북 지방에서는 그를 일컬어 급시우라고 하게 되니, 마치 칠 년 큰 가뭄에 단비를 만나 만물을 건진 것과 같다 했다.

송강이 반당 하나를 데리고 나오는 것을 보고, 하도가 맞아 절하며 말했다.

"압사님은 잠깐 다방에 들어가셔서 차 한잔을 드시며 뵙겠습니다."

송강이 하도의 차림이 공인인 것을 보고 황망히 물었다.

"존형은 어디서 오셨습니까?"

"압사님은 잠시만 들어가십시다."

"네, 들어가십시다."

하고 다방에 들어와 자리를 잡고 앉은 후, 하 관찰이 반당을 명하여 문 밖에 나가 기다리라고 말했다.

송강이 먼저 말했다.

"감히 묻습니다. 존성 대명을 누구시라 하십니까?"

"이 사람은 제주부 사신 하도입니다. 압사의 고성 대명을 듣고자 합니다."

"소인이 눈이 있으나, 천한 눈이라 관찰을 몰라 보았습니다. 그 죄를 용서하십시오. 소인의 성은 송이요 이름은 강이옵니다."

하도가 듣고 자리에서 일어서며 곧 절하며 말했다.

"높으신 존함을 들은 지 오래오나, 연분이 없어서 여지껏 찾아뵙지 못하였습니다."

"황공한 말씀입니다. 자, 관찰께서 상좌에 앉으십시오."

"소인이 어찌 감히 상좌에 앉겠습니까?"

"관찰은 상사의 분이시지요 또한 멀리서 오신 손님이신데, 어찌 소홀하게 대접하겠습니까?"

이렇듯 두 사람이 서로 상좌를 사양하다 마침내 송강이 상좌에 앉고 하도는 객석에 앉았다.

주인을 불러 차를 청하여 차를 마시고 나자 송강이 물었다.

"관찰은 이번에 저희 현에 이렇듯 무슨 일이 있어 오시게 되셨습니까?"

"귀현에 긴요한 사람이 있어서 왔습니다."

"그러시면 적정 공사(賊情公事)가 아니십니까?"

"정말 그러하옵니다. 공문을 여기 갖고 왔으니, 지현께 빨리 바쳐 주시기 바랍니다."

"관찰은 상사에서 오신 분이신데 소인이 어떻게 태만하겠습니까? 묻겠습니다만 무슨 적정이신지 알려 주십시오."

"압사님은 그 방면의 직책에 계시는 분이기에 말씀드립니다만, 제가 있는 부의 관할인 황니강에 일당 8명으로 된 도적이 나타나, 북경 대명부의 양중서님의 채 태사님에게 보내는 생신강의 호송자 15명에게 몽한 약을 먹여, 모두 열한 짐의 금은 재보를, 돈으로 치면 10만 관이나 되는 물품을 약탈했습니다. 이번에 일당의 공범자로 백승이란 자를 체포한 결과, 주범자 일곱 명은 모두 당현에 거주하는 자라는 것을 알게 되었습니다. 그래서 태사부에서 오신 우후 한 분과 같이 와서 술집에 숨겨 두었습니다. 일이 큰일이므로 잡으러 왔다는 소문이 저놈들에게 들어가지 못하게 압사는 빨리 지현께 연락하여 주십시오."

"태사부에서 잡으라 하지 않아도 백성들의 것을 겁탈하여 간 도적들이라 관찰이 손수 오셨는데, 어찌 감히 태만하겠습니까? 공문을 보내면 잡아 보낼 것인데, 백승의 입에서 도적들의 이름이 무엇이라 합디까?"

"도적의 괴수는 동계촌 조보정이라고 합니다만, 나머지 여섯 명은 이름이 확실하지 않습니다. 압사는 용서하십시오."

송강이 듣고 생각했다.

'조보정의 의리가 나와 형제나 마찬가지인데, 이제 저러한 큰 죄를 지었으니, 만약에 내가 구하지 않으면 반드시 잡혀 가서 목숨을 잃고야 말 것이다.'
하여 마음이 당황하나 얼굴에 나타내지 않고 대답했다.
"조개 저놈이 극히 간사하더니, 결국 일을 저질렀습니다! 이 고을에서 모든 사람들이 누구 하나 조개 그놈을 좋아하는 사람 없습니다. 그러니 화를 당하는 것이 당연합니다."
"압사는 그를 잡는데, 좀 힘을 써 주십시오."
"일은 어렵지 않습니다. 독 안에 든 쥐입니다. 그러하오니, 관찰은 직접 공문을 지현께 바치십시오. 본관이 손수 공문을 떼어 본 후, 명령을 내리면 사람을 시켜 잡을 것입니다만, 소인이 감히 마음대로 할 수 없사오며, 또 일이 중대한 것이어서 경솔하게 말이 누설되지 않는 것이 좋습니다."
"압사의 말이 옳습니다. 그러니 급히 상공께 만나 뵙게 하여 주십시오."
"본관이 오늘 일찍이 공사를 마치시고 몸이 피곤하시다고 쉬고 계시니 관찰을 청하겠습니다."
"압사가 하는 대로 하겠습니다."
"소인은 집에 볼일이 있어 잠깐 다녀올 터이니, 관찰은 잠깐만 여기 기다리십시오."
"좋은 대로 하십시오."
송강이 몸을 일으켜 나오며 주인에게 분부했다.
"저 관인께 차를 드리십시오. 값은 나중에 내가 주도록 하리다."
하고 다방을 떠나, 나는 듯이 처소에 돌아와 반당을 불러 분부했다.
"너희들은 혹시 지현상공께서 잠이 깨시거든, 바로 다방에 가서 관찰에게 말하지 말고서 잠깐 기다리게 하라."

하고 집에 돌아와 뒤뜰에서 말을 끌러 타고 뒷문을 나와 날아가는 듯이 채찍을 하여 동계촌으로 달렸다.

이때 조개의 장상에서는 오용, 공손승, 유당의 무리가 후원 포도나무 밑에서 술자리를 벌이고 있는 때이었다.

그의 장객이 들어와 알린다.

"송 압사께서 찾아오셨습니다."

"여러 분이시더냐?"

"아니올시다. 혼자서 말을 타고 오셨습니다."

"이것이 반드시 무슨 일이 생겼구나!"

하고 황망히 나아와 송강을 맞아 손을 이끌고 들어와 앉은 후 물었다.

"압사, 어찌 이렇게 급하십니까?"

"형님은 모르고 계시는군요? 형님과 저는 친동기나 다름없습니다. 그리하여 목숨을 걸고 찾아왔습니다! 일이 커졌습니다! 지금 황니강 일이 발각이 나서 백승은 벌써 잡히어 제주 옥에 갇혔습니다. 일곱 사람을 즉초하여 제주부에서 하 관찰과 태사부에서 온 사람과 함께 허다한 공인을 거느리고 잡으러 왔으나, 이 일이 하늘의 도움으로 제 손에 들어오게 되어서 지현상공께서 잠이 들었다고 핑계하고 말을 달려 왔으니, 형님은 삼십육계 도망하는 것이 제일 상책입니다. 빨리 달아나지 않으시고 어느 때에 달아나시려 하십니까? 저는 공사가 급하여 돌아갑니다만, 여러분들은 일찍이 떠나시고 머뭇거리지 마십시오. 만일 소홀히 하여 일을 그르침이 없도록 하십시오."

조개가 깜짝 놀라며 말했다.

"현제의 이 은혜를 어떻게 갚겠소?"

"형님께선 치사는 다음으로 미루고 빨리 달아날 계교나 생각하시고 소제를 붙들지 마십시오."

"원래 우리가 일곱 사람인데, 완소이, 완소오, 완소칠 삼형제는 재물을 나누어 가지고 석갈촌 집으로 돌아가고, 후원에 세 사람이 있는데, 현제는 잠깐 들어가 서로 인사나 하고 가시오."

송강이 후원에 들어가니, 조개가 세 사람을 가리켜 일러 주었다.

"이분이 오학구요. 이분이 공손승이오. 저분은 동로주에서 새로 온 유당이오."

송강이 서로 인사도 하는 둥 마는 둥 제대로 못하고 부리나케 장원 문을 나서며 재촉했다.

"형님께선 어서 빨리 이곳을 떠나십시오!"

말을 끝마치고 장문을 나와 말을 몰아 고을로 돌아갔다.

이때 조개가 오용, 공손승, 유당 세 사람을 보고,

"아까 왔던 그 사람을 아시겠소?"

오용이 말했다.

"그분이 화급히 돌아갔는데, 어떤 사람인지 어찌 알겠습니까?"

"지금 우리들이 그 사람을 알지 못하였더라면, 우리들의 목숨은 순식간에 다 끝낼 뻔하였소."

세 사람이 깜짝 놀라며 물었다.

"아니, 우리 일이 누설되었단 말씀입니까?"

"지금 그 사람이 소식을 전하러 왔기에 망정이지, 지금 백승이 벌써 잡히어 제주부에서 즙포 사신 하 관찰과 태사부에서 온 우후와 함께 여러 무리 공인을 거느리고 우리들을 잡으러 왔는데, 저 사람이 여러 사람을 속여 지체하게 하고 일러 주고 돌아갔으니, 오래지 않아 잡으러 올 것이니, 우리들은 다 어떻게 하였으면 좋겠소?"

오용이 물었다.

"만일 그분이 와서 일러 주지 않았더라면 우리들이 다 독에

든 고기가 될 뻔하였습니다. 그 은인의 이름은 무엇이라 합니까?"
 "그 사람은 본현 압사 호보의 송강이오."
 오용이 또 말했다.
 "다만 송 압사의 말은 많이 들었으나, 직접 만나보지는 못하였습니다. 지척간에 있고도 연분이 천박하여 사귀지 못하였습니다."
 공손승과 유당이 일시에 물었다.
 "아니, 그 분이 강호상에서 유명하신 송공명이십니까?"
 조개가 고개를 끄덕이자 공손승이 말했다.
 "일이 상당히 급하게 되었습니다. 어떻게 할 방책이십니까?"
 오용이 말했다.
 "모든 형님들은 의논하실 필요가 없습니다. 삼십육계 도망가는 것이 제일 상책인가 합니다."
 "먼저 송 압사의 말도 달아나는 것이 상책이라고 합니다. 그런데 어디로 향하고 달아나겠소?"
 오용이 말했다.
 "내가 벌써 생각한 계교가 있습니다. 이제 우리들은 재물을 나누어 여러 짐 만들어지고 빨리 석갈촌의 완씨 삼형제의 집으로 가는 것이 좋으니, 급히 사람을 보내어 완씨 삼형제에게 알려주십시오."
 "그들 삼형제는 고기잡아 먹고 사는 사람인데, 우리 이 많은 사람이 어떻게 거기 가서 머물겠소?"
 오용이 대꾸했다.
 "형장이 정말 모르시는 말씀을 하십니다. 석갈촌으로 가시면 양산박이 점점 가까우니, 그곳 산채가 흥왕하여 포도군관이 감히 근접하지 못하니, 만일 상황이 긴급하게 되면 우리들은 모두들 그리고 들어가면 어찌 좋지 않겠습니까?"

"지금 이 계책이 제일 좋은 것 같소. 그런데 두려운 것은 양산박에서 용납하지 않을까 그것이 걱정이오."

"우리도 금은이 많이 있는데, 그것을 주고 그 무리에 들어간다면 무엇이 어렵겠습니까?"

"그럴 것 같으면 조금이라도 지체할 것 없소. 선생은 유당과 장객을 데리고 먼저 석갈촌으로 가서 삼형제 가족들을 안돈하고 육로로 나와서 우리를 영접하시오. 나는 공손승과 같이 뒤를 끊으며 가겠소."

오용이 유당과 같이 금은 재보를 대여섯 짐에 싸 가지고 장객들에게 나누어 지우고 주식을 배부르게 먹고, 오용이 동연을 들고 유당은 박도를 끌고 짐을 호위하여 가지고 석갈촌으로 갔다.

이때 조개는 공손승과 같이 장상에서 가재를 수습하며 조개 등과 가기를 원하지 않는 자는 재물을 주어서 다른 곳으로 보내고, 같이 쫓아가는 사람들은 행장을 수습하게 했다.

한편 송강이 말을 날려 돌아와 급히 다방에 와서 보니, 하 관찰이 문 앞에서 기다리고 있었다.

"관찰을 오래 기다리게 하여서 죄송합니다. 마침 집에 친척이 와서 집안에 의논할 일이 있어서 시간이 지체되었습니다."

"압사는 빨리 좀 지현상공께 전하여 주십시오."

"지금 곧 관찰은 현리로 같이 들어가십시다."

하고 함께 아문 안에 들어가니, 마침 지현이 청상에 나와서 공사를 보고 있다. 송강은 하 관찰을 인도하여 바로 서안 앞가지 가서 좌우를 시켜 회피패를 걸게 한 다음 제주부에서 실봉공문을 올리고 아뢰었다.

"제주부에서 적정 긴급 공무로 즙포 사신 하 관찰이 내려왔습니다."

지현이 공문을 받아 떼어 보고 깜짝 놀라 송강을 보고 말했다.

"태사부에서 간판까지 내보내셨다니 한시가 급하구나! 곧 도적을 잡아서 회보를 기다리는 일이 중대한 일이니, 도적들을 빨리 잡아오게 하여라!"

송강은 조용히 아뢰었다.

"지금 낮에 군관을 풀었다가는 도적들이 이 소문을 듣고 도망가기 쉽습니다. 그러니 밤을 기다려서 조보정만 잡으면 나머지 놈들도 자연히 손쉽게 그물에 걸릴 것입니다."

"그도 그럴듯한 말이로군. 그런데 동계촌 조보정은 소문을 들으니, 원근에 호걸이라는데, 이런 일을 저지르다니 도무지 모를 일이로군."

지현은 즉시 현위와 주동, 뇌횡 두 도두를 불러들여 나가서 도적들을 잡아들이게 했다.

그때 주조와 뇌횡, 두 사람은 안으로 들어가 지현의 명을 받자 현위와 함께 말을 타고 동계촌의 조개의 집을 향해 말을 재촉해 달려갔다. 이윽고 동계촌에 닿은 것은 술시경이었다. 일행들이 사당에 모이자 주동이 말했다.

"저것이 조가의 저택이다. 조개의 집은 앞뒤에 문이 있다. 모두가 문으로 뛰어들면 놈은 뒷문으로 도망칠 것이고 뒷문으로 들어가면 앞문으로 도망칠 것이다. 게다가 조개는 여간한 솜씨가 아니다. 다른 여섯 명은 어떤 패인지 모르나 그 역시 얌전한 몸이 아니라는 것은 틀림없다. 이놈들이 모두 필사적으로 일제히 처들어 오면 도저히 당할 수 없으니, 동으로부터 들어가는 척하면서 서쪽까지 공격한다는 방법으로 놈을 당황하게 하여 처치하며 보는 대로 잡는 게 좋겠다."

삽시호 뇌횡이 말했다.

"좋은 말씀이시오. 그런데 앞문으로 들어가시오. 뒷문은 제가 지키겠습니다."
 그러나 주 도두가 고집을 부린다.
 "모르시고 하시는 말씀이오. 조가장 뒷문 밖으로 길이 셋이오. 나는 전에 그곳에는 자주 가 보아 횃불이 없어도 길을 알지만, 뇌 도두는 그렇지 못할 것이오. 만약 섣불리 놓치고 보면 그야말로 후회 막급이 아니겠소?"
 주동과 뇌횡이 이렇게 서로가 자기가 뒷문을 지키겠다고 다투는 것은 모두가 평소에 조개와 친한 사이여서 조개를 놓아 보내려고 하는 마음이 있기 때문이었다.
 현위가 말했다.
 "주 도두의 말이 옳으니, 뇌 도두는 이 반 인마를 나누어 나와 같이 앞을 치고 주 도두는 토병 사오십 명을 거느리고 뒷문을 지키게 하시오."
 주동이 궁뇌수 열 명과 토병 스무 명을 거느리고 현위는 뇌횡과 같이 횃불을 대낮같이 밝히고 모든 토병들은 박도와 구검도와 유객주를 가지고 조개의 장상으로 오는데, 앞을 바라보니 조개의 장원에서 한 줄기 불이 일어나며 검은 연기가 하늘을 덮었다.
 점점 나아가니, 앞 뒤 양옆에 삼사십 길 불이 일며 온 집안이 불빛에 대낮 같더라.
 앞쪽에서 뇌횡이 박도를 비끼고 토병을 거느리고 모두들 소리 지르며 불을 헤치고 들어가니, 화광은 낮같고 사람은 개미새끼 하나 없는데, 뒤쪽에서 함성이 일어나며 소리쳤다.
 "앞쪽에서 도적이 달아나니 잡아라!"
하니, 원래 주동이 조개를 놓아 보내려고 일부러 뇌횡을 속여 앞문을 지키게 하고 뒷문에 와서 소리쳐 동쪽으로 소리 지르고 서쪽에 소리쳐 조개를 일찍 달아나도록 하는 것이었다.
 한편 조개는 장객이 깜짝 놀라 들어와서 아뢰니 조개가 말했다.
"관군이 이르렀으니, 시간을 지체할 수 없으니, 곧 사방에 불을 지르라!"
공손승과 같이 수십 명 장객을 거느리고 각각 박도를 들고 뒷문으로 쫓아나오며 소리를 질러 호령했다.
"나를 막는 자는 죽고 나를 피하는 자는 살 수 있다."
주동이 어두운데 몸을 감추고 말했다.
"보정은 빨리 달아나시오!"
하였으나, 조개가 어찌 그런 말을 알아듣겠소. 공손승과 같이 죽기를 각오하며 뛰쳐 나오니, 주동이 길을 사양하여 조개를 놓아 보내게 했다. 조개, 공손승과 같이 장객을 앞에 세우고 뒤를 막으며 달아나는데, 주동이 보궁수를 거느리고 뒷문으로 찾아들어 오며 소리를 질러 말했다.
"저 앞쪽에 도적이 달아나니 잡아라!"
하니, 뇌횡이 문득 몸을 돌이켜 나오며 마보궁수(馬步弓手)를 호령하여 사면으로 따르라 하고, 뇌횡이 화광중에 서서 동서를 관망하며 사람을 찾는데, 주동이 앞에서 나오며 물었다.
"그대는 도적을 보았소?"
"보지 못하였소."
"뇌 도두는 이곳에서 지키시오."
하고 뒤로 들어가니, 조개가 달아나는 것을 보고 주동이 살펴보니 아무도 없는 고로, 조개에게 말했다.
"보정이 나의 마음을 모르십니다. 내가 뇌횡에게는 앞을 지키게 하고 나는 뒤에서 있어 그대를 놓아 보내려고 기다렸으니, 다른 곳으로 갈 생각을 말고 빨리 양산박으로 가서 몸을 피하시오."
"목숨을 살려 주신 은혜는 입으로 표현할 수 없으니, 뒷날 반드시 갚겠소이다!"

주동이 쫓아가는 척 하는데, 뇌횡이 따라오며 큰소리로 호통 했다.
"도적을 달아나지 못하게 하시오!"
주동이 조개를 보고 말했다.
"형장은 너무 조급히 굴지 마시오. 내게 간계가 있습니다."
하고 돌아나오며 소리쳤다.
"도적 세 놈이 동쪽 좁은 길로 달아났으니, 뇌 도두는 급히 따라 잡으시오."
뇌횡이 인마를 거느리고 동쪽 좁은 길로 쫓아갔다.

한편 주동은 날이 점점 어두워 서로 보이지 않게 되자, 일부러 실수하여 땅에 굴러 떨어지는 것을 토병들이 구했다.
주동이 말했다.
"길이 어두워 높고 낮은 것을 알지 못하여 실족하여 다리를 상하였으니, 걷지 못하겠습니다."
현위가 걱정하며 말했다.
"흉범을 잡지 못하였으니, 어찌하면 좋겠소?"
"소인이 힘쓰지 않은 것이 아니라, 날이 어둡고 또 토병들이라는 것은 하나도 쓸 것이 없어 감히 앞서지 못한 것이오니, 어떻게 합니까?"
토병들이 서로 의논했다.
'두 분 도두들도 두려워 감히 잡지 못하였는데, 하물며 우리들이 잡으려고 할 수 있겠소?'
하고 이에 쫓아가는 척하다가 돌아와 아뢰었다.
"날이 캄캄하여 어디로 달아났는지 찾을 수가 없어 그냥 돌아왔습니다."
한편 뇌횡도 따라가다가 속으로 생각했다.
'주동이 조개와 막역한 사이여서 반드시 놓아 보낸 것일 텐데

나 역시 인정을 안 쓰겠소'
하고 돌아와 아뢰었다.
"저놈들이 벌써 달아나려고 준비하고 있던 놈이니, 무슨 수로 당하여 잡겠습니까?"
하고 현위와 같이 장상에 이르니, 벌써 사경이었다.
하도는 여러 사람들이 여기저기 흩어져 따라다니다가 도적들을 하나도 잡지 못한 것을 보고 다만 괴로워 신음했다.
"어떻게 빈손으로 가겠소?"
하고 초조해 했다.
현위가 몇 사람 동네 사람을 잡아 운성현으로 돌아왔다.

이때 지현이 뜬눈으로 하룻밤을 새우고 있다가 도적들이 모두들 달아난 것을 듣고 청상에 앉아 모든 백성들을 잡아다가 때리며 물으니, 여러 사람들이 아뢰었다.
"소인들은 비록 조개와 한 동네 산다고 하여도 멀리 있는 사람은 이삼 리 거리가 되는데, 가깝다 하여도 드나드는 사람은 보았습니다만 집 안에서 무엇을 하는 것이야 어찌 알겠습니까?"
지현이 낱낱이 고문하여 심문하나 한결같이 별로 다른 것이 없으니, 별 도리가 없었다. 그런데 그 중 한 사람이 아뢰었다.
"만일 확실한 것을 아실려면 어찌 떨어져 있는 장객들을 잡아다가 묻지 않으십니까?"
"장객들을 잡아다가 물어야겠다."
하고 동계촌에 이르러 두어 사람 뒤처져 있던 장객을 잡아 현아에 이르니, 지현이 청상에 앉아 손수 직접 물었다.
"여섯 사람이 함께 갔으나, 소인이 그 중 하나를 아는데, 그 이름은 오용입니다. 가까운 촌에 살고 있었으나, 문관 선생 노릇을 했다는 것을 압니다만, 그 나머지 다섯 사람은 이름만 압니다. 하나는 입운룡 공손승이라 하는데, 근본은 전진선생입니다.

또 하나는 적발귀 유당이라고 하는데, 이 사람은 오용이 데리고 온 놈입니다. 또 하나는 들으니, 석갈촌 완가 삼형제가 같이 공모했다고 하오나 소인들은 그 거주 자세히 모르오니, 바라옵거니와 상공께서는 통촉하옵소서!"
 지현이 그 실정을 듣고 사실인 것을 알고 문서를 만들어 장객 두 사람을 하도에게 주어 제주부로 보냈다.
 한편으로 송강을 시켜 모든 사람들을 풀어 주고 다만 집에 돌아가 연락을 기다리게 했다.
 이때 하도는 두 장객을 잡아 가지고 밤을 도와 제주부에 돌아오니, 마침 부윤이 당상에 앉아 공사를 하는데, 하도가 중인을 데리고 청 앞에 다다라 자세한 말을 아뢰었다.
 조개는 제집에 불을 사르고 달아난 일이며, 장객을 잡아 복초받은 일로 공문을 바치니, 부윤이 낱낱이 들었다.
 "그러면 백승을 불러내어 삼완의 거주 성명을 물으면 자세히 알 것입니다."
 백승을 다시 올려 고문하니, 백승은 처음에 모른다고 잡아떼다가 아픔을 견디다 못하고 실토했다.
 "하나는 입지태세 완소이고 또 하나는 단명이랑 완소오요, 또 하나는 활염라 완소칠인데, 석갈촌에서 고기잡아 살고 있습니다."
 "또 세 놈의 이름은 무엇인가?"
 "하나는 입운용 공손승이요 하나는 지다성 오용이요 또 하나는 적발귀 유당이라고 합니다."
 부윤이 말했다.
 "아직 도적을 풀기에 이르니, 백승을 가두어라!"
하고 즉시 하 관찰을 분부하여 석갈촌에 완가 삼형제를 잡아오라 했다.
 이때 하 관찰이 당하의 분부를 듣고 즉시 기밀방에 모여 공인들과 같이 의논했다.

그러나 모두들 말했다.

"다른 곳 같으면 잡기 쉽지만, 저 석갈촌은 큰 바다를 등지고 양산박은 망망한 물 가운데에 있으면서 사면이 다 갈대숲이니, 관군이 천만 인마를 거느리고 가도 당하지 못할 것입니다. 하물며 우리들이 어떻게 가서 잡겠습니까?"

하도가 여러 사람들의 말을 듣고 나서 그 말들이 옳은 것을 알고 청상에 올라가 부윤에게 다시 아뢰었다.

"저 석갈촌은 양산박 근처에 있는데, 사면이 물이며 깊은 구렁에는 갈대숲이 자욱하니, 평상시에도 사람들의 재물을 겁탈합니다. 지금은 또 한떼 도적들이 그 속에 들어가 있는데, 만일 대대 인마를 일으키지 않으면 잡지 못할까 합니다."

"일이 그렇게 해야만 일원대장을 시켜 가게 하면 될 것 아닌가? 포도군관을 명하여 관군 오백과 인마를 점검하여 너희들과 같이 가게 하여라."

하 관찰이 태지를 듣고 총총히 기밀방에 돌아와서 모든 공인들을 모으고 기계를 준비하여 관군 오백 명도 각각 기치검극을 준비하여 출정하려고 했다.

이튿날 포도군관이 지부의 균첩을 보고 하 관찰과 같이 관군 오백 명을 거느리고 석갈촌으로 쳐들어갔다.

이때 조개, 공손승이 조가장을 불사르고 수십 명 장객을 거느리고 석갈촌으로 오는데, 한 반쯤 가서 완가 삼형제가 각기 기계를 가지고 나와 영접하여 집에 들어가 일곱 사람이 한 곳에 모여 큰 일을 상의하니, 먼저 가속을 옮겨 깊은 곳에 숨겨놓고 양산박으로 들어갈 것을 의논할 때 오용이 말했다.

"이제 이가도구에 한지홀률 주귀가 있어 술집을 얻고 사방의 호걸들의 의지하려는 이를 영접하고 있습니다. 이제 배에다가 모든 재물과 가속들을 실어 보내고 적은 인정으로 주귀에게 보내어 어진 인재를 끌어서 쓰이게 하십시다."
 이렇게 논의하는데, 문득 몇 명 어부가 황망히 밖에서 달려들어오며 말했다.
 "대대 관군이 나는 듯이 마을 안으로 쳐들어옵니다."
 조개가 이 말을 듣고 몸을 일으키며 말했다.
 "우리들은 두렵지 않소. 저놈들이 오기를 기다려서 쳐부숩시다."
 완소이가 또 말했다.
 "겁낼 것 없습니다. 저놈들이 오거든 반은 물에서 죽이렵니다."
 공손승이 말했다.
 "무엇이 어렵겠습니까? 빈도(貧道)가 재주는 없으나, 이번에 조그마한 재주를 시험해 봅시다."
 "유형은 오학구 선생과 같이 재물과 식솔을 배에 싣고 먼저 이가도구 주귀의 술집에 가서 기다리고 있다가 무슨 기별이 있거든 나와서 접응하시오."
 완소이가 쾌선 두 척에 모친과 재물을 나눠 싣고, 오용과 유당이 조그마한 배 한 척씩을 거느리고 반당 칠팔 명을 시켜 배를 저어 이가도구로 갔다.
 완소오, 완소칠은 조그마한 배 칠팔 적을 거느리고 갈대 숲속에 숨었다.

 다음날 하 관찰은 포도군관과 함께 5백의 군병과 포졸 일동을 집합시켜 일제히 석갈촌으로 쳐들어갔다. 가는 길에 눈에 띄는 호숫가의 배는 모두 강탈하여 물에 익숙한 포졸들을 태워 가게 하고 기슭으로 군대를 가게 하여 배와 말을 가지고 서로 앞을 다투면서 수륙 양길을 함께 재촉하여, 이윽고 완소이의 집에 도착하여 와아 하고 일제히 함성을 지르며 집안에 뛰어 들어갔으나, 집안은 텅 비었고 쓸모없는 물건들이 몇 가지 뒹굴고 있을 뿐 그밖에 아무것도 없었다. 하도는 분이 치밀어올라 호령했다.

"저놈을 잡지 못하였으니, 이 근처에 고기잡이들을 잡아 물어야겠다."

고기잡이를 붙들어 사정을 물으나, 모두들 몰랐다.

"완가 삼형제는 호박 안에 있기 때문에 배를 타고 들어가기 전에는 잡기 힘들 것입니다."

하도가 포도군관과 같이 의논했다.

"저 호박 속이 사면이 깊은 굴이요 물길이 세어서 만일 서로 떨어지면 도적을 잡기 힘들 것입니다. 또 도적들에게 속기 쉬우니 아직 수륙 인마를 한 곳에 모아 함께 쳐들어가십시다."

하고 순간과 하도는 군관을 수습하여 일제히 배에 오르니 모인 배가 수백 척이었다. 소리치며 배를 저어 일제히 완소오의 집으로 나오는데, 오륙 리쯤 가니, 수면 위에 갈숲이 자욱한 곳에서 사람이 노래를 부르는 소리가 나는데, 배를 멈추고 들으니,

사나이로 태어나 자라나니
논의 벼와 밭의 삼을 심지 아니하고
탐관과 혹리를 모두 죽여
충심을 다하여 나라에 갚으리라

하는데, 하 관찰이 노래를 듣고 모든 사람들과 아무 말 없이 서로 얼굴만 물끄러미 쳐다보는데, 멀리서 한 사람이 배 한 척을 몰고 가까이 오는데, 아는 사람이 말했다.

"저 사람이 완소오입니다."

하자 하도가 관군을 지휘하여 힘을 합하여 각각 기계를 가지고

잡으라 하니, 완소오가 이것을 보고 껄껄 웃으며 꾸짖어 말했다.
"너희들은 백성들을 잔학하는 도적놈들로 이다지도 담이 큰 체하여 나를 건드리니, 이것은 호랑이의 수염을 건드리는 것이다."
하도의 등뒤에서 궁노수가 일제히 활을 쏘았다.
완소오는 화살이 앞에 떨어지는 것을 보고 몸을 날려 물속으로 들어갔다. 군관이 쫓아 배를 빼앗았는데, 또 들으니, 갈대 숲 속에서 호초 소리가 나며 두 사람이 뱃머리에 섰는데, 한 사람은 머리에 정양립을 쓰고 몸에는 녹사의를 입고 손에 팔관창을 들고 입으로는 노래를 부르니,
"나는 석갈촌에서 생장하였는데, 품성이 사람 죽이기를 즐겨하는도다. 먼저 하도를 베이고 다시 순간의 머리를 취하여 조왕군께 바쳐나 보겠다."
하 관찰이 여러 사람과 같이 함께 놀라자, 아는 사람이 가르쳐 말했다.
"저놈이 완소칠이옵니다."
하니, 하도가 관군을 호령했다.
"힘을 합하여 잡으라."
완소칠이 껄껄 웃고 팔관창을 꼬나잡고 배를 저어 좁은 구렁으로 들어가며 말했다.
"너희들이 감히 나를 잡을 수 있는가?"
모두들 죽기를 각오하여 따라가니, 물이 얕고 좁은데, 하도가 영을 내려 배를 언덕에 대고 보니 사면이 다 갈대숲이요 길이 없었다.
하도가 의심이 나서 근처 백성을 붙들고 물었다.
"우리들도 비록 이곳에서 사나 그 많은 길을 어찌 다 알겠습니까?"
하도가 명하여 쾌선 두 척으로 삼사 명 공인을 데리고 앞길

을 참지하러 보냈는데, 두 시간이 지나도 소식이 없었다. 하도는 간 사람이 오지 않으니, 초조하여 말했다.
"저놈들은 영 못쓰겠구나!"
하고 다시 영리한 공인을 시켜 쾌선 두 척을 주어 보냈더니, 또 종무소식이다.
"저 사람들이 관가에 오래 다녀 담이 크고 물정에 영리한 사람인데, 어찌하여 먼저 보낸 사람들처럼 알리는 것이 없는지?"
하여 의혹하는데, 날이 점점 어두워 오는 것을 보고 하도가 말했다.
"내가 친히 가서 보겠소."
하고 나이 많이 먹은 공인을 가려서 배 한 척을 타고 각각 기계를 가지고 갈대 숲속으로 들어가는데, 벌써 해가 서산으로 떨어졌다.
한 오륙 리의 수면으로 가는데, 언덕 곁으로 한 사람이 요구창을 들고 나오는 것을 보고 하도가 물었다.
"여보시오, 말 좀 물읍시다. 이곳 지명이 무엇이오?"
그 사람이 대답했다.
"이곳은 단두구(斷頭溝)라고 하는데, 길이 없소."
"그대는 조금 전에 배 두 척을 보았소?"
"완소오를 잡으러 오는 배가 아니었소?"
"그대가 어떻게 알고 있소?"
"이 앞에서 쳐들어 가기에 알았소이다."
"그러면 여기서 얼마나 먼데요?"
"그렇게 멀지 않소."
하도가 공인 두 사람을 데리고 배에서 내려 언덕에 올라오는데, 그 사람이 요구창으로 공인 두 사람을 밀어내 물속으로 들어가니, 하도가 깜짝 놀라며 자기 몸을 구하려고 하는데, 물속에서 한 사람이 뛰어 올라오며 하도의 두 다리를 잡아서 물속으로 들어갔다. 배 안에 있는 사람들이 깜짝 놀라 달아나려고 하니, 언덕에 있던 사나이가 따라오며 요구창으로 낱낱이 베어 물에 던지고 다시 물속에 들어가 하도를 잡아 언덕에 올리니 요구창을 가진 사람은 완소칠이요 물속에서 나와 하도를 잡은 사람은 완소오였다. 형제 두 사람이 하도를 꾸짖어 말했다.
 "우리 형제 세 사람은 사람 죽이기를 즐겨하는 태세대왕인데, 네 놈이 얼마나 담이 크다고 감히 관군을 거느리고 우리를 잡으러 오는가!"
 "소인은 위의 명령으로 온 것이지 무슨 재주로 감히 호걸들을 잡으러 오겠습니까? 굽어 살피소서! 소인의 집에 팔순이 넘으신 늙으신 어머니가 계십니다. 다른 형제는 없고 소인뿐이오니, 불쌍하고 가엾게 여기시어 남은 목숨을 살려 주십시오!"
 완소이가 말했다.
 "아직 저놈을 묶어서 배에다 두어라!"
 하고 모든 죽은 시체들을 물속에 장사 지내고 둘이서 호초 소리를 내니 갈대 숲에서 대여섯 척 고기잡이배가 나오는데, 완소이 형제는 각각 그 배에 올라서 이가도구로 향하여 나왔다.
 이때 한편 포도군관이 뒤에 남아서 하도를 가다리다가,
 "하 관찰이 탐지하러 가더니 어찌하여 여러 시각이 지나도록 소식이 없는가?"
 이때 날은 저물어 황혼이 되었다. 초경시분이 되어서 한 줄기 괴이한 바람이 등뒤에서 일어나는데, 여러 사람이 깜짝 놀라니 뒤쪽에서 호초 소리가 바다 위에 진동하는데, 바라보니 많은 갈대숲에서 한떼 불이 일어나더니 여러 사람들이 떨며 말했다.
 "이번에는 우리들이 다 타 죽게 되었다!"
 큰 배 백여 척이 회오리바람에 몰려서 서로 부딪쳐 깨지며 불이 앞으로 다가오며 갈대와 같이 타고 바람은 불길을 도우니, 배 백여 척이 한데 뭉치어 나가려고 하나, 물이 얕고 길이 좁아 어떻게 피할 수 있겠소 모든 배에 불이 닿으니, 관군이 불과 연기를 무릅쓰고 목숨을 부지하려고 하는데, 불길 속으로 조그만 배 한 척이 뚫고 들어오며 뱃머리에 한 선생이 손에 보검을 들고 소리를 높여 말했다.

"한 놈도 달아나지 못하게 하라!"

하고 뛰쳐 들어오니, 모든 관군이 한데 몰리어 죽기만 기다리는데, 동쪽에서 또 두 호걸이 네 다섯 사람을 거느리고 손에는 번쩍이는 칼을 가지고 쳐들어오며, 또 서쪽에서도 두 호걸이 네다섯 명 사람을 거느리고, 요구창을 들고 에워싸고 오며 일시에 손을 움직여 의를 도리듯 베니, 순식간에 허다한 관군을 다 죽였다. 동쪽에서 배를 타고 나온 호걸은 조개와 완소오요, 서쪽에서 배를 타고 뛰쳐나오던 호걸은 완소이와 완소칠이요, 중간에서 바람을 빌던 사람은 압운용 공손승이었다. 여섯 호걸이 어부와 장객을 거느리고 수많은 관군을 갈대 숲속에서 다 죽이고 다만 하도 하나만 사지를 묶어 뱃속에 있었다.

조개, 오용, 완소이, 완소오, 완소칠이 언덕에 올라와 하도를 무릎꿇게 하고 크게 꾸짖었다.

"네가 본시 제주부에 있으면서 백성들을 못살게 굴던 어린 도적놈인데, 너 같은 놈은 단칼에 베어버릴 것이나 용서하여 줄 터이니, 제주에 돌아가 부윤보고 일러라. 석갈촌 완씨 세 분 영웅과 동계촌 조보정은 천하에 이름이 난 호걸인데, 우리가 너희들 성을 쳐부수지 않고 한 술 더 떠서 우리를 잡겠다고 죽으러 오느냐? 너희들 소소한 한낱 부윤은 고만 두고 채경이 손수 직접 온다고 하여도 그놈을 사로잡아 몸뚱이에 구멍을 삼사십 개 낼 것이다. 돌아가거든 본 대로 들은 대로 일러라!"

하고 완소칠은 명하여 배에 실어 큰길로 데려다 두고 오라고 했다.

완소칠이 하도를 데리고 큰길에 나와 말했다.

"모든 군사는 다 죽이고 너를 살려 보내는 것이 옳지 않으니, 너의 두 귀를 베어 보내겠다."
하고 두 귀를 베었다. 하도는 피를 흘리고 목숨을 도망하여 제주로 돌아갔다.

이때 조개, 오용, 공손승, 완소이, 완소오, 완소칠이 사오십 명 장객을 데리고 열일곱 척 배를 타고 이가도구에 이르러 유당을 보고 관군을 다 죽이고 온 것을 이야기하니, 모두들 크게 기뻐하여 배를 재촉하여 한지홀률 주귀의 술집에 이르니, 주귀가 황망히 맞아들이자 오용이 그 내력을 자세히 일러 주었다.

주귀가 크게 기뻐하여 여러 사람을 청하여 청상에 좌정하고 술을 내어 여러 사람을 접대하고 스스로 화피궁에 향전을 매어 맞은편 갈대 숲속을 향하여 쏘자 이 소리에 졸개가 한 척 배를 몰아나온다.

주귀는 곧 호걸들의 이름과 대채에 의지하러 온 내력과 사람 숫자를 적어서 졸개에게 주고 먼저 산채에 가서 알리라고 일렀다.

다시 또 양을 잡고 돼지를 잡아 이 날은 밤이 늦도록 여러 호걸들과 즐겼다. 이튿날 아침 일찍이 주귀는 조개와 여러 사람을 청하여 배에 올랐다.

제6장
양산박 입성

 배를 타고 가기 한참 만에 한곳 수구에 이르니, 문득 언덕 위에서 북소리며 나팔소리가 요란하게 울리며 칠팔 명 졸개들이 초선 네 척을 나누어 타고 일동을 맞이했다.
 다시 앞으로 더 나아가 일행이 금사탄에 배를 대고 일제히 언덕에 내리니, 산 위에서 수십 명 졸개가 분주하게 내려와 앞길을 인도하여 산으로 올라갔다
 관 앞에 이르니, 백의수사 왕륜이 일반 두령과 함께 나와 맞는데, 조개와 여러 사람이 황망히 예를 하자 왕륜이 답례하고 말했다.
 "일찍부터 조천왕의 높은 존함을 듣자 왔더니 뜻밖에도 이처럼 여러분 호걸들과 같이 초채에 왕림하여 주시니 이 기쁨을 이기지 못하겠습니다."
 "우리는 글을 읽지 못한 한낱 촌부로서 오늘에 일을 저지르고 이제 위급한 중에 몸둘 곳이 없으므로 이처럼 찾아온 것이니 두

령은 부디 버리지 마시고 장하에 거두시어 졸개라도 삼아 주시면 이런 다행이 없을까 합니다."

왕륜이 겸양하고 대체에 이르러 취의청에 올라 왕륜이 두 번 세 번 자리를 사양하니, 조개 등 일곱 사람은 일자로 오른쪽에 섰고 왕륜은 왼편에서 예를 베풀어 빈주지례를 나누어 좌정한 후 군악을 베풀어 관대했다.

소두목을 시켜 여러 사람들을 모셔 가서 동쪽 객관에서 쉬게 하고 한편으로 황소 두 마리와 십여 마리 양과 돼지를 잡아 큰 잔치를 베풀었다.

일곱 호걸들과 두령이 한자리에서 권커니 들거니 하여 술이 거나하여 조개가 가슴속 재주를 자랑하며 관군을 죽이던 일들을 낱낱이 말을 하니, 왕륜이 듣고 놀래서 한참이나 주저하다 억지로 대답했다.

밤이 늦어진 후에 헤어진 조개 등 일곱 사람은 관 아래 객관에서 쉬게 했다.

왕륜이 사람을 보내어 시중을 들게 하니, 조개가 심히 기뻐하여 오용 등 여섯 사람을 보고 말했다.

"우리 무리들이 하늘에 가득한 죄를 짓고 몸둘 곳이 없더니 왕 두령이 우리를 극진히 대접하니, 왕 두령의 이 은혜를 어찌 잊겠소!"

오용은 아무 말 없이 다만 냉소만 하고 있었다.

"선생은 무슨 일로 냉소만 하고 계시오?"

오용이 대답했다.

"형님 성질이 곧기 때문에 알지 못하십니다. 왕륜이 우리를 용납하여 거둘까 싶으십니까? 소생은 저 사람의 동정을 충분히 짐작합니다."

"저 사람의 얼굴빛과 동정을 보고 무엇을 짐작하셨소?"

"형님이 어제 술좌석의 일을 보시지 못하셨습니까? 처음에는 반가워하는 듯하더니, 나중에는 허다한 관군과 포도군관을 죽이고 하도를 놓아주어 완씨 삼형제의 여하한 호걸됨을 자랑하니까, 그의 얼굴빛이 변하여 입으로는 칭찬하고 속으로는 딴 맘을 먹고 있으니, 왕륜이 만일 우리를 거두려고 하면 어찌하여 서열을 정하지 않겠습니까? 저 두천과 송만은 자연 무식한 사람이라 손님 대접을 하는 순서를 모르나, 임충은 원래 경사 사람인데, 금군교두로 큰 구실을 다녔으니, 무엇을 모르겠습니까? 비록 넷째 교의에 앉았으나, 아까 보니 왕륜이 대답하는 것과 형님의 모양을 보고서는 불만이 마음속에 있어서 머리를 숙이고 왕륜을 흘겨보며, 왕륜은 주저하며 있으니, 제가 보건대 임충은 우리를 사랑하나 제마음대로 못하오니, 소생이 저를 경계하여 스스로 편안케 하겠습니다."

조개가 말했다.

"모든 일을 선생께서 좋은 계교를 쓰시기만 믿습니다."

하고 밤을 지낸 후 날이 밝기 전에 임 교두가 찾아왔다.

오용이 조개를 보고 말했다.

"저 사람이 왔으니, 우리가 생각한 대로 될 것입니다."

하고 일곱 사람이 황망히 임충을 맞아 방으로 들어와 오용이 사례했다.

"어제는 후한 은혜로 대접을 하여 주시고 오늘 또 수고롭게 찾아주시니 황감합니다!"

임충이 말했다.

"이 임충이 비록 공경하는 마음은 있사오나 자리가 여의치 못하오니, 바라건대 죄를 용서하십시오."

오용이 대답했다.

"우리들이 목석이 아니거든, 어찌 두령의 사랑하여 주시는 뜻과 돌봐 주시려는 마음을 모르겠습니까? 그 은혜를 깊이 감사히 여깁니다."

조개가 두 번 세 번 겸양하여 임충을 상좌에 앉으라고 하나, 임충이 어찌 즐겨 앉겠소. 조개가 상좌에 앉고 오용들은 그 아래로 벌려 앉은 후에 조개가 말했다.

"벌써 교두의 높으신 존함을 들었는데, 오늘에야 뵈오니 삼생에 다행합니다."

"소인이 동경에 있을 때에는 손님을 대접하는데, 예절에 잘못이 없었는데, 오늘 비록 존안을 뵈오나 평생의 뜻을 다하지 못하오니, 특별히 사죄하러 왔습니다."

"원, 사죄를 하신다니 그 무슨 말씀이십니까? 오히려 저희들이 되려 불안스럽습니다."

또 오용이 묻는다.

"임 교두의 높으신 존함은 벌써 들었습니다만, 동경에 계실 때에 십분 호걸이시더니 무슨 일로 고구의 창주로 귀양을 가셨다가 초료장에서 양초를 다 태우시고 하마터면 위험하실 뻔한 것은 다 그놈의 흉계이옵니다만, 산에는 누구의 소개로 올라오셔서 두령이 되셨습니까?"

임충이 대답했다.

"지금 또 고구의 이야기를 하려면 머리털이 거꾸로 서기 때문에 이 원수를 능히 갚지 못하고 여기 와서 있게 된 것은 다 시 대관인의 소개입니다."

오용이 다시 물었다.

"시 대관인이라니 소선풍 시진이라는 분 말입니까?"

"네, 그렇습니다."

이때 다시 조개가 말했다.

"제가 듣기는 시 대관인은 의를 중히 여기고 재물을 가벼이 한다 하여 사방에 호걸들을 맞아들인다 합니다. 그리고 대주황제의 적파자손이라 하니, 어떻게 하면 그 사람을 한 번 만나볼 수 있겠소?"

오용이 또 임충을 보고 말했다.

"시 대관인의 이름은 천하에 유명하나, 역시 교두의 무예가 절륜하지 못하셨으면 어떻게 산채에 소개하였겠습니까? 제가 과장하는 것이 아니오라 도리로 왕륜이 첫 번 자리를 사양하여 교두가 산채의 주인이 되어야 천하의 말들이 옳다고 할 것입니다. 또한 시 대관인의 천거한 공을 저버리지 않아야 될 것이 아닙니까?"

"선생은 고상하고 과장된 말씀 마십시오. 저는 큰 죄를 짓고 시 대관인의 장상에 의지했다가, 대관인이 산채에 천거하여 산에 올라왔으나, 이제는 다시 더 갈 곳이 없습니다. 그러니 제가 자리가 아래라 하여 시기하여 하는 말이 아니라, 왕륜이 심지가 편협하고 말을 믿을 것이 없으므로 서로 있기가 어렵습니다."

"우리가 보기에는 왕 두령이 그다지 심지가 편협한 사람은 아닌 것 같은데, 참 모를 일입니다!"

"이번에 다행히도 당신들 같은 대호걸들이 오시게 되어서 이 산채에 힘을 주시게 된 것은 금상에 첨화요 큰 가뭄에 단비를 얻은 것과 같은 것이거늘, 왕륜은 자기보다 뛰어난 자를 샘하는 것 같고, 당신들에게 눌리지나 않을까 하고 조바심을 내고 있는 것 같으며, 어젯밤 여러분이 그 많은 관군을 죽인 전말을 말씀하시니까, 아마도 한 패로 넣는 것을 꺼려 거절하려고 하는 것 같았습니다. 여러분들을 성벽 밖에 있는 숙소에 안내해 드린 것은 그것 때문입니다. 오늘 그의 행동을 보고 나서 만일 그가 말하는 것이 어제와 같지 않고 딱 들어맞게 이야기가 되어 있으면 좋겠지만, 한 마디라도 이상한 말을 할 것 같으면, 그때는 모든 일을 저에게 맡겨주십시오."

"왕 두령의 마음이 그렇다면 우리가 먼저 가라고 하는 말이 나오기 전에 다른 곳으로 가는 것이 좋겠지요?"

"호걸 여러분들은 물러가실 생각은 하지 마십시오. 임충이 자연 계책이 있을 것입니다. 제가 지금 찾아와서 여러분께 아뢰는 것은 혹시 돌아가실 마음을 두실까 하여 미리 말씀드립니다. 오늘날 저놈의 하는 일이 거슬리지 않을 것이면 모든 일을 그만둘 것이지만, 만일에 조금이라도 잘못되는 것이 있으면 임충이 나서서 처리하겠습니다."

조개가 칭사했다.

"임 교두께서 이처럼 저희들을 사랑하시니, 그 은혜를 어찌 다 갚겠습니까."

오용이 황망히 만류했다.

"교두께서는 저희들로 인하여 산채의 여러 두령들과 정의를 상하지 마십시오. 만일 머물라 하면 머물고 그렇지 못하면 즉석에서 물러가겠습니다."

임충이 대꾸했다.

"선생의 말씀이 틀립니다. 옛말에 이르되 원숭이가 원숭이를 알고 호걸이 호걸을 안다고 하였습니다. 저렇게 더러운 놈하고 어떻게 형제라고 하겠습니까? 호걸 여러분은 마음을 너그럽게 가지십시오. 저는 돌아가겠습니다."

여러 사람이 조만간에 서로 모일 것을 약속하고 헤어졌다.

조금 있으니, 졸개가 와서 아뢰었다.

"오늘 산채의 두령들이 산남수채(山南水寨)에서 잔치를 열고 청하십니다."

"곧 가겠다고 여쭈어라."

졸개가 돌아간 다음에 조개는 오용을 돌아보고 물었다.

"오늘 잔치가 어떻겠소?"

오용이 대답했다.

"형님은 마음을 놓으십시오. 이번 모임에 반드시 임 교두가 왕륜을 처치할 의사가 있습니다. 제가 이 세 치 혀를 놀려 왕륜이 꼼짝 못하고 당하게 만들 것입니다. 그리고 여러분들은 몸에 병기를 감추고 있다가 제가 수염을 손으로 쓰다듬는 것을 보고 일시에 손을 놀려 임 교두를 도와 공을 이루게 하십시오."

조개 등이 크게 기뻐하여 몸에 병기를 감추고 있는데, 진시 전후하여 세네 번씩 졸개를 보내어 청하기에, 여러 호걸들이 그제서야 출진하기 위한 몸단속을 마치고 가는데, 송만이 말 타고 와서 맞으며 그 뒤로 졸개들이 교자를 일곱 채를 메고 와서 조개 등 일곱 사람을 태워 산남수정자(山南水亭子)에 이르러 교자에서 내린 왕륜, 두천, 주귀가 나와 영접하여 정자에 올라와 빈주를 나누어 앉는데, 왕륜, 두천, 송만, 주귀, 임충 들은 좌편 교의에 앉고 조개, 오용, 공손승, 유당, 완소오, 완소칠의 무리는 오른쪽 교의에 앉았다.

눈을 들어 살피니 수정 광경이 과연 절묘했다. 연꽃이 만발한 가운데 호걸들이 한 곳에 모였다.

권하거니 들거니 술이 여러 순배가 돌아 조개가 왕륜을 보고 앞으로 머물러 있을 것을 다시 말하니, 왕륜이 다른 말로 어물어물 했다.

오용이 눈을 돌려 임충을 보니, 임충이 눈을 흘기고 왕륜을 보았다.

한낮이 제법 기울었을 때, 왕륜은 고개를 돌려 졸개를 보고 명했다.

"너 그거 내오너라!"

그 말에 응하여 서너 명 졸개가 나가더니 얼마 안 있어 큰 쟁반에 다섯 두레 백은을 들고 들어온다.

왕륜은 잔을 들고 자리에서 일어나 조개를 보고 말했다.

"호걸 여러분께서 이렇게 찾아주신 것은 감사합니다만, 폐산에 산채가 작고 물이 사면에 둘리어 정말 여러분 호걸들이 편히 계실 곳이 못 되어, 사소한 예물이나마 받으시고 다른 대채에 가셔서 안마를 안돈하시면 마땅히 휘하에 찾아가서 항복하겠습니다."
　조개가 대답했다.
　"우리가 이곳에 찾아온 것은 대채에서 어진 이를 부르고 선비를 용납하신다고 듣고 특별히 의지하러 왔습니다만, 이미 용납하시지 못하시면 즉시 가겠습니다. 그러나 주시는 금은은 정말 받을 수 없습니다. 우리가 스스로 돈 있다고 하는 것이 아니라 행중에 금, 은이 넉넉하여 궁색한 것이 없으니, 주시는 것은 받지 않고 곧 다른 곳으로 가겠습니다."
　왕륜이 또 말했다.
　"그렇게 말씀하시면 저희들이 되려 미안하지 않습니까? 우리가 호걸 여러분들을 받지 않으려고 하는 것이 아니라 방이 적고 양식이 부족하여 그러는 것이니, 그렇게들 아시고 박한 예물이나마 받으십시오."
　이 말이 막 끝나자마자 지금까지 잠자코 있던 임충은 자리를 박차고 일어서며 눈을 부릅뜨고 꾸짖었다.
　"네가 먼젓번에 내가 산에 올라올 적에도 양식이 모자라느니 방이 없느니 하더니, 오늘도 호걸 여러분들이 산채에 찾아오셨는데, 또 저런 말을 하니, 무슨 도리냐?"
　오용이 말리는 척하며 말했다.
　"임 두령은 고정하십시오. 오늘날 우리들이 이곳에 온 것이 잘못이오. 우리들로 인하여 산채의 좋은 정의를 상할 것이니 왕 두령이 예로써 우리를 보내는 것이요 억지로 내려쫓아내는 것이 아니니 임 두령은 제발 고정하십시오. 우리들은 조용히 가겠소이다."
　임충이 말했다.
　"왕륜 저놈이 웃음 속에 칼을 품고, 말은 옳게 하나 행실이 흐린 놈이오니, 용서하지 못할 것이다!"
　이 말을 듣자 왕륜이 대노했다.

"이놈이 정말 술에 취했나? 실성을 하지 않았으면 상하를 몰라보고 어찌 감히 함부로 이러느냐?"

"낙제(落第)한 선비놈 속에 특별히 뭣이 들었다고 산채의 주인이 되겠느냐?"

오용이 또 말했다.

"형님, 우리들이 부질없이 이곳에 와서 두령들의 좋은 정의를 상할 것이니 즉시 물러가는 것만 못합니다."

조개 등 일곱 사람이 몸을 일으켜 정자 밖으로 내려가려고 하니, 임충이 몸을 일으키며 한 발로 탁자를 차버리고 품 속에서 칼을 빼어 손에 드니, 오용이 즉시에 손을 들어 수염을 만졌다.

조개, 유당이 빨리 정자로 쫓아올라가 짐짓 말리는 체했다.

"그대들은 이러지들 마시오!"

오용이 임충에게 권했다.

"임 두령은 너무 급히 굴지 마시오!"

공손승이 이르기를,

"너무들 그렇게 화기를 상하지 않는 것이 좋을 것이오."

완소이는 말리는 체하고 두천을 붙들고 완소칠은 주귀를 붙들어 움직이지 못하게 했다.

졸개들은 눈이 휘둥그래 가지고 어리둥절하며 입을 딱 벌리고 어리벙벙하여 어찌할 줄을 모르고 있었다.

임충이 왕륜을 붙들고 다시 꾸짖었다.

"너는 한낱 촌구석에서 궁한 선비였는데, 두천, 송만이 받들어 네가 산채의 주인이 되었으나, 시 대관인이 천거하는 사람을 허다하게 이리저리 평계대어 물리치려고 하더니, 이번에는 호걸 여러분들이 찾아오신 것을 또 다른 데로 가라고 하니, 이 양산박을 네가 맡은 것이냐? 네 마음대로 하려고 하는가? 너 같은 현명하고 능력있는 사람은 시기하고 미워하는 도적놈을 무엇에 쓰려느냐? 너 같은 도량이 좁은 놈은 이 산채의 주인의 자격이 없다!"

두천, 송만이 비록 구하려고 하나 모두 붙들고 있으니, 어찌 움직일 수 있을 것인가.

왕륜이 자신이 불리한 것을 보고 달아날 길을 찾으나, 조개, 유당이 길을 막고 있어 위험이 앞에 닥친 것을 알고 소리질러 불렀다.

"내 심복들은 어디 있느냐!"

이 소리에 몇 명 심복이 뜰 아래 있었으나, 바라보니 임충의 흉맹한 형세에 누가 감히 쫓아나오겠소. 임충이 한바탕 꾸짖고 칼을 들어 가슴을 찔러 죽였다.

조개 등이 왕륜의 죽는 것을 보고 일시에 칼을 빼어 손에 들고 임충이 왕륜의 머리를 베어 손에 드니 두천, 송만, 주귀가 깜짝 놀라 무릎을 꿇고 엎드려 아뢰었다.

"호걸 여러분들을 모시고 우리들은 수종을 들겠습니다!"

조개가 황망히 세 사람을 붙들어 일으키자, 오용은 교의를 끌어다가 임충을 앉히고 소리를 크게 하여 호령했다.

"앞으로는 임 두령을 산채의 주인을 삼으려니와, 만약에 복종하지 않는 자는 왕륜처럼 처리할 터이니 그리들 알아라!"

임충이 깜짝 놀라며 교의에서 벌떡 일어났다.

"오 선생의 말씀은 망령된 말씀입니다! 제가 이번에 호걸 여러분을 위하여 왕륜을 처치한 것이지 정말 내가 이 자리를 탐이 나서 한 짓이 아니거든, 나를 이 자리에 앉히려 함은 세상 천하의 호걸들의 치소를 어찌 면하겠습니까? 만일 억지로 앉히시려고 하시면 임충이 죽고 말겠습니다. 그러니 다시 이러지 말으시고 저의 말씀을 한 마디만 여러분 호걸들은 들어주십시오."

모두들 말했다.

"두령의 말씀을 누가 감히 듣지 않겠습니까? 말씀하십시오."

임충이 왕륜을 죽이던 칼을 든 채, 여러 사람을 가리키며 말했다.

"이 임충이 동경에서 금군으로 있다가 모함을 받고 귀양 와 있다가 이곳에 와서 있는데, 오늘 호걸 여러분을 모시니 왕륜의 심지가 편협하여 자기보다 나은 사람은 인정하지 않기에 어찌 할 수 없어 죽인 일이오. 내가 이 자리를 탐을 내어 한 일이 아니니, 내 재주로 어찌 후일의 관군을 막아 대적하며 임금의 곁에 원흉 수악(元兇首惡)을 막아내어 요순의 도를 회복하겠습니까? 이제 조보정이 의를 중히 하고 지용이 겸비하였으니, 천하 사람이 그 이름을 듣고 항복하지 않을 이 없을 것이며 오늘의 의기를 중하게 여기시고 하니, 이분으로 산채의 주인으로 삼으려고 하오."

하니, 여러 사람이 모두들 찬성하며 말했다.

"임 두령의 말씀이 옳습니다."

조개는 말했다.

"그것은 안 됩니다. 옛부터 강한 손이 주인을 업신여기지 못한다고 하지 않습니까! 우리는 멀리서 온 사람인데, 어찌 상좌에 앉겠소?"

임충이 조개를 붙들어 첫째 교의에 앉히며 말했다.

"오늘 일은 미룰 수가 없으니, 사양하지 마십시오."

하고 소리 높여 선포했다.

"만일 명령을 듣지 않는 자가 있으면 왕륜처럼 처치할 것이다."

하니, 여러 사람이 일시에 땅에 꿇어 절하며 예를 마치고, 한편으로 졸개를 분부하여 대채에 잔치를 베풀라 하고 또 한편으로 산 뒤에 장사 지내게 하고, 사람으로 하여금 산전 산후(山前山後)의 두목들을 명하여 대채에 모여 취의(聚義)하게 하고, 임충의 일행 여러 사람이 조개를 교자에 태워 앞뒤로 옹위하여 대채에 올라와 조천왕(晁天王)을 받들어 첫째 교의에 앉게 하고 금로에 향을 피우고 임충이 말했다.

"이 임충은 추망한 필부가 되어 아는 것이 불과 창봉뿐이오. 무학 무재(無學無才)하고 무지 무술(無智無術)한데, 이번에 마침 산채의 천행으로 호걸 여러분이 이같이 모이어 태의가 이미 밝았으니, 전날에 구차하던 때와 비하지 못할 것이니 학구선생은 군사가 되어 병권을 잡아 제장을 호령하실 터이니 둘째 교의에 앉으십시오."

오용이 말했다.

"나는 촌구석에서 한낱 글방 선생 노릇을 하던 사람인데, 가슴속에 제세 경륜 지재가 없고 비록 손오 병서(孫吳兵書)를 조금 안다고 하나 티끌만한 공로가 없으니, 어떻게 그 자리에 앉겠소?"

"이미 일이 앞에 닥쳤으니, 겸양하지 마십시오!"

오용이 마지못하여 앉았다. 임충이 또 말했다.

"공손승 선생은 셋째 교의에 앉으십시오."

조개가 놀라 말했다.

"그것은 부당하오. 만일 이렇게 임 두령이 사양하시면 조개도 마땅히 이 자리를 내어놓겠소."

"조보정은 그렇게 하시지 마십시오. 공손승 선생의 높으신 존함은 강호상에 이름이 나고 용병하시는데, 귀신이 불측 지기(不測之機) 있고 바람과 비를 마음대로 부르는 법이 있으니, 누가 능히 따르겠습니까?"

공손승이 사양하며 말했다.

"비록 사소한 재주가 있다고는 하나 제세 지재가 없으니, 어찌 그 자리를 감당하겠습니까?"

"이번에 적을 쳐부수고 이긴 것은 다 선생의 묘한 법력이었으니, 사양하지 못할 것입니다. 정족 지세(鼎足之勢)입니다."

임충의 말에 공손승이 마지못하여 셋째 자리에 앉은 후 임충이 또 사양하려고 하는 것을 조개, 오용, 공손승이 한꺼번에 이구 동성으로 말했다.

"임 두령이 정족 지세라고 하기에 우리들이 마지못하여 그 자리에 앉았는데, 만일 다시 사양한다면 우리들은 모두 다 물러가겠소."

하고 임충을 붙들어 넷째 교의에 앉게 했다.

"이번에는 송·두, 두 두령을 청하여 앉게 합시다."

조개가 말하니, 두천과 송만이 어찌 기꺼이 앉겠소? 죽기를 각오하며 사양하여 할 수 없이 유당이 다섯째 교의에 앉고, 완소이는 여섯째 교의, 완소오는 일곱째 교의, 완소칠은 여덟째 교의에 앉게 하고, 두천은 아홉째 교의에 앉게 하고, 송만은 열째 교의에, 주귀는 열한째에 앉힌 후에, 산 앞이나 산 뒤에 칠백 인이 절하며 뵈온 후에 양편으로 모셔서 늘어섰다.

"너희 여러 무리들이 이곳에서 이번에 임 교두가 나를 붙들어 산채의 주인을 삼고 오학구 선생은 군사가 되고 공손승 선생은 부군사가 되어 같이 병권을 잡아 임 교두와 산채 전관을 관리하게 하고 있으니, 너희들은 각각 옛날 직임을 의지하여 산 앞이나 산 뒤를 힘써 지켜 각처 액구를 명심하여 지키게 하고 잃음이 없게 하여 동심 협력하여 함께 대의를 모으게 하라!"

조개가 이르고 다시 양편의 방을 수리하고 노소를 안돈하며 생신강에서 겁박하여 온 금은 보배를 내어 모든 두목과 졸개들하고 우마를 다시 잡아 천지 신명께 제사 지낸 후, 다시 경하하는 잔치를 베풀어 즐기며 밤이 깊도록 술을 마시며 놀고 이튿날 또 잔치하며 여러 날을 즐겼다.

조개는 오용을 위시하여 두목들 일동과 의논하여 창고를 정리하고 성벽의 울타리를 보수하고 창이나 칼, 활이나 화살, 갑옷이나 투구 등의 무기를 만들어 관군의 내습에 대비하는 한편,

선박을 동원하여 수전 훈련을 하기도 하여 만전의 준비를 하였
으니, 양산박의 열한 명의 두목의 결속은 마침내 손발과 같이
또한 골육과 같이 빈틈없이 단결되었다.
 각 사람의 가속을 안돈하는 것을 보니 임충이 홀연 처자 생
각이 나는데, 경사에 있는 처자가 죽었는지 살았는지 알지 못하
니, 어찌 마음이 편하겠는가? 이렇기 때문에 속에 있는 말을 낱
낱이 조개에게 알리고 청했다.
 "소인이 산에 올라온 후에 즉시 처자를 데려올 것인데, 왕륜
의 심술이 좋지 못하여 서로 믿지 못하였기에 늘 시기를 놓치고
경사에 그냥 두었는데, 지금 죽었는지 살았는지 알지 못하겠습
니다."
 "현제의 가속이 동경에 있으면 어찌 버려 두겠소? 빨리 글을
써서 밤을 새워 보내어 모셔 오는 것이 좋겠소."
 임충이 곧 글을 한 통 써서 심복 졸개를 주어 동경에 보냈다.
 두어 달 후에 졸개가 돌아와 아뢰었다.
 "소인이 동경성내 전수부 앞에 이르러 장 교두를 찾아가 보니
낭자는 고 태위의 아들의 집적거림을 견디다 못하여 목메어 죽
고 이미 소기를 지내었는데, 장 교두는 또한 근심이 되어 이것
이 병이 되어 반 달 전에 돌아가고, 오직 장씨가 데리고 있던
시녀 금아만이 시집가서 산다기에 근방 사람들에게 물어서 찾아
가 보았더니 사실이기에 돌아왔습니다."
 듣고 나자 임충의 뺨에 두 줄기 눈물이 흘러 내렸다.
 창주뇌성을 향하여 개봉부를 떠날 때에 술집에서 자기가 써
준 한 통 문서를 보고 혼절하여 땅에 쓰러지던 가엾은 아낙의
모양이 그대로 눈에 선하다.
 임충은 바로 창자가 끊기는 듯했다. 그러나 자꾸 생각하면 무
엇할 것이냐? 모든 것이 한바탕 불쾌한 꿈이라. 임충은 이로부
터 심중에 괘념(掛念)을 일체 끊어버렸다.

조개 등이 이 말을 듣고 또한 탄식하기를 마지않고 날마다 인마를 조련하여 관군을 맞아 대적할 수 있게 했다.

하루는 홀연 졸개들이 아뢴다.
"제주부에서 관군이 이천 인마를 거느리고 대소 선척이 사오백 척을 타고 석갈촌 항구에 도착하였답니다."
조개가 듣고 깜짝 놀라 군사 오용을 청하여 다 의논했다.
"지금 관군이 이르렀다 하니, 앞으로 어떻게 하여야겠소?"
오용이 웃으며 말했다.
"형님은 근심하지 마십시오. 자연히 처치할 도리가 있을 것입니다. 자고로, 물이 이르거든 흙으로 막고 군사가 이르거든 장사로 막으라 하였는데, 무엇이 걱정이 되겠습니까?"
하고 즉시 삼완(三阮)을 불러 귀에다 대고 말한다.
"여차여차 하라."
또 임충, 유당을 불러 밀계(密計)를 내렸다.
"이리이리 하라."
또 두천, 송만을 불러 분부했다.
"그대들 두 사람은 이리이리 하라."
제장들이 영을 받고 물러갔다.
이때 제주 부윤이 단련사 황안과 본주 포도관을 뽑아 이천 군마를 조발하여 본처 선척을 잡아타고 수륙 두 길로 나누어 석갈촌으로 향했다.
이때 단련사 황안이 인마를 거느리고 배에 올라 쳐들어와 금사탄에 이르러 점점 가까이 다다르니 수면 위에서 소리가 나는데, 황안이 말했다.
"아니?! 화각 지성(畵角之聲) 아니냐?"
하고 배를 머물고 바라보니 바다 위에 멀리서 배 세 척이 오는데, 자세히 보니 배마다 배 위에 대여섯 명이 섰고 뱃사람은 노를 저으며 오는데, 윗머리에 선 사람은 머리에 홍사 각건(紅絲角巾)을 쓰고 몸에 붉은 전포(戰袍)를 입고 손에 유객주(留客住)를 들었는데, 세 배가 다 똑같은 모양인데, 아는 사람이 있어서 황안을 보고 아뢰었다.

"저 세 척 배 위에 선 사람이 하나는 완소이요 하나는 소오, 하나는 소칠입니다."

하는데, 황안이 명했다.

"너는 나를 위하여 일제히 힘을 합하여 저 세 놈을 잡아라!"

양쪽의 배 사오십 척이 일시에 고함을 치고 짓쳐 나가니, 그 세 척이 그 소리에 황급히 일시에 배를 돌려 달아났다.

황안이 창을 들고 모든 배에 명령했다.

"너희들은 힘을 합하여 도적을 잡으면 후히 상을 내리겠다!"

그 배 세 척은 앞으로 달아나고 뒤에 관군에서 활을 일시에 쏘니, 배 세 척에서는 방패로 살을 막는다. 관군이 따르며 어지러이 쏘는데, 등 뒤에서 관선 한 척이 따르며 말렸다.

"아직 따르지 마라! 아까 적선을 따르던 배가 대파하여 사람이 다 죽고 배를 도적에게 빼앗겼습니다!"

황안이 놀라서 물었다.

"어찌하여 그렇게 되느냐?"

그 배의 군사가 대답했다.

"우리 무리들이 급히 따라가니, 멀리서 배 두 척이 오며 배 위에 대 여섯 명이 있기에 진력하여 쫓아가는데, 옆에서 일곱 여덟 척 소선(小船)이 나오며 활이 비같이 쏟아져 나오는 고로, 우리는 급히 배를 돌리려고 하였으나, 물길이 센데다가 언덕 위에서 두어 사람이 두 머리로 철삭(鐵索)을 수면에 던지며 돌이 비오듯 내려오니, 관군이 배를 버리고 갈대숲으로 도망하던 군사가 다 갈대숲 속에서 하나하나 죽어가기에 저희들은 도망하여 와서 아뢰는 것입니다."

황안이 깜짝 놀라 흰기를 들어 모든 배를 돌아오게 하라고 했다. 모든 배들은 닻을 거두고 뱃머리를 돌리려고 하는데, 뒤에서 따라오던 배 세 척이 수십 척 적은 배를 거느리고 따라오는데, 배 위에 불과 대여섯 명이 서서 홍기를 두르고 호초(呼哨) 소리를 지르며 나는 듯이 따라오는데, 황안이 앞의 배를 재촉하여 돌아가려고 하다가 또 들으니, 갈대숲 속에서 연주포 소리가 진동하며 사면에 홍기가 가득하여 달아날 곳이 없다.

황안이 몸과 마음이 다급한데 뒤쪽에서는 따르던 배에서 소리쳤다.

"황안은 머리를 내놓고 가거라!"

하는 것을 황안이 죽을 힘을 다하여 배를 저어 갈대 숲을 지나오더니, 두 군데 적은 구령에서는 사오십 척 작은 배가 짓쳐 나오며 화살이 비오듯 하는 것이 살 속으로 길을 찾아 달아났.

뒤에서 따르던 배에 있던 사람들이 하나하나 물 속으로 뛰어들어가는 것을, 황안이 어찌 된 연고인지 모르고 소선을 타고 달아나니, 갈대숲 옆에 조그만 배 한 척이 있고 배 위에 한 사람이 서서 있다가, 황안의 탄 배를 요구창으로 찍어 언덕에 대이고 몸을 날려 배에 오르며 소리 질렀다.

"너희 무리들은 움직이지 말아라!"

하며 황안의 허리를 안아 사로잡았다.

배 위에 군사들은 목숨을 아까워하며 달아나다가 다 잡혔다. 유당이 황안을 잡아 가지고 언덕에 오르며 바라보니 멀리서 조개, 공손승이 산기슭으로 내려오는데, 각각 박도를 가지고 몇 명 졸개를 거느리고 수십 필 말을 이끌고 돌아왔다.

일행 제인이 사로잡은 장졸과 수백 전선을 산남 수채(山南水寨)에 풀고 대소 두령(大小頭領)이 일제히 산채에 이르러 조개가 말에서 내려 취의정 위에 올라 자리를 잡고 모든 두령이 각각 융장을 벗고 금포 입고 차례로 앉은 후 황안을 깃대에 매달고 금은 단속을 나누어 졸개들을 상을 주니 환성이 하늘을 찌를 듯했다.
 모두들 세어 보니 전마가 육백여 필인데, 이것은 임충의 공이요 동항은 두천, 송만의 공이요, 서항은 완소이, 완소오, 완소칠의 공이요 황안을 잡은 것은 유당의 공적이었다.
 모든 두령들이 크게 기뻐하여 소와 말을 잡아 산채에 큰 잔치를 열었다. 좋은 술은 산채에서 빚은 것이요, 신선한 물고기는 호중에서 낚은 것이요, 산남 수상(山南樹上)에서 새로 익은 자두, 복숭아, 앵두, 살구, 오얏 등이며 집에서 기르는 돼지와 오리며 모든 것이 풍부했다.
 모든 두령들이 서로 치하하고 즐겼다.
 "이번에 이긴 것이 참 적지 않은 일이오!"
하고 술을 먹고 있는데, 졸개가 알리는 말이 있었다.
 "주 두령이 사람을 보내어 채 밖에 와서 있습니다."
 조개가 놀라며 물었다.
 "무슨 일이라고 하더냐?"
 "주 두령이 탐지하니, 한떼 객상이 수레 수십 채를 몰아 가지고 길을 지나간다고 합니다."
 "산채에 쓸 용돈이 모자라더니 참 잘 되었다."
하고 물었다.
 "누가 갈까?"
 삼완[소이, 소오, 소칠]이 말했다.
 "우리 삼형제가 가겠습니다."
 "그러면 그대들은 조심하여 빨리 다녀오시오."
 완소이, 완소오, 완소칠 세 사람이 산에서 내려와, 금의를 벗어버리고 각각 요도 차고 박도 끌고 유객주와 강차를 가지고 졸개 백 명을 거느리고 청상에 올라와 모든 두령들에게 하직하고 금사탄을 건너 주귀의 술집으로 갔다.

조개는 저 세 사람이 실수나 하지 않을까 걱정이 되어 다시 유당에게 졸개 백 명을 거느리고 산에서 내려가 대기하게 하고 또 두천, 송만을 졸개 오십 명을 거느리고 각 사람을 대기하라 하고 오용, 공손승, 임충과 같이 술을 먹는데, 하늘이 밝아올 때에 졸개가 와서 알렸다.

"여러 두령들이 수레 이십여 채와 금은 재보와 말과 나귀 등속을 얻어 돌아옵니다."

조개가 크게 기뻐하여 물었다.

"물건은 빼앗았지만, 사람의 목숨은 상하지 않았겠지?"

졸개가 말했다.

"허다한 장사꾼들이 우리의 무리들이 처음에 흉맹한 것을 보고 수레를 버리고 짐을 끌러 놓고 목숨만 도망가기 때문에 한 사람도 다친 사람은 없습니다."

조개가 크게 기뻐하며 말했다.

"우리들이 오늘 이후에는 사람을 죽이지 맙시다."

하고 일정 백은(一定白銀)을 내다가 졸개들을 상 주고 주과를 가지고 산에서 내려 금사탄에 나와 맞이하자 모든 두령이 수레를 몰아 오는데, 조개가 기뻐하여 배를 가지고 소와 말과 나귀와 금은 수레를 받아 건너오게 했다.

또 주귀를 청하여 산채에 올라와 잔치에 참례하게 하고 모든 두령들이 대채에 이르러 둘러앉아 뺏아온 재물을 청상에 쌓은 후 셋으로 나누었다. 한 몫은 창고에 넣고 한 몫은 열두 두령이 똑같이 나누고 한 몫은 산상 산하 두목들과 졸개들에게 주고 새로 항복하고 들어온 군인은 얼굴에 자자하여 힘꼴이나 쓰는 놈은 말을 먹이고 나무를 베이게 하고 허약한 놈은 수레를 지키고 마초를 썰게 했다. 황안은 뒷방에 가두었다.

조개가 말했다.

"우리들이 처음에 산에 올라올 때 난을 피하여 대채에 의지하여 왕륜 밑에 소두목이나 될까 하고 왔는데, 임 두령의 덕으로 나를 산채 주인으로 받드니 연달아 기쁜 일이 있으니, 이것은 다 여러 형제들의 힘을 입음이지 나의 재주가 아니오."

여러 두령들이 말했다.

"어찌 우리 공이라고 하겠습니까? 이것은 다 형님의 복입니다."

조개가 또 말했다.

"우리들 열 사람이 이곳에서 이렇게 지낼 수 있음이 대체 누구의 덕입니까? 송 압사와 주 도두와 뇌 도두가 우리의 위태로운 목숨을 구하여 주었기 때문이 아니겠소? 옛부터 은혜를 알고 갚지 않는 것은 사람이 아니라 하였소 오늘 부귀한 것이 다 누구의 은혜이겠소. 조만간에 우리가 가까운 사람을 운성현에 보내어 사례를 하는 것이 마땅한 줄 아오. 또 우리와 함께 일을 하던 백일서 백승이 지금 제주부 옥 안에 갇혀 있으니, 어떻게 하루바삐 구해 낼 방법을 강구하십시다."

오용이 대답했다.

"형님은 근심하지 마십시오. 소세가 질묘한 묘안이 있습니다. 송 압사는 본래 어진 사람이라 우리들에게 사례를 받기 바라지 않겠지만, 우리로서는 물론 인사를 치러야 할 일이지요. 산채에 좀 한가하거든 누구든 두령 한 사람을 운성현에 보내도록 하십시다. 그리고 백승의 일은 우선 사람을 보내서 차발관인들에게 인정을 쓴 다음에 어떻게 탈옥할 길을 잡도록 하는 것이 좋을까 합니다. 우리들의 시급한 문제는 제일 먼저 양식을 준비하고 선척을 지으며 군기를 보수하고 성첩을 수리하고 개갑과 창검과 도극을 준비하여 관군이 쳐들어 오면 맞아 대적할 수 있게 예비하여 놓아야 합니다."

"군사의 뜻이 옳으니, 모든 일을 군사의 아량만 믿겠소."

오용이 즉시 제장들을 나누어 각각 일을 맡기었다.

한편 제주 부윤에게 황안의 밑에 있는 군사가 도망쳐 와서 보고했다.

"양산박 도적들이 관군을 살해하고 황안을 사로잡아 가고, 또 양산박 호걸들이 몹시 용맹하여 사람이 감히 가까이 침범하기가 어렵고, 또 물길이 빽빽하여 어지러워 길을 찾기가 어렵고 여울과 구렁이 많은 고로, 이기기가 어렵습니다."

하니, 부윤이 몹시 괴로워하며 태사부 간판을 향하여 말했다.

"하도는 먼저 패하여 수많은 인마를 죽이고 겨우 제 목숨만 살아 도망하여 왔으나, 두 귀를 짤리워서 왔기 때문에 아직 집에서 치료를 받고 있어 나오지 못하고, 이번에는 또 황안과 포도군관을 시켜 관군을 동원하여 보내었더니, 한 번 싸움에 대패하여 황안이 사로잡혀 가고 관군은 함몰하여 군사를 전부 죽였으니, 어떻게 하였으면 좋겠습니까?"

하고 부윤은 정신이 얼떨떨하여 다른 방법을 구할 엄두도 내지 못하고 있었다.

"동문 객사에 신관이 도착하였습니다."

하기에 태수가 황망히 말을 타고 동문 밖에 나와서 보니, 티끌이 자욱하고 신관의 일행이 도착해 정자 위에 올라와서 서로 본 후에, 신관이 중서성 문서를 내어 주었다.

태수가 문서를 보니 임무가 교대하라 함이니, 모든 전량을 낱낱이 고하여 접대하고 예를 갖추었다. 양산박 적세가 호대(浩大)하여 관군을 살해한 일절을 말하니, 신관이 낯빛이 흙같이 되어 가만히 생각했다.

'채 태사가 나를 이러한 위험한 곳을 맡기니, 이곳에 정병 맹장이 없는데, 어떻게 저 도적을 잡으며, 만일 저 무리들이 예를 모르는 한낱 도적들이라 성지를 침범하여 양식을 꾸어 달라 하면 어떻게 하나?'

이때 구관이 황망히 행장을 수습하여 동경으로 돌아가 죄를 고하려고 급히 갔다.

부윤이 새로 도임한 후 장사를 뽑아 성지를 지키게 하며, 군사를 모으고 마초를 적치(積置)하여 놓고, 날쌘 군사를 공모하여 지모 지사(智謀之士)를 널리 구하여, 양산박 호걸들을 대적하려 하고, 한편으로 문서성에 문첩을 하여 인근 주현과 힘을 합하여 양산박 도적을 막으려 했다.

제주부 공목이 문서를 가지고 인근 주현에 돌리는데, 운성현에 이르니, 지현이 문서를 내려 각 주군에 반포하는데, 송강이 이 공사를 보고 속으로 생각했다.

'조개들의 무리가 저런 큰일을 저질러 생신강을 겁탈하더니, 양산박으로 들어가 하 관찰과 허다한 인마를 살해하고 또 황안을 생포하여 가고 관군을 함몰하였으니, 그 죄가 구족을 멸할 텐데, 비록 사람의 핍박하는 것을 받았다 하여 만부득이한 일이지만, 만일 일이 있으면 앞으로 어떻게 하여야 하나?'
하고 마음이 심란하여 한 봉 문서를 장문원에게 맡겨 각 마을에 발령하게 했다.

송강은 고을에 나아서 사람을 찾으려고 하는데, 등뒤에서 사람이 부르는 소리가 있어 멈춰섰다.
"송 압사는 어디를 가십니까?"
송강이 머리를 돌려 보니 전부터 중매를 하던 왕파였다.
왕파가 한 여자를 데리고 오며 아뢰었다.
"전날 인연이 있어서 송 압사를 만났습니다."
"여보, 할멈이 나를 보고 무슨 말을 하려고 하오."
왕파가 염파를 가리키며 말했다.
"압사께서는 잘 모르실 것입니다만, 저 사람이 동경에서 와서 다만 세 식구였는데, 저 여자의 남편은 염공(閻公)이고 딸 하나가 있으니, 이름은 파석(婆惜)인데, 저의 애비가 온갖 노름을 가르쳐서 모르는 것이 없습니다만, 지금 나이는 열여덟 살이고 인물이 반반합니다. 그래서 데리고 산동의 친척을 찾아왔다가 만나지 못하고 운성현에 유락하였으나, 이곳 사람들이 풍류를 즐겨하지 않기 때문에 생계가 막연하여 고을 뒤에서 곤궁이 지내다가 염공이 불행하게 죽었습니다. 그러나 돈이 없어 장사를 지내지 못하니, 이 늙은 사람을 보고 제 딸을 아무에게나 보내고 돈을 얻어 장례 지내려고 하여, 이 늙은이보고 중매 노릇을 하라 하나, 졸지에 어디에서 그런 곳을 얻겠습니까? 바라옵건대 압사께서는 불쌍하고 측은히 여기시어 한 벌 관재를 보조하여 주십소서."

송강이 이 말을 듣고 가엾게 여기어 말했다.

"그렇다면 그대들은 나를 따라오시오."

하고 술집에 들어가 필묵을 빌려 가지고 첩지를 써서 왕파를 주며 일렀다.

"할멈은 현동 진삼랑의 집에 가서 이 표지를 주고 한 벌 관재를 가져오오."

하며 물었다.

"지금 당장 쓸 돈은 있소?"

염파가 하는 말이,

"관재를 얻을 길이 없어 쩔쩔매는 주제에 돈이 무슨 돈이 있겠습니까."

송강이 또 이 말을 듣고,

"그렇다면 내가 은자 열 냥을 줄 터이니 보태 쓰시오."

그 여자가 송강의 후의에 감사하며 인사했다.

"이것은 중생 부모(重生父母)이신데, 이 은혜를 어떻게 다 갚겠습니까?"

"별말을 다 하오. 그런 말은 하지 마오."

하고 은자 열 냥을 주고 하처로 들어갔다.
 이때 염파는 진삼랑의 집을 찾아가서 송 압사의 표지를 주고 관재 한 벌을 얻어다가 돈을 보태어 제 남편의 시신을 장례했다.
 그 후 남은 돈을 가지고 며칠을 지내다가 하루는 염파가 송강의 하처를 찾아가서 먼저 은혜를 사례하고 돌아오는 길에 왕파를 보고 물었다.
 "송 압사께서 부인이 계신가요?"
 "나도 아직 잘 모르지만, 들으니, 압사는 본집이 있어 가족이 그곳에 있고, 압사는 이 고을에 혼자 와서 계시며 평생에 관재와 약을 베풀어 사람들의 급한 것을 구제하지만, 낭자를 두었다는 말은 아직 듣지 못하였소."
 "우리집 딸이 다 커서 인물도 과히 흉하지 않고, 겸하여 모든 음률에 모를 것이 없는 고로, 동경에 있을 적에 누가 아니 예뻐했겠소. 내가 이제 압사의 하처에 낭자 없는 것을 보았으니, 그대가 압사에게 말하여 혼인을 이루게 하여 주기를 바라오."
했다.
 왕파가 응낙하고 이튿날 송강을 찾아보고 염파의 말을 전하고 혼인하기를 권했다.
 송강이 처음에는 듣지 않다가 왕파가 능수 능란한 말수단으로 이토록 권하니, 송강이 마지못하여 염파석을 맞아 살림을 시작했다.
 살림을 시작한 지 반 달이 되지 못하여, 파석의 의속은 화려한 비단이며 머리에 꾸민 것은 전부가 화려한 비단이며 좋은 의복이 상당히 많았다.
 송강이 파석을 맞아 처음에는 날마다 한 방에서 자며 정분이 깊더니 날이 지나가자 차차 처음만 못하여 갔다.
 원래가 송강은 호걸이라 어찌 여색에만 마음이 있겠소 다만 좋아하는 것은 창봉인데, 염파석은 십팔구 세 한참 무르익어가는 판인데, 어떻게 제 뜻에 맞으리요. 만나기만 하면 송강과 다투어 사이가 좋지 않았다. 하루는 송강이 후사 장문원을 데리고 파석의 집에 와 술을 먹었다.

장문원은 송강과 같이 있는 압사인데, 그 사람의 별명은 소장삼(小張三)이다. 생김이 눈썹이 뽑혀 나고 눈이 밝고 입시울이 붉고 이가 희며 평생에 창기(娼妓)를 귀여워했다. 파석을 처음에 만나 보니 인물이 반반하게 생긴데다가 창기이니까 속마음에 두었고 파석이 또 그를 보니 뜻이 있었다. 서로 눈을 주어 정을 통하여 그 후에는 송강이 없는 때를 타 겉으로 송강을 찾는 척하고 찾아오면 염파석은 이를 맞아 차를 대접하고 서로 간통을 하니, 정분이 두터워졌다.

파석이 장삼을 만난 후로는 모든 정이 장삼에게로 갔기 때문에 송강을 어찌 마음에 두겠는가. 만나기만 하면 다투고 시끄러우나 송강은 호걸이기 때문에 그런 것은 조금도 마음에 두지 않고 집에 들어가지 않은 지가 반 달이 넘었다.

장삼이 파석과 정분이 나서 밤이면 찾아가고 밝으면 돌아갔다.

그러기 때문에 이웃에서는 모두가 알게 되었다. 또한 자연히 송강의 귀에도 들어가게 됐다. 송강은 반신 반의하여 가만히 생각하니,

'저년이 나와 귀밑머리 마주 풀은 바 아니니, 제가 나에게 정이 없으면 내가 어찌 저를 유념하겠는가.'
하며 두어 달을 통 찾지 않았다. 그러니 염파가 사람을 보내어 청하였으나, 일이 바쁘다고 핑계를 하며 가지 않았다.

하루는 송강이 다방에서 차를 마시면서 우연히 밖을 내다보니 다방 앞으로 한 사나이가 머리에 범양백 전립(范陽白氈笠)을 쓰고 몸에는 검은 옷을 입고 발에는 마혜(麻鞋)를 신고 허리에

요도를 차고 큰 보따리를 지고 지나가며 고을을 유심히 보며 갔다.

송강이 그 사람의 행색이 이상한 것을 보고 황망히 나와 뒤쫓아갔다. 그 사나이가 머리를 돌이킴에 송강이 낯이 익은 듯하나, 별안간 생각이 나지 않아 주저하며 송강이 감히 묻지 못하고 속으로 생각했다.

'저 사람이 참 이상하다. 어째서 나를 보고 무슨 말을 물으려고 하다가 그만 두는가?'

하며 두어 걸음 따라가니, 그 사람이 철물점을 하는 대장을 보고 묻는 소리가 났다.

"저기 가시는 압사가 누구십니까?"

"송 압사십니다."

그제야 그 사나이가 송강을 보고 인사를 하니, 송강이 말했다.

"뵈옵기는 어디서 많이 뵈온 것 같사오나 미처 생각이 잘나지 않습니다."

"형님, 소인을 따라오십시오."

하고 가는 고로, 송강은 그 사나이를 따라 조용한 적은 길로 들어가 술집을 찾아 누상에 올라가니, 그 사나이는 요도를 끄르고 절을 하는데, 송강이 깜짝 놀라 황망히 답례하고 물었다.

"그대는 누구십니까? 높으신 존함을 듣고저 합니다."

그 사나이가 대답했다.

"대은인이 어찌 소인을 잊으셨습니까?"

"정말로 낯은 많이 익으나, 소인이 미처 생각지 못하겠습니다."

"소제는 조보정의 장상에서 존형을 뵈옵던 적발귀 유당이옵니다."

송강이 듣고 깜짝 놀라 말했다.

"현제는 정말 담이 크구려? 공인을 만나지 않았으니, 다행이오! 공인의 눈에 띄었으면 큰일날 뻔하였소!"

"형님의 큰 은혜를 잊지 못하여 죽기를 생각하지 않고 찾아왔습니다."

"조천왕은 요사이 어떠하시오?"

"조 두령 형님은 재삼 말씀하시기를 큰 은인께서 목숨을 구하여 주신 덕을 입어 양산박에 두령이 되시고, 오학구는 군사가 되시고, 공손승은 부군사가 되어 함께 병권을 잡으시고, 임충의 기지로 왕륜을 없애고 두천, 송만, 주귀와 합의하여 산채의 취의하여, 수하에 졸개들만 칠백 명이요 양식이 삼 년을 견딜 터이오니, 이것이 다 형님의 구해 주신 덕입니다. 그러기에 큰 은혜를 잊지 못하여 특별히 저 유당으로 하여금, 한 봉 글과 황금 일백 냥을 보내어 은혜를 사례하고 다시 조 도두와 뇌 도두에게 보내는 금이 있습니다."

하고 보따리를 끌르고 글과 금을 내어 드리니, 송강이 보고 즉시 옷을 거두어 올리고 초문대에 한 조각 금과 편지를 넣은 후에 유당에게 금을 도로 싸라 하고, 주보를 불러 한 채반 쇠고기와 채소를 가져오고 술은 제일 좋은 것으로 가져오라 하여 유당과 같이 마시는데, 날이 점점 저물어왔다.

유당이 금을 모두 송강의 전대에 넣으려고 하니, 송강이 말했다.

"현제는 내 말을 들으시오. 그들 일곱 사람이 처음으로 산에 올라갔으나, 앞으로 금을 쓸 데가 많을 것이오. 나는 집안에서 아직 쓸 것이 있으니, 가지고 가서 다른 데 쓰게 하오. 그리고 만일 내가 필요할 때가 생기면 찾아가서 달라고 할 터이오. 송강이 어찌 즐겨 받으리오. 즉시 산채로 올라가시오."

"만일 두령들이 형님의 큰 은혜를 갚을 길이 없는 고로, 소제로 하여 사소한 예물을 보내어 애틋한 정을 표하는 것입니다. 요사이 조보정 형님이 두령이 되시고, 오학구가 군사가 되어, 산채의 호령이 전과 같이 녹녹지 않으니, 만일 도로 가지고 가면, 소제는 필연코 중책을 당할 것입니다."
 "정 그렇다면 내가 마땅히 한 회답을 하여 주겠소."
 유당이 아무리 받으라 하나 송강이 어찌 즐겨 받으리오. 즉시 종이와 필묵을 빌려 한 봉 답장을 하여 주었다. 유당은 한낱 곧은 사람이라 송강의 그렇듯 물리치는 것을 보고는 더 권하지 못하고 금을 도로 넣었다.
 "형님께서 이렇듯 답장을 하여 주시니 소제 밤을 도와 돌아가겠습니다."
 "현제는 산채에 돌아가거든 여러 두령들에게 송강의 뜻을 알리고 현제를 하룻밤도 머물지 못하게 한 것을 박절하게 여기지 마시오."
 유당이 네 번 절하며 하직했다.
 유당은 요도를 차고 보따리를 지고 송강을 따라 술집에서 나와 고을 어귀까지 나왔다. 때는 팔월 십오일이라 명월이 하늘에 밝았는데, 송강이 유당의 손을 이끌고 오며 분부했다.
 "현제는 몸을 보중하여 돌이기고 다시 이곳에 올 생각은 마시오. 저 멀리 갈 것 없이 이곳에서 작별합시다."
 유당이 하직하고 밤을 도와 양산박으로 돌아갔다.

 이때 송강이 유당을 멀리 보내고 비로소 마음을 진정하여 천천히 걸어 하처로 오며 생각했다.
 '다행히 공인을 만나지 않았구나.'
하며 오는데, 뒤에서 누군가 아는 체를 하기에 송강이 머리를 돌이켜보니 염파였다. 염파가 따라와 붙들고 애원했다.
 "나으리를 찾으려고 여러 번 사람을 보냈으나, 통 오시지 않으시니, 나의 천녀가 비록 공손하지 못하여 말로 나으리를 거슬린 것이 있다 하시더라도 이 늙은이 낯을 보시어 용서하시고,

오늘은 이 늙은이와 같이 가시면 제가 사죄하게 하겠습니다."
 송강이 그 말을 듣고 거절했다.
 "오늘은 공사에 급한 일이 있어서 갈 틈이 없어 가지 못하겠소."
 "요즈음 우리 집 애가 나으리 오시기를 눈이 빠지게 기다리고 있습니다. 그러니 오늘은 잠깐 가시어서 달래 주십시오."
 "오늘은 정말로 급한 일이 있어 갈 수 없으니, 내일은 틀림없이 가겠소."
 "오늘은 제가 무슨 일이 있든지간에 나으리를 모셔 가야겠습니다. 그렇지 않으면 나도 가지 않고 여기 있을 터이니, 그리 아십시오. 누가 나으리께 이간을 시키는지 모르지만, 우리 아이는 평생을 나으리만 믿고 사는데, 외인의 시비를 듣지 마십시오. 그것은 개방구 같은 말이오니, 모든 일을 제가 책임지고, 만일 무슨 일이 있으면 이 늙은 사람이 담당하겠습니다. 오늘은 이 늙은이와 같이 가십시다."
 "할멈은 나를 귀찮게 하지 마시오."
 "나으리가 비록 공사를 그르칠지라도 지현상공께서 크게 책하시지 않을 것이오. 만일 이번에 놓치면 다시 만나기 어려우니, 이 늙은 사람과 같이 가시면, 내가 아뢸 말씀이 있습니다."
 송강은 성품이 온유한 사람이라 염파의 보채는 것을 물리치지 못했다.
 "그러면 같이 갈 터이니 팔이나 놓으시오."
하고 두 사람이 같이 갔다. 문 앞에 이르러 송강이 들어가지 않고 있으니, 염파가 송강의 옷을 잡아 끌었다.
 "나으리께서 여기까지 오시어서 어째 들어가시지 않으십니까?"
 송강이 들어가 동상에 앉으니, 염파는 송강이 달아날까 하여 곁에 앉아 소리를 질렀다.

"애, 삼랑이 오셨으니, 내려와서 뵈어라."

염파석이 상 위에 누웠다가 제 어미의 소리를 듣고 제가 기다리는 장삼랑이 온 줄 알고 입안의 말로 투정했다.

'이 죽일 놈이 남이 기다리게 하여 간장이 다 타게 하였으니, 이놈을 먼저 뺨을 갈기어 내 분을 풀겠다.'

하고 뛰어내려 오다가 문틈으로 내다보니 송강이 앉았는 것을 보고 도로 동상에 올라가서 나오지 않았다.

염파가 다시 불렀다.

"애야, 네가 사랑하는 사람이 왔는데, 어찌 지체하느냐?"

파석이 상 위에 누워서 대답했다.

"제가 내 집에 일찍이 오지 않고 또 제가 병들지 않았으면 어찌 올라와 보지 않고 내가 맞기를 기다리나요? 어머니는 부질없는 일을 마십시오."

"저런 배우지 못한 것 좀 보았나! 나으리께서 올라와 보기를 바라는가?"

송강이 파석의 말을 듣고 내심 불쾌하기 짝이 없으나, 염파의 끄는 것을 떼지 못하여 할 수 없이 다락에 올라가니, 방을 반 칸을 줄여 가지고 침실을 만들어 자리를 펴놓았고, 삼면을 능화를 바르고 붉은 비단으로 방장을 하여 드리우고, 그 곁에 옷걸이를 놓고 시렁 위에 수건을 걸고 붉은 칠한 교의를 네 개를 놓았다.

송강이 교의에 앉으니, 염파가 파석을 끌어다가 교의에 앉히며 말했다.

"나으리께서 와서 계시니 고분고분 좀 모셔라. 나으리께서 자주 오시지 않으시기로 마음에 늘 불안하더니, 오늘은 청하여 오셨으니, 용이하지 않을 것이다. 너도 못되게 굴지 마라."

파석이 이 말을 듣고 손을 들어 염파를 밀쳐냈다.

"어머니는 귀찮게 굴지 마십시오. 내가 일찍이 잘못한 일이 없는데, 제 스스로 오지 않은 것을 뭣 땜에 빌겠소!"
 송강이 듣고 아무 소리도 않으니, 염파가 파석을 끌어 송강의 곁에 앉혔다.
 "너는 나으리 곁에 앉아라. 빌지 않으면 그만이지 무슨 일로 그리 못되게 구느냐?"
 파석이 어찌 말을 듣겠소. 제마음대로 외면하여 앉았다.
 송강이 머리를 숙이고 알은 체 않고 파석은 얼굴을 외면하고 앉았으니, 염파가 말했다.
 "이 늙은 사람이 좋은 술이 한 병 있으니, 과일을 사다가 대접할 테니 너는 나으리를 모시고 있거라. 내가 즉시 다녀오마."
 송강이 가만히 생각했다.
 '내가 저 할미 때문에 마음대로 못하였는데, 저 할미가 밖에 나가려고 하니, 나도 뒤쫓아 가야겠다.'
하는데, 그 할멈이 송강의 뜻을 안 듯이 나가며 문을 밖으로 잠갔다.
 '저 할멈이 내 뜻을 먼저 알았구나.'
 송강이 애석해 했다.
 이때 염파가 다락에서 내려와 솥에 불을 피워 물을 데우고, 쇄은자를 가지고 저자에 나가 과일과 선어(鮮魚)와 닭을 사 가지고 돌아와, 탁자를 벌리고 술을 주전자에 데워 가지고 다락에 올라, 모든 음식을 탁자에 벌이고 송강과 파석을 보니 서로 외면을 하고 앉아 있다.
 "얘야, 너도 술을 따라 나으리께 권하여라."
 파석이 톡 쏘았다.
 "어머니는 혼자서 술을 마실 것이지 왜 나를 귀찮게 하시오."
 "우리 아이는 어려서부터 성품이 괴팍하였어도 나으리 앞에서는 그렇게 못한다."
 "술을 따르지 않으면 어떻게 하겠소. 칼로 목을 짜르지는 못할 것이오."
 그 어미가 어이없이 도리어 웃으며 말했다.
 "내 말이 무엇이 그르냐? 나으리는 풍류 장부이라 너 같은 소견은 아니지만, 네가 술을 따르지 않으면 그만이지 무슨 일로 외면하고 있느냐?"
 파석이 못들은 체하고 있으니, 염파가 스스로 술을 부어 송강을 권하니, 송강이 마지못하여 한 잔을 먹었다.
 염파가 웃으며 말했다.
 "나으리는 너무 꾸짖지 마십시오. 아직 소견이 좁아 그러는 것이니, 나으리는 남의 방구 같은 말을 생각지 마시고 술을 어서 드십시오."
하고 잔을 탁자에 놓았다.
 "애야, 너는 어려서 부리던 버릇을 하지 말고 술이나 먹어라."
 파석이 이 말을 듣고 대꾸했다.
 "나를 귀찮게 굴지 말고 혼자 자시오."
 또 혼자 생각했다.
 '나는 장삼랑에게 모든 마음을 바치고 있는데, 어찌 저놈에게 조금이나 뜻이 있겠소 저놈에게 술이나 잔뜩 먹여 나를 귀찮게 굴지 못하게 해야겠다.'
하고 억지로 참고 술을 마셨다.
 염파가 웃으며 말했다.
 "너는 마음놓고 두어 잔 먹어라."
 하고 연하여 따라 송강을 권하니, 송강이 마지못하여 몇 잔을 더 먹었다.
 염파가 파석이 마음을 돌리고 술을 먹는 것을 보고 속으로 기뻐하며 생각했다.
 '오늘밤에 파석과 같이 잔다면 여태까지 쌓인 한이 다 풀리겠다.'

하여 한편으로 가늠하며 한편으로 술을 데워 다락에 올라와 보니, 송강은 고개를 숙이고 앉았고 파석은 치마끈을 접으며 외면하고 앉았으니, 염파가 껄껄 웃으며 말했다.

"아니, 두 분은 흙으로 만든 부처가 아니면 어찌 말이 통 없습니까? 나으리도 대장부가 어찌 농담 한 마디도 안 하십니까?"

송강의 마음에 괴로워하는 것이 있는데, 어찌 염파의 말에 대답을 하겠소. 파석은 속으로 생각했다.

'네가 아무리 우스운 소리를 하기로 내가 기다리는 장삼랑이 아닌 바에는 입을 열지 않는다.'

이렇게 두 사람이 마음이 각각 다르나, 할미는 혼자 술이 취하여 송강에게 술을 권하여 장가의 집 아들이 어떻고 이가의 집 딸이 어떠며 하고 있었다.

이때 마침 운성현 안에 생강 팔러 다니는 사람이 있었다. 부르기를 당우아(唐牛兒)라 하는데, 길거리 위에 있으며 조방으로 다니었다. 송강이 저를 도와 주고 만일 공사가 있으면 돈냥이나 얻어먹고 주선하여 주어 늘 송강을 위하여 죽을 곳이라도 사양하지 않았다.

이날도 거리 위에서 노름을 하다가 돈을 잃고 어디가 변통할 곳도 없어 송강을 찾아와서 사처에 가 보았더니 없기에 거리 위에 와서 찾으니, 길가 가게 사람들이 일러 주었다.

"당우아야, 네가 누구를 찾는데, 그렇게 급하게 구느냐?"
"제가 급한 일이 있어 사람 한 분을 찾습니다."
"누구를 찾는데, 그러느냐?"
"현리로 계신 송 압사를 찾습니다."
"우리가 아까 보니 염파와 같이 가더라."

당우아가 속으로 생각했다.

"옳다, 염파석이 장삼이와 서로 좋아하는데, 이 거지 같은 년이 송 압사 한 사람만 속이고 지나더니, 필경은 그 여우 같은 늙은이에게 끌려 갔구나. 내가 마침 목이 컬컬하여 송 압사를 찾으면 푼돈쯤은 얻어내기 용이하니, 잃은 것을 찾아야겠다."
하고 염파의 집에 이르니, 문 안에 등불이 환하고 문을 걸지 않아서 안으로 들어가 사다리가에 엎드려 엿들으니, 다락 위에서 염파의 껄껄 웃는 소리가 들린다. 사다리에서 기어올라가 문틈으로 안을 들여다보니 송강이 파석과 마주 앉아 서로 고개를 틀어 외면하였고, 염파는 가로앉아 입으로 칠십삼이니 팔십사니 하며 지껄이는데, 당우아가 들어가며 송강을 보고 인사를 한 후에 한편에 서니 송강이 반가워했다.

'저 사람이 마침 잘 왔다.'
하고 당우아를 보고 눈짓 하니, 당우아는 영리한 사람이라 그 뜻을 알아차리고 이에 말했다.

"소인이 압사를 찾아 여러 곳에 갔다가 만나지 못하고 사람들이 일러 주어 이리 왔습니다."

"천리에 무슨 일이 있는가?"

"압사께서 어찌 잊으셨습니까? 아까 맡기신 공사를 지현상공께서 들이라 하시는 고로, 공인을 너댓 군데나 보내어 찾으셨으나, 만나지 못하여서 지현상공은 초조해하십니다. 압사께서는 빨리 일어나십시오."

"그렇게 급할 것이며 지금 가 보아야겠다."
하고 몸을 일으켜 다락에서 내려오려고 하니, 염파가 문을 막고 만류했다.

"나으리는 가시지 못합니다. 당우아 도적놈이 감히 이 늙은이를 속이려고 하다니! 이것은 조막손이가 큰 도끼를 춤추려고 하는 셈이로구나. 지현상공이 부중에서 부인들과 술 먹고 즐기지 않고 무슨 일로 공사를 찾겠는가? 네가 도깨비 같은 말로 이 늙은이를 속이지 못할 것이다."

"정말 상공이 찾으시는 일이오. 거짓말이 아닙니다."
"너는 개방구 같은 말을 말아라. 이 늙은이의 한쌍 눈이 화등잔 같은데, 아까 압사가 눈짓하는 것을 내가 어찌 모른단 말이냐? 사람이 이르기를 살인은 가히 용이하려니와 정리는 용납키 어렵다고 하는데, 네가 압사를 충동하니, 너는 그만 두지 못할 것이다."
하고 몸을 일으켜 당우아의 등을 밀어 다락 아래로 내리쳤다.
"네가 무슨 일로 나를 이렇게 괄세하느냐?"
"사람들이 이르기를 사람의 의식을 파하는 놈은 부모를 죽인 원수와 같다고 하였으니, 네 빌어먹을 놈이 어찌 이 늙은이의 집에 와서 장난을 하느냐? 만일 소리를 크게 하면 내게 맞을 것이다."
"이 할미야, 무슨 일로 나를 치려고 하는가?"
염파가 술기운을 빌려 다섯 손가락으로 당우아의 뺨을 날려가게 쳐서 내치고 문을 닫으니, 당우아는 한 번 맞고 문 밖에 서서 크게 꾸짖으며 소리쳤다.
"이 여우 같은 늙은 도적년아, 착한 체하지 말라! 만일 압사의 낯을 보지 않는다면 네 집을 부서 버릴 것이다. 내가 지금은 맞고 가지만, 뒤에 너의 집이 무사하지 못할 것이다. 마음 놓지 마라. 만일 원수를 갚지 못하면, 내 성이 당(唐)가가 아니다!"
하고 가슴을 치고 갔다.
염파가 다락 위에 올라와 송강을 보고 말했다.
"나으리는 그런 거렁뱅이 말을 곧이 듣지 마십시오. 저런 것이 사람을 속이다가 나중에는 반드시 남의 문지방을 베고 죽습니다."
송강은 원래 진실한 사람이라 염파의 말을 물리치지 못하여 몸을 일으키지 못하고 앉았다.
"나으리는 이 늙은이를 너무 꾸짖지 마시고 우리집 아이와 일찍이 주무십시오."
하고 술상을 수습하여 다락 아래로 내려갔다.
 '파석이 장삼이 하고 좋아지낸다고 하나 내가 직접 본 일이 아니다. 남의 말만 듣고 일을 반신 반의하고 있으니, 내가 오늘은 자면서 저의 거동을 보아야겠다.'
하는데, 또 염파가 다락에 올라와서 말했다.
 "나으리는 오늘밤에 많이 재미 보시고, 내일은 늦게 일어나셔도 무방합니다."
하고 다락에서 내려가더니 등불을 끄고 자더라.
 송강이 상 위에 앉아 파석을 보니 다만 한숨만 쉬고 눈을 들어 보지 않더니, 이경은 되어 옷도 벗지 않고 혼자서 벽을 향하여 돌아누워 잤다.
 '이 천인이 나를 모른 체하고 저 혼자 자니, 내가 오늘밤 염파에게 끌려 와서 여러 잔 술을 먹고 취하였고 또한 밤이 깊었으니, 조금 더 쉬었다가 새벽에 가야겠다.'
하고 두건을 벗어 탁자에 놓고 웃옷을 벗어 걸고 허리에 띠었던 전대와 조그만한 칼과 초문대를 옆에 난간에 걸고 상 위에 누워 자다가 들으니, 파석이 비웃기를 마지않으니, 송강이 어찌 잠이 올 것인가. 즐겁게 밤을 지내면 밤이 짧고 괴롭게 지내면 밤이 긴 것은 자고로 내려오는 일이니, 지루하게 기다려 오경이 되어서, 송강이 일어나 냉수에 세수하고 옷을 차려입고 두건을 찾아 쓰고 꾸짖었다.
 "저 천인이 어찌 그렇게 무례하냐?"
 파석이 자지 않고 있다가 꾸짖는 것을 듣고 몸을 돌이켜 대답했다.
 "네가 부끄럽지 않아 나를 꾸짖는가?"
 송강이 분이 머리끝까지 치밀어 대답도 하지 않고 다락 아래로 내려오니, 염파가 송강이 내려오는 것을 듣고,

"나으리는 더 푹 쉬시고 날이나 밝거든 가실 것이지, 무슨 일로 이렇게 일찍 일어납니까?"

송강이 대답도 하지 않고 나오니, 또 염파가 지껄였다.

"나으리, 가시거든 문이나 닫고 가십시오."

송강이 분을 참지 못하여 하처로 가는데, 고을 앞에 이르니, 한 집이 등불을 켜 놓고 있어서 송강이 보니 원래 탕약 팔던 왕공(王公)이었다.

왕공이 일찍 일어나 저자를 보려고 등불을 켜 놓았는데, 왕공이 송강이 오는 것을 보고 황망히 맞아 이르기를,

"압사께서 오늘 무슨 일로 이렇게 일찍 나오십니까?"

"밤에 취하여 시간을 잘못 듣고 나왔소."

"압사께서 술에 상하셨으면 이리 앉아 이진탕을 잡수십시오."

"참 좋은 말이오."

하고 등상 위에 앉으니, 왕공이 한 그릇 이진탕을 데워 가지고 들어왔다.

송강이 받아 마시며 홀연히 생각했다.

'내가 늘 왕공의 약을 많이 먹고 돈을 주지 못하였고, 내가 또 전달에 관재를 준다고 하고 한 번도 주지 못하였으니, 어제 조개가 보낸 것이 초문대 속에 들었으니, 이것을 주면 왕공이 어찌 기뻐하지 않겠소.'

"왕공, 내가 전날부터 관재 한 벌을 준다고 한 것을 늘 주지 못하였더니, 오늘 마침 적은 돈이나 금이 있으니, 그대를 주어 진삼랑의 집에 가서 한 벌의 관재를 얻어 집에 두었다가 백 년 후에 쓸 곳에 쓰구려."

"은인께서는 늘 이 늙은 사람을 돌보아 주시고 이제 또 종신수구(終身壽具)를 주시니, 은혜를 다 갚지 못할 것이니, 후세에 마땅히 우마가 되어 갚겠습니다."

"그런 말 마시오."

하고 초문대를 끄르다가 깜짝 놀라 다시 생각했다.

'내가 어제 파석의 집 난간에 걸고 분한 김에 잊고 그냥 나왔으니, 금자는 대단하지 않으나, 조개가 보낸 편지가 그 속에 들었으니, 당시에 그럴 수가 없어서 태우지 못하고 전대에 넣었다가 추후에 없애려고 했던 것인데, 파석이 글자를 알아보는 고로, 그 앞에서 감히 태우지 못하고 미뤄 두었더니 이제 잊고 왔다.'

왕공을 보고 말했다.

"내가 금을 초문대에 넣어 두었는데, 급히 나오느라고 잊고 왔으니, 내가 가져다주리다."

"내일 천천히 가져다가 주셔도 무엇이 늦겠습니까."

"그대가 모르는 소리요. 그 속에 또 긴요한 것이 들어 있소."
하고 황급히 염파의 집으로 갔다.

이때 염파석은 송강이 나가는 것을 보고 비로소 일어나 투덜거렸다.

"이놈이 나를 하룻밤을 괴롭게 했다. 제가 나의 빌기를 바라거니와 나는 장삼에게 내 마음이 있는데, 어찌 저에게 뜻을 두겠는가. 제가 나에게 오지 않으면 않을수록 좋겠다."
하고 일어나 자리를 펴고 자려고 하는데, 상 앞에 유리등이 환하게 밝은 데 전대가 걸렸다.

파석이 보고 웃으며 좋아했다.

"흑삼랑 자식, 몹시 당황해서 띠를 잊고 가버렸어. 챙겨 두었다가 장삼랑에게나 주자."
하고 손을 뻗쳐 열어 보니 서류포와 주머니 칼이 늘어져 있었다. 주머니는 묵직한 것이 뭔가가 있는 듯했다. 입을 열고 책상 위에다 거꾸로 흔들어 보니, 그 속에서 나온 것은 예의 금자를 싼 것과 편지였다. 펼쳐져 불빛 밑에 보니 '조개'라고 적혀 있고 이것저것 자잘구레한 용건이 적혀 있었다.

"나는 장삼랑과 부부가 되고 싶었지만, 그러기 위해서는 너라는 한 놈이 방해였었어. 그런데 너는 양산박의 도적들과 한패되어 있었군? 이제도 누구도 꺼릴 것이 없어졌구나!"
하면서 편지와 돈을 먼저대로 싸서 전대에 도로 넣는데, 아래층에서 찌익 하고 문이 열리는 소리가 들리며 염파의 목소리가 들렸다.
"나으리십니까? 제가 이르다고 하지 않습니까? 들어가셔서 편히 쉬시고 늦거든 가십시오."
송강이 대답하지 아니하고 다락 위로 올라가니, 파석이 송강의 소리를 듣고 황망히 난대와 초문대를 한데 말아 감추고 짐짓 코를 골며 벽을 향하여 자는 체했다.
송강이 급히 올라와 난간의 초문대를 찾으나, 그림자도 없었다. 심중에 근심되어 이에 어젯밤 분기를 꿀꺽 참고 손으로 파석을 흔들며 물었다.
"너는 전의 정리를 보아서 초문대를 주게."
파석이 모르는 체하니, 송강이 목소리를 낮추어 물었다.
"네가 내 말을 들으면 밝은 날에 그대를 위하여 사죄하리라."
"남이 달게 자는 잠을 누가 와서 깨운단 말이오?"
"그대는 나를 보고 모르는 체하는가?"
파석이 몸을 일으키며 말했다.
"흑삼랑이, 그대가 무슨 말을 하려고 하오?"
"그대는 내 초문대를 내놓아라!"
"그대가 언제 나에게 초문대를 맡겼소?"
"네가 나를 놀리지 말아. 네가 잔 뒤에 난간에 걸었던 것이니, 네가 가지지 않았으면 누가 갖겠는가?"
"그대가 귀신을 보았나?"
"내가 정말 잘못하였으니, 날이 밝으면 네게 사례를 하겠다."
"나는 모르오."

송강이 웃으며,
"너는 희롱하지 말라!"
파석이 눈을 부릅뜨고 소리쳤다.
"누가 그대와 희롱하겠소!"
"네가 먼저는 치마를 벗지 않았는데, 이제는 치마를 벗고 이불을 덮었으니, 네가 모르고 누가 안단 말이냐?"
파석이 그제야 나비 눈썹을 거느리고 별 같은 눈에 독기가 가득하여 말했다.
"내가 가지기는 하였으나, 그대를 주지 않을 것이니, 그대는 관부의 사람들로 하여금 나를 도적으로 다스리고 찾으시오!"
"네가 너와 원수진 것이 없는데, 어떻게 도적으로 몰아 잡으려 하겠는가?"
"그대도 나를 도적이 아닌 것은 아는가?"
송강이 파석의 말을 듣고 황망하여 말했다.
"네가 그것을 주지 않으려면 그 중에 두 가지만, 나를 다오."
"늘 네가 장삼이와 나를 꾸짖었지만, 칼로 목을 베일 짓은 않았으니, 어찌 그대같이 양산박 강도와 통모하는 일이 있었을까?"
"착한 그대는 소리를 높이지 말아라. 동네 사람들이 들으면 좋지 못하다."
"남이 알까 두려우면 당초에 행하지 않을 것이지, 저 글을 깊이 감추었으니, 그대가 만일 살고 싶으면 내가 말하는 것 세 가지를 이행할 수 있나?"
"세 가지 아니 서른 가지라도 하라는 대로 하겠다."
"즐겨서 이행하지 않을까 하는데,?"
"이행할 만한 일이면 행할 것이니, 세 가지 일이 무슨 일이냐?"
"첫째는 오늘로부터 원문서를 도로 주고 다시 한 장 문서를 만들어 내 마음대로 장삼에게 시집을 가더라도 다시 와서 시시비비하지 말 것."

"네 말대로 하여라."

"둘째는 나의 머리에 꽂힌 비녀와 입은 의복과 집안의 쓰는 것이 다 그대가 장만하여 준 것인데, 다시 와서 다투지 말고 내 임의로 쓸 수 있게 하오."

"그렇게 하라."

"또 한 가지는 그대가 듣지 않을 것 같다."

"이미 두 가지 일을 다 행하였는데, 무엇이 걱정이 되어 말하여 주지 않는가?"

"양산박 조개가 보낸 황금 백 냥을 주면 너를 살리려니와 그렇지 않으면 초문대를 관청에 바치겠소."

"일백 냥 금을 받지 않고 도로 보내었으니, 만일 있으면 쌍수로 받들어 너를 줄 것이다."

"내가 들으니, 공인들은 금을 보면 파리가 피를 만난 것과 같다고 하는데, 사람이 금을 보냈는데, 어찌 도로 보내겠소? 그대 말이 정말 엉터리 같소. 고양이가 버린 것을 먹지 않고 염라왕의 앞에 도로 보내는 귀신이 있다는 말을 듣지 못하였소 누구를 속이려고 하는 것이오?"

"내가 나를 정말로 믿지 못하는구나. 내가 어찌 거짓말을 하겠는가. 삼일 기한을 주면 내가 가산을 팔아서라도 일백 냥을 마련하여 주겠다."

파석이 비웃었다.

"그대가 나를 어린아이로 아는가? 그대 초문대를 찾으려고 하면 그대 한 손에 금을 가지고 서로 바꿉시다."

"정말 금이 없다."

"내일 아침에 공청에 가서도 금이 없다고 하겠소?"

송강이 공청 두 글자를 듣더니 노기가 머리끝까지 치밀어 눈을 부릅뜨고 소리쳤다.
"네가 주려고 하느냐, 안 주려고 하느냐?"
"그대가 거센 체 하지만, 나는 겁내어 주지 않겠소!"
"정말 안 주겠느냐?"
"그대가 정말 찾으려면 운성현 관청에 가서 주겠소!"
 송강이 달려들어 파석의 이불을 벗기려고 하자, 파석이 두 손으로 빼앗으려 하니, 파석이 어찌 기꺼이 놓겠는가. 송강은 죽을 힘을 다하여 뺏으려고 하고 파석은 죽어도 놓지 않으니, 평생 힘을 다하여 잡아 당기니 전대에 걸렸던 칼이 떨어졌다. 송강이 떨어진 칼을 집어 손에 드니, 파석이 송강의 칼 든 것을 보고 소리쳤다.
"흑삼랑이 사람을 죽인다!"
하니, 이 한 마디에 송강의 생각이 변했다. 송강이 노기를 이기지 못하여 서 있는데, 파석이 죽인다 하고 소리 지른 것을 듣고 대노하여 칼을 드니 목에서 한 줄기 피가 쏟아지며 파석이 거꾸러졌다.
 송강이 다시 칼을 들어 목을 자르고 초문대의 조개 편지를 불태워 버리고 난대를 띠고 다락에서 내려오니, 염파가 다락 아래에서 처음에는 둘이서 다투는 것을 듣고 아무 생각 없었으나, 나중에 파석이 사람 죽인다 하는 소리를 듣고 무슨 일인지 몰라 황망히 옷을 찾아 입고 다락 위로 올라오다가 송강과 마주쳐 황망히 물었다.
"나으리 무슨 일로 그렇게 다투십니까?"
"파석이 무례하기로 내가 죽였소."
"나으리 눈이 사납지 않고 또 주성이 사납지 않은데 어떻게 사람을 죽이겠수? 농담마슈."
"내 말이 못 믿겠거든 올라가 보오."
"나는 나으리 말을 믿지 못하겠소."

하며 방문을 열어 보니 유혈이 낭자한 가운데 죽은 시체가 가로 놓였다.

염파가 떨며 말했다.

"나으리, 이게 웬일이십니까?"

"내가 부득이해서 저지른 일이오. 나도 사내 대장부요. 이대로 도망할 생각은 조금도 없소이다. 모든 것을 하라는 대로 하겠소."

"착하신 나으리께서 오죽 답답하셔서 이러셨겠소? 따져 본다면 모두가 제 딸년 잘못에서 나온 일이오. 하지만, 제 딸년마저 죽고 보니 이 늙은 것을 돌봐 줄 사람도 없고 앞으로 살아갈 길이 막연합니다그려."

"그것은 염려 마시오. 이미 할멈을 데려다가 평생의 주식을 후하게 하여 죽을 때까지 잘 살게 하면 될 것이 아니겠소."

"그것은 감사합니다만 딸년의 시체가 상 위에 있으니, 어떻게 처리하겠소?"

"그것은 쉬운 일이오. 진삼랑에게 기별하면 한 벌 관재를 줄 것이며, 사람을 시켜 염습하면 될 것이니 다시 열 냥 은자를 줄 터이니 보태 쓰시오."

"나으리는 날이 밝기 전에 관재를 얻어 주시면 일찍이 장사지내고 거리의 가게 사람들이 알지 못하게 하십시다."

"그대의 말이 옳소."

하고 지필을 가져다 편지를 써서 주려고 하니, 염파가 만류했다.

"편지는 써서 무엇하겠습니까? 나으리께서 친히 가시어 구하여 주시면 더 빨리 일을 끝마칠 것입니다."

송강이 옳게 여겨 염파를 데리고 다락에서 내려오니, 할멈이 방문을 잠그고 송강과 같이 현전에 이르니, 날이 채 밝지 않았다. 할멈이 고을 앞에 이르러 갑자기 송강의 팔을 붙들며 소리를 질렀다.

"살인범이 여기 있으니, 잡아 주시오!"
하니, 송강이 황망히 할멈의 입을 틀어막으며 말했다.
"이게 무슨 소리요?"
염파는 들은 척 않고 계속 소리쳤다.
"어찌하여 살인범을 잡아주지 않소!"
여러 공인들이 와서 사람을 헤치고 보니 송강이기 때문에 모두들 놀려 말했다.
"할멈은 주둥이를 닥쳐라! 저 압사는 그러한 사람이 아니다!"
"이 사람이 정말 사람을 죽인 범인입니다! 너희들이 나를 위하여 잡아 주시오!"
"할멈은 목소리를 낮추고, 무슨 잘못이 있다 하더라도 조용히 말할 것이지, 어찌 그리 급하게 구느냐?"
염파가 아무리 소리를 질러도 송강의 위인이 좋은 고로, 누가 할멈의 말을 곧이 들으리오. 한참 시끄러운데 당우아가 한 채반 생강을 가지고 현전에 와서 팔려고 하다가 보니 염파가 송강을 단단히 잡고 송강은 억울하다 하니, 당우아는 염파가 송강을 붙들어 흔드는 것을 보고, 간밤에 저 할멈한테 맞은 일이 생각나 통분하여서 문득 생강 채반을 왕공의 푸자 위에다 놓고 여러 사람을 헤치고 들어오며 소리를 질러 꾸짖어 말했다.
"이 늙은 년아! 압사를 놓지 못하느냐! 무슨 일이냐?"
"당우아는 간섭하지 마라! 네가 만일 송강을 놓치면 네가 대신 죽을 것이다!"
당우아가 분통이 터져 머리끝까지 치밀어 염파의 말을 곧이 들을 리 없었다. 달려들며 다섯 손가락을 벌려 염파의 뺨을 치니 염파는 한 번 맞으니, 눈에서 불이 나고 정신이 아득하여 송강을 놓아버렸다.
송강이 몸을 돌려 달아나니, 할멈이 당우아를 붙들고 소리쳤다.

"송강 이놈이 내 딸을 죽였기로 고발하러 가는데, 네가 와서 달아나게 하였으니, 네가 대신 잡혀 가거라!"

당우아가 황망하여 말했다.

"내가 어떻게 그런 줄 알았소!"

염파가 여러 사람을 보고 외쳤다.

"여러분들은 나를 위하여 이 살인범을 잡으시오! 만일 잡지 아니하면 너희에게 죄를 뒤집어 씌우겠다!"

여러 사람들이 처음에는 송강의 얼굴을 보아 잡지 못하다가, 당우아에 당하여는 무슨 꺼리는 게 있겠소. 일시에 달려들어 당우아를 잡아 현아에 들어가니, 지현상공이 살인 공사가 있는 것을 알고 황망히 공청에 오르니, 모든 공인이 당우아를 끌어 청 앞에 이르니, 지현이 보니 늙은 할멈 하나는 왼쪽에 꿇어 앉았고 후손 하나는 오른편에 꿇어 앉았으니, 지현이 물었다.

"무슨 일로 살인한 것을 자세히 알리라."

할미가 아뢰었다.

"이 늙은 몸의 성은 염이옵니다. 여식 하나가 있었는데, 이름은 파석이라 합니다. 일찍이 송강에게 시집을 갔는데, 간밤에 딸년과 송강이 술을 먹었습니다. 그때 이 당우아가 찾아와서 한바탕 소란을 피우고 간 일이 있습니다. 이것은 이웃사람이 다 아는 일이오. 오늘 아침에 송강이 제 딸년을 죽였기에 이 늙은 것이 끌고 오는데, 당우아 이 녀석이 이 늙은 것을 치고 송강을 달아나게 하였습니다. 상공은 모든 것을 밝혀 내어 처치하여 주옵소서."

지현이 말했다.

"당우아야, 네가 어찌 살인범을 달아나게 하였느냐?"

"소인은 전후 일을 알지 못하고 간밤에 돈을 좀 빌리려고 송강을 찾아갔습니다. 그런데 이 할멈이 소인을 밀어 내치기로 어찌 분하지 않겠습니까. 오늘 마침 생강을 팔려고 나왔다가 저 할멈이 송강을 붙들고 시비를 하기에, 소인이 간밤에 맞은 일이 분하여 할멈을 한 번 친 것입니다만, 파석이 죽은 것은 조금도 모르는 것입니다."

지현이 꾸짖었다.

"송강은 성실한 군자인데, 어찌 그런 일을 저질렀겠느냐? 모두가 네가 간섭한 일이다."

하고 좌우 당청 아전을 물으니, 당하에 압사 장문원이 염파의 고하는 말을 들으니, 어찌 한이 되지 않으리오. 청 앞에 이르러 지현의 분부를 듣고 즉시 여러 사람의 초사를 받고 염파를 물러가 있어라 하고, 길거리 가게를 보는 백성들을 우선 풀어 보내고 염파의 집에 나아가 시체를 검시했다.

그 옆에 증거물로 죽이던 칼이 놓여 있고 목 위에 두 번 칼로 찌른 행적이 분명했다.

관에 담아 장사 지내라고 하고 당우아를 데리고 돌아왔다.

지현이 송강을 사랑하는 고로, 다만 당우아만 올려 추문하니, 당우아가 계속 말했다.

"소인은 정말 전후 사정을 모릅니다."

지현이 꾸짖어 말했다.

"무슨 변명을 하느냐? 네 저놈이 무슨 일로 밤중에 염파의 집에 갔느냐? 분명히 무슨 간섭할 일이 있는 것이 아니냐?"

"소인이 밤에 간 것은 송강에게 돈을 빌리려고 한 것이올시다. 다른 일은 아무것도 없습니다."

"무슨 다른 소리를 하느냐? 좌우는 저놈을 쳐라!"

양쪽에 있던 공인이 일시에 달려들어 당우아를 잡아 엎어놓고 사오십 장을 쳤다. 그러나 앞에 말 한거나 뒤에 맞고 나도 한결같이 다른 말은 안 나온다.

지현이 아무리 저놈의 애매한 것을 아나 송강을 구하여 주려고 하니, 어찌 당우아를 놓아 주겠는가? 큰 칼 씌워 하옥시키니 장문원이 청상에 올라와 품했다.

"비록 당우아를 잡았으나, 증거물로 칼이 나온 것이 송강의 칼이오니, 송강을 잡아야만 단서를 알 것입니다."

지현이 세 번 네 번 재촉당하다 못하여 관차를 보내어 송강의 하처에 가니, 송강은 벌써 도망하고 없었다.

근처 백성들을 잡아다가 물으니, 여러 사람들이 모른다 했다.

"송강이 도망한 것을 저희들이 어떻게 알겠습니까?"

장문원이 또 품했다.

"송강은 비록 도망했으나, 저의 부친이 있고 아우 송청이 있으니, 잡아다가 죄인 송강을 잡아 바치라고 기한을 정하면, 어찌하여 송강을 잡지 못하겠습니까?"

지현이 어물어물하며 주저했다.

"아직 당우아가 있으니, 가두어 두고 서서히 송강을 잡지요."

장문원이 파석을 위하여 원수를 갚아 주려고 염파를 시켜 청 앞에 앉아 송강을 잡아 벌주기를 재촉했다.

지현이 피하다 못하여 한 장 공문을 내어 쓰고 삼사인 공인을 보내어 송가장으로 보내어 송 태공과 송청을 잡아오라고 했다.

공인이 문서를 가지고 송가장에 이르렀다.

송 태공이 장 밖에 나와 공인을 맞아 청상에 좌정한 후, 공문을 내어 보이니 태공이 말했다.

"상하는 잠깐 앉아 노한의 말을 들으십시오. 이 늙은 사람이 조상 때부터 촌중에 살면서 농업에 힘써 자생하였는데, 불효자 송강이 자고로, 뜻을 어기어 본분을 지키지 않고 아전 노릇하기를 즐겨하는 고로, 수년 전에 관가에 고하여 역자를 호적에서 제적하여 놓았기 때문에 지금은 식구로 치지 않고 이 늙은이는 어린 자식 송청을 데리고 황촌에 있어서 농업에 힘써 저와 인연을 끊어 간섭하는 것이 없었습니다. 그러나 내 친자식이었던 관계로 후에 혹시 연루될까 하여 전관에게 의빙하여 상고하기 위하여 문서를 내어 둔 것이 있으니, 상하는 이것을 보십시오."
 모든 공인들이 송강과 좋게 지내는 사이인데, 저 문서는 미리 달아날 줄을 알고 준비하여 둔 줄을 훤히 알지만, 남과 원수 맺기를 즐기겠는가? 서로 돌아보며 말했다.
 "태공께서 빙거 문서(憑據文書)가 있으시면, 그것을 초하여 가지고 돌아가 이대로 말하겠습니다."
 태공이 즉시 닭과 오리를 잡아 여러 사람을 대접하고 수십 량 은자와 빙거 문서를 내어 주었다.
 여러 공인들이 그 문서를 베껴 가지고 태공을 하직하고 돌아와 지현께 품했다.
 "송 태공이 삼 년 전에 호적에서 제적하여 놓고, 전관 때에 빙거 문서를 하여 둔 것이 있는 고로, 베껴 가지고 왔습니다."
 지현이 송강을 구하여 줄 수 있는 기회 얻는 것을 기쁘게 여겨 문서를 받아 보고 말했다.
 "이미 보고할 문서가 있으니, 어떻게 다시 저의 부형을 잡아 가겠는가? 가히 일천 관 상금을 내리고 각 처에 방을 부치고 송강을 잡는 것이 마땅하다."
 장삼이 염파를 부추키어 머리를 풀고 청 앞에 엎드려 아뢰었다.
 "송강을 송 태공이 제 집에 숨겨 두고 잡아 주지 않는 것을, 어찌 상공께서 힘써 잡아 두지 않으십니까?"
 지현이 크게 꾸짖었다.
 "제 애비가 삼 년 전에 이미 역자를 호적에서 제적하여 내렸는데, 문서가 소연한 것을 어떻게 잡아다가 묻겠느냐?"
 "그 문서는 허위이오니, 상공은 주장하여 하십시오."
 "수결이 분명한데, 어떻게 허위 문서라고 하겠는가?"
 염파가 청 앞에서 하늘을 우러러 부르짖었다.

"인명이 하늘같이 중대하온데, 상공께서 힘써 잡아 주시지 않으시니 상사에 가서 고발하여 원수를 갚으려고 합니다."

장삼이 청삼에 올라가 품했다.

"상공께서 공사를 힘쓰지 않으시면 저 염파가 상사에 고발할 것이면, 만일 물으러 왔을 때에는 소인이라도 대답할 말이 없을까 합니다."

지현이 마지못하여 한 장 공문을 써 주동과 뇌횡 두 사람들에 공인을 많이 거느리고 송가촌에 가서 흉범을 잡아오라고 했다.

주동과 뇌횡 두 도두는 토병을 거느리고 송가장에 이르니, 송태공이 황망히 맞는데, 주동과 뇌횡이 말했다.

"태공은 괴이하게 여기지 마십시오. 상사의 명령으로 거역할 수 없어 온 것이오니, 태공의 아들 압사가 어느 곳에 숨었소?"

"두 분 도두는 이 늙은 사람의 말을 들으십쇼. 내가 저 역자 송강이 이 늙은 사람의 간섭이 없은 지 벌써 삼 년인데, 전관의 빙고 문적이 확실하고 송강은 고을에 살고 이 늙은 사람은 촌에서 사는데, 호적까지 따로 만들어 놓았으니, 어떻게 저희 일을 알겠습니까?"

주동이 말했다.

"비록 그러하나, 우리 무리가 균첩을 받아왔으니, 당신의 말만 믿을 수 있겠소? 우리가 한 번 뒤져보고 가겠소."

하고 사십 명 토병을 앞뒷문에서 지키게 하고 뇌횡을 보고 먼저 들어가서 뒤져 보라고 했다.

뇌횡이 들어가 장전 장후를 뒤져보고 나와서,

"그림자도 보이지 않습니다."

"그러면 내가 한 번 들어가서 한 번 뒤져보고 나올 것이니 그대는 토병을 거느리고 여기서 기다리오."

"이 늙은 사람이 법도를 아는 사람인데, 어찌 역자를 숨기겠소"
"이것이 살인 공사이라 소홀히 못합니다."
태공이 말했다.
"도두는 마음대로 찾아보시오."
"뇌 도두는 태공을 붙들고 있으시오."
하고 스스로 안으로 들어가서 박도를 벽에 세우고 문을 닫은 후에 불당으로 들어가 상을 치워 한편으로 놓고 널판을 들추니 그 밑에 노끈이 있었다. 이 노끈을 잡아 흔드니 방울 소리가 나며 송강이 그 밑에서 나오다가 주동을 보고 놀래었다.
"형님은 놀라지 마십시오. 소제가 어찌 형님을 잡아가겠소? 형님이 늘 소행보고 이르기를 내 집에 본당을 짓고 불당 안에 상 널판을 치운 후에 삼세불을 위하여 상 밑에 지하실을 파 두었으니, 만일 긴급한 일이 있거든 그곳에 가서 피신하라 하시기에 마음에 새겨 두었는데, 오늘에 지현이 뇌 도두와 같이 형님을 잡으라 하기에 왔거니와 마지못하여 온 것입니다. 여러 사람을 속이고 형님을 보아 이르오니, 이 일을 상공께서도 돌보아 주시려고 하나 장문이 저 염파를 충동시켜 청 앞에 발악하여 말하기를, 만일 살인 공사를 힘써 주시지 않으시면 상사에 고발하겠다고 하니, 상공도 마지못하여 우리들을 명하여 집을 뒤져 잡아오라 하는데, 지금 뇌횡을 속이고 들어와 형님을 보고 말하니, 이곳이 비록 좋으나, 가히 오래 있지 못할 것이니, 만일 아는 사람이 있어 여기를 찾으면 어떻게 무사하기를 바라겠습니까?"
"현제의 주선하여 주신 덕이 감사하오."
"형님은 지금 이런 말을 할 때가 아닙니다. 일찍이 계교를 행하여 빨리 하십시오."
"나도 또한 생각이 그러하기에 갈 곳을 생각하니, 세 곳이 있으나, 한 곳은 황해군 소선풍 시진의 집이요, 한 곳은 청주 청풍채소이광 화영의 곳이요, 한 곳은 백호산 공 태공 장상인데, 저

공 태공이 두 아들이 있는데, 큰아들은 모두성 공명이요. 둘째아들은 독화성 공량인데, 저 형제의 두 사람이 일찍이 현아에 와서 서로 사귀어 정이 깊은데, 이 세 곳을 마음에 두고도 주저하여 정하지 못하겠소."

"형님은 빨리 추진하십시오. 오늘밤이라도 행하시고 머뭇거리지 마십시오."

"관가에 일은 다 현제가 주장하여 하되, 돈 드는 것은 다 송청에게 와서 찾아가오."

"그런 일은 소인이 다 담당할 것이니 형님은 마음놓으시고 가실 길을 일찍이 정하십시오."

송강이 주동을 작별하고 다시 지하실로 들어갔다.

주동이 널판을 덮고 불상을 놓고 문을 닫고 박도를 들고 나오며 말했다.

"송강이 없으니, 우리 송 태공을 잡아갑시다."

뇌횡이 태공을 잡아 가지고 하는 것을 듣고 가만히 생각했다.

'주동과 송강이 좋은 사이인데, 어찌 도리어 태공을 잡아 가자고 하리오? 이것은 나의 마음을 떠보는 것이니, 내가 먼저 인정을 베풀어야겠다.'

하고 초당에 들어가니, 태공이 황망히 나와 대접하니, 주동이 말했다.

"태공은 아직 주식을 내오지 말고 사랑(四郞)과 함께 현아로 가게 합시다."

"사랑은 어디 가고 없소?"

"근처에 농기를 만들러 가서 아직 오지 않았습니다. 그러나 송강 그놈은 역자로 삼 년 전에 내치고 한 장 빙거 문서를 항두었으니, 이것을 가져 가시오."

주동이 말했다.

"그것은 안 됩니다. 지현상공의 태지를 받들어 그대들을 잡으러 왔으니, 그대들 부자 두 사람이 현아에 들어가 말하시오."

뇌횡이 말했다.

"주 도두는 내 말을 들으시오. 압사가 죄를 저지른 것이 필시 연고가 있을 것이오. 또 죽을 죄인데, 이미 태공의 빙거 문서를 하여 둔 것이 있으니, 그것이 거짓이 아니니, 우리가 압사와 전일 교분을 생각하여 다만 저 문서를 베껴 가지고 돌아가는 것이 좋을까 하오."

주동이 가만히 생각했다.

'이것이 뇌횡이 내 뜻을 짐작하고 인정을 베풀려고 함이라.'

"뇌 도두는 말이 그렇다면 낸들 무슨 못된 마음으로 송 태공을 잡아가겠소"

태공이 사례하며 말했다.

"도두 두 분의 후덕으로 이렇게 하여 주시니 감사합니다."
하고 주식을 내다 대접하여 이십 냥 은자를 내어 도두 두 사람에게 주었다. 주, 뇌 두 사람이 어찌 즐겨 받으리오. 사양하고 받지 않고 토병들에게 나누어 상주고 문서를 베껴 가지고 태공을 작별하고 현아로 돌아오니, 마침 지현이 청상에서 공사를 하다가 주동과 뇌횡이 뵙고자 함에 지현이 연유를 물었다. 두 사람이 아뢰었다.

"소인들 두 사람이 온 집안을 뒤져보았으나, 정말로 그림자도 없고, 송 태공도 병이 들어 상에 누워 운신도 못하고, 송청은 와방에 나가 돌아오지 않았기로 문서만 베껴 가지고 왔습니다."

지현이 명했다.

"이미 그러하니, 마땅히 죄지은 사람을 쫓아가 잡아야겠다!"
하고 한 장 공문을 써 두 도두에게 주어 돌리게 했다.

또 현아에 송강과 가까이 지내온 사람들이 송강을 위하여 관절을 통해서 장삼이 여러 사람의 안면을 무시할 수 없고 하물며 파석은 이미 죽었으니, 장삼이 평소 송강의 덕을 많이 입었는

고로, 다시 말하지 않고 주동이 은냥을 염파에게 주며 달래니, 이 할멈은 돈푼이나 받아 가지고 마지못한 척 잠잠하고 있었다.

주동이 다시 상사에 인정을 쓰고 일을 알은 체 않게 하며, 지현이 주장하여 일천 관 상금으로 범인을 잡게 하고, 당우아는 등 이십을 쳐 오백 리 밖에 귀양 보내고 모든 백성들은 석방하여 내어 보냈다.

이때 송강의 집에서는, 근본이 농가인데 어찌하여 지하실이 있겠소만, 송나라 시절에 관원 노릇하기가 어려운 것이, 간신히 조정에 충만하여 관원이 죄가 있으면 흑백을 가리지 않고, 아전에게 미루어 경하면 귀양 보내고, 중하면 가산을 몰수하고 목숨을 빼앗기게 되기 때문에 그런 곳을 예비하여 두고, 또 부모에게 해를 끼칠까 두려워 호적에서 제적하여 놓고, 부자간에 서로 친척 관계를 끊는 문서를 하여 두는 것이었다.

송강이 지하실에서 나와 부친과 형제가 서로 상의했다.

"이번에 주동이 돌보는 것이 아니었으면 관사에 잡힐 뻔하였으니, 이 은혜를 어찌하여 갚겠습니까? 아니 이번에 송청과 같이 난을 피하여 나갔다가 하늘이 가련히 여기시어 특사를 만나거든 돌아와 부자 다시 만날 것이니, 부친은 가만히 사람을 시켜 주동에게 은자를 보내어 상하에 쓰고 염파를 달래어 상사에 고발하지 않도록 하십시오."

태공이 말했다.

"그런 것은 염려하지 말아라. 송청과 같이 조심하여 아무 곳에든지 몸을 의지하면 즉시 연락하여라."

이날 날이 저문 후에 몸을 단단히 하고 사경에 일어나 떠나니, 송강은 백범양 전립 쓰고 백단자 웃옷을 입고, 허리에 매홍융사대(梅紅絨絲帶)를 두르고, 송청은 큰 보따리를 지고 부친께 하직하니, 태공이 눈물을 흘리며,

"너희들 앞길이 만 리 같은데 너무 근심하지 말아라."

송강이 대소 장객들을 분부했다.
"너희들은 태공을 모시고 음식의 불편함이 없게 하라."
하고 요도 차고 박도 끌고 송가장을 떠나 길에 오르니, 이때는 늦은 가을, 겨울 초였다. 형제 두 사람이 길에서 서로 의논했다.
"우리가 어디로 갈까?"
아우 송청이 말했다.
"제가 들으니, 강호상에서 전하여 들리기는 창주 황해군 시 대관인의 대명이 거룩하고 본시 대주황제의 적파자손이라고 합디다. 어찌 그곳으로 가지 않습니까? 당시에는 곧 맹산군인가 합니다."
송강 역시 고개를 끄덕였다.
"내 마음이 또한 그러하다."
하고 창주로 갔다.

길에서 일찍 걷고 늦게 쉬며 산을 넘고 물을 건너 창주 지방에 이르러 사람들에게 물었다.
"시 대관인의 장상이 어느 곳입니까?"
길가 가게 주인이 자세히 가르쳐 주었다. 두 사람 형제가 장전에 이르러 장객을 보고 물었다.
"대관인이 집에 계시오?"
"동장에 쌀 받으러 가시고 안 계십니다."
"동장이 여기서 얼마나 되오?"
"한 사십 리쯤 됩니다만, 감히 묻습니다. 두 분의 높으신 존함이 어떠한지 알고자 하옵니다."
"운성현 송강이라고 하오."
"그러하면 급시우 송 압사이십니까?"
"예, 그렇다오."
"대관인께서 늘 탄식하시어 서로 만나지 못하시는 것을 한하십다. 송 압사이시면 소인이 모시고 가겠습니다."
하고 송강 형제를 안내하여 동장으로 향할 때 두어 시가 못 되어 동장에 이르니, 장객이 말했다.
　"관인 두 분께서는 여기서 잠깐만 기다리시면 소인이 먼저 들어가 안에 알리겠습니다."
　"그렇게 하시오."
하고 송강과 같이 정자 위에 앉아 보따리와 요도를 끌러 놓고 잠시 기다리더니 오래지 않아 장문이 열리며 시 대관인이 장객 댓 명을 거느리고 장문에 나와 송강을 보더니 절했다.
　"과연 시진이 형장을 기다린 지 오래이더니 천행으로 오늘에야 왕림하시었는데, 무슨 바람이 불어 이곳까지 오시게 되어 평생 사모하던 바를 위로해 주시니 다행이로소이다."
　송강이 답례했다.
　"송강은 한미한 관리일 뿐이온데, 어찌 족히 이르겠습니까."
　시진이 송강을 붙들어 일으켰다.
　"간밤에 등화를 지고 오늘 아침에 까치가 지저귀더니 오늘 인형께서 강림하시었습니다."
하며 얼굴에 웃음이 가득하니, 송강이 시진의 관대함을 보고 심중에 기뻐하며 송청과 서로 인사케 했다.
　시진이 장객을 명하여 송강의 행장을 정리하라 하고 송강의 손을 이끌고 안으로 들어가 빈주를 가려 잡은 후 시진이 말했다.
　"형장이 운성현에서 쫓겨다닌다 하는데, 무슨 연고가 계시어 이곳에 이르시었습니까?"
　송강이 대답했다.
　"대관인의 높은 이름을 우레같이 들었더니 오늘 송강이 씻을 수 없는 죄를 짓고 안신할 곳이 없어 하다가, 대관인이 의를 중히 하고 재물을 가벼이 하시는 것을 아는 고로, 염체 불구하고 왔습니다."
　시진이 이야기를 듣고 크게 웃으며 말했다.
　"형장은 마음 놓으십시오. 비록 십악 대죄(十惡大罪)를 지었으나, 소제 장상에 이르시면 무슨 근심이 있겠습니까? 제가 제 자랑하는 말이 아니라 포도군관이 감히 눈을 바로 뜨고 제 집을 보지 못합니다."
　송강이 비로소 염파석 죽이던 전후사를 이야기했다.
　"형장은 마음을 놓으십시오. 조정 명관(朝廷命官)을 죽이고 부고 재물(府庫財物)을 겁탈한 사람이라도 충분히 시진의 집에 숨겨 둘 만합니다.
하고 송강 현제를 청하여 목욕한 뒤, 새옷을 두 벌을 내다가 주었다.
　송강 형제는 옷을 갈아입고 헌옷은 챙기고 시진과 같이 후당 깊은 곳으로 들어갔다.
　시진이 송강을 정면에 앉히고 시진은 마주앉고 송청은 송강의 아래 앉힌 뒤 장객이 십여 명이 술을 부어 권하는데, 술이 거나하여 세 사람이 각각 가슴속에 재주를 이야기하고 밤낮으로 잊지 못하던 회포를 말했다.
　날이 저물어 등불을 켜고 즐기다가 초경은 되어 송강이 몸을 일으켜 축간으로 가려 하자, 시진이 장객을 시켜 등롱을 들고 송강을 인도하여 가니, 동쪽 마루 아래를 지나가는데, 이때에 송강이 거나하여서 걸음을 급히 하여 가다가 그 곁에 한 사람이 학질이 걸려서 추위를 견디지 못하여 부삽에 숯불을 피워 놓고 불을 쪼이고 있었다. 송강이 취중에 앞을 살피지 않고 위만 바라다보고 가다가 부삽 자루를 밟으니, 불이 튀어 불덩어리가 그 사나이의 얼굴에 떨어져, 그 사나이 깜짝 놀라며 온몸에 식은땀이 났다. 그러하였기로 그 사나이 대노하여 일어나며 송강을 붙들며 크게 꾸짖었다.

"너는 어떤 놈인데, 남의 병 조리하는 것을 놀라게 하는가?"
 송강이 사과하려 하나 그 사나이가 용납하지 않고 주먹으로 치려고 하니, 등롱 가지고 가던 장객이 쫓아와 말렸다.
 "무례하게 굴지 마십시오. 저 손님은 대관인께서 상객으로 대접하십니다."
 그 사나이가 눈을 부릅뜨고 말했다.
 "상객 상객하지만, 나도 처음에 왔을 때는 상객이라고 하더니, 나중에는 장객놈의 참소를 들으시고 점점 괄시하니, 천날 좋은 손이 없고 백날 붉은 꽃 없다 하는데, 내가 어찌 이놈을 그냥 두겠느냐?"
하고 치려고 하니, 장객이 아무리 말리나 어찌 듣겠소. 마침 이럴 즈음에 보니 두 쌍 등롱이 나는 듯이 오니, 시진이었다.
 "내가 압사 어른을 모시지 않고 보내었더니 무슨 일로 이러는 것이오?"
 송강이 실수로 부삽에 불을 밟아 그 사나이의 얼굴에 불이 튀었다면 자초 지종을 얘기하니, 시진이 웃으며 말했다.
 "그대는 저분이 유명한 압사이신데, 모르시오?"
 "제아무리 유명하다 하더라도 운성현의 우리 송 압사에게 비하겠소?"
 "그대가 그러면 송 압사를 알지 못하시오?"
 "아직 존안을 뵙지는 못하였습니다. 강호상에서 들으니, 급시우 송공명은 온 천하에 유명한 호걸이라는 말을 들었습니다."
 시진이 다시 물었다.
 "그대는 어찌하여 그 양반을 호걸이라 하시오?"
 "내가 지금에야 말을 하나 그 양반은 정말로 대장부라고 합디다. 정말로 처음과 끝이 분명하고 시작과 마지막 역시 분명하다고 하니, 이번에 내 병이 낫거든 가서 만나 뵈려고 합니다."
 "그러면 그대가 정말 만나 보려고 하시오?"

"내가 지금 헛말을 하는 줄 아시오?"
"상말에도 멀면 십만팔천 리요 가까우면 바로 눈앞에 있다고 하오. 바로 저분이 급시우 송공명이시오."
 그 사나이가 송강을 보고 물었다.
"정말 그렇습니까?"
"네, 이 사람이 바로 송강입니다."
 그 사람이 자세히 보더니 넙죽이 네 번 절하고 말했다.
"제가 오늘날 형님을 이곳에서 뵈올 줄 어떻게 예상이나 하였겠습니까?"
"무슨 일로 이렇게 관대하십니까?"
 그 사나이 다시 공손히 말했다.
"먼저는 심히 무례하였습니다. 죄를 용서하십시오. 소인이 눈이 있으나, 태산을 몰라 뵈었습니다."
하며 땅에 엎드려 일어나지 아니했다.
 송강이 붙들어 일으키며 물었다.
"그대의 고성 대명을 듣고저 합니다."
 이때 시신이 그 사나이를 가리키며 그 사나이의 성명을 무이랑이라 하였다.
"저 사람은 청하현 사람인데, 성은 무(武)요 이름은 송(松)입니다. 이곳에서 머무른 지가 한 일 년은 되었습니다."
"강호상에서 무이랑의 이름자를 들은 지 오래되었는데, 오늘 이곳에서 만나니 다행이오."
"사방에서 호걸들이 약속도 없이 모이는 것이 필시 우연한 일이 아닙니다."
하여 무송을 청하여 한자리에서 즐기려 하니, 송강이 크게 기뻐하며 무송의 손을 이끌고 후당에 들어가 송청과 같이 인사한 후에, 시진이 무송을 앉으라 하고 송강이 황망히 자리를 사양하니, 무송이 어찌 덥석 앉을 것이오. 두 번 세 번 겸양하여 셋째 자리에 앉은 뒤에 시진이 다시 술상을 내다가 술을 먹었다.
 송강이 밝은 불 밑에서 무송의 형용을 자세히 살펴보고 마음속으로 기쁘게 여겨 물었다.
 "이랑이 무슨 일로 이곳에 와 계시오?"
 "소제는 청하현에 살다가 술이 취하여 본처 기밀(本處機密)로 인하여 다투다가 한때 분한 것을 참지 못하여 주먹으로 한 번 쳤더니, 그놈이 기절하여 넘어지기에 소제가 그놈이 죽은 줄 알고 도망하여 대관인 댁에 와서 숨었었는데, 벌써 일 년이 되었습니다. 그 후 들으니, 그놈이 살아났다 하기에 고향으로 돌아가려고 하다가 뜻밖에 학질이 걸려 돌아가지 못하고, 추운 것을 견디지 못하여 아까 마루 아래에서 불을 쬐다가, 형님께서 부삽을 밟아 숯덩어리가 얼굴에 튀는 바람에 깜짝 놀라서 전신에 땀이 흐르더니 이제는 몸이 가뿐하니, 아마도 병이 나았는가 합니다."
 송강이 듣고 크게 웃었다.
 밤이 깊도록 술 먹다가 무송과 더불어 한 곳에서 자고 이튿날 일어나니, 시진이 잔치를 베풀고 양과 돼지를 잡아 송강을 관대했다.

 수일이 지났다. 송강이 은냥을 내어 무송의 옷을 지어 입히려 하니, 시진이 알고 어찌 송강의 돈을 쓰도록 놔 두겠소. 시진이 비단 한 상자를 꺼내 문 아래 바느질 집에 주어 세 사람의 옷을 지었다.
 원래 시진이 무송을 왜 싫어하게 되었는가 하면, 무송도 처음에 왔을 때는 귀한 손님으로 대접하였는데, 며칠이 지나니 무송이 술을 먹으면 술주정을 하기 때문에 장객들과 마음에 맞지 않는 사람은 주먹으로 마구 때리니, 장객들이 누가 무송을 좋다고 할 것이오. 시진의 앞에 가서 무송의 허구한 단점을 밝히니, 시진이 비록 쫓아내지는 않으나, 자연히 대접이 소홀하더니, 마침 송강을 만나 더불어 날마다 데리고 술을 먹는데, 무송의 몹쓸 술주정병이 나왔다.

　무송이 송강과 같이 술 먹으며 즐기는데, 수십 일이 지났다. 무송이 고향에 돌아가 친형을 찾으려고 하는데, 송강과 시진이 만류하니, 며칠이 지난 후에 무송이 말했다.

　"소제가 친형을 이별한 후 소식이 알 수 없으니, 가 보아야겠습니다."

　송강이 말했다.

　"이랑이 굳이 가려고 하는 것은 자꾸 말리지 못하니, 갔다가 또 여가가 있으면 다시 와서 모이기를 바라오."

　무송이 사례하니, 송강과 시진이 금은을 내어 무송의 보따리에 넣어 주었다. 무송이 시진에게 그동안 폐 끼친 것을 사례하고 행장을 수습하여 떠날 때에, 시진이 또 주식을 내어 전별하니, 무송이 새로 지은 백범양전립을 쓰고 보따리를 지고 초봉을 들고 서로 이별할 때 송강이 말했다.

　"현제는 잠깐만 기다리시오."

하고 자기 방에 들어가 은냥을 가지고 나와서,

　"우형(愚兄)이 조금 가서 현제와 이별하겠소."

하고 송청과 같이 무송이 시진에게 하직하기를 기다려 송강이 시진을 보고 말했다.

　"내가 무랑이를 보내고 오겠소."

하고 세 사람이 시진의 동장을 떠나 육칠 리는 가더니 무송이 작별했다.

　"존형은 그만 돌아가십시오. 시 대관인이 오래 기다리시겠습니다."

　"그것은 괘념할 일이 아니니 조금만 더 갑시다."

　길 위에서 한담하며 또 이삼 리 더 갔다. 무송이 송강의 손을 잡고 만류했다.

"형님은 멀리 나오시지 마십시오. 옛사람이 이르기를 천 리를 가도 한 번 이별은 면하지 못한다 하였으니, 무송이 이곳에서 이별을 알립니다."

송강이 손을 들어 술집을 가리키며 말했다.

"저기 술집이 보이니 저곳에서 술 한 잔 먹고 헤어집시다."

하고 세 사람이 술집에 들어가, 송강은 윗자리에 앉고 무송은 초봉을 벽에 세우고 아랫자리에 앉아, 술집 주인을 불러 채소와 과일과 익은 고기를 가져오라 하여 탁자에 벌이고 술을 먹는데, 해가 점점 서쪽으로 기우는지라 무송이 말했다.

"형님께서 소제를 버리지 않으시려고 하는데, 절을 네 번 받으시고 의형이 되시지요."

송강이 크게 기뻐하니, 무송이 절하여 형제가 된 후 송강이 송청을 불러 열 냥 은자를 내니 무송이 어찌 기쁘게 받겠소.

"형님은 객지에서 자연히 쓰실 곳이 많을 것이오니, 소제가 어찌 받겠습니까?"

송강이 거듭 권했다.

"현제는 사양하지 마시오. 받지 않으면 내가 무안하지 않소."

무송이 마지못하여 받아 전대에 넣으니, 송강이 쇄은자를 내어 술값을 치른 뒤 무송의 손을 잡고 세 사람이 술집에서 나와 무송이 눈물을 뿌리고 하직한 후 떠났다.

송강이 송청과 술집 앞에 서서 무송의 가는 것을 바라보다가 보이지 않게 되자 비로소 몸을 돌이켜 이삼 리 오니, 시진이 말 타고 뒤에 빈말을 두 필을 끌고 오는 것을 보고 송강이 기뻐하여 함께 말에 올라 장상으로 돌아왔다.

이때 무송은 송강을 하직하고 저문 후 주막에 들어가 자고 이튿날 일찍 일어나 밥지어 먹고 방세를 준 뒤에 보따리를 지고

초봉 들고 주막으로 나와 길에서 생각하니,

'강호상에서 급시우 송공명이라고들 하더니, 과연 헛소문이 아니오. 저런 사람과 의형제를 맺었으니, 조금도 부끄럽지 않다.'

하고 가는데, 양곡현에 이르러 날이 요시는 되었다. 배가 고프고 목이 말라 앞의 술집을 보니, 주기를 꽂고 문 위에다 여섯 자를 썼는데, 삼완 불과강(三碗不過岡)이라 했다. 무송이 안에 들어가 초봉을 벽에다 세우고 주인을 찾았다.

주인이 나와 채소 한 접시와 술을 걸러 따라 주니, 무송이 한 잔을 단숨에 마시고 나자 저도 모르게 감탄했다.

"어! 그 술맛 참 좋다! 여보 주인, 뭐 배부른 술안주 할 것 없겠소?"

주인이 대답했다.

"삶은 고기가 있습니다."

"거것 참 좋지! 한 서너 근 썰어내오."

주인이 안으로 들어가더니 두 근 삶은 고기를 썰어서 쟁반에 담아서 내다주며 다시 술 한 사발을 따라 준다. 또 쭉 들이키고는,

"허! 술맛 참 좋다! 어서 더 따르시오!"

주인이 다시 한 사발을 따라 주었다.

무송은 계속하여 세 사발을 먹고 나니 주인은 더 술을 따르질 않는다. 무송이 술을 더 청하나 주인은 줄 생각을 않는다.

"여보슈, 주인! 왜 술을 주지 않소?"

"고기는 더 달라고 하시면 더 드리지만, 술을 더 드리지 못합니다."

"고기도 더 먹겠지만, 술도 더 가져오."

주인은 막무가내로 듣지 않았다.

"술을 더 못 드립니다. 고기는 얼마든지 드리겠습니다."

"참 이상도 하다? 어째서 술을 더 못 가져오우?"

"문 앞에 써 놓은 것을 못 보셨습니까?"
"거 무슨 말이오?"
"저희 집 술이 비록 촌의 술이지만, 보통 술에 비하지 못합니다. 손님들이 아무리 장사라도 저의 집 술 세 사발만 먹으면 취하지 않는 사람이 없습니다. 더 자시면 앞에 고개를 넘어 가지를 못하십니다. 그러기 때문에 대문 앞에다 삼완 불과강(三碗不過岡)이라고 써 놓았습니다."

무송이 허허 웃으며 말했다.

"나는 그렇다면 세 사발을 먹었는데도 어찌하여 취하지 않소."

주인이 다시 말했다.

"우리집 술을 부르기를 투병향(透瓶香)이라고도 하고 또 출문도(出門倒)라고도 합니다. 처음에 입에 들어갈 때는 순순하다가 좀 시간이 지나면 취합니다."

"이것은 무슨 말이오? 당신네 집 술을 거저 먹으려 합디까? 그러지 말고 다시 세 사발만 더 주시우."

주인이 무송을 보니 전연 술기운이 없는 것을 보고 또 세 사발을 걸러 주었다. 무송이 술을 먹으려 계속하여 칭찬했다.

"어, 술맛 참 좋다! 여보 주인, 내가 한 사발 먹고 한 사발 값 내고 두 사발 먹고 두 사발 값을 줄 터이니, 염려 말고 술을 가져오슈."

"손님께서는 먹기만 탐내지 마십시오. 저 술에 취하시면 깨는 약도 없습니다."

무송이 한 잔 얼큰한 김에 또 호령했다.

"무슨 잡말을 하시오! 당신 집 술에 몽한 약을 탔다고 하여도 내가 겁내지 않을 것인데, 술은 계속하여 걸르고 고기는 더 가져오지 마시오."

하고 세 사발을 다 마시고 전대에서 은자를 내어 주었다.

"이봐요, 주인. 술값은 이것으로 되겠소?"
"술값은 이만하면 충분합니다."
"그러면 당신네 술을 거저 달라지 않을 것이니 염려 말고 술을 더 가져오슈."
"손님이 저렇게 기골이 장대하니, 취하여 쓰러지시면 누가 구하겠습니까?"
"만일 술이 취하여 남이 부축하여 준다면, 이것은 호걸이 아니오."
 주인이 겁이 나서 끝내 술을 주지 않으니, 무송이 재촉했다.
"여보, 내가 당신네 술을 공으로 먹지 않았는데, 어찌 갖다 주지 않겠소. 만일 이 사람의 성을 돋우면 너의 집을 다 부수겠소."
 주인이 가만히 생각했다.
'저놈이 취하였으니, 잘못 다투다가는 손해보겠다.'
하고 계속하여 여섯 사발을 걸러내 주었다. 무송이 전부 먹은 것이 열여덟 사발이다. 초봉을 들고 몸을 일으켜 문에서 나오며 말했다.
"내가 아직 취하지 않았소."
 이에 초봉을 들고 웃으며 말했다.
"왜 삼완(三碗)에 불과강(不過岡)이라고 하였는가?"
 주인이 따라나오며 물었다.
"손님은 어디로 가십니까?"
 무송이 걸음을 멈추고 대꾸했다.
"왜 내가 술값을 주지 않던가? 무슨 일로 내 가는 곳을 알려고 하는가?"
"그런 일이 아니라, 나는 좋은 마음으로 권하는 것입니다. 저기 방이 붙어 있으니, 보십시오."
"방이라니 무슨 방문이오?"

"이 앞 고개 위에 이마 흰 호랑이가 날이 늦으면 나와서 사람들이 상하는 고로, 요즈음 죽는 자가 이삼십 명이 넘습니다. 이렇기 때문에 관가에서 사냥꾼을 풀어 호랑이를 잡으려 경양강 위에 방을 붙여, 이 고개를 지나다니는 사람으로 여러 사람이 무리를 지어 다니고, 사오미삼시(巳午未三時)에 지나가고, 다른 시각에 즉 인묘신유술해(寅卯申酉戌亥) 여섯 시각에는 다니지 말라. 또 혼자 다니는 사람들은 서로 기다려 사오미삼시를 기다려서 갈 것이다. 이러하오니, 지금 신시오니, 손님께서는 모르고 무턱대고 가시다가는 목숨을 상할 것이오니, 손님은 내 집에서 주무시고 천천히 삼사십 명이 모이거든 고개를 넘게 하십시오."

무송이 듣고 허허 웃으며 말했다.

"나는 청하현 사람인데, 이 경양강을 수십 번 다녔으나, 호랑이가 있단 말을 금시 초문인데, 네놈이 호랑이가 있다 하고 나를 놀라게 하나 나는 겁내지 않는다."

"나는 좋은 뜻으로 손님을 위하여서 일러 주나 믿어지지 않거든 방을 보시오."

"개방구 같은 소리를 마시오. 호랑이가 있다 하여 나를 여기서 자게 하여 깊은 밤에 내 목숨을 해치고 내 은자를 빼앗으려고 하는가? 호랑이가 있다고 나를 공갈치는가?"

주인이 노하여 소리쳤다.

"나는 손님을 위하여 호의로 말씀을 하여 드리는데, 도리어 나쁜 말을 하니, 손님은 편하도록 하십시오."

하고 말을 마치고 머리를 흔들고 안으로 들어갔다. 무송이 비웃으며 초봉을 끌고 경양강 고개로 올라가니, 사오 리쯤 올라가 고개 밑에 이르니, 과연 큰 나무를 깎고 두 줄로 썼는데, 무송이 글을 좀 볼 줄 알기 때문에 머리를 들어보니 이렇게 써 있었다.

'근자에 경양강 위에 호랑이가 사람을 상하니, 왕래 객상은

가히 사오미시에 무리지어 고개를 넘고 스스로 목숨을 끊지 말라.'

무송이 읽어 보고 비웃었다.
"이것이 주막에서 공갈치던 것과 같으니, 자기네 주막에서 머물도록 수를 쓰는구나. 내가 무엇이 두려울 것이오!"
하고 초봉을 끌고 고개를 올라 보니 때는 신시나 되었다. 해는 서산으로 기우니 나무 그림자가 길에 가득했다.

무송이 주기를 띠고 고개로 올라가더니, 반 리를 못 가서 길가에 산신묘가 하나 있고 묘문에 한 장 인을 친 방문이 붙어 있는데, 무송이 걸음을 멈추고 보니 이렇게 써 있더라.

'양곡현 지현은 방으로 지나다니는 사람들을 위하여 효유하노라. 경양강 위에 새로 큰 호랑이가 나타나 사람이 많이 상하니, 사냥꾼들을 널리 풀고 각향 이정(各鄕里正)에게 전령하여 호랑이를 잡으라고 하였으나, 아직 잡지 못하였으니, 만일 지나다니는 객상들은 이 고개를 지나가려면 가히 사오미삼시에 떼를 지어 지나고 그외는 다니지 말라. 또 혼자 지나는 사람은 지날 생각 말아라. 호랑이에게 상할까 한다.'

무송이 이것을 보고 비로소 정말인 줄 알고 술집으로 도로 돌아오려고 하다가 가만히 생각했다.
'내가 만일 돌아가면 술집 주인에 비웃음을 받을 것이다. 이것은 호걸들의 할 일이 아니다.'
하고 또 생각하니,
'두렵기는 무엇이 두렵겠는가. 다만 올라가서 어떠한지 보겠다.'
하고 올라갔다. 아까 먹은 술이 취하여 오는데, 전립을 등에 지고 초봉을 옆에 끼고 한 걸음 한 걸음하여 올라갔다.

머리를 들어보니 해는 서산에 지고 하니, 이때는 시월 달이라 해가 짧고 어둡기 쉽더라. 무송이 스스로 자신에게 말했다.

'무슨 호랑이가 있으며 비록 있다 한들 무엇이 두렵겠는가?' 하니, 술이 점점 취했다. 술이 취하여 몸이 더운 고로, 한 손에 초봉을 들고 한 손으로 웃가슴을 풀어헤치고 어지럽게 숲속을 헤치고 오니, 크고 푸른 돌상이 놓였다.

초봉을 그 위에 놓고 그 돌 위에 누워서 잠깐 쉬고 있는데, 한 줄기 회오리바람이 일어나며 낙엽이 날리더니 나무 뒤에서 한 소리 크게 지르며 눈이 붉어지고 이마 흰 큰 범이 뛰어나오는데, 무송이 한 마디 소리 지르고 그 돌 위에서 뛰어 일어나며 초봉을 손에 들고 몸을 비껴 돌 옆에 서니, 그 호랑이가 주리고 목이 마른지라 사람을 보고 발톱으로 땅을 파서 위로 엎어치니 진토 충천해서, 무송이 보고 놀라 취한 술이 모두 땀이 되어 전신에 흐른다. 그 호랑이가 울부짖으며 앞으로 달려드는 것을 보고 침착하게 몸을 날려 호랑이 등뒤로 가서 서니, 그 호랑이가 몸을 돌리며 허리를 차려드니 앞발을 들고 일어서서 무송을 잡으려고 하는 것을 무송이 몸을 날려 뒤로 달아났다.

호랑이란 놈은 사람이 뒤로 돌아가는 것을 무엇보다도 싫어한다. 호랑이는 앞발의 발톱을 땅 위에 걸고 허리를 들어 뒷발로 걸어차 올렸다. 무송이 헉 하고 몸을 굽히고 옆구리로 피하니, 헛친다고 본 호랑이는 으릉 하고 한 소리 지르고 마치 하늘에서 울리는 천둥같이 산을 흔들며 울부짖으며 쇠막대 같은 꼬리를 거꾸로 세워서 흔들어 댔다. 무송은 이것도 몸을 비틀어 피했다.

대체로 보아 호랑이가 사람을 잡는 수단은 앞발로 치고 뒷발로 차고 꼬리로 때리는 세 가지인데, 실패하면 그의 세력은 반으로 줄어들고 만 것이다. 호랑이는 그의 꼬리로 내려치는 기술도 실수했으므로 또 한 번 한소리, 으릉! 하고 짖어 대고 한 바퀴 돌아서 방향을 바꾸었다. 무송은 호랑이가 돌아선 것을 보고 방망이를 양손으로 흔들어 돌리고 있는 힘을 다하여 똑바로 죽어라고 내리쳤다. 그런데 툭탁 하고 소리가 나며 나뭇가지가 머리 위에 떨어져 왔다. 눈을 잘 뜨고 보니 방망이는 호랑이에게 맞지 않고서 빗나갔기 때문에 고목을 두들기고 방망이는 둘로 부러지고 손에는 반쯤 남아 있을 뿐이었다.

호랑이는 으르렁대는 소리를 내면서 화가 나서 그저 앞발로 치려고 뛰어서 달려들었다. 무송은 또다시 뒤로 열 걸음 정도 뛰어 날아서 몸을 피하니, 호랑이는 자신있게 양쪽 발의 발톱을 나란히 세워 갖추었다.

무송은 옆으로 훌쩍 몸을 날려 즉시 손에 잡았던 반 토막 초봉을 내어 던지고 허공을 치고 땅에 떨어진 호랑이에게 달려들며 턱 밑을 두 손으로 쥐고 내려 눌렀다.

호랑이는 몸을 허우적거리며 머리를 치켜들려고 연해 용을 쓴다. 무송은 더욱 짖먹던 힘을 다하여 내려 누르며 오른쪽 발로 그 목줄기를 수없이 찼다.

호랑이는 아픔을 참지 못하고 연신 으르렁거리며 앞발로 땅을 한 길이나 팠다.

무송은 즉시 호랑이 대가리를 그 속에다가 틀어박고 왼손으로는 그 대가리를 내려 누르며 오른손 쇳덩어리 같은 주먹으로 그대로 마구 쳤다.

한동안 후려갈겼을 때, 마침내 그렇게 사납던 호랑이도 눈으로 코로 입으로 귀로 피가 마구 쏟아지며 그대로 그곳에서 축 늘어지고 말았다.

무송은 그제야 호랑이를 놓고 일어나 부러진 초봉을 찾아들고 혹시 호랑이가 다시 살아날까 겁이 나서 한동안 후려갈겼다. 그러자 아주 죽은 것 같다.

무송이 죽은 호랑이를 떠메고 고개 밑으로 내려 가려고 하니, 역시 무송이도 기진 맥진 기운이 다 빠졌다. 돌 위에 털썩 주저 앉아서 생각했다.

'혹시 밤이 깊은데 다른 호랑이가 나온다면 다시 잡기가 힘들 것이니, 아직 고개 아래 내려가서 쉬고 밝거를 기다려 다시 올라와 처치해야겠다.'

하고 돌상 밑에 벗어 놓은 전립을 쓰고 숲밖에 나와 고개 밑으로 내려오는데, 한 반 리쯤 오니, 풀 속에서 두 놈의 호랑이가 나오기에 무송이 외마디 소리 지르며 눈을 들어보니 그 두 호랑이가 어두운 속에서 쉬기에 자세히 보니 사람 둘이서 호랑이 껍질로 옷을 지어 입고 각각 손에 오고강차(五股鋼叉)를 들고 무송이 혼자서 내려오는 것을 보고 놀라며 말했다.

"아니 저 사람이 홀률(忽律)의 마음과 표자의 간과 사자(獅子)의 담(膽) 덩어리로 된 사람이 아니라면, 이 어두운 밤에 손에 무기도 없이 이 고개를 내려오니, 사람이요 산신님이오?"

"그대들은 그렇게 차리고 대체 무엇을 하고 있소?"

"우리는 이곳 사냥꾼들이오."

"그러면 지금 고개 위에 와서 무엇을 하시오?"

두 사냥꾼들은 놀라며 물었다.

"여보시오, 정말 물정 모르는 말씀을 하시오. 지금 경양강 위에 큰 호랑이가 새로 나와 밤이 되면 사람을 잡아먹고 해치기 때문에 우리들도 칠팔 명이 상하고 이곳을 지나던 사람들은 죽은 사람이 이루 헤일 수가 없습니다. 그래서 이곳 지현께서 현리에게 전령하시어 우리 사냥꾼들에게 그 호랑이를 잡으라고 하나 그놈의 형세가 보통이 아니니 누가 감히 가까이 가겠습니까? 저놈으로 하여 우리들이 관가에 가서 매를 얼마나 맞은 줄 압니까? 오늘밤에도 우리 사냥꾼 수십 명이 사람을 데리고 아래위에 숨어서 쇠뇌와 약전을 준비하고 있는데, 그대는 혼자서 겁도 없이 내려오니, 그대는 사람이면 어떤 사람이며 내려오다가 혹 호랑이를 보지 못하였소?"
 "나는 청하현 사람으로 성은 무요 배행(排行)은 둘째입니다. 아까 고개 위에 올라오다가 숲속에서 호랑이를 만나 내가 주먹으로 때리고 발로 차서 죽였소."
 사냥꾼들이 믿지 않으며 말했다.
 "거짓말 마시오. 어떻게 그럴 리 있겠소?"
 무송이 말했다.
 "그대들이 믿지 않으면 내 몸에 피투성이가 된 것을 보시오."
 무송이 호랑이를 주먹으로 때려잡던 이야기를 하니, 사냥꾼 두 사람이 놀래며 기뻐하여 호초(呼哨)를 한 번 부니, 모든 고을 사람들이 각각 손에 창대와 활과 강차를 들고 모였다.
 무송을 보고 놀래기에 무송이 설명했다.
 "여러분들은 어찌 나를 따라가서 호랑이 잡은 것을 확인하려 하지 않으시오?"
 사냥꾼들이 머뭇거리며 말했다.
 "아! 저 호랑이가 무서워서 올라가 볼 생각이 있겠습니까?"
하고 이어서 여러 사람들에게 무송의 범잡은 일을 이야기하니, 수십 명 고을 사람들이 혀를 내두르며 믿지 않는다.
 "여러분들이 끝끝내 믿지 않으시면 나를 따라올라가 봅시다."
 여러 사람들이 부싯돌을 꺼내어 수십 자루 횃불을 만들어 가지고 무송을 따라 고개 위에 올라가 보니 과연 큰 호랑이가 죽어 구렁 속에 있었다.
 여러 사람들이 크게 기뻐하여 먼저 한 사람을 보내어 이정에게 알리고 그 호랑이를 메어 가지고 내려오는데, 고개 밑에서 팔구십 명이 바삐 올라오며 우선 호랑이를 메고 앞세우고 교자 한 채를 가져다가 무송을 태워 본고장 가속이 번창한 상호의 집에 이르니, 상호(上戶)와 이정과 사냥꾼들 사십여 명들이 무송을 맞아 초당 위에 앉혀 놓고 물었다.

"장사의 고성 대명은 무엇이며 어느 곳에 계십니까?"

"이 사람은 성명이 무송이요 배행은 둘째이며 창주에 갔다가 고향에 돌아오는 길에 저 아래 고개 밑에 술집에서 술이 취하여 고개로 올라오는데, 저놈을 만났으니, 어찌 그냥 놓아주겠소. 손으로 때려 잡았습니다."

모두들 칭찬하기를 그치지 않더라.

"과연 영웅 호걸이올시다."

하며 사냥꾼이 고기와 술을 가져다 무송을 권했다.

"호랑이를 잡느라고 밤을 새웠으니, 좀 어디서 눈을 붙였으면 좋겠습니다."

하니, 상호 주인이 장객을 시켜 객방을 치우고 무송을 쉬게 했다.

이튿날 지현에 알리고, 한편으로 호상(虎床)을 만들어 현리로 들어가려고 했다.

날이 밝자 무송이 일어나 세수하기를 마치고 모든 상호들이 한 마리 양과 술을 가지고 청전에서 웃어른을 찾아서 문안하더니, 무송이 의대를 정돈하고 두건을 쓰고 나와 여러 사람들과 상면할 때 상호들이 잔을 부어 무송에게 권했다.

"우리들은 저놈 때문에 여러 번 관가에 불려가 문책과 곤장을 받았는데, 오늘 천행으로 저놈을 잡았으니, 첫째는 이 고을 사람들이 유복한 것이요, 둘째는 이 고개를 지나다니는 객상들이 마음대로 다닐 수 있게 된 것이 다 장사의 덕입니다. 어찌 감사하지 않겠습니까?"

무송이 겸손히 말했다.

"이것이 소인이 능한 것이 아니라 모든 상호 이정들의 덕음인가 합니다."

여러 사람들이 크게 기뻐하며 술 먹으며 즐기다가 드디어 날이 밝자 호랑이를 내어 호상(虎床)에 앉히고 상호와 이정들이 비단을 내어 호상에 걸고 무송의 행장은 장상에 두고 한꺼번에 촌장을 떠나 양곡현으로 갔다.

지현이 사람을 보내어 맞이하니, 무송은 교자 타고 호랑이는 호상에 앉히고 앞세워 채색꽃과 붉은 비단을 걸어 광채를 더욱 빛내니 양곡현 백성들이 장사 한 사람이 경양강 고개 위에서 큰 호랑이를 잡아 현리로 들어간다는 소문을 듣고 본 고을이 떠들썩하니, 누군들 구경하지 않으려고 하겠소. 무송이 교자 위에 앉아 보니 사람들이 어깨를 벌리고 길을 막고 호랑이를 보고들 있었다.

아문 앞에 이르니, 지현이 청상에 앉아 무송을 기다리다가 호랑이를 먼저 메고 들어와 앞에 놓고 무송이 교자에서 내려들어갔다.

지현이 무송이 청 아래에 이르는 것을 보고 속으로,

'저 사람이 아니었으면 어찌 그 지독하고 거대한 놈을 잡았으리오.'

하고 무송을 부르니 청 앞에 이르러 예를 했다.

지현이 물었다.

"아니, 어떻게 저 큰 호랑이를 잡았소?"

무송이 호랑이 잡던 일을 낱낱이 아뢰니 청상 청하의 수많은 사람이 놀라지 않는 사람이 없더라.

지현이 무송을 가까이 오라고 하여 술을 권하며 상금 일천 관을 주자 무송이 사양했다.

"소인이 상공의 복음(福蔭)을 의지하여 한참을 싸운 끝에 저 호랑이를 잡았으나, 소인이 능하여 잡은 것이 아닙니다. 그런데 어찌하여 감히 상금을 받겠습니까. 소인이 들으니, 모든 사냥꾼이 저 호랑이 때문에 여러 번 상공께 장책을 받았다 하오니, 저 상금을 여러 사람들에게 나누어 주십시오."

"그대의 마음이 정히 그렇다면 마음대로 하여라."

무송이 상전을 나누어 모든 사냥꾼들을 주었다.

지현이 무송을 칭찬하여 말했다.

"그대가 원래 청하현 사람이라 하니, 양곡현과 이웃간이니, 내가 이제 그대를 본현 도두를 시키려고 하는데, 그대는 어떠한가?"

무송이 꿇어앉아 사례했다.

"만일 상공께서 대거(擡擧)하심을 입을 것 같으면 소인이 종신토록 잊지 않겠습니다."

지현이 크게 기뻐하여 즉시 문안을 닦아 무송을 보병도두로 삼아 현알(見謁)하라 했다.

무송이 예를 행한 후, 모든 사람들이 무송이를 두고 화려하게 잔치하여 즐겼다.

제2권으로 계속

수호지
제1권/ 영웅들의 군웅 할거
(전3권)

1998년 1월 5일 인쇄
1998년 1월 15일 발행

지은이/ 시내암
옮긴이/ 최송암
펴낸이/ 최상일

펴낸곳/ **태을출판사**ⓒ
등록/ 제4-10호(1973. 1. 10.)
주소/ 서울특별시 강남구 도곡동 959-19

*저작권은 본사가 소유하며, 인지의 첨부를 생략합니다.
*파본은 교환해 드립니다.

값 6,000원

주문 및 연락처
우편번호 100-456
서울특별시 중구 신당 6동 52-107(동아빌딩 내)
전화 **233-6166, 237-5577**